KB113611

가면 쓴 여자

가면 쓴 여자 vol.2

초판 1쇄 인쇄일 2018년 05월 02일
초판 1쇄 발행일 2018년 05월 15일

지은이 | 민(MIN)
펴낸이 | 김기선

편집장 | 김은지
편집부 | 박지은, 김지현, 김아름, 박신혜, 김에너벨리, 유기웅
디자인 | 금장미

펴낸곳 | 와이엠북스(YMBOOKS)
출판등록 | 2012년 7월 17일 (제2014-17호)
주소 | 서울시 도봉구 노해로 379, 802호(창동, 대성빌딩)
전화 | 02)906-7768 / 팩스 | 02)906-7769
E-mail | ymbooks@nate.com

ISBN 979-11-322-4537-7 (04810)
ISBN 979-11-322-4535-3 (set)

값 12,800원

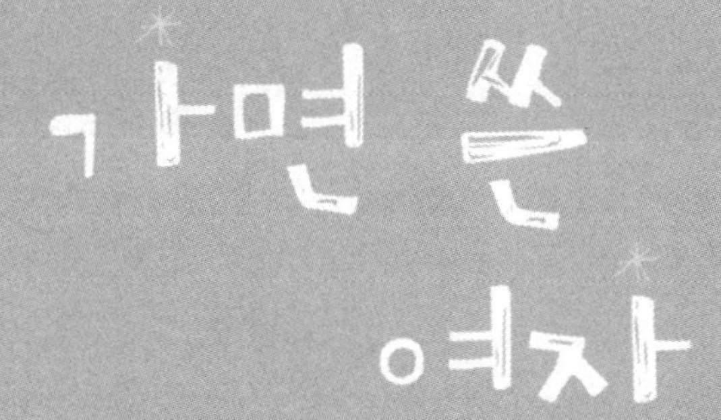

vol.2

민(MIN) 장편소설

차 례

20화. 시작하는 연인들 … 007

21화. 나를 위해 울어주는 너 … 031

22화. 행복한 만큼 비참해지는 … 065

23화. 신데렐라 말고 앤 … 092

24화. 정식으로 인사하기 … 116

25화. 조금 더 같이 있고 싶다 … 152

26화. 과거가 부메랑처럼 찾아왔을 때 … 179

27화. Me, too … 217

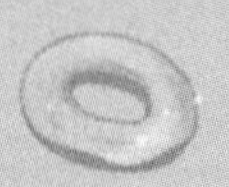

28화. 그녀의 은밀한 취미 … 242

29화. 내 남자친구를 소개합니다 … 267

30화. 여자답게 멋지게 … 297

31화. 그의 프러포즈 … 334

32화. 그들의 결혼식 … 360

외전 1. 그래서 그들은 … 382

외전 2. 행복하게 살았습니다 … 422

외전 3. 나머지 조연들의 이야기 … 462

20화. 시작하는 연인들

보란의 일상 속에만 세후가 끼어든 건 아니었다. 세후의 일상도 마찬가지였다.

공식적으로 바뀐 것이 있다면 일주일에 두 번, 화요일과 금요일 점심시간에는 세후가 구내식당에서 식사를 한다는 것이다. 갑작스런 그의 결정에 직원들은 하나같이 비서실 식구들에게 이유를 캐물었다. 도대체 사장님이 왜 이러시냐고.

'글쎄요. 제가 사장님의 깊으신 생각을 알 리가 있나요.'

그 이유를 누구보다 잘 알고 있는 보란은 대답을 얼버무렸지만 최 실장은 아니었다.

'사장님 변덕이 어디 한두 번인가요? 그러려니 해요. 사내 분위기도 살피며 직. 원. 과의 거리를 좁히기 위해 그러시겠죠.'

직원이란 말에 특별히 강조를 한 최 실장은 정작 세후가 거리를 좁히고 싶은 직원은 한 사람으로 정해져 있다는 걸 말하고 있는 것 같았다.

'매일 같이 먹으면 안 되는 거야?'

주 오 일 내내 같이 식사를 하겠다고 세후가 고집을 부리던 걸 보란이 겨우 말려서 일주일에 두 번으로 줄인 거였다.

그의 공식적인 발표로 인해 정작 발동이 걸린 건 구내식당 요리사들이었다.

'점심이 퀄리티가 좋네. 이 정도면 요식업 쪽으로 회사를 확장하는 것도 나쁘지 않을 것 같군.'

본래도 잘 나오긴 했지만 세후의 행차에 화요일과 금요일은 식사가 거의 특식에 가까워졌다. 그것도 모르고 세후는 속 편한 소리만 해댔지만 말이다.

화요일의 점심시간, 구내식당으로 비서들을 이끌고 세후가 걸어 들어왔다. 먼저 밥을 먹고 있던 과장 부장 할 것 없이 일어나 그를 보고 인사했다.

"식사하십시오. 굳이 식사 도중에 일어나셔서 저한테 인사하실 필요는 없습니다."

인사를 하라는 건지 하지 말라는 건지. 다들 갈피를 못 잡는 것 같은 눈치였다. 그중 눈치도 빠르고 수완도 좋아 동기들 중에 가장 먼저 부장을 달았다는 고객 관리실 박 부장이 또 한 번의 승진을 꾀하는 것 같은 대꾸로 주위 사람들을 황당하게 만들었다.

"아무리 그래도 어떻게 사장님을 보고도 모른 척을 할 수 있겠습니까?"

대부분의 다른 상사들이 '굳이 인사할 필요가 없다'는 말을 하면 그 속뜻은 '말은 그렇게 했지만 인사 안 하기만 해봐, 어디'라는 뜻이 담겨 있을지도 모르나, 세후는 아니었다. 여태껏 그의 입에서 나오는 말 중에 이중적인 말은 하나도 없었다.

“그렇다면 제가 공문이라도 내려야겠군요. 구내식당에서는 무슨 일이 있어도 저를 모르는 척해달라고 말입니다.”

세후의 엄포에 박 부장은 사색이 된 건 당연했다.

하얗게 질린 박 부장을 뒤로하고 세후와 비서실 사람들은 배식대로 향했다. 세후가 식판을 들고 줄 서 있는 걸 한두 번 정도 보고 나니 또 적응이 됐는지 웅성웅성하던 직원들은 다시 식사로 돌아갔다.

“맛있겠다!”

줄 중간쯤에 서 있던 보란이 탄성을 내질렀다. 오늘의 메뉴는 통조림참치가 아닌 진짜 참치회가 올라간 회덮밥에 반찬 중에는 돼지고기 수육도 있었다. 메인 메뉴가 두 개나 나오다니. 식판 가득 담겠다고 다짐하는 그녀의 눈이 반짝였다.

각자의 식판을 든 네 사람은 이제는 거의 그들의 지정석이 된 구석진 자리에 자리를 잡았다. 세후가 가장 먼저 수저를 들자 기다렸다는 듯이 보란이 젓가락을 들고 커다란 밥그릇을 휘저었다. 적당히 비벼졌다 싶기 무섭게 가득 푼 숟가락을 입으로 가져가던 보란의 빠르기가 마치 몇 끼를 굶은 사람 같았다.

“으음. 이 맛이야!”

비빔밥을 한입 하고 난 보란이 이번에는 배추 한 잎을 들고 김치 속과 수육 한 점을 올리고 잘 말아서 한입에 집어넣었다.

“우움. 맛신엉. 맛싣어.”

앞에 앉아 있던 세후가 볼이 빵빵하게 쌈을 넣고 우물거리는 보란을 보더니 수저질을 멈췄다.

“엄 비서. 천천히 먹지? 체하겠어.”

그제야 보란은 같이 앉아 있던 테이블에 있던 사람들이 자신을 신기한 듯 보고 있었다는 것을 알아차렸다. 그녀는 얼른 입에 먹던 것을 씹어 삼키곤 멋쩍은 웃음을 지었다.

"흠흠. 어제 저녁도 못 먹고 오늘 아침도 건너뛰었더니……."

그녀의 먹는 모습을 넋 놓고 보고 있던 정은이 끼어들었다.

"뭐예요? 엄 비서님 다이어트하시는 거예요? 어쩐지 볼살이 실종됐다 싶었다고요."

정은의 오해에 아니라며 보란이 얼른 손을 내저었다.

"아니야. 피곤하고 바쁘고 해서 못 챙겨먹었을 뿐이야."

다이어트라니. 말도 안 되는 소리였다.

정은이 말한 대로 살이 조금 빠지긴 했는데 그건 전부 퇴근이 끝난 후, 스파르타 교관인 세후에게서 수영을 배우고 있어서였다. 거기다 아침에는 두 정거장씩 걸어 다니지, 안 하던 운동을 하다 보니 에너지 소모량이 많아졌고 그 덕에 점심때만 되면 없던 입맛도 생겨나 밥을 하나도 남기지도 않고 싹싹 긁어 먹었다. 어떤 때는 한 번 더 가서 받아먹을 때도 있었다.

하지만 그런 사정을 모르는 정은은 시무룩한 얼굴로 자책을 했다.

"죄송해요. 제가 아직도 제 몫을 못해서 엄 비서님을 피곤하게 만드네요."

일이 많아 힘들어 한다고 넘겨짚고 자신의 탓으로 돌리는 정은에게 보란은 얼른 아니라며 말을 정정했다.

"아니야. 정은 씨는 충분히 도움이 되고 있어. 사실은 일 때문이 아니라 퇴근하고 수영 배우고 있어서 그래."

"네에? 정말요? 우와, 저도 수영 배우고 싶었는데, 어디서 배우시는 거세요?"

"응?"

"저도 배울까 했었거든요. 잘 가르치긴 해요?"

"잘 가르치긴 하는데. 엄청 무서워. 날 국가 대표 선발 대회에 내보낼 작정처럼 굴리고 있거든."

"그래요? 확실히 가르쳐주기만 한다면야 무서워도 괜찮을 것 같은데요? 저도 같이 배워도 될까요? 안 그래도 운동 하나 할까 생각하고 있었거든요."

절대로 안 될 소리였다. 그 무섭다는 코치는 앞에서 미동도 없이 밥을 먹고 있는 세후였으니까. 보란이 난감한 얼굴을 했다.

"사실 개인적으로 배우는 거거든."

"개인적이라면…… 아, 혹시 전에 간식 바구니 보내신 남자친구분한테서 배우시는 거세요? 구멍가게 사장이시라던?"

밥만 잘 먹고 있던 기준이 웃음을 터트렸다.

"풋. 푸하하."

하긴 이렇게 큰 회사를 구멍가게로 둔갑시켰으니 웃기기도 할 거다.

세후의 얼굴을 볼 자신이 없는 보란은 식판으로 얼굴을 내렸다.

'기분 나빠하겠지?'

하지만, 세후는 구멍가게 사장이라는 소리보다 남자친구라는 소리에만 정신이 팔려 있었다. 그리고 기분이 나쁠지도 모른다는 보란의 생각과 달리 세후는 헤벌쭉 웃고 있었다.

당장이라도 그녀의 손을 잡고 뛰어나가고 싶은 걸 겨우 참은 세후는 발을 살짝 움직였다. 테이블 아래로 닿은 발에 보란이 고개를 들었다.

'왜요?'

누가 봐도 티가 날 정도로 웃으며 세후가 보란에게 말을 하려고 했다. 보란은 얼른 눈을 부릅뜨며 세후의 입을 가로 막았다. 그러곤 눈도 꿈적였다 코도 만졌다 팔도 한 번 쳤다.

이 우스운 행동은 지금처럼 직접적으로 이야기할 수 없는 상황에 쓰이는 말들이었다. 정확히 말하면 보란이 며칠을 생각해서 만들어낸 암호였다. 암호를 대충 해석하면 이랬다.

[밥을 다 먹은 후, 은밀한 회동이 필요함.]

하지만 세후는 반응이 없었다. 보란이 열심히 만들어온 암호를 확인한 세후는 어이없는 표정으로 말했었지.

'나보고 지금 이 불필요한 걸 하라는 거야?'

'당연하죠. 비밀 연애에 이 정도의 암호는 필수 요소라고요.'

'그냥 말로 하면 되는 거 아니야?'

'안 돼요. 회사에서 사적으로 저와 이야기하고 싶으시면 무조건 이 암호를 사용해야 해요. 아시겠죠?'

'당신이랑 연애하기 왜 이렇게 힘드냐.'

눈을 꿈적이는 건 당장이라는 걸 의미하는 거였고, 코를 만지는 건 만나야 한다는 소리였고, 팔을 한 번 치는 건 은밀하게 만나야 한다는 거였다.

툭 하고 보란이 테이블 아래로 세후의 발을 쳤다. 불편한 기색이 가득한 얼굴의 세후가 알겠다는 의미로 머리를 긁적인다. 그것이 암호라는 걸 알리 없는 기준이 한 소리를 했다.

"사장님? 어디 불편하십니까? 머리는 왜 긁적이고 그러십니까?"

"아무것도 아니야."

"아닌 게 아니신데요? 혹시…… 아침에 머리 안 감으셨어요?"

"시끄러. 밥이나 먹어."

눈치라곤 약에 쓰려고 해도 없는 기준의 말에 세후의 얼굴을 굳어져갔다. 괜히 암호를 만들어 세후를 곤란하게 만든 보란은 연신 귀를 만지작거렸다. 그 암호는 미안하다는 의미를 뜻하는 것이었다.

점심을 다 먹은 후, 은밀한 회동을 위해 보란은 뛰어서 옥상으로 올라갔다. 커피 타임을 갖자고 조르는 정은을 뿌리치지 못하고 오는 바람에 약속

장소에 늦게 도착한 참이었다.

먼저 도착해 있을 줄 알았는데……. 아무리 두리번거려도 님은 보이질 않는다.

"내가 이럴 줄 알았어. 대충대충 건성으로 듣더니."

처음부터 암호로 이야기하는 걸 내켜하지 않던 세후였다. 열심히 설명하던 보란의 소리에도 들은 체 만 체 하는 것 같더니.

"분명히 옥상이라고 했는데 잘못 알아듣고 다른 곳에 가 있는 걸 거야."

보란이 세후가 어디 있는지 확인해볼 참으로 휴대폰을 들었다. 한 번의 울린 신호음이 마저 울리기도 전에 건너편에서 전화를 받았다. 보란은 다다다 속사포 말을 뱉어냈다.

"어디세요? 제가 옥상이라고 암호로 말했는데 어디 딴 데 계신 거죠? 제가 말할 때 제대로 안 들으시더니. 너무해요."

'나 삐졌음'이라는 감정을 그대로 내비치는 보란이었다.

"어? 어?"

그 순간, 갑자기 어디서 튀어나왔는지 알 수 없는 손이 그녀를 어디론가 끌어당겼다.

"기다리게 한 게 누군데, 누가 누구 보고 너무하대?"

눈을 질끈 감고 있던 보란이 익숙한 목소리에 눈을 떴다. 세후가 어이없는 얼굴로 서 있었다. 빨려 들어가듯 들어온 공간에 보란은 눈을 동그랗게 떴다. 수없이 올라왔던 옥상인데 벽으로 가려져 있어서 밖에서는 보이지 않는 공간이 있다는 사실을 보란은 오늘에서야 알았다.

"이런 곳이 있었어요?"

"어. 나만 아는 곳."

보란의 어깨를 뒤에서 껴안은 세후는 스트레스가 있을 때마다 소리 지르러 그녀가 올라오는 곳을 손으로 가리켰다.

"저 앞이 당신이 내 욕 하는 곳."

보란의 몸이 굳었다. 한 번도 그냥 넘어가는 법이 없다.

"하하. 제가 언제 사장님 욕을 했다고."

피식 웃은 세후가 짓궂은 얼굴을 하고 보란을 놀린다.

"나보고 후세 같은 놈이라며?"

"그건…… 사장님이랑 사귀기 전이니까 그랬죠."

거기서 그치지 않고 딱딱하게 굳은 보란의 어깨에 세후가 턱을 괴더니 또 놀린다.

"내가 언제부터 구멍가게 사장이었는지 모르겠어?"

전 같았으면 무조건 잘못했다고 엎드렸을 보란이지만 지금은 아니었다. 이러는 세후가 조금도 무섭지가 않았다. 오히려 따박따박 따지고 드는 보란이었다.

"그러면 제가 사귀는 사람이 우리가 모시는 헨젤 사장님이다, 그렇게 말해요?"

"왜 못해?"

세후는 당당하게 보란의 손을 잡고 다니고 싶었고 어디서든 그녀는 자신의 사람이라는 걸 드러내고 싶어 했다. 그게 설령 회사라고 할지라도 말이다.

되돌이표처럼 또 돌아온 문제에 보란은 고개를 흔들었다. 언제고 들키긴 하겠지만 아직은 아니었다. 이 문제로 한참을 실랑이하는 게 싫은 보란은 이야기의 화제를 돌렸다.

"지금 그것보다 더 중요한 문제가 있다고요."

"이것보다 더 중요한 문제가 어디 있어?"

허리에 손을 얹은 보란은 심각한 얼굴로 그에게 대꾸했다.

"우리 암호요. 사장님, 제가 어렵게 생각해낸 건데 외우기는 다 외우셨어요?"

"내 암기력을 무시하는 거야? 당연히 다 외웠지."

쉬이 믿을 수 없는 세후의 대답에 보란이 입을 삐죽였다.

"거짓말. 제대로 보지도 않으셨으면서."

세후가 불만으로 빵빵해진 보란의 볼을 두 손으로 감쌌다. 귀여운 입술이 뾰로통하게 튀어나왔다.

"내 사전에 엄보란에 관한 한 대충은 없어."

세후의 자신 있는 대답에 보란의 얼굴이 밝아진다.

"정말 다 외우셨어요?"

"어. 근데 딱 한 가지 빠진 게 있더군."

"그럴 리가 없는데?"

"가장 중요한 말이 빠졌어. 다른 건 전부 당신이 다 정했으니까 이건 내가 정해야겠어."

보란의 고개가 갸웃거린다. 육하원칙에 입각해서 그녀가 며칠을 고민해서 고안해낸 암호에 가장 중요한 말이 빠졌다니.

"……?"

그의 입술이 튀어나온 입술로 살짝 닿았다 떨어졌다.

"이 암호의 의미는?"

"아!"

보란의 눈이 깨달음으로 반짝였다. 다시 그녀의 입술로 다가온 그의 입술이 답을 말한다.

"사랑해."

* * *

가을 소풍 가기 딱 좋은 날이었다. 놀이동산으로 모여든 각양각색의 커플들 사이 눈에 띄는 두 커플이 있었다. 뛰어난 외모도 외모였지만, 정반대의 분위기를 풍기는 커플은 시선을 끌어당기기 충분했다. 화기애애해 보이는 한 커플과 달리 나머지 커플 쪽의 남자는 불만이 많아 보였다.

방금 손을 잡기 시작한 것처럼 풋풋한 커플은 얼마 전 커플 선언을 한 기준과 수아였고, 또 다른 커플에서 불만이 많은 이는 당연히 세후였다.

간만에 보란과 단둘이 데이트를 할 생각으로 들떠서 나왔더니, 웬걸 떡하니 손을 잡고 두 사람이 나타났으니 보는 세후의 눈이 고울 리가 없었다.

"대체 저 둘은 왜 낀 거야?"

둘을 살벌하게 노려보는 세후의 팔을 잡아당기며 보란이 그의 귀에다 속삭였다.

"수아 언니 만난 지도 오래됐고, 마침 자유이용권도 남는데 버릴 순 없잖아요."

"차라리 버리지 그랬어."

대화하는 세후와 보란 사이로 수아가 끼어들었다.

"멀쩡한 표를 아깝게 버리긴 왜 버려요."

두 사람을 비집고 들어와 중간에 선 수아는 겁도 없이 세후의 어깨를 툭하고 쳤다.

"이번 기회에 놀이공원에서 있었던 나쁜 기억을 좋은 기억으로 바꿔야겠어요."

놀이공원에서 나쁜 기억이 있을 게 뭐가 있다고. 보란이 궁금한 눈을 하고 수아에게 물었다.

"나쁜 기억이요?"

수아는 회심의 미소를 지었다.

"그래. 아주 먼 옛날, 어떤 남자가 내 첫 데이트 현장에 조카를 떨어뜨리고 갔지. 덕분에 내 데이트 장소는 봉사 현장이 됐다는 슬픈 전설이 있어."

"설마……. 세후 씨가 우빈이를?"

"딩동댕!"

세후가 두 사람의 첫 데이트 장소에 우빈을 데리고 와서 역사적인 순간을 훼방 놨단 말인가? 남자친구라고 감싸주고 싶지만 도를 넘은 행동이었다. 잘못돼도 아주 한참은 잘못한 거였다. 보란이 세후에게로 고개를 돌렸다.

"정말이에요?"

대답 대신 시선을 회피한 세후가 뒤에서 멀뚱멀뚱 서 있는 기준을 불렀다.

"최기준. 와서 네 소속 데리고 가."

하지만 기준보다 수아가 빨랐다. 수아는 기준이 아닌 보란의 팔짱을 꼈다. 그때의 수모는 언젠가 갚아주겠다고 벼르고 있었는데 딱 오늘이 아닌가 싶었던 것이다.

"어쩌죠? 나는 오늘 보란이랑 다닐 건데?"

가만히 있다가 물벼락이라도 맞은 것 같은 소리에 세후는 놀라 음성을 높였다.

"엄보란은 내 소속이야."

"아니요. 오늘은 우리 둘이 짝이에요."

그리고 손가락으로 남은 두 사람을 지명하며 설명하는 친절까지 베풀었다.

"남은 두 분이 자연스럽게 짝이 되겠네요."

말을 마친 수아는 보란을 데리고 놀이공원으로 들어가버렸다.

눈앞에서 제 여자가 사라지는 것을 황망하게 보고만 있어야 하는 세후가 열이 받은 건 당연한 일이었다. 세후의 화살이 기준에게로 향했다.

"저러는데도 저 여자가 좋냐?"

기준은 어깨를 으쓱하며 대답했다.

"저런 점이 제 마음에 쏙 드는데 어쩌겠습니까?"

세상에서 권세후가 노려보는 눈에도 저리 당당할 수 있는 여자는 몇 명 되지 않을 거다.

기준이 수아를 좋아하게 된 건 세 번째 데이트를 하게 된 날이었다. 첫 번째, 두 번째 데이트도 세후 때문에 엉망이 돼버리는 바람에 세 번째 데이트가 두 사람의 첫 번째 데이트였다.

그냥 밥 먹고 차 마시고 영화를 보는 평범한 데이트였다. 영화를 다 보고 아홉 시가 다 돼서야 집으로 데려다주는 길이었다.

'오늘 즐거웠어요. 조심히 가세요.'

차 문을 열고 다리까지 밖으로 뻗었던 수아가 다시 타더니 차 문을 닫는 것이었다.

'아, 깜빡했다. 중요한 걸 두고 내릴 뻔했네요.'
'휴대폰이라도 놓고 내렸어요?'
'아뇨. 에프터 신청요.'
'아…….'
'우리 또 다시 만나는 거죠?'

기준은 다음 주 중에 언제 시간이 비는지 생각하고 있었다. 그런데 아마 수아는 그가 망설인다고 오해했었던 것 같다.

'읍!'

수아가 다짜고짜 입을 맞춰온 것이었다. 아주 잠깐, 당황했지만 입술에 닿는 촉감이 너무 좋아서 그도 모르게 수아의 초대에 응하고 말았다. 기준은 부드러운 머리카락 속으로 손을 집어넣고 제 쪽으로 끌어당겨 촉촉한 입술을 더 깊숙이 탐했다.

입술이 따가울 때까지 키스를 나눴다. 입맞춤이 끝났을 때 부어오른 입술을 만지며 수아가 말했다.

'내가 에프터 신청했으니까 또 만나는 거예요.'

처음 만난 자리에서부터 잘생겼다는 둥, 관심이 있다는 둥. 그녀는 항상 솔직했다. 그리고 첫 키스에서마저도 솔직했다. 그러니 재고 빼는 것 따위는 없이 기준도 솔직해져버렸다.

'아뇨. 제가 하겠습니다. 에프터 신청.'

그가 다시 그녀의 입술을 탐했다.

그리고 그날 밤. 기준은 잠을 이룰 수가 없었다. 수아와의 키스가 자꾸 생각나서, 다음에 있을 데이트가 손꼽아 기다려져서.

그렇게 그는 솔직한 그녀를 좋아하게 됐다.

수아와 있었던 일을 떠올리는 기준이 저도 모르게 웃고 있었나 보다.

그 느낌을 누구보다 잘 아는 세후가 기준을 놀렸다.

"콩깍지가 제대로 씌었군."

기준은 세후가 했던 말을 그대로 돌려줬다.

"형이 나보고 할 말은 아닌 것 같은데?"

두 남자는 서로를 보며 어이없는 웃음을 터뜨리고 말았다. 둘 다 피차일반, 오십 보 백 보였다.

세후는 이상하게 오늘 하루가 굉장히 길고 피곤한 하루가 될 예감이 들기 시작했다.

"최기준. 오늘 하루 동안 네 소속 관리 잘해, 알겠어?"

"형이나 잘하시지."

“하긴. 내가 지금 누구한테 훈수를 두겠냐.”

여자친구 손을 꼭 잡고 입장해도 모자랄 놀이동산으로 안정 거리를 유지한 두 남자가 입장하고 있었다.

수아와 보란은 물 만난 고기처럼 놀이동산을 헤엄치고 다녔다. 놀이기구란 기구는 전부 섭렵할 작정인지 지칠 줄을 몰랐다. 스릴이 넘치는 빠르고 무서운 것부터 천천히 숨을 고를 수 있는 놀이기구까지.

두 여자가 놀이기구를 두루 섭렵하는 동안 두 남자는 벤치에 앉아 그녀들을 기다렸다.

더 이상은 기다릴 수 없다고 느낀 세후가 또다시 놀이기구를 타겠다고 달려가는 보란의 팔을 잡아챘다.

“그만 타지?”

“에이, 아직 못 타본 게 수두룩해요.”

“그 말은 더 타겠다는 거군.”

저 멀리 미리 줄을 선 수아가 그녀를 부르며 재촉하고 있었다. 세후는 도망가려는 그녀의 손을 다급하게 잡았다.

“나는 혼자 이렇게 두고 당신은 놀이기구를 선택하겠다는 거야?”

“혼자라니요. 최 실장님 계시잖아요.”

그를 기준과 함께 내버려둔 보란은 다시 수아와 놀이기구를 타겠다고 달려갔다.

결국 세후는 기준이 앉은 벤치 옆에 나란히 앉았다. 좀 아까 기준이 달려가서 사온 음료수를 하나 건넸다.

“거봐. 소용없다고 내가 말했잖아.”

“너는 왜 이렇게 태평해?”

“나? 나 놀이기구 잘 못 타는 거 알잖아. 그리고 수아 씨가 즐거우면 난 만족해.”

세후가 태평한 소리만 늘어놓는 기준을 보며 쯧쯧 하고 혀를 찼다.

"이런 연애 초짜 같으니라고."

"그러는 형은 연애 고수냐?"

"너보다는 내가 한 수 위지. 잘 생각해봐. 아무리 놀이기구가 좋다 한들 남자친구보다 좋겠냐?"

"그런 거야?"

기준이 준 음료수를 벌컥벌컥 마신 세후가 한탄에 찬 목소리로 대꾸했다.

"너나 나나 왜 이러고 있어야 하는 거냐?"

"형, 사람들이 우리를 이상하게 보는 거 같은데?"

여자 둘이서 팔짱을 끼고 돌아다니면 둘도 없는 친구 사이라고 부러움을 살지언정, 시커먼 남자 둘이서 손이라도 잡고 돌아다니면 이상하게 보는 게 현실이었다.

남아 있던 음료수를 다 마신 세후가 페트병을 구기며 의지를 불태웠다.

"이대로는 안 되겠다. 이리 와봐."

안 그래도 사람이 이상한 눈초리로 보고 지나가는데 가까이 오라니. 기준이 기겁할 수밖에.

"왜? 뭐 하려고?"

"작전 회의."

작전 회의? 하긴 그 어느 때보다 작전이 시급하긴 하지.

머리를 맞댄 두 남자가 속닥속닥 작전을 의논하기 시작했다.

* * *

하늘 꼭대기까지 올라갔다가 빠른 속도로 단번에 수직 하강하는 놀이기구를 타고 내려온 수아와 보란은 터져 나오는 아드레날린을 주체할 수가 없었다.

“언니, 이거 엄청 재밌네요?”

“어, 완전. 스트레스가 확 풀리는 게, 내 취향이다. 오늘 데리고 와줘서 고마워.”

“에이, 어차피 날짜도 오늘까지여서 언니 아니었으면 버렸어야 했어요.”

첫 번째 데이트를 세후가 망쳐버렸었다니, 아무리 생각해도 수아에게 놀이공원을 같이 가자고 한 게 천 번은 잘한 일이라고 생각하는 보란이었다.

“근데 최 실장님이랑 두 분이서 오붓하게 다니셔야 하는 거 아니에요?”

수아는 그녀답지 않게 볼을 붉혔다. 아무리 수아가 얼굴이 두껍다고 해도 기준과 단둘이만 있으면 시선을 어디에 둬야 할지 모르겠고, 아무튼 그랬다. 그래서 오늘 보란이 더블데이트를 하자고 제안해왔을 때 얼마나 안도한 줄 모른다.

“아니야. 전에는 안 그랬는데 진짜로 사귀기 시작하니까 둘이만 있는 게 영 부끄럽고 어색한 거야.”

“아!”

그 느낌 잘 알지. 보란은 크게 공감하며 고개를 끄덕였다.

“어차피 기준 씨가 놀이기구는 별로 안 좋아한다고 하니까 너랑 다니는 게 훨씬 이득이야. 그런 의미에서 한 번 더?”

“콜!”

그녀들은 다른 놀이기구를 타러 이동하려고 했다. 그때, 그녀들을 막아선 건 작전 회의를 마친 두 남자였다.

수아의 앞에 선 기준이 그녀의 손을 덥석 잡았다. 놀란 수아의 눈이 기준을 향했다.

가을 햇살처럼 따뜻한 목소리로 기준이 수아에게 청했다.

“다른 사람이랑 그만 놀고 이제 나랑 놀아줘요.”

말을 마친 기준은 볼을 붉힌 수아를 데리고 어디론가로 사라졌다.

그리고 드디어 보란과 세후만 남았다. 기준에게 수줍게 끌려가는 수아를 보니 보란은 왠지 모를 뿌듯함에 웃음이 나왔다.

"지금 웃음이 나와?"

"그럼요. 이제 드디어 우리 둘만 남게 됐는데 웃음이 나오죠."

보란이 애교스럽게 세후의 팔짱을 꼈다. 그제야 세후는 만족한 얼굴을 했다. 단언컨대, 놀이동산에 들어온 후부터 해서 가장 만족한 얼굴이었다.

"처음부터 이랬어야 했다고. 가자."

"우리도 놀러 가는 거예요?"

손을 끌어당기니 가까이 다가온 그녀의 이마에 작게 입을 맞춘 세후가 속삭였다.

"그래. 다만, 둘이서만 놀 수 있는 곳으로."

한편, 수아의 손을 끌고 두리번거리던 기준의 발이 향한 곳은 곧장 들어갈 수 있는, 줄을 서지 않아도 들어갈 수 있는 귀신의 집이었다.

얼떨결에 들어오긴 했는데 앞이 보이지 않는 컴컴함과 으스스함은 기준을 당황하게 했다.

'아! 나는 왜 하고 많은 곳 중에 여길 들어왔을까.'

후회해도 너무 늦어버린 후다. 귀신의 집은 들어온 이상 입구가 아닌 출구를 통해서만 나갈 수 있게 되어 있었다. 등이 쭈뼛 서게 하는 빵빵한 음향 효과에 기준은 식은땀이 나는 한 손을 바지에다가 연신 문질렀다.

기준이 후회하는 그 순간, 수아 역시 영문을 모르긴 마찬가지였다. 우선은 데리고 오니까 이끌려 오긴 했는데 당최 귀신의 집에 들어온 이유를 짐작할 수가 없었다.

'꺄아악 하고 연약한 척 소리를 질러주길 바라는 건 아니겠지?'

설마설마했는데 그녀의 예상이 맞나 보다. 기준이 그녀를 보호한답시고 척하니 한 손을 내밀었다.

"무서우면 잡아요."

헐. 천하의 이수아가 이런 허접한 귀신의 집을 무서워한다고?

그녀로 말할 것 같으면 밤새 공포영화 시리즈를 섭렵하고도 모자라 꿈에 귀신이라도 나오면 같이 쌔쌔쌔 하고 노는 부류였다. 살아 있는 사람이 무섭지, 이런 장치와 특수 분장 같은 걸로는 그녀를 겁먹게 할 수가 없었다.

하지만 수아는 기준의 판타지를 지켜주기로 했다. 못 이기는 척 기준의 팔을 잡았다.

그리고 때맞춰 위에서는 검은 머리 가발이 내려왔다. 그걸 본 기준은 소스라치게 놀라 비명을 질렀다.

"아아악!"

동시에 그의 팔을 잡고 있던 수아의 팔은 내팽개쳐졌다.

아니, 이 남자 고작 이런 거에 무서워하는 건가? 아직 시작도 안 했는데?

수아가 많이 놀란 것처럼 보이는 기준을 보며 물었다.

"괜찮아요?"

그제야 하늘에서 내려온 건 가발이었고 그 가발에 놀라 너무 크게 비명을 질렀다는 걸 안 기준은 멋쩍은 웃음을 지었다.

"흠흠. 갑자기 튀어나오다 보니 놀라서 그랬습니다. 절대로 무서워서가 아닙니다."

"그런 걸로 해요."

"크흠. 가죠."

다시 귀신의 집 탐방이 시작됐다. 가발 보고 놀란 기준의 가슴은 또 뭐가 튀어나올까 싶어 심장이 밖으로 튕겨 나올 듯 뛰고 있었다.

두 번째로 그들을 기다리고 있는 건 좀비 분장을 한 남자였다. 쭉 걸어가다가 오른쪽으로 꺾는 길에 들어서는 순간이었다.

"크아아아."

음침한 웃음소리와 함께 좀비가 튀어나왔다.

그리고 기준은 가발이 튀어나왔을 때와는 비교되지 않을 만큼의 비명을 지르기 시작했다.

"으아아악!"

"아아악!"

웃긴 게 뭐냐면, 기준이 하도 크게 소리를 지르니 좀비가 더 놀랐는지 같이 비명을 질렀다는 거다.

길이 갈라지는 곳에서 기준과 좀비가 서로를 보며 비명을 질러댔다.

한참 비명을 질러대더니 좀비 연기를 해야 하는 사람이 귀를 후비며 말을 했다.

"하아. 귀청 떨어지는 줄 알았네."

그렇게 엄청난 대사를 남기고 좀비는 유유히 퇴장했다.

이쯤 되면 수아는 괜찮은 척 하려고 애를 쓰는 기준을 편하게 해주는 게 도리인 것 같았다.

"공포 영화 같은 거 잘 못 보죠?"

기준의 고개가 힘없이 아래위로 움직였다. 수아는 이미 정신이 빠져나간 듯한 기준에게 물었다.

"그런데 여긴 왜 들어왔어요?"

"앞에 사람이 없기에…… 어딘지 확인도 안 하고 무작정 들어왔어요."

이 남자…… 귀엽다. 남자에게 실례가 될 말일지도 모르지만 수아는 기준이 무척이나 귀여웠다. 빙그레 웃음이 삐져나올 것 같은데 기준이 무안할까 봐 수아는 안 웃으려고 입술에 안간힘을 줬다.

"가요."

두 사람은 다시 어둠 속을 걷기 시작했다.

이번에 준비하고 있는 사람은 하얀 소복을 차려입고 피를 흘리고 있는 귀신 분장을 한 여인이었다.

하지만 이번에는 달랐다. 귀신이 앞에서 갑자기 쑥 하고 나타나자 수아가 손을 들어 기준의 눈을 가렸다. 그러고는 귀신 연기를 하며 두 사람을 놀라게 하려고 다가오는 귀신에게 정중하게 양해를 구했다.

"죄송해요. 제 남자친구가 이런 데에 트라우마가 있어서요. 그대로 가주시면 감사하겠습니다."

그러자 놀라게 해주려고 손을 들고 있던 귀신 사람이 손을 내리고 멀쩡한 목소리로 대답했다.

"아, 네. 알겠습니다."

그 후로는 갑자기 튀어나오는 뱀이며 박쥐 같은 건 수아가 다 손으로 때려잡았고 출연하는 각종 신비로운 역을 맡은 이들에게 양해를 구하며 기준을 보호했다.

"다 왔어요."

눈을 뜨니 귀신의 집 출구에 서 있었다. 수아에겐 짧았지만 기준에겐 길기만 하던 귀신의 집 탈출기가 그렇게 끝이 났다.

멋지고 강한 모습을 보여줘도 모자랄 판에 약한 모습만 보여줘 버린 기준은 도저히 수아를 정면으로 쳐다볼 자신이 없었다.

'땅이라도 파고 들어가고 싶을 만큼 창피하다.'

먼 산만 쳐다보고 있는 기준의 손을 수아가 잡아왔다.

"내가 기준 씨를 좋아하긴 하나 봐요."

실망이라는 말을 들을 줄 알았는데 그 반대의 말을 하는 그녀였다.

"무슨……?"

"이런 모습까지 매력적으로 느껴지는 걸 보면 말이에요."

기준의 눈이 감동으로 팽창했다.

"다음에는 곤충 박람회 가보는 것도 나쁘지 않을 것 같네요."

"곤충 박람회요? 곤충 좋아해요?"

수아가 싱긋 웃으며 대답했다.

"아니요. 거기 가면 내가 막 소리 지르면서 당신한테 안기는 모습을 볼 수 있을 거예요."

기준이 줄이 없는 곳을 찾았던 것처럼, 그건 세후도 마찬가지였다. 다만 귀신의 집을 선택한 기준과 달리 세후는 단둘이 오래 있을 수 있는 놀이기구를 선택했다는 것이 차이라면 차이였다.

세후가 선택한 놀이기구는 놀이동산에서 제일 인기가 없는 관람차였다. 신나는 놀이기구들에 비해 기다리는 사람들도 적었고 1분 남짓 하는 시간에 끝나버리는 놀이기구들에 비해 시간도 길었다. 게다가 허공에서 단둘이만 있을 수 있다.

그야말로 세후가 원하는 것을 모두 만족시켜주는 단 하나의 놀이기구이자, 이 놀이동산에서 제일 그의 마음에 드는 것이었다.

하지만 보란은 마음에 들지 않나 보다.

"이걸 타자고요?"

"왜?"

그 무서운 놀이기구는 즐기면서 관람차가 뭐가 무섭다고 할지 모르나 관람차가 더 무섭다. 눈만 감고 있으면 빨리 지나가는 놀이기구와 달리 관람차는 허공에 오래 떠 있지 않는가.

동그란 통에 앉아 있다가 눈을 아래로 돌리기라도 하면 얼마나 아찔한데. 그리고 같이 앉아 있는 사람이 움직이기라도 하면 관람차도 덩달아 움직인다. 그 공포는 롤러코스터 따위에 비할 게 아니었다. 그래서 보란은 다른 놀이기구는 다 타도 관람차만은 타지 않는다.

"이, 이건 좀……."

망설이는 그녀를 보는 세후의 눈이 의아해졌다.

"다른 놀이기구는 겁도 없이 잘 타더니 설마 이건 무서워하는 거야?"

"네."

보란의 대답에 세후의 눈은 마치 더할 나위 없이 좋은 기회를 포착한 듯 빛났다.

"더욱더 타야겠는데?"

"제발 이것만은……."

타지 않겠다고 버티는 그녀를 억지로 끌고 세후는 관람차에 올랐다.

천천히 관람차가 돌기 시작했다.

도저히 아래를 쳐다볼 자신이 없는 보란은 아예 눈을 감아버렸다.

눈을 감으니 다른 감각들은 더 민감해졌다. 그녀가 있는 쪽으로 관람차가 기우는 게 느껴졌다. 놀란 보란이 실눈을 떴다. 세후가 움직이고 있었다.

"뭐, 뭐 하는 거예요?"

"옆에 앉으려고."

보란은 기겁하고 세후를 말렸다.

"안 돼요! 기울어서 떨어질지도 모른단 말이에요. 양손의 저울, 시소의 법칙 몰라요?"

보란이 일어선 세후를 다시 잡아 앉혔다. 그리고 그가 일어나지 못하도록 손을 꼭 잡는 것도 잊지 않았다.

보란은 무서워 죽겠는데 세후는 장난스럽게 말했다.

"내가 그렇게 좋아?"

"좋아서 잡고 있는 거 아니거든요?"

"그래?"

그러자 세후가 그녀의 손을 뿌리치고 다시 자리에서 일어나려 했다. 당연히 그를 붙잡으려 그녀는 큰 소리로 고백을 했다.

"좋아요. 좋아 죽겠다고요!"

그녀의 고백이 마음에 들었는지 세후는 만족스럽게 웃었다.

"이제 마음에 드네."

보통 여자가 무섭다고 하면 남자가 손도 잡아주고 안아주고 해야 하는 거 아닌가? 그런데 더 무섭게 만드는 걸로 모자라 불리한 상황을 빌미로 고백까지 받아먹다니.

"너무해."

보란이 토라지듯 손을 거두고 그에게서 얼굴을 돌려버렸다.

다시 관람차가 기우는 게 느껴졌다. 급격하게 기우는 각도에 보란은 눈을 감고 단발의 비명을 질렀다.

"악!"

순간, 그녀를 감싸는 든든한 팔.

"괜찮으니까 눈 떠."

스르륵 눈을 뜨니 세후가 옆에 앉아 그녀의 어깨를 감싸 안고 있었다.

한쪽으로 기운 관람차는 아무 이상 없이 꼭대기를 향해 올라가고 있었다.

"하나도 안 괜찮거든요?"

기울어진 통 안에서 보란은 세후의 셔츠가 생명줄이라도 되는 양 잡곤 그에게로만 시선을 고정하고 있었다.

"밖에 한번 보지?"

"싫어요."

보란은 싫다고 했지만 세후는 억지로 그녀의 고개를 창으로 돌렸다.

"아!"

밖의 풍경을 본 보란의 입에서 감탄사가 흘러나왔다. 어두컴컴해진 하늘 탓에 모든 건물들과 차들이 불을 켜고 있었다. 하늘 위에서 보는 야경은 땅에서 보는 야경에 비할 게 아니었다. 여전히 무서웠지만 손에 꼭 잡고 있는 세후의 셔츠 때문인지 눈을 감지 않을 수 있었다.

"그렇게 좋아?"

야경을 계속 보기 위해 셔츠를 잡고 있는 손에 계속 힘을 줘야 했지만 눈을 뗄 수 없을 만큼 멋지긴 했다.

"이건 좀……. 아니, 많이 좋네요."

그런데 세후가 물은 건 야경에 관한 게 아니었나 보다.

"내가 그렇게 좋다니 몰랐네?"

"야경이 좋다는 말이었는데요?"

"그렇단 말이지?"

그녀의 대답이 마음에 들지 않았는지 그가 또 일어나려 했다. 또다시 관람차가 덜컹, 하며 기우는 걸 느낀 보란이 다급하게 소리쳤다.

"좋아요! 아주 좋아 죽겠다고요!"

세후의 얼굴로 더할 나위 없이 만족스러운 미소가 떠올랐다.

"열렬한 고백 잘 들었어. 내 대답도 한번 들어볼래?"

세후가 야경에게서 그녀를 빼어왔다.

"……!"

그녀에 열렬한 고백에 대한 세후의 대답은…… 키스였다.

그녀의 고백에 답하는 키스는 계속됐다. 관람차가 땅에 도착할 때까지.

21화. 나를 위해 울어주는 너

목요일, 퇴근 후 세후가 보란을 데리고 간 곳은 데이트 장소와는 꽤 거리가 있는 곳이었다.

“우리 영화 보러 가는 거 아니었어요?”

“영화 보러 가기 전에 해야 할 일이 하나 있어서.”

잠시만, 하던 세후가 어디론가 전화를 걸었다.

얼마 뒤, 건물 안에서 웬 남자가 손을 흔들며 모습을 드러냈다.

“어이! 권세후!”

“오랜만이다? 김현우.”

남자가 반갑게 내민 손을 잡은 세후도 평소의 그답지 않게 반가운 기색이 완연했다. 보통 친한 사이가 아닌 것 같았다.

“이쪽은?”

멀뚱멀뚱 서 있던 보란을 옆으로 끌어다 세운 세후가 현우에게 그녀를 소개했다.

“내 애인.”

세후의 소개에 현우가 보란을 빤히 살피기 시작했다. 뚫어져라 쳐다보는 현우의 눈빛이 마음에 들지 않는지 세후가 보란을 자신의 뒤로 숨겼다.

"그만 봐. 닳아."

처음 보는 친구의 모습에 현우는 자신이 아는 권세후가 맞는지 확인이라도 할 작정인지 그의 볼을 쭉 늘어뜨렸다.

"맙소사. 너, 내 친구 권세후 맞냐?"

"손 치워라. 결투를 신청할 수도 있다?"

세후가 농담을 하며 웃었다. 그가 이리 편하게 웃는 걸 본 적이 없는 보란은 이 모든 게 신기하기만 했다.

하지만 현우 역시 세후가 이리 웃는 걸 본 적이 없었다. 설마 애인이라고 소개한 이 여자 때문인가? 권세후가 연애를 한다고? 그것도 아주 심도 깊은? 현우가 보란에게로 손을 내밀었다.

"처음 뵙겠습니다. 이 녀석 친구 김현우입니다. 살다 보니 이런 날이 오기도 하네요."

악수 대신 공손하게 고개를 숙인 보란이 자신을 소개했다.

"안녕하십니까? 엄보란이라고 합니다."

내민 손을 멋쩍게 거두어들인 현우는 그런 그녀가 좋아 죽겠다는 얼굴을 하고 서 있는 세후를 보며 고개를 흔들었다. 권세후에게 애인이라니 오래 살고 볼 일이었다. 당장 다른 친구 놈들에게 일러바치고 싶은 걸 겨우 참고 있는 중이다.

이쯤에서 인사는 마쳤다고 생각한 현우가 건물 안으로 돌아섰다.

"따라와."

현우를 따라 들어간 건물은 보란도 알고 있는 유명 잡지사였다. 현우가 안내하는 자리에 앉은 그녀가 고개를 두리번거렸다.

"사장님, 근데 여기는 무슨 일로?"

가져온 커피를 내려놓은 현우가 세후 대신 대답했다.

"이 녀석이 말 안 했나 보죠? 인터뷰 때문에 온 거잖아요."

"네에? 인터뷰를 하신다고요?"

그도 그럴 것이, 회사 관련 인터뷰를 포함해서 개인적인 인터뷰까지 수많은 인터뷰 요청이 들어오지만 세후는 물건만 잘 만들면 되지 굳이 자신의 얼굴을 팔아야 할 필요성을 느끼지 못한다며 전부 가차 없이 거절해왔던 것이다.

"그러니까요. 전에는 한 번만 해달라고 해도 무시하더니, 이번에는 무슨 일인지 먼저 연락이 와서는 한다고 하지 뭡니까? 과연 누구 때문일까요?"

보란을 보며 의미심장한 웃음을 짓는 현우를 세후가 단호하게 막았다.

"시끄러. 인터뷰 할 거야, 말 거야?"

"해야지. 어떤 기회인데, 당연히 해야지."

장난기는 전부 얼굴에서 지워낸 현우가 노트북을 켰다. 장난기라곤 찾아볼 수 없는 현우의 눈을 보니 인터뷰가 시작되려나 보다.

"권세후 사장님, 가장 먼저 헨젤의 경영 철학을 먼저 말씀해주십시오."

덩달아 세후도 진지하게 인터뷰에 임하기 시작했다.

"누구도 시도하지 않은 것에 도전하는 것."

그 후로, 헨젤의 성공 요인이었던 꿀맛칩을 화두로 해서 다양한 질문들이 이어졌다. 뻔하다면 뻔한 질문이었지만 세후는 그 어느 것 하나 대충 대답하지 않았다.

'역시 사장님.'

인터뷰를 지켜보고 있는 보란은 새삼, 그에게 다시금 반하고 있었다.

"이번에 나가는 특집 기사를 보면 많은 여성 독자들이 궁금해하실 질문을 하나 하겠습니다."

세후가 고개를 끄덕였다.

"혹시 사귀는 분이 계신가요?"

심도 있으며 심층적이기까지 하던 인터뷰의 마지막을 장식하는 질문은 지극히 개인적인 내용이었다.

"다 봐놓고 묻는 건 또 무슨 심보야?"

"왜 이래? 네가 공식적으로 질문에 답을 해야 나는 기사로 낼 수 있다고."

평소의 그라면 지극히 개인적인 질문이니까 노코멘트로 하는 게 맞는 거였다. 그런데 두 사람은 처음부터 이 질문은 꺼리지 않고 있는 것이었다.

그때, 두 사람의 대화를 듣고 있던 보란이 끼어들었다. 그의 여자친구로서가 아니라 비서로서 끼어드는 거였다.

"잠깐만요. 개인적인 인터뷰도 들어가는 거였습니까?"

현우가 의아한 눈을 하고 묻는다.

"몰랐어요? 이 녀석이 갑자기 인터뷰를 하는 이유가 뭐겠어요?"

세후는 대꾸 없이 그저 인터뷰 질문에 대한 답을 할 뿐이었다.

"보시다시피 사귀는 사람 있습니다."

"그렇군요. 얼마 전에 난 정유라 씨의 열애설 상대가 사장님이라는 소문이 있던데, 아주 잘못된 소문인가 봅니다?"

그럼……. 이 인터뷰의 목적은 저를 위한 거였단 말인가?

얼떨떨한 얼굴을 한 그녀의 손으로 세후의 손이 다가왔다.

"이 여자가 내가 사귀고 있는 사람이야."

"오~"

담담하게 말하는 그의 손은 한없이 따뜻했다.

"이제 됐냐?"

"아직 안 됐는데? 두 사람의 러브 스토리를 어느 정도 알아야 내가 인터뷰 기사를 쓰지. 어떻게 사귀는 사이로 발전됐는지는 말해줘야지?"

"대신 내 여자 정체는 밝히지 말고."

보란의 정체를 보호하겠다는 듯 세후가 그녀의 어깨를 감싸 안았다.

"이 사람 동화 작가거든. 보라 작가라고, 책을 냈어. 이 사람 동화에 내가 등장해."

"말도 안 돼! 권세후가 뮤즈라고? 공포 소설, 미스터리 소설 이런 것도 아니고 동화책이라고? 애들이 뭘 보고 배우겠냐?"

"걱정하지 마. 악당으로 등장하니까."

현우의 웃음이 터지는 데는 단 일 초의 시간도 필요하지 않았다.

"뭐? 푸하하! 그 책 제목 좀 알려줘라. 내가 당장 사러 간다."

"시끄러."

친구 좋다는 게 뭐냐고 그토록 인터뷰 요청을 해도 무시하던 세후였었다. 세후가 이 인터뷰에 응한 이유는 사랑스러워 미칠 것 같다는 듯 얼싸안고 싸고도는 이 여자 때문이었다.

사실 이 바닥에서는 얼마 전에 난 스캔들에 주인공으로 세후가 어느 정도 거론되고 있는 실정이었다.

물론 공식적으로 그는 절대 아니라고 반박할 수도 있었지만, 그렇게 되면 아니 땐 굴뚝에 연기가 나게 만드는 일이었다. 정확하게 세후라고 확정된 것도 아닌데 거기다 반박하는 건 오히려 여지를 주는 일이었다.

이 인터뷰는 자연스럽게 그가 사귀고 있는 사람은 다른 이라고 언급함으로써 돌려서 부인하는 것이다.

"좋아. 공식적인 인터뷰는 여기까지 하는 걸로 하고. 권세후의 친구로서 보란 씨에게 묻고 싶은 게 있습니다."

남자친구의 절친한 친구가 그녀를 시험하려고 한다. 보란의 몸이 뻣뻣하게 긴장하기 시작했다.

세후가 현우를 막아섰다.

"네가 왜?"

"그래도 명색이 내가 네 십년지기 친군데 그 정도도 못 하냐?"

하지만 세후는 들을 가치도 없다는 듯 보란의 손을 잡고 일어섰다.

"오늘은 안 돼. 영화 보러 가기로 했어."

묻고 싶은 게 많았지만 세후의 철벽 방어에 현우는 한발 물러날 수밖에 없었다. 보란에게서 물러난 현우는 할 말이 있는 듯 입술을 뗐다 붙였다 했다. 오늘 꼭 세후에게 알리려고 했던 사실이 있었기 때문이었다.

그가 미국에서 들어왔다고. 죽을 때까지 다른 사람의 입에서도 듣고 싶지 않을 만큼 증오하는 이름을 가진 그가 팔 년 만에 한국으로 돌아왔다고.

하지만 이 타이밍에 이 사실을 이야기해도 될지. 친구가 저렇게 행복하게 웃는 모습을 본 적은 참으로 오랜만이었다. 혹시나 그가 전한 사실이 친구의 웃음을 빼어가는 건 아닌가 싶어 현우는 쉬이 입을 뗄 수가 없었다.

'그래, 오늘 말고 다른 날에. 다른 날에 하자.'

오늘은, 이 순간만은 아니라고 결정한 현우는 그 사실을 숨긴 채 평소처럼 대화를 이어갔다.

"알았다. 내가 봐준다. 대신, 이번 모임에는 꼭 나와라."

"생각해보고."

"특별히 커플 모임 하자고 할 테니까 꼭 와라. 당연히 보란 씨도 오실 거죠?"

"네? 네."

무슨 모임인지도 모르고 보란은 얼떨결에 대답했다. 예배 시간이 다 됐다며 세후는 그녀의 손을 잡아끌었다.

"우리는 이만 간다. 기사 잘 부탁해."

세후의 생애 최초 인터뷰는 그렇게 끝이 났다.

* * *

"형, 나 왔어."

문이 벌컥 열리고 들어온 사람은 기준이었다. 남방의 단추를 채우고 있던 세후의 고개가 옆으로 돌아갔다.

"내가 노크하라고 했지?"

"우리 사이에 새삼스럽게 내외하는 거야?"

무작정 들어온 기준은 잘 정돈된 침대에 걸터앉았다. 때문에 잘 정돈되어 있던 침대보가 삐뚤어졌다.

"너는 멀쩡한 의자 놔두고 왜 남의 침대에 앉는 거냐?"

"말 참 예쁘게 하시네. 왜 내가 남이야. 그리고 이 넓은 침대 혼자 쓰면 좋기도 하겠다? 어?"

놀리자고 한 말인데 세후는 또 죽자고 진지하게 대답했다.

"누가 혼자 쓴대? 같이 쓸 사람 있어."

기준이 헉 하고 뒤로 가더니 양팔로 자신의 몸을 끌어안았다.

"형, 내가 형을 좋아하긴 하지만 나는 안 돼. 내 몸은 예쁜 임자가 생길 몸이거든."

"……."

세후는 기준의 어이없는 대답 따위는 가뿐히 무시하고 묵묵히 단추를 채울 뿐이었다. 장난도 상대방이 받아줘야 재미가 있는 거지. 상대방이 영 반응이 없으니 기준은 제풀에 지쳐 떨어졌다.

"근데, 일요일 저녁인데 이렇게 꾸미고 어디 가?"

"모임 있어."

"무슨 모임? 오늘은 특별한 스케줄은 없는 걸로 아는데?"

"애들 보기로 했어."

세후가 말하는 애들이 누구인지 기준은 한 번에 알아들었다.

"형들 만나기로 했어? 현우 형이랑 다 보고 싶은데. 내 안부도 좀."

전해주면 안 되겠냐고 말하려는 기준의 말을 세후가 끊고 들어왔다.

“네 안부는 네가 연락해서 직접 전해.”

“말도 참 정나미 없이 하십니다.”

마지막 단추까지 다 채우고 재킷을 손에 든 세후가 서랍을 열었다. 열 맞춰 진열된 시계 중 은색 메탈 시계를 골라낸 그가 기준을 돌아보며 묻는다.

“찾아온 이유나 말해.”

“전에 형이 조사해보라고 한 거 말이야. 스캔들 기사 배후.”

전화로 보고해도 될 걸 직접 찾아왔다는 건은 어쩌다가 우연히 난 기사가 아니란 말이었다. 시계를 채우던 세후의 손이 잠시 멈췄다 다시 움직였다.

“말해.”

“그러니까 스캔들의 주인공 정유라가 말이야, 지금 있는 기획사에 불만이 많았었나 봐. 자신은 충분히 톱 반열에 들 수 있는데 기획사가 작아서 잘 못 밀어준다나 뭐라나? 그렇게 불평을 하고 다녔는가 보더라고. 그래서인지 지금 기획사와 계약 기간이 남아 있는데도 몰래 다른 기획사를 알아보고 다녔다는 소리가 있어. 알아보니까 벌써 어떤 기획사랑 물밑으로 이중계약서를 썼더라고. 근데 그 기획사가 어딘 줄 알아?”

기준이 대답해줄 필요도 없이 질문의 대답을 세후는 이미 알고 있었다.

“TY이겠지.”

“어? 어떻게 알았어?”

본래 쓰레기란 건 말 그대로 한번 보고 잊어버리면 되니까 쓰레기라는 거다. 하지만 그 쓰레기 자식만큼은 예외였다. 뭐, 엄밀히 말하면 그 쓰레기를 잊는 게 아니라 그 쓰레기가 보란에게 한 짓을 잊지 않는 거였지만.

그 쓰레기가 어떻게 했는데. 그가 제일 아끼는 사람에게 어떤 모욕을 주고 울렸는데. 세후가 잊을 수 있을 리가 없다.

“그런 놈들은 지들이 잘못했다 걸 인정하지 못하거든. 꼭 다시 쓰레기 짓을 한단 말이야.”

“어떻게 할까?”

“믿을 만한 사람으로 한 명 붙여라.”

“오케이. 계속 알아볼까?”

세후는 대답 대신 기준의 어깨를 두드렸다. 너를 믿으니 알아서 하라는 신뢰가 담긴 대답이었다.

세후가 준비를 마친 그 시각, 보란도 준비를 마치고 거울 앞에 서 있었다. 그녀가 입고 있는 옷은 중국 출장 때 입었던 빨간 원피스였다.

날씨가 쌀쌀해진 탓에 원피스 하나만 입을 순 없어 하얀 볼레로 재킷을 걸친 참인 데다, 트레이드마크이던 단정한 단발머리는 어디 특별한 곳에 가기라도 하는 것처럼 살짝 웨이브가 들어가 있었다. 뿐만 아니라 한 시간을 공들인 화장 덕분에 보란의 얼굴에선 광채까지 났다.

“구두는 당연히…… 이거지.”

보란이 신은 신발은 당연히 은색 힐이었다. 시계를 확인한 그녀는 구두에 발을 끼워 넣고는 얼른 집을 나섰다.

이리 꾸민 보란이 가는 곳은 세후의 친구들 모임이 있는 장소였다. 처음 만나는 남자친구의 친구들에게 예쁘게 보이고 싶어 세 시간이 넘게 공을 들인 건 그녀로서도 처음 있는 일이었다.

오피스텔을 나서니 차에 기대선 세후가 보였다. 보란이 한걸음에 달려갔다.

“왔어요?”

차에 기대 있던 세후가 몸을 바로 했다. 보란의 모습을 아래위로 훑어보던 그가 마음에 안 든다는 듯 미간을 찌푸린다.

“왜 이렇게 예쁘게 하고 왔어?”

“헤에? 저번에 이 옷 입었을 때 기억 안 나요? 다 비슷비슷하다고 하셨잖아요.”

“말은 바로 해야지. 다 비슷비슷하게 예쁘다는 말이었어.”

빨간 원피스의 치마의 끝을 잡고 보란이 동화 속 공주님처럼 살짝 무릎을 굽혔다.

"정말 예쁜 거 맞죠?"

"그래. 지금 이대로 데리고 도망가고 싶을 만큼."

칭찬이 부끄러운지 보란이 볼을 붉히며 세후의 팔을 살짝 건드렸다.

"농담을 너무 진지하게 하시는 거 아니세요?"

"농담 아닌데?"

그의 팔을 건드리는 그녀의 팔을 붙잡은 그의 눈은 당장이라도 이 땅을 떠날 수 있게 비행기를 예약이라도 할 것처럼 진지했다. 보란의 입이 벌어졌다.

"처음으로 만나기로 한 약속인데 딴 데로 새겠다고 안 가봐요. 친구분들이 어떻게 생각하시겠어요?"

"어떻게 생각하긴. 좋게 생각하겠지."

세후의 손이 곱게 물결치며 얼굴로 가리고 있던 그녀의 머리로 닿았다. 내려온 머리카락을 세심한 손길로 귀 뒤로 넘겨준 그가 낮은 목소리로 묻는다.

"그래서 말인데, 도망가자."

여자만이 섹시하다는 수식어가 붙는 건 아니다. 남자도 충분히 가능함을 보란은 이 순간 깨닫고 있었다.

목덜미에 닿는 세후의 음성에 그녀의 온몸은 전율이 일고 있었으니까.

꿀꺽, 하고 넘어가는 침처럼 마음은 벌써 넘어갔지만 애써 보란은 고개를 흔들었다.

"안 돼요."

"할 수 없지. 자, 오르시죠."

아쉽다는 듯 세후가 열어주는 조수석에 보란이 사뿐히 올랐다. 차 앞을 돌아 온 세후도 옆의 운전석에 올랐다.

"안전벨트."

"네에?"

보란은 잘못 들은 줄 알고 반문했다. 여태껏 그와 함께 차에 탄 이후로 안전벨트를 스스로 매어본 적이 없었으니까. 안전벨트 안 매다 죽은 귀신이 붙은 것처럼 안전벨트 매주기 사명을 띤 사람처럼 굴더니 별일이었다. 고개를 돌리니 마음에 안 든다는 듯 굳어 있는 세후의 턱이 보인다.

"설마……. 같이 도망간다는 말 안 해서 또 삐지고 그러신 건 아니죠?"

"아니. 삐졌어."

보통 정곡을 찔렸을 때 당황하거나 침묵하거나 다른 화제로 돌리는 게 일반적인 반응이었지만, 그의 경우 너무 쉽게 인정하니 오히려 정곡을 찌른 사람만 당황하게 된다.

"사랑의 도피는 다음을 기해요. 네에?"

"약속했어. 나중에 딴말하지 말라고."

당했다. 기다렸다는 듯, 예정도 없이 불시에 도망갈 약속을 정해버리는 세후를 보는데 당했다는 느낌을 지울 수가 없었다.

언제나 한번 그를 이겨먹을 수 있을는지.

보란의 고개가 아래로 떨어졌다. 그리고 단번에 눈에 은색 힐이 들어왔다.

다시 고개를 드는 보란의 얼굴이 장난스럽게 빛났다.

"이 구두 어때요?"

뜬금없는 질문에 세후의 눈이 보란의 새하얀 발에 신겨 있던 은색 힐을 확인했다. 그녀의 발에 신겨진 구두가 그의 마음에 들지 않을 리가 없었다.

"누가 사줬는지 뛰어난 안목을 가졌군."

이렇게 나오신단 말이지. 보란의 눈빛이 더 장난스럽게 빛났다.

"그러니까요. 그런데 이거 사준 사람은 모르고 있는 게 있나 봐요."

"뭘 모르고 있는데?"

"신발 사주면 도망간다는데 그것도 모르고 신발을 사줬네요. 뭐라더라? 이거 신고 자기한테 오라고 했나? 신고 도망가면 어쩌려고 신발을 사줬는지 모르겠어요."

그를 자극하려고 한 소리라면 그녀는 완벽하게 성공했다. 물론 그는 겉으로 티를 내지 않으려고 안간힘을 쓰고 있었지만, 보란의 말이 언제라도 그에게서 도망가려고 생각하고 있다는 것 같아 세후는 불안해지기까지 했으니까.

"잘 뛰지도 못하면서? 퍽이나 잘 도망치겠다."

세후의 도발에 보란이 발끈했다.

"제가 언제요? 저 뛰는 거 언제 보셨다고?"

"전에 팬 사인회 때 기억 안 나?"

보란은 입을 다물어버렸다.

그러고 보니 힐을 신고 세후에게서 전력으로 도망간 적이 있었다. 그때는 세후에게 인형탈을 씌운 후 도망가서 망정이었지 안 그랬다면 그에게 잡히는 건 시간문제였을 거다.

"나 엄청 빠른 거 알지?"

결국 보란은 이리도 쉽게 현실을 수긍해버렸다.

"그러니까요."

그녀의 대답이 떨어지기 무섭게 차는 출발했다. 운전대를 잡은 세후가 한 손으로는 그녀의 손을 깍지 껴 잡았다.

"어차피 잡힐 거 도망가겠다는 쓸데없는 생각은 안 하는 게 좋을 거야."

한 번은 세후를 놀려보고 싶어 꺼낸 말에 본전도 못 찾은 보란이었다. 기필코 언젠가 한 번은 이기고 말거라고 그녀는 속으로 다짐 또 다짐했다.

잘 달리던 세후의 하얀 차가 급정거했다. 말없이 차에서 내린 세후가 걸어오더니 조수석 문을 열었다.

"내려."

보석놀이라도 하면서 놀 게 아니라면 모임 장소로는 영 마땅한 곳으론 보이질 않는 장소에 보란은 세후에게 물었다.

"우리 모임 가는 거 아니었어요? 요즘은 이런 데서 모임을 해요?"

"모임에 가는 건 맞는데 여기는 아니야."

자세히 알려주지 않은 세후는 다짜고짜 보란의 손을 잡고 차에서 내리게 했다. 세후에게 끌려가면서 보란이 다급하게 물었다.

"어디 가는데요?"

그녀를 끌고 앞서가던 세후의 발이 멈춰 섰다.

"당신 족쇄 채우러."

"네에?"

그의 대답을 쉬이 이해하지 못하는 그녀의 손을 붙잡은 그의 발이 다시 움직이기 시작했다.

세후가 다짜고짜 그녀를 데리고 간 곳은 커다란 쥬얼리 매장이었다. 들어가는 순간 눈을 감아버리게 만드는 보석들의 빛은 마치 동화 속으로 들어간 것 같은 착각마저 들게 했다.

"여기는 왜요?"

"말했잖아. 족쇄 채운다고."

물론 장난으로 한 말에 족쇄를 채우겠다고 이를 가는 왕자는 살벌했지만.

보란이 세후의 작게 답했다.

"아까 했던 말 때문에 이러시는 거예요? 저 안 도망가요. 그리고 제가 도망가도 금방 따라와 잡으실 거잖아요."

믿어달라고 말했지만 그에게는 통하지 않았다.

“어서 오십시오.”

두 사람의 대화에 끼어든 건 단정한 유니폼을 갖춰 입은 매장 직원이었다.

“찾으시는 것이라도 있으십니까?”

여전히 보란의 손을 잡은 채 세후가 무심한 척 말했다.

“도망가려는 여자를 잡아둘 만한 거 있습니까?”

그의 요구가 당황스러울 법도 하건만 직원은 얼굴에 미소를 잃지 않았다. 아니면 세후 같은 요구를 말하는 남자들이 생각보다 많을지도 모르지.

“물론입니다. 따라오십시오.”

직원의 대답이 마음에 들었는지 세후가 보란의 손을 잡고 직원의 뒤를 따랐다. 얼떨결에 따라가던 보란은 계속해서 말했다.

“저 정말 이런 거 필요 없어요.”

하지만 보란에 관해선 1퍼센트의 작은 틈도 허락하지 않는 세후에게는 씨알도 안 먹힐 소리였다. 세후는 아무 말 없이 보란을 끌고 갔다.

하얀 장갑을 낀 직원은 가장 먼저 어마무시한 다이아가 박힌 반지를 꺼내 보여줬다.

“유명 보석 공예 디자이너 장끌레가 한정판으로 단 열 개만 만들었는데, 그중 한 개를 저희 매장에서 공수해왔습니다. 그러니 한국에서는 단 한 개뿐인 반지인 거죠.”

전 세계에서 열 개뿐이란다. 그러니 그 가격이 하늘 높은 줄 모르고 어마어마하겠지? 어느 도둑놈이 그녀의 손가락을 노릴지 겁이 나서 끼고 다닐 수나 있겠나?

추리닝 한 벌도 부담스러워하는 보란이 저런 부담이 되는 걸 받을 수 있을 리가 없었다.

보란이 직원을 보며 부탁했다.

“죄송한데 저희끼리 이야기 좀 나눌게요.”

"알겠습니다."

고개를 끄덕인 직원이 두 사람을 피해 자리를 비켜줬다. 보란이 세후를 붙잡고 이야기하기 시작했다.

"전 이런 거 필요 없어요. 거기다 반지 같은 건 받아도 회사에서 끼고 다니지도 못할 텐데 왜 쓸데없이 돈을 써요."

"반지만 아니면 되는 거야?"

"아니, 말이 어떻게 그렇게 돼요?"

제가 듣고 싶은 것만 골라 들은 세후는 다시 직원을 불러 지시했다.

"반지 말고 다른 걸로 부탁합니다. 아, 너무 눈에 띄지 않고 심플한 디자인으로."

그의 지시에 직원은 빛의 속도로 움직이기 시작했다. 반지를 제외한 팔찌, 목걸이, 발찌, 브로치까지. 심플하지만 고급스러워 보이는 다양한 디자인들을 꺼내놓았다.

일렬로 나열된 보석들을 한눈으로 쓱 훑어보던 세후가 손으로 은색 목걸이를 가리켰다. 은색 줄에 걸린 펜던트는 핑크 다이아들이 깨알처럼 박힌 두 줄의 링이 꼬여서 원을 이루고 있었다. 억지로 풀어도 절대로 풀릴 것 같지 않은 펜던트의 모양이 세후의 마음에 쏙 들었다.

"이걸로."

직원이 조심스럽게 목걸이를 세후에게 건넸다.

"안목이 대단하시네요. 핑크 다이아몬드는 희소성이 큰 다이아몬드이죠."

세후가 목걸이를 들고 조금 떨어져 있는 보란을 불렀다.

"이리 와."

그의 말이 거부할 수 없는 주문인 양 보란은 그에게로 이끌려 갔다. 뒤에선 세후가 그녀의 목에 목걸이를 두르고 체인 고리를 잠갔다.

"잘 어울리네. 절대로 빼지 마."

뭐에 홀리기라도 한 듯 보란의 고개가 끄덕였다. 그녀의 쇄골에서 빛나고 있는 펜던트를 만지작거리던 세후가 한숨을 쉬더니 나지막이 내뱉었다.

"그래도 안심이 안 되는데."

그냥 한 말에 죽자고 덤비니……. 이래서야 무슨 말을 못 한다. 중간은 없고 끝장만 보려는 세후를 누구보다 잘 알면서, 장난 같은 건 시작도 하면 되면 안 되는 것이었다.

"목줄 채웠으면 됐지, 뭐가 또 안심이 안 돼요?"

마음 같아서는 당신 내 거라고 손가락에 반지를 끼워 넣고 싶은데 참은 줄도 모르고.

"아무튼 난 그렇다고."

두 사람이 싸움 아닌 싸움을 하고 있는데 직원의 말이 두 사람 사이를 비집고 들어왔다.

"손님…… 이 목걸이와 함께 발찌도 세트로 나와 있는데 한번 보시겠어요?"

"아니에요. 충분하답니다."

사양하는 보란의 말은 깡그리 무시된 채, 직원은 세후의 끄덕임만 봤나 보다. 직원은 얼른 목걸이와 같은 디자인이지만 더 작은 펜던트가 달린 발찌를 가지고 왔다.

"여기 있습니다."

직원이 건네는 발찌를 건네받은 세후가 한쪽 무릎을 꿇었다.

"세, 세후 씨."

세후가 도망가려는 그녀의 발목을 한 손으로 움켜잡았다. 꼼짝 못하게 보란의 발목을 잡은 뒤 세후가 발찌를 채웠다.

체인 고리가 잠기는 순간, 세후가 족쇄를 채우는 순간 보란은 자각했다.

이제 절대로 그에게서 벗어날 수 없음을, 그녀의 마음이 그에게 영원히 묶여 있어야 할 것임을, 깨닫고 있었다.

“이제 안심이 돼요?”

몸을 일으킨 세후가 어림도 없다면서 고개를 흔들었다.

“아니.”

목도 모자라 발목에도 줄을 채웠으면 됐지.

“아니라고요? 더 이상 채울 곳도 없잖아요.”

빤히 그를 쳐다보는 그녀가 예뻤다. 그녀의 목과 발목에 보이는 그의 영역 표시가 마음에 들어서 세후의 가슴은 벅차오르기 시작했다.

벅차오르는 가슴을 주체하지 못하고 세후가 보란을 끌어 품에 안았다.

당신은 짐작도 못하겠지. 나도 무서울 만큼 당신을 소유하고 싶어 하는 내 마음의 크기를.

‘모르지. 당신 넷째 손가락에까지 채우면 그땐, 나도 조금은 안심할지도 모르겠다.’

모임이 있는 곳은 번화가에서 조금 떨어진 한적한 바였다. 차에서 내려 옷매무새를 다듬고 있는 보란을 향해 세후가 팔을 내밀었다.

“들어가자.”

내밀고 있는 세후의 팔을 잡지 못하고 보란은 커다랗게 숨을 들이마셨다.

“후우, 잠시만요.”

이보다 더한 것도 해본 적 있다고 생각했건만 떨림은 가실 줄을 몰랐다. 혹시라도 실수하는 건 아닌가 싶어 보란은 바짝 긴장하게 됐다. 딱딱하게 굳은 그녀의 허리로 그의 팔이 둘러졌고 굳건하게 그녀를 지탱했다.

“천하의 엄 비서가 긴장을 하는 거야?”

“당연하죠. 긴장 안 하면 그게 더 이상한 거라고요.”

“긴장 같은 거 안 해도 돼. 내가 있잖아.”

세후의 말이 꽤 든든했던지 두근거리던 긴장이 조금 느슨해지는 것도 같았다. 이제 마음의 준비가 끝났다며 보란이 고개를 끄덕였고 세후가 그녀를 에스코트했다.

“가자.”

지하 일 층에 있는 바로 가기 위해 좁은 계단 통로를 이용해야 했다. 덕분에 새 구두나 다름없는 은색 힐은 조금 많이 불편했다. 혹시나 넘어지는 건 아닐까 한 계단, 한 계단 내려가던 그녀의 보폭에 맞춰 내려가던 세후가 천천히 걷던 그녀가 답답했던지 혼자 성큼성큼 내려갔다. 그대로 먼저 들어갈 것 같던 세후의 등이 계단이 끝나는 곳에서 멈춰 섰다.

돌아선 세후가 몇 계단 위에 있는 보란에게 팔을 내밀었다.

“이리 와.”

어쩌라고 이러는 거지? 싶었더니 계단 위 우뚝 멈춰 선 보란에게로 손을 내민 세후가 그녀의 허리를 번쩍 들어 올렸다.

“꺄!”

갑자기 붕 뜬 느낌에 보란은 그의 어깨에 손을 올려 중심을 잡았다. 붉은 원피스 자락이 동그란 원을 그리며 물결을 이뤘다. 그녀가 아이라도 되는 양 들어서 계단 아래 조심스럽게 내려놓는 세후였다.

“내가 내려갈 수 있는데…….”

“혼자 하겠다는 자세는 좋은 자세야. 허나 다치는 건 안 돼.”

세후가 바닥으로 내린 손을 따라 눈을 돌리니 계단 밑 부분이 깨졌는지 홈이 파여 울퉁불퉁 엉망이었다. 어두컴컴해서 잘 보지 않고 내디뎠다면 분명히 반사신경이라곤 제로인 보란은 걸려 넘어졌겠지. 이런 사소한 것까지 챙기는 세후가 그녀의 마음을 또 들었다 놨다 한다.

주위를 두리번거리던 보란이 손짓으로 세후를 불렀다.

“이리 와봐요. 수고비 줄게요.”

왜? 하고 다가온 세후의 왼쪽 뺨에 보란은 고마움을 담아 가볍게 입을 맞추려고 했다.

"좀 더 쓰시지?"

"너무 비싼 거 아니에요?"

다가오던 보란의 얼굴을 손으로 고정시킨 세후가 그녀의 입술을 삼켰다. 대가는 거하게 받아갈 작정인지 그의 키스는 끝날 줄을 몰랐다. 이러다 누가 보기라도 하면 어쩌려고.

정신을 차린 보란이 그의 가슴을 밀어내봤지만 그녀를 끌어안는 힘이 더 거세질 뿐이었다.

"아이구, 죄송……. 권세후?"

담배 한 개비를 들고 나오던 웬 남자가 알은체를 했다. 흠칫 굳어지는 보란을 그의 뒤로 숨긴 세후가 남자의 말을 받았다.

"어, 김현우."

얼마 전, 인터뷰 때문에 만났던 현우였다. 본의 아니게 키스 장면을 보게 된 현우는 피우려던 담배를 치워버리고 세후를 놀리기 시작했다.

"야, 아무리 그래도 공공장소에서는 자제해라. 좀."

하지만 대꾸하는 세후의 음성은 태연하다 못해 뻔뻔했다.

"이 여자한테는 브레이크가 안 들거든. 그리고 네가 무슨 상관?"

현우의 입이 쩍 하고 벌어졌다. 세후의 작태가 갈수록 가관이었다. 꼴불견이기도 했지만, 그보다 세후의 얼굴이 더 좋아 보여 현우는 오히려 안심이 됐다. 평생 우빈을 키우며 살겠다던 친구를 파트너 동반 모임에서 볼 수 있을 거라곤 생각도 못해봤으니까.

"그래, 너 잘났다. 이런 것도 친구라고. 보란 씨, 반가워요."

세후의 등 뒤에 숨어 있던 보란이 기어 들어가는 목소리 인사했다.

"안녕하세요."

현우가 세후의 어깨를 툭 하고 쳤다.

"네가 제일 늦게 온 거 알지? 지각이니까 네가 오늘 전부 계산해야 하는 거 알지?”

“알았어.”

“얼른 들어가. 다들 기다려.”

세후는 얼굴을 들지 못하는 보란을 보호하듯 끌어안고는 그 자리를 벗어났다. 본의 아니게 그의 품에 안겨 걷고 있던 보란이 빼꼼 고개를 들어 그를 올려다봤다.

“반반 할까요?”

“뭘?”

“돈 내는 거 말이에요.”

치킨 주문하는 것도 아니고, 세후가 보란의 코를 작게 비틀었다.

“어차피 당신 소개하는 겸 내가 내려고 했었어. 그리고 저축이나 해. 꼬박꼬박 모아서 나한테…….”

시집와야지. 뒤의 말은 열린 문 틈 사이로 새어 나온 음악소리에 묻혀버렸다. 그의 말을 끝까지 듣지 못한 보란이 되물었다.

“네에? 뭐라고 하신 거예요?”

“못 들었으면 할 수 없고.”

“알려주세요. 네에?”

다시 알려달라며 조르는 보란을 보며 세후는 웃을 뿐이었다.

“잘 한번 생각해봐.”

유유히 걸어가는 그의 뒤를 보란이 총총걸음으로 따르고 있었다.

* * *

재즈 음악이 연주되고 있는 홀을 지나 두 사람은 직원의 안내를 받아 따로 마련된 룸으로 들어섰다. 딸깍 문이 열리는 소리에 그곳에 있던 모든 눈들이 두 사람에게로 향했다.

"어이, 왔냐?"

"여기야, 여기."

"오오. 권세후가 파트너 동반 모임에 등장하다니."

무리 중에 안경을 쓰고 있던 남자가 안쪽 자리로 들어가 앉더니 자리를 마련해줬다. 세후가 마련해준 소파에 보란을 앉히고 그 옆에 앉았다.

자리에 앉기 무섭게 너도나도 질문을 퍼붓기 시작했다.

"반가워요."

"성함이?"

"어떻게 만나시게 되신 거예요?"

"대체 이 녀석이랑 왜 만나시는 거세요?"

어떤 질문에 먼저 대답을 해야 할지 몰라 머뭇거리고 있는데, 세후가 모든 질문들을 막아섰다.

"니들이 알아서 뭐하게?"

세후의 철통 방어에 보란이 곤란한 듯 테이블 밑으로 잡혀 있는 손에 힘을 줬다.

"늦게 배운 놈이 더 하다더니."

"야, 아무리 그래도 인사 정도는 시켜줘야 하는 거 아니야?"

또 세후가 한소리 하려는 걸 보란이 말렸다. 그러곤 일어나 반듯하게 인사했다.

"처음 뵙겠습니다. 엄보란이라고 합니다."

특별하지 않은 자기소개였음에도 박수 세례가 터져 나왔다.

"환영합니다."

그리고 세후가 보란에게 한 명씩 소개를 시켜줬다.

"앞에 안경 낀 놈은 이름이 이용기라고 대학에서 강의해. 그 옆에는 제수씨.

저쪽 구석에 있는 놈 이름은 천훈이고 치과 의사. 옆에는 여자친구. 마지막으로 저분은 현우랑 같이 오신 분인 것 같은데. 현우 알지? 들어오면서 봤잖아."

"네."

이야기하기 무섭게 밖으로 나갔던 현우가 들어왔다.

"내 얘기 하고 있었어?"

"인사하는 중이었어. 현우랑 나랑은 고등학교 동창이고 용기랑 훈이가 고등학교 동창이야. 넷이 대학에서 만나 친해졌어."

세후의 친절한 설명에 보란의 얼굴은 미소를 띠었다. 세후의 친구들이라고 해서 전부 모 유명 기업 자제들만 있을 줄 알았더니 그건 아닌가 보다.

인사가 끝나니 술잔이 돌기 시작했다. 보란이 알지 못하는 세후의 젊었던 시절의 일들이 하나씩 쏟아져 나오고 있었다.

"보란 씨, 이 녀석 대학 때 별명이 뭔지 알아요?"

"뭔데요?"

"의자왕이에요. 의자왕."

"네에? 삼천 궁녀를 거느렸다는 그 의자왕이요?"

"물론, 대학에서 난다 긴다 하는 퀸카들이 권세후의 간택을 한 번 받아보겠다고 주구장창 대시를 했죠. 하지만 그것 때문에 의자왕이란 별명이 붙은 건 아니고."

현우의 설명에 주위에선 웃음을 참는 소리가 새어나왔다.

"킥킥킥."

"밥 먹을 때고, 도서관에서 공부할 때고, 벤치에 앉아 있을 때고 여자들이 와서 전화번호를 물어봐도 묵묵부답, 음료수를 전해줘도 무반응. 의자에 붙었는지 한 번을 안 일어났다니까요. 의자에 앉아 있는 걸로는 이길 자가 없었거든요. 그래서 별명이 의자왕이었어요."

의자왕이 그런 뜻의 의자왕이라니, 뜻밖이라는 듯 보란의 눈이 옆으로 향했다.

"정말요?"

"저런 영양가 없는 소리는 흘려버려."

못마땅하다는 티가 역력했지만 그에게서 불편함 같은 건 느껴지지 않았다. 이번엔 서글서글한 눈매가 매력적인 용기란 친구가 물었다.

"그래서 말인데, 설마 천하의 의자왕인 권세후가 먼저 사귀자고 했나요?"

그렇다고 선뜻 대답하지 못하고 있는 그녀 대신 세후가 불쑥 대답했다.

"내가 쫓아다녔다. 됐냐?"

"오올, 권세후 임자 만났군. 그런 의미에서 보란 씨 한 잔 받아요."

보란이 잔을 받았다. 별생각 없이 마시려는데 세후가 그녀의 잔을 뺏어갔다.

"또 취해서 누구한테 전화하려고? 이리 줘."

하지만 짓궂은 눈을 한 현우가 세후를 막아선다.

"아니지. 특별히 네 잔은 준비되어 있다고."

탁. 현우가 테이블을 치니 큰 잔 위에 조르르 서 있던 잔들이 큰 잔으로 쏙 하고 들어갔다. 회식 자리에서 특기로 가끔씩 말던 폭탄주가 오늘 그가 받을 술인 것 같다.

"나 차 가지고 왔어."

물론 세후는 폭탄주를 순순히 받지 않고 반항했다. 그러자 짓궂어 보이던 현우의 눈은 더 불타올랐다. 마치 오늘만 기다렸다는 눈이었다.

"네가 못 마시겠다면 파트너로 오신 분이 대신 마셔야지."

"제, 제가요?"

술이 세지 않는 보란도 선뜻 흑기사를 자청하진 못하고 있을 때, 현우가 또 말을 한다.

"얘들아, 내가 아까 나갔다가 말이야, 뭘 봤는지 알아?"

보란의 몸이 움찔거렸다. 아까 나갔다 본 것이라 하면…….

"하도 신기해서 기자 정신을 발휘해서 휴대폰으로 사진을 찍어놨는데……. 한번 구경해보는 게 어때?"

보란이 손을 번쩍 들었다.

"마실게요. 세후 씨도 마실 거죠?"

"내가 왜?"

남의 일이라는 듯 방관하는 세후 덕에 보란의 목만 바짝바짝 타들어갔다. 생전 처음 보는, 그것도 애인의 절친들에게 키스하는 사진을 보여준다면 참 자랑스럽기도 하겠다. 보란은 세후 앞에 놓여 있던 잔까지 그녀의 앞으로 가져왔다.

"하하. 제가 대신 마시겠습니다."

그녀의 앞에 있던 술잔이 다시 그에게로 옮겨 갔다.

"됐어. 내가 마셔."

아무래도 오늘 타깃은 세후와 보란이었던가 보다. 친구들은 작정이라도 한 듯 벌떼처럼 달려들고 있었다.

"오오! 내 잔도 한 잔 받아야지."

"섭섭하게 내 잔이 빠지면 쓰나."

한 잔, 두 잔 받아 마신 술잔의 숫자가 늘어나고 있었다.

필름이 끊길 듯 정신이 몽롱해지기 시작한 보란이 자리에서 일어났다. 전화기를 찾고 싶어진다. 취하면 나오는 술버릇. 취해서 아무 데나 전화하는 추태를 여기서 보이고 싶지 않다면 정신을 차려야 했다.

"잠시 바람 좀 쐬고 올게요."

"같이 가."

"아니에요. 혼자 갔다 올게요. 있어요."

일어나려는 세후를 말리고 보란은 혼자 룸을 나섰다.

문이 닫히고 보란을 따라서 나가려는 세후를 잡아 앉힌 건 현우였다.

"야. 어딜 빠져나갈라고?"

엉거주춤 일어났던 세후의 엉덩이가 다시 소파에 안착했다. 세후가 현우를 노려봤다.

"너무 오랜만에 봐서 정신이 빠졌지? 정신 차리게 해줘?"

어렸을 적 했던 장난처럼 세후가 현우의 목을 조르자, 현우가 세후의 팔을 때리며 외쳤다.

"켁켁. 항복! 항복!"

"꼭 행동으로 해야지 말을 듣지?"

웃고 있는 세후는 주변의 시선 따위는 신경 쓰지 않는 듯 편안해 보였다.

오랜만에 만나 기분 좋게 모두 잔을 기울이고 있는데 맞은편에 앉아 있던 용기가 현우의 옆구리를 툭툭 쳤다.

"말해야지."

잔에 술을 따르고 있던 현우의 손이 멈췄고 동시에 룸 안은 어색한 침묵이 내려앉았다.

세후가 오기 전, 현우는 얼마 전 알게 된 사실을 다른 녀석들에게 털어놓았다. 며칠 전, 인터뷰가 있던 날 말하려다 말았던 사실. 그 사실을 다 알게 된 그들은 의논 끝에 세후에게 말하기로 합의를 봤다.

이 좁은 서울 땅에서 어쩌다가 부딪칠 수도 있는 건데, 모르고 있다 맞닥뜨리는 것보다야 낫겠지 싶은 게 그 누구보다 세후가 알아야 했고 세후에게 알릴 필요가 있는 사실이었다.

"지금?"

선뜻 말하지 못하는 현우 때문에 다들 세후의 눈치를 보고 있었다.

"나만 빼고 너희들끼리는 뭔가 다 알고 있는 것 같은데. 빨리 말해."

세후는 가볍게 되물었지만 그들의 얼굴은 심각해졌다. 반도 넘게 남아 있던 술을 한 번에 입으로 털어 넣은 현우가 그답지 않게 또 망설인다.

"사실…… 말해야 할지 말지 우리끼리 이야기 해봤는데 말이야."

"무슨 대단한 이야기를 하려고 뜸까지 들여?"

운을 떼지 않았다면 몰라도 이렇게 된 이상 말할 수밖에 없었다. 입을 달싹이던 현우가 어렵사리 입을 뗀다.

"규민이 형. 한국 들어왔단다."

쾅.

테이블로 내려친 세후의 주먹이 굉음을 만들어냈다.

"내 앞에서 그 자식 이야기 하지 말라고 했지!"

목소리를 높이며 흥분하려는 세후를 훈이 말렸다.

"알아. 아는데. 너도 알고는 있어야 할 것 아니야. 혹시 지나가면서라도 만날 수도 있잖아."

세후가 자리를 박차고 일어났다. 너무 행복해서 잠시 잊고 있었다. 먹구름은 예고도 없이 드리운다는 걸 말이다.

그 이름을 듣는 것만으로 마치 오물이라도 뒤집어쓴 것처럼 기분이 더러워져버렸다.

더없이 강해졌다고 생각했는데 아무것도 할 수 없었던 이십 대로 돌아가 버린 것만 같다.

다시 그때로 돌아간 것처럼 가슴이 불안한 듯 뛰기 시작했다.

그리고 어김없이 끔찍한 두통이 그를 찾아왔다.

깨질 듯한 아픔 속에서 세후는 이제 저절로 보란을 찾게 됐다.

'어디 있어? 당신이 필요해.'

그녀가 필요했다.

그녀를 품에 안는다면, 그녀가 괜찮다고 말해준다면, 괜찮아질 것도 같다.

아니, 분명히 괜찮아질 거다.

그를 숨 쉬게 하는 그녀를 찾기 위해 세후는 룸을 박차고 나왔다

"엄비서!"

홀에서도 그녀를 찾지 못한 세후는 서둘러 밖을 향하는 계단으로 향했다.

"엄보란!"

답답하게 옥죄어오는 가슴을 뚫기라도 하듯 크게 불러버린 그녀의 이름이 공간을 가득 메우고 있었다. 밖에서 서늘한 밤바람을 쐬고 있던 보란은 자신을 부르는 소리에 서둘러 안으로 향했다. 저 아래에서 세후가 그녀를 애타게 찾고 있었다.

"저 여기 있어요."

사막에서 오아시스를 찾은 것처럼 불안하던 심장이 제 속도를 찾아갔다.

오로지 저 여자를 봤을 뿐인데……. 제발 내게로 와. 내게로 와서 내 옆에만 있어.

세후가 계단 아래에서 손을 내밀었다.

"나한테 와."

그새 무슨 큰일이라도 생긴 것처럼 세후의 얼굴이 잿빛이었다. 이제 보란은 그의 얼굴만 봐도 알아차릴 수 있다. 그가 무슨 생각을 하는지. 그가 어떤 기분인지까지.

'누가 겁도 없이 우리 후세를 괴롭힌 거야!'

그에게 조금이라도 빨리 가기 위해 보란이 급하게 계단을 내려가기 시작했다. 무슨 초인적인 힘이 생겼는지 모르겠으나 한 계단씩 내려가도 벅찬 계단을 두세 개씩 뛰어 건너 내려갔다.

몇 계단만 더 가면 그녀를 부르며 손을 내밀고 있는 그에게 닿을 수 있었다.

"어? 어?"

아직 익숙해지지 않은 힐이 휘청거리지만 않았다면 말이다.

중심을 잃은 보란이 계단 밑으로 추락하고 있었다. 점점 더 바닥이 그녀의 얼굴을 향해 다가오는데 그녀가 할 수 있는 거라곤 눈을 질끈 감는 것뿐이었다.

그 순간, 놀란 세후가 계단을 오르더니 추락하는 보란을 받아냈다.

"조심해!"

거기에서 끝났으면 다행이었을 걸. 아래로 떨어지며 가속도가 붙은 그녀의 무게를 이기지 못하고 휘청거리던 세후의 몸이 움푹 파인 바닥에 걸렸다.

"꺄아악!"

그 바람에 두 사람의 몸이 뒤로 넘어갔다. 비명을 지르며 눈을 감고 있던 보란은 전혀 아픔이 느껴지지 않음에 천천히 눈을 떴다. 그녀가 다치지 않도록 세후가 온몸으로 충격을 흡수한 터. 한 손으로 그녀를 안은 채 세후는 바닥에 누워 있었다.

"어디 다친 데 없어?"

보란이 꿈틀거리며 고개를 들었다.

"세, 세후 씨는요?"

괜찮았다. 이리 그녀를 품에 안고 있으니 불안함 같은 건, 그를 괴롭히던 고통 같은 건 종적을 감춘 지 오래였다. 그의 예상이 맞았다. 그녀는 그를 괴롭히는 고통을 없앨 수 있는 진통제였고 그를 숨 쉬게 하는 호흡기였다.

세후가 많이 놀랐을 보란의 머리를 쓰다듬었다. 비록 한쪽 팔이 지끈거리긴 했지만 그런 고통쯤은 아무것도 아니었다. 행여나 그녀가 다치기라도 했다면 세후는 자신을 용서할 수 없었을 것이다.

"아무렇지도 않아."

다행이다. 안심한 보란은 세후의 품으로 쏙 파고들었다.

바닥의 차가운 기운이 등의 감각을 무뎌지게 만들었을 때 쯤 세후가 보란의 어깨를 톡톡 쳤다.

"날 열렬히 좋아한다는 거 충분히 알겠으니 이제 일어나지?"

그의 가슴에 안겨 있는 것이 예상보다 편해서 보란은 일어날 생각 같은 건 하지도 못하고 있었다.

"일어날게요."

단단한 가슴을 디딤돌 삼아 일어난 보란이 일어나는 세후를 도와줄 생각으로 손을 내밀었다.

"됐어."

남자의 자존심인지 보란의 손을 거절한 세후는 스스로 일어나려고 했다. 그러나 한 손을 뒤로 짚는 순간 그의 얼굴이 미세하게 구겨졌다.

"아!"

"다친 거예요?"

오른쪽 팔이 조금 아픈 것 같더니 손을 짚는 순간 통증이 더 심해졌다. 아무래도 넘어질 때 팔에 금이 간 것 같았다.

"그런 것 같네."

"네에?"

태평하게 말하는 세후와 달리 보란의 얼굴을 금방이라도 울 것 같은 울상이 되버렸다.

"어떡하죠? 의사! 의사, 아까 친구분 중에 의사 있지 않았어요?"

"훈이? 훈이는 치과 의사야."

"병원, 병원부터 가요."

무슨 일이 있어도 침착성을 유지하던 천하의 엄 비서가 그가 팔 좀 다쳤다고 이리 흐트러진 모습을 보이다니.

"일어나실 수 있으시겠어요? 제가 부축할게요."

구두를 벗어 던진 보란이 세후를 부축하겠답시고 다치지 않은 그의 팔을 그녀의 어깨 위에 올려놓는다. 다리가 부러진 것도 아닌데 혼자서 충분히 일어날 수 있었지만 세후는 그러지 않았다. 자신을 걱정해주는 보란이 좋아서 그녀가 하는 대로 두고 보고 있었다.

키가 큰 세후가 저보다 작은 그녀에게 기대려니 어정쩡한 어깨동무를 한 채 두 사람은 계단을 올라갔다.

"여기 기대서 잠시만 기다리세요."

잠시 길 전봇대에 그를 맡겨둔 보란은 도롯가로 달려 나가 택시를 잡기 시작했다.

"택시!"

운 좋게 마침 지나가던 빈 택시를 잡은 보란은 세후를 조심히 부축해서 뒷좌석 안으로 집어넣었다.

"어디로 모실까요?"

"가까운 큰 병원, 아무 데나 상관없으니까 최대한 빨리 부탁드려요."

목적지를 말한 보란은 안전벨트를 매려는 세후의 손을 때렸다.

"가만히 있어요."

그리고 다친 팔을 건드리지 않도록 세심한 손길로 안전벨트를 매어주었다. 여자가, 그것도 보란이 매어주는 안전벨트 하나에 세후는 아픔도 잊어버렸다.

속력을 내는 택시 뒤에 앉아 보란은 그를 보호한답시고 그의 앞에 팔을 척 하고 내밀고 실드를 치고 있었다.

'다치는 것도 나쁘지 않네.'

혼자라면 상관없지만 우빈이까지 딸린 몸이라 세후는 다친다는 것에 강박관념 같은 게 있었다. 내가 잘못되면 우빈이는 어쩌냐, 하는 생각에 무의식중에도 조심하고 또 조심했던 지난날들이었다. 저보다 작은 몸으로 그를 지키겠답시고 울지 않기 위해 이를 악물고 있는 그녀가 그의 마음에 따뜻한 보호막을 치고 있었다.

도착한 근처 종합병원 응급실에서도 보란의 부축은 계속됐다.

"제 어깨에 기대세요."

충분히 혼자 걸을 수 있었지만 세후는 보란이 하라는 대로 군소리 없이 따라주었다.

띵 소리와 함께 일 층 응급실 자동문이 열렸다. 늦은 밤이었지만 응급실은 분주했다. 접수를 받은 간호사가 침대 하나를 내어주었다.

"잠시만 기다려주세요. 선생님 금방 오실 겁니다."

근처에서 교통사고가 났는지 응급실은 비명소리와 울음소리로 가득했다. 그 때문인지 금방 오겠다던 의사는 오리무중이었다.

환자인 세후는 침대에 차분하게 걸터앉아 있는데 보란은 발을 동동 굴리며 안절부절못했다.

"왜 이렇게 안 오는 거죠? 제가 한번 가볼까요?"

걱정으로 금방이라도 울음을 터뜨리려고 하는 그녀의 손을 잡아 두드렸다.

"더 급한 사람들이 많나 보지."

"그래도 아프잖아요."

"참을 만해."

"그래도……."

보란은 꾹꾹 말을 삼켰다. 조금만 조심하면 될 텐데 꼭 덤벙대서 이리 사고를 친다. 세후가 자신 때문에 다쳤다는 사실이 죽을 만큼 미안해서, 그가 아프다는 사실이 너무 슬퍼서, 보란은 어쩔 줄을 모르겠다.

'울면 안 되는데…….'

많이 아플 텐데도 내색 않는 그인데 철없이 엉엉 울 순 없었다. 입술이 터질 듯이 앙다문 보란은 아무 말 없이 그의 손을 잡고 있었다.

그로부터 이십 분이나 더 지나고 그토록 기다리던 의사가 등장했다.

"많이 기다리셨죠? 오늘따라 환자가 많아서 죄송합니다. 어디가 아프셔서 오셨습니까?"

세후가 증상을 설명하기도 전에 보란이 끼어들었다.

"저 때문에 팔을 다쳤어요. 움직이기도 힘들어하던데 많이 다친 건 아니죠? 팔이 부러진 걸까요? 네?"

급박하게 물어보는 보란을 보며 의사는 빙그레 웃었다.

"보호자분이 급하시네요. 우선 엑스레이를 찍어보고 말씀드리죠."

그 말만 달랑 한 의사는 간호사에게 엑스레이실로 보내라고 하더니 또 사라졌다.

잠시 후 간호사가 친절하게 안내해주었다,

"권세후 님, 일 층 엑스레이실 가셔서 엑스레이 찍고 오시면 됩니다."

엑스레이를 찍으러 가는 세후를 보란은 기어코 따라가려고 했다. 속으로는 좋으면서도 세후는 걱정이 한가득인 그녀를 풀어주려고 우스갯소리를 했다.

"누가 보면 내가 어린애인 줄 알겠어."

"하지만 걱정된단 말이에요."

결국, 세후를 따라 엑스레이실까지 따라간 보란이었다.

팔 엑스레이를 찍고 응급실로 돌아오자 좀 전의 의사가 화면으로 세후의 팔 사진을 보여주었다.

"사진 보이시죠? 뼈에 일 센티 정도 금이 갔네요. 깁스 하셔야겠습니다."

세후는 고개를 끄덕였다. 어느 정도 예상한 결과였다.

"그렇게 해주십시오."

의사가 뒤에 서 있던 간호사에게 지시했다.

"박 간호사님, 준비해주세요."

"알겠습니다."

간호사가 준비를 마치자 의사는 거즈와 솜을 팔에 두르고 준비된 석고를 풀어서 한쪽 면에 바르기 시작했다.

"많이 아프셨을 텐데도 전혀 티를 안 내시네요."

"놀랄 것 같아서 말입니다."

"누가요?"

기다렸다는 듯 보란이 세후의 팔이라도 된 것처럼 얼굴을 구기고 신음을 했다.

"아! 아프겠다."

마지막으로 압박 붕대를 감으면서 의사가 말했다.

"보호자분께서 걱정이 많으시네요. 꼭 놀이터에서 놀다 다친 아이를 데리고 온 부모 같습니다. 하하."

처치는 모두 끝이 났다. 그리고 처치가 끝나기가 무섭게 보란은 참았던 울음을 터트렸다. 엉엉 드러내고 울지 못하고 숨을 죽인 울음이었다.

"흑흑."

세후가 자유로운 팔로 연신 눈물을 훔치고 있는 그녀의 손을 끌어다 잡았다.

"왜 울고 그래?"

"저 때문에…… 다치셔서. 아프신데 내색도 않으시고. 흐흑. 깁스까지 하시고."

자신이 아프다고 울어주는 사람이 있다는 게, 울어주는 사람이 다름 아닌 이 여자여서, 그의 가슴은 뭉클해졌다. 세후가 다치지 않은 손으로 눈물이 서린 그녀의 눈을 매만졌다.

"당신 안 다쳤으면 됐어."

그는 다쳐도 그녀가 안 다치면 그걸로 그만이라는 그 소리에 간신히 울음을 막고 있던 둑이 무너져 내렸다.

"어엉엉."

세후가 우는 보란을 끌어다 안았다. 그리고 그녀의 동그란 머리를 연신 쓰다듬었다.

"쉬이, 울지 마. 응?"

누가 죽기라도 한 것처럼 그녀의 울음은 그칠 줄 몰랐다.

'허! 이 두 사람은 뭐임? 병원에서 사랑놀음 하는 거임?'

어이없다는 의사의 눈과 세후의 눈이 허공에서 마주쳤다. 세후는 조용히 나가면서 침대 옆에 커튼이나 쳐달라고 눈짓했다.

팔 깁스 하나 하러 와서 신파를 찍는 그들을 향해 의사는 별 이상한 사람들 다 보겠다는 듯 한번 노려본 후, 그래도 커튼은 침대 옆으로 쳐주고 나갔다.

한 올 한 올 세심하게 발랐던 마스카라가 검은 눈물이 되어 흘러내리는데도 그녀의 울음은 그칠 줄을 몰랐다.

"정말 미안해서 죽을 것 같아요. 엉엉."

토닥토닥. 세후는 보란의 등을 가만히 두드리고만 있었다. 위로하는 말 같은 건 필요 없었다. 자신을 위해 슬퍼해주는 그녀만으로도 그는 충분했다.

잠시 후, 울음이 잦아든 보란이 훌쩍이며 입을 열었다.

"흐흑, 제가 원하시는 거 뭐든 다 들어드릴게요."

쫑긋. 세후의 귀가 솔깃하고 일어섰다. 원하는 걸 뭐든 다 들어주겠다고? 그게 얼마나 위험한 말인지도 모르고.

세후가 다시 물었다.

"뭐든?"

순진한 보란은 세차게 고개를 끄덕였다.

"네에."

"그렇단 말이지."

제 발로 굴러 들어온 호박, 아니 보란에 세후의 얼굴이 음흉하게 빛나고 있었다.

22화. 행복한 만큼 비참해지는

비밀번호를 누르자 잠금 장치가 풀리고 문이 열렸다. 거침없이 집 안으로 들어오던 세후가 멈춰 서서 손짓했다. 문 밖에는 불만으로 볼이 빵빵하게 부풀어 오른 보란이 있었다.

"안 들어오고 뭐 해? 복도에서 잘 건 아니지?"

그러자 마지 못하는 듯 보란이 짐 가방을 들고 집 안으로 들어왔다. 그의 집으로 들어가는 이 순간에도, 왜 자신이 짐까지 싸들고 그의 집으로 왔는지 이해가 되질 않는 그녀다.

문이 열리는 소리에 여태껏 자지 않고 기다리고 있던 우빈이 거실에서 달려 나왔다. 그런데 다다다 달려와 세후에게 안기려던 우빈이 멈칫하고 말았다. 뿐만 아니라 세후의 팔을 보더니 눈을 동그랗게 뜨기까지 했다.

"외삼촌! 아야 했어?"

"어? 어. 조금 다쳤어."

"많이 아팠어?"

아이의 걱정하는 시선을 돌리려 세후가 뒤에 서 있던 보란을 끌어다 내밀었다.

"짠, 외삼촌이 누굴 데리고 왔게?"

세후가 다친 걸 걱정하던 우빈은 보란을 발견하기가 무섭게 그녀에게 달려와 안겼다.

"보란이 누나!"

"우빈이 잘 있었어?"

보란의 다리에 매달려 우빈이 얼굴을 들었다.

"우리 집에 왜 왔어? 오늘 토요일 아닌데?"

너희 외삼촌이 글쎄, 하고 운을 떼려는데 세후가 선수를 쳤다.

"우리 집에서 살려고."

그 소리에 입이 함지박만큼 벌어진 우빈이 다시 한 번 사실 확인을 위해 되물었다.

"진짜지?"

"외삼촌 다 나으실 때까지만이야."

얼른 빠진 조건을 붙이는 보란이었다. 어떻게 일이 이렇게까지 됐는지.

세후가 다쳤다는 사실에 너무 감정적이 돼서 앞뒤 생각도 않고 말을 내뱉었던 게 문제였다. 그가 원하는 건 무엇이든지 들어주겠다던 말에 이런 것까지 포함된 건 아니었다.

'뭐든지 다 상관없단 말이지?'

그는 보란이 나중에 딴말하지 않도록 재차 확인했다. 아직도 울음기가 묻어난 채 보란은 생각도 없이 대답했다.

'흑. 네.'

세후가 내건 조건은 바로…….

'내가 다 나을 때까지 우리 집에서 지내.'

'네에? 아무리 그래도 그건 아니죠. 제가 뭐든 들어드린다는 말은요, 예를 들면 다친 손으로 펜을 들 순 없으시니 결재 서류에 대신 사인해드리기 정도였단 말이에요.'

'내 사인을?'

'걱정하지 마십시오. 사장님 사인 정도는 똑같이 따라 할 수 있거든요.'

'그래? 엄 비서한테 그런 능력이 있는 줄 몰랐네? 종종 불러서 써먹어야겠군.'

'네. 불가피한 사정이 있으시면 제가 대신 사인을 아니지, 지금 그게 중요한 게 아니잖아요! 보통 이 상황에서 뭐든 들어준다고 하면, 손을 다쳤을 때 불편해지는 것들을 말한 거라고요! 가방을 대신 들어달라고 하든가, 밥 먹을 때 반찬을 집어 준다든가. 아니면 머리 감으실 때 도와준다든가. 그래, 병간호. 병간호를 말한 거라고요!'

'그러니까 그 병간호 우리 집에서 하라고. 당신 때문에 다쳤으니까 당신이 나 책임지라고.'

그렇게, 환자라는 카드가 소원 카드라도 되는 양 구는 바람에 보란은 찍소리도 못 하고 끌려온 참이었다.

잠자리에 들기 전 보란이 누나와 함께 살고 싶다고 소원을 빌었던 우빈은 열렬히 환호하며 보란을 환영했다.

"야호! 신난다."

하지만 우빈의 즐거움도 거기까지였다.

"권우빈, 왜 아직도 안 자고 있어? 내일 유치원 가야 하는 거 아니야? 자고로 어린이는 일찍 자고 일찍 일어나야 한다고 했을 텐데?"

세후의 잔소리에 우빈은 쪼르르 방으로 달려갔다. 그러곤 방문 뒤에 숨어서 혀를 내밀었다.

"치이. 나한테만 그래. 누나 잘 자요."

"그래, 우빈이도 잘 자."

세후에게는 인사도 않고 픽 고개를 돌려버린 우빈은 잠을 자러 들어갔다. 보란도 짐 가방을 들고 전에 한 번 묵었던 적이 있는 손님방으로 들어가려 했다.

"내일 출근도 해야 하니 저도 이만 들어가서 잘게요."

오늘 참 많은 일들이 있었던 터라 피곤했던 그녀는 얼른 방으로 들어가려 했다. 그런 보란을 세후가 막아섰다.

"어디 가?"

"밤도 깊었는데 자러 가야죠."

"나 옷 벗어야 하는데? 안 도와줘?"

아무리 한 손이 불편하다 할지라도 옷을 못 벗는 정도는 아닐 텐데. 벽을 짚고 서서 그녀를 막아선 세후 때문에 보란은 깊은 한숨이 흘러나왔다. 아주 하나부터 열까지 부려먹으실 작정이군. 아까 울고불고, 미안해하고, 슬퍼하고 한 거 전부 취소다! 취소!

하지만, 누굴 탓하랴. 다 제 탓인 걸.

"갑시다! 가요, 옷이든 뭐든 싹 벗겨드릴 테니."

세후와 말씨름해서 좋은 기억이 없는 보란은 제 발로 그의 방으로 들어갔다.

"뭐든 벗겨준다고? 못하는 소리가 없군."

기세 좋게 말할 때는 언제고 보란이 세후의 앞에 서 낑낑대고 있었다.

"아니, 이게 왜 이렇게 안 돼?"

그가 입고 있던 셔츠를 벗기려고 온 힘을 다 쓰고 있는 그녀의 이마에는 땀이 송골송골 맺힐 정도였다. 깁스를 할 때는 정신이 없어서 몰랐는데 위까지 걷어붙였던 셔츠의 팔부분이 깁스에 끼어서 벗겨지지가 않았다.

도저히 안 되겠다 싶었는지 보란은 다른 방향으로 접근을 하기로 했다.

"아우, 안 되겠어요. 단추부터 풀어서 다른 쪽 팔부터 벗고 다시 잡아당겨 보죠."

"그러든가."

오 분이 넘도록 보란은 셔츠를 벗기려고 고생 중인데 세후는 참 느긋했다. 이 셔츠가 누구 셔츠인데? 보란의 눈이 분함으로 파르르 떨려왔다.

'확 가위로 난도질을 해버릴까 보다.'

마음 같아서는 당장이라도 주방으로 달려가서 가위를 찾아오고 싶었지만 소리도 치지 못하고 분을 속으로 삭인 보란이 침착하게 이야기했다.

"협조해주시면 감사하겠습니다."

"알겠어."

세후는 웃음이 나오려는 걸 온 힘을 다해 참고 있었다. 딱 봐도 셔츠의 좁은 팔부분이 온전하게 깁스를 빠져나올 수가 없을 것 같은데 보란은 쓸데없는 애를 쓰고 있었다. 이런 셔츠 따위 찢어버려도 상관없었지만 애쓰는 그녀의 얼굴을 이리 가까이서 볼 수 있는데. 셔츠 따위는 버려도 상관없다는 말을 그가 할 리는 없었다.

내내 오른쪽에서 셔츠를 빼내려고 애쓰던 보란이 그의 정중앙에 섰다.

"단추 풀게요."

"뭐?"

"단추 푼다고요."

단추 풀게요. 풀어줄게요……. 말 그대로 단추를 푼다는 소리인데 그 소리가 왜 세후에게는 은밀한 암호라도 되는 양 들리는지. 확 열기가 돌기 시작한 세후의 몸이 경직하기 시작했다.

보란의 손이 그의 단추를 하나둘, 풀기 시작했다. 얇은 와이셔츠 위로 느껴지는 감촉이 그의 가슴을 전율하게 하더니 쉴 새 없이 뜀박질까지 하게 했다.

그리고, 마지막 단추가 풀리자 그의 가슴은 고삐가 풀린 망아지처럼 요동치기 시작했다. 안 된다고 너무 빠르다고, 아직은 아니라고, 이를 악물었지만 그의 앞에 서 있는 그녀를 밀어내기란 그 무엇보다 쉽지 않은 일이었다.

곧 바닥을 드러내려는 인내와 절제라는 녀석을 끌어다 세후는 보란의 손을 잡았다. 하지만 그에게 손을 잡힌 보란은 오로지 셔츠 걱정뿐이었다.

"셔츠 안 망가지게 조심할 테니 걱정하지 마십시오."

"……."

그의 손을 뿌리친 보란은 다시 셔츠 구하기 작전에 돌입했다. 깁스를 하지 않은 팔 부분을 쉽게 빼낸 보란은 그의 등 뒤로 돌아 오른쪽에 섰다.

몇 번 힘을 주어 잡아당기듯 셔츠를 빼어내려던 보란은 결국 최후의 수단을 꺼내 들었다.

"이번에는 내 기필코."

보란은 이를 악물고 있는 힘껏 셔츠를 잡아당겼다.

좌아악.

너무 힘이 들어갔던 걸까. 셔츠는 힘을 이기지 못하고 두 동강이 나버렸다. 그토록 벗기려 했던 셔츠의 팔 부분은 그의 팔에 달랑달랑 걸려 있었고 나머지 부분은 보란의 손에 들려 있었다. 팔이 찢겨져 나간 셔츠를 든 그녀의 얼굴은 당혹감으로 물들어갔다.

"하하. 어쨌든 벗긴 했잖아요?"

위에 입고 있는 거라곤 팔에 걸린 셔츠 쪼가리밖에 없는 세후가 그녀를 향해 걸음을 옮기기 시작했다.

"벗긴 했지. 이거 어쩔 거야?"

순식간에 확 달라진 분위기. 말로 표현할 수 없을 만큼 미묘하고 조금은 야릇한 분위기. 세후가 한 발자국 다가오면 두 발자국 뒤로 물러서는 그녀는 그와 눈을 마주치지 않으려고 애를 쓰고 있었다.

"어, 어쩌긴요."

더 이상 도망갈 수 없는 벽에 보란이 다다랐을 때, 세후는 밑으로 눈으로 내렸다. 파르르 떠는 그녀의 속눈썹이, 가녀리게 보이는 쇄골이, 레드 탑 원피스 속으로 아찔하게 보이는 가슴 굴곡이 그를 유혹하고 있었다.

세후가 그녀가 걸치고 있는 하얀 볼레로 재킷으로 손을 뻗었다. 그러자 보란이 그의 손을 말린다.

"설마 '눈에는 눈, 이에는 이' 뭐, 이런 거예요? 이건 안 돼요. 할부로 샀단 말이에요."

가벼운 농담으로 넘어가려 했건만. 세후는 그녀의 어깨를 덮고 있던 재킷을 벗겨버렸다.

"……!"

순간적으로 날아든 그의 입술이 그녀의 목덜미를 덮었다. 세후는 흠칫 놀라는 그녀의 허리를 도망가지 못하게 한 손으로 끌어안았다. 실크처럼 부드럽고 매끈한 그녀의 목덜미를 한껏 탐하던 세후는 참지 못하고 이를 드러냈다. 그가 만들어낸 열꽃에 그녀는 신음했다.

"아앗!"

오래전부터 이리 하고 싶었다. 그녀는 그의 것이라고 표시하는 영역 표시. 그녀의 목덜미와 쇄골 위로 그의 입술이 지나간 자리마자 붉은 열꽃들이 피어나기 시작했다.

"하아."

쉴 틈도 없이 그녀를 밀어붙이던 세후가 가쁜 숨을 내쉬었다. 그의 입술 아래에서 얼마나 왔다 갔다 했는지. 절제력을 잃은 그의 손이 원피스 자락 아래의 뽀얀 허벅지로 닿았다.

찌릿한 전기가 그녀의 몸을 관통했다.

번뜩 정신을 차린 보란이 애써 그를 밀어냈다. 그녀는 속으로 자기 최면을 걸었다. 나는 떨고 있지 않다. 나는 아무렇지도 않다. 나는 강심장이다. 그리고 제법 당차게 이야기했다.

"셔츠값은 이 정도면 충분한 것 같은데요?"

아직도 열이 가시지 않은 얼굴을 하고 있으면서도 아닌 척 하는 보란이 뻔히 보였지만 세후는 이번만 모른 척해주기로 했다.

"이만 자러 가야겠어요."

돌아서는 그녀의 손을 잡아 세운 세후가 짓궂게 묻는다.

"나랑 같은 침대 쓸 생각은 없고?"

"제, 제가 왜요?"

"아직 거기까진 아닌가?"

"……."

"할 수 없지. 오늘만 날이 아니니까."

굳어 있는 보란의 이마 위로 세후의 입술이 가볍게 닿았다 떨어졌다.

"잘 자."

문으로 달려가는 보란의 발이 재빨랐다. 제 속과는 달리 후들거리는 다리를 붙잡고 방으로 들어오기가 무섭게 그녀는 바닥에 주저앉았다.

쿵쾅쿵쾅.

가슴은 제 것이 아닌 것처럼 뛰고 있었다.

두 사람의 아슬아슬한 줄타기가 시작되고 있었다.

* * *

꼭두새벽부터 일어난 보란이 제일 먼저 세수를 하고 나왔다. 최대한 빨리 출근 준비를 마치고 이 집에서 일 등으로 나가는 게 그녀의 목표였다.

하지만 그녀의 노력에도 불구하고 보란은 세후의 손바닥 안이었다. 이럴 줄 알고 그녀가 일어나기 전부터 깨어 있던 세후였다.

"일어났어?"

누구는 어제 운 데다가 설레어서 못 잔 탓에 개구리눈이 됐는데, 그는 팔 깁스를 하고 있음에도 멋졌다. 보란은 얼른 수건으로 얼굴을 가리고 줄행랑을 치려고 했다. 도망가려는 그녀의 손을 세후가 잡아챘다.

"어디 가? 나 씻어야 하는데?"

"……?"

그래서 어쩌라고 이러시는지? 하는 눈빛에 세후가 말했다.

"씻겨줘야지."

"네에?"

이제 씻는 것까지? 설마 샤워까지 바라는 건 아니겠지? 얼굴을 붉게 만드는 상상에 들고 있던 수건이 떨어졌다. 코앞으로 바짝 다가온 세후의 얼굴이 빙그레 웃고 있었다.

"달덩이가 됐네?"

세후의 놀리는 소리에 보란은 뿌루퉁하게 답했다.

"누구 때문에 이렇게 된 건데요!"

화를 내는 그녀도 예쁘다는 듯 세후는 부은 눈 위로 쪽쪽쪽 버드 키스를 퍼부었다.

"가자."

예고도 없는 아침 인사에 혼이 빠져버린 보란의 손을 세후가 끌고 욕실로 향했다. 다행히 샤워까지 할 건 아닌가 보다. 세면대 앞에 선 세후가 보란에게 말했다.

"잘 부탁해."

예상보다 훨씬 더 낮은 요구에 보란은 안도했다. 샤워도 아니고 이 정도는 충분히 해줄 수 있다고 결론을 내린 보란은 팔을 걷어붙였다.

"네, 손님. 제가 최고로 모시겠습니다."

보란이 가장 먼저 하려고 정한 건 바로 면도였다. 욕실 찬장에 놓여 있던 용품들 중 쉐이빙 폼을 찾아낸 보란이 세후를 보며 물었다.

"이거 맞아요?"

"어."

크림을 짜서 그의 얼굴에 발라주는데 살짝 자라난 수염 때문에 손이 따끔거렸다. 거기다 크림의 몽글몽글한 느낌 때문인지 모르나 기분이 이상했다.

"얘로 밀기만 하면 되는 거예요?"

면도기를 두 손으로 든 채 덜덜 떨고 있는 보란을 보는데, 세후는 그의 턱을 그녀의 손에 맡겨도 되는 것인가 싶은 생각이 스멀스멀 피어올랐다.

"해본 적은 있어?"

"에이, 제가 어디 가서 남자 면도를 해줘봤겠어요? 당연히 처음이죠."

처음으로 면도기를 잡았다는데 걱정이 돼야 정상인데, 세후는 오히려 기분이 좋아져 버렸다. 그녀에게 있어 그가 처음이라는 사실이 이리도 기분이 좋을지는 몰랐다. 비록 그것이 별것 아닌 사소한 것이라고 할지라도 말이다.

"그래?"

보란이 면도기를 들고 제 딴에는 위협적으로 휘둘렀다.

"왜요? 설마 겁먹고 그러신 건 아니죠?"

면도기가 흉기라도 되는 것처럼 휘두르던 보란의 팔을 세후가 단단히 잡았다.

"아니, 내가 당신한테 처음이라는 게 좋아서 그래."

보란의 얼굴이 분홍빛으로 물들고 가슴은 콩콩콩 뛰었다. 떨리는 가슴을 달래려 심각한 얼굴로 면도기를 든 보란은 경고했다.

"계속 이렇게 떨리게 만드시면 피를 볼지도 몰라요."

더 이상 그녀를 흥분시켜서 좋을 것이 없다는 뜻으로 한 말이었는데 세후는 다르게 받아들였다.

"그것도 나쁘지 않을 것 같은데? 당신 때문에 팔도 다쳤는데 그깟 상처가 대수겠어?"

세후가 얼굴을 보란에게로 내밀었다. 말은 그렇게 하지만 완전무결한 얼굴에 상처라도 나봐라, 그 뒷감당은 상상도 하기 싫었다. 어떻게 하면 효율적이면서 완벽하게 정리할 수 있을지 보란은 고도의 집중력을 발휘했다. 숨소리도 들리지 않을 만큼 고요한 욕실에 면도하는 소리만 크게 울렸다.

쓱쓱.

잠시 후, 멀쩡하다 못해 말끔해진 턱을 보며 기뻐해야 할 세후는 못마땅한 얼굴이었다.

"정말 처음 해본 거 맞아?"

"네, 맞아요."

"왜 이렇게 잘해?"

잘해도 불만이라니. 세후의 불만 따위는 가볍게 넘긴 보란이 다음 코스로 넘어가기 위해 욕실 구석에 있던 의자를 가져왔다.

"손님, 쓸데없는 소리 마시고 어서 앉기나 하시죠."

의자에 세후를 앉힌 보란이 목에 수건을 두르고 그를 뒤로 눕혔다. 샤워기를 틀어 물 온도를 체크한 보란이 그의 머리로 물을 끼얹었다.

"어때요? 뜨겁진 않아요?"

"괜찮아."

온도도 합격점을 받았고, 보란은 샴푸의 거품을 낸 뒤 그의 머리를 감기기 시작했다. 그녀의 손에 머리를 맡기고 있던 세후가 나른한 신음을 내뱉는다.

그러고 있기를 한참, 세후의 눈이 스르륵 떠졌다. 눈을 뜨자마자 보인 건 열심을 다하고 있는 그녀의 말간 얼굴. 그리고 어젯밤 그가 목덜미에 남긴 키스마크였다.

'행복하다.'

이 순간, 이 말밖에 그의 기분을 설명할 수 있는 말은 없었다. 그는 그녀와 함께하는 단 일분일초도 행복하지 않은 적이 없는데 그녀도 같은 마음인지 궁금했다. 세후가 보란을 올려다보며 물었다.

"행복해?"

샴푸질을 하던 보란의 손이 멈췄다.

"네에?"

"나는 당신과 있는 이 순간이 미칠 만큼 좋은데 당신은 어떤가 싶어서."

뭘 그런 당연한 걸 묻는 건지. 웃음이 나올 것 같은데 꾹 참은 보란이 심드렁한 얼굴로 되물었다.

"어떨 것 같은데요?"

"아마……."

아마도, 라는 불확실한 말이 아니라 반드시, 라는 확신의 말을 해야죠. 반드시 당신도 행복할 게 분명하다고 확신에 차서 말을 해야죠.

불확실한 말을 하려는 세후에게로 보란이 입술을 내렸다. 이 입맞춤이 그에게 충분한 답이 되길.

"내 대답이에요."

나비처럼 앉았다 가는 것 같은 그녀의 입맞춤에 세후는 아쉽다는 듯 혀로 입술을 핥았다.

"잘 모르겠는데? 한 번 더 해주면 알 것 같기도 하고."

그의 손이 그녀의 얼굴을 끌어당겨 다시 입을 맞춤으로써 그는 그녀의 대답을 들었다. 깊게 더 깊게. 거품이 달린 그녀의 두 손이 허공에서 떠돌고 있었다.

함께 있는 지금, 둘이라서 행복했다.

* * *

사장실이 있는 층 바로 아래에 있는 직원 휴게소 화장실에서 칸막이 안에서 휘리릭 바람 소리가 들려왔다. 화장실에서 무슨 바람 소리냐 하니 종이가 넘어가는 소리였다. 보란이 화장실에 앉아 책장을 넘기고 있었다. 그녀의 손에 들린 잡지는 점심을 먹는 둥 마는 둥 하고 서점으로 달려가 사온 잡지였다.

"동화책도 아닌 잡지를 돈을 주고 사다니."

잡지 같은 건 미용실에 가서 머리 할 때나 봤지 돈을 주고 사서 본 건 그녀로선 처음이었다.

"흥, 안 보여주면 내가 못 볼 줄 알고?"

사실 오늘 시중에 풀린 이 잡지의 표지는 처음 보는 것이 아니었다.

어젯밤, 세후의 집으로 현우가 보낸 퀵이 도착했다. 퀵으로 받은 상자에 고이 들어 있었던 건 세후의 인터뷰 기사가 실린 잡지였다.

인터뷰가 어떻게 나왔을지 궁금했던 보란이 잡지를 보려고 하자 세후가 뺏어 가버렸다.

'그래서 내일 같이 가줄 거야? 말 거야?'

앞뒤는 다 잘라먹고 세후가 묻는 건 깁스를 풀러 가는데 같이 가줄 건가 말 건가였다. 보란은 단호하게 고개를 흔들었다.

'안 된다고 말씀드렸습니다. 내일은 3분기 예산안 마감일이라서 안 됩니다.'

'예산안이야 내일 말고 그다음 날로 미루면 되잖아. 아니면 퇴근하고 풀러 갈까?'

'절대로 안 됩니다. 퇴근 후에는 저도 제 집으로 돌아가야죠.'

'아야. 나 아직 팔이 아픈 것 같은데 풀면 안 되는 거 아니야?'

몇 시간 전, 세후가 몰래 했던 전화를 엿듣지 않았다면 그의 꾀병을 믿어줬을지도 모르겠다.

'김 박사님과 전화하시는 거 다 들었습니다. 그러니 내일 제가 잡은 예약 시간에 가셔서 팔 풀고 오십시오.'

팔을 푸는 순간 보란이 제 집으로 돌아갈 거란 걸 누구보다 잘 아는 세후는 말도 안 되는 떼를 썼다.

'이런단 말이지. 섭섭해.'

'섭섭하셔도 어쩔 수 없습니다. 잡지나 주십시오.'

'잡지는 봐서 뭐하게?'

'어쩌시려고요?'

'불살라버릴 거야.'

'그러시든가요. 저는 안 봐도 그만이라고요.'

결국 보란은 불태워버릴지라도 그녀에게 주지 않겠다는 그 잡지를 제 돈을 주고 사왔다. 비서실에서 보다가 세후에게 들키기라도 할까 봐서 화장실에 숨어서 보려는 중이었다.

막 세후의 인터뷰 기사가 나온 페이지를 펼쳐 보려는데 화장실 문이 열리는 소리가 들려왔다. 또각거리는 구두 소리와 높은 톤의 목소리도 함께였다. 꽤 소란스러운 걸 보니 한 명이 아니라 여러 명인 것 같았다.

"오늘 사장님 잡지 기사 난 거 봤어?"

"잡지? 우리 사장님이 인터뷰를 하셨다고?"

"못 봤으면 인터넷으로 찾아봐. 인터넷 기사로도 올라왔어."

인터넷으로도 볼 수 있었던 것인가? 그래도 그의 인터뷰가 담긴 잡지는 오랫동안 보관할 수 있으니 잘된 거라고 보란은 속으로 생각했다. 화장을 고치는지 파우치를 여는 소리와 함께 여직원들의 수다는 계속됐다.

"사장님 애인이 사장님을 모델로 동화를 썼는데 글쎄, 우리 사장님이 악당으로 나온대."

"진짜? 재밌겠다. 막 감정 이입하게 되는 거 아닌가 모르겠어."

보란은 속으로 웃음 지었다. 작가가 직접 겪은 일을 바탕으로 지극히 사적인 감정을 이입해서 쓴 글인데 어련할까? 공감대 형성에 안성맞춤일 거다.

"그런데 전에 난 기사는 뭐지? 사장님 정유라랑 사귀는 거 아니었어?"

"아니라잖아. 작가라잖아."

"유명한 작가야?"

"아니, A급은 같던데?"

어디 가나 수다거리가 필요한 여직원들에게 오늘의 수다거리의 주제는 그녀인 듯했다. 이대로 나갈 수도 없고 나가려는 타이밍을 놓친 보란은 칸 안에 계속 앉아 있을 수밖에 없었다.

"우리 사장님과 동화 작가라니. 안 어울리는 조합 아니야?"

"보통 작가가 아니겠지. 엄청난 집안 딸이면서 작가인 거겠지. 안 그래?"

"그렇겠다. 좋겠다. 돈 같은 건 생각하지 않고 편하게 글이나 쓸 수 있어서."

잠잠히 대화를 듣고 있던 보란의 얼굴이 굳어가기 시작했다. 아무것도 모르고 그냥 한 말이겠지만 그 말이 날카로운 것이 되어 가슴에 생채기를 냈다. 문을 박차고 나가 따지고 들고 싶었다.

'잘 알지도 못하면서.'

돈 같은 건 생각하지 않고 쓴 동화는 맞지만 편하게 쓴 건 절대 아니라고. 잠을 줄여가며 머리를 쪼개가며 쓴 글이다. 한 자, 한 자 정성을 들여 바느질하는 마음으로 쓴 글이라고.

보란의 무릎 위에 놓여 있던 주먹이 파르르 떨려왔다. 피가 통하지 않을 만큼 힘이 몰린 주먹이 하얗게 질려갔다. 혼잣말이 그녀의 입 주위에서 공허하게 맴돌았다.

"편하게 쓰지 않았어."

아주 작게 들리는 소리를 그중 직원이 얼핏 들었는지 뒤로 돌았다.

"누가 있나?"

"있긴 누가 있어. 여기 화장실 직원들 잘 사용 안 하는 거 알잖아."

잘못 들은 것이라 치부한 여직원들의 대화는 계속됐다.

"우리 사장님이랑 사귈 정도면 대체 어느 집 딸일까?"

"기란 호텔 막내딸이 작가라는 것 같았어. 그 사람 아닐까?"

"역시 끼리끼리 사귀는 거지."

끼리끼리. 그와 사귀려면 호텔 하나 정도는 가지고 있어야 하는구나. 지금껏 그런 생각 같은 건 해본 적이 없었다. 그냥 그와 이야기하는 것이 좋았고 함께 있는 것이 좋았을 뿐이다.

사람을 좋아하고 함께 있는 데 자격이 필요한 줄은 몰랐다. 동등한 입장에서 함께하고 있다고 생각했다. 그런데 막상 생각해보니 그가 그녀에게 준 건 많았지만 그녀가 그에게 준 건 아무것도 없었다. 바보같이 아무 생각 없이 받기만 하다니.

"우리 사장님 사진도 잘 나오셨네. 근데 책 제목이 『가면 쓴 아이』?"

"왜? 한 권 사려고?"

“아니. 책 이름이 눈에 익어서.”

곰곰이 생각을 더듬던 여직원이 무언가 생각이 났다는 듯 탄성을 내질렀다.

“아! 나 이 책 기억나. 우리 회사에서 그 책 사서 기부했잖아. 회사 사보에 났었어.”

기억력이 좋은 여직원이 상기해낸 그 사실 하나에 직원들은 너도 나도 한마디씩 꺼내 들었다.

“올~ 우리 사장님께서 사재기까지 하셨어?”

“애인 없는 사람 어디 서러워서 살겠어?”

“자기 돈도 많으면서 자기가 사재기하지. 왜 그랬대?”

“자기가 사재기하기는 쪽팔리니까?”

“호호호. 그냥 애인이면 안 된다? 책 전부 사줄 정도로 돈 많은 애인이어야지.”

그녀의 글이 별로라고 판단하는 건 괜찮다. 그건 독자들의 생각이고 판단이니까. 하지만 그녀의 노력까지 별로라고 말하는 건 괜찮지 않았다. 별생각 없이 떠들어댄 소리들이 날카로운 것이 되어 보란의 가슴에 수없는 상처를 냈다. 모르는 사람이라고, 자기들 딴에는 웃긴 농담이라고 하는 소리였지만 그 대화의 중심에 있는 보란은 방어하지도 못한 채 마구잡이로 공격당했다.

오늘 아침만 해도, 아니 방금까지만 해도 둘이 있어서 행복하다고 생각했었다. 그런데 남들이 하는 말에 보란은 그 행복이 버거워졌다.

한바탕 소란이 지나가고 고요함이 찾아왔다. 그 고요함 속에서 보란은 본래 읽으려고 했던 것을 펼쳐 들었다.

검정 슈트를 입고 시크하게 앉아 있는 그의 사진은 이런 순간에도 그녀를 설레게 만든다.

뚝.

좋아하는 마음이 큰 만큼 복잡하고 심란해진 보란의 눈에서 눈물이 떨어졌다. 그의 사진이 보란의 눈물로 젖어 들어갔다. 눈물이 차오른 눈을 부릅뜬 채 보란은 한 글자, 한 글자 신중하게 인터뷰 기사를 읽어내려 갔다.

[베일에 싸여 있던 그를 만나다! 헨젤 CEO 권세후 편.

Q) 헨젤이라는 회사 이름이 특이하다. 특별한 이유라도 있는지?

A) 동화에 착안해 지은 이름이다. 남매가 저절로 끌려갔던 마녀의 과자집처럼 소비자를 유혹할 수 있는 식품을 만들고 싶었다.

Q) 헨젤을 업계 일 위로 만든 일등공신인 꿀맛칩 이야기를 안 하고 넘어갈 수가 없다. 어떻게 만들게 됐나?

A) 처음부터 달달한 감자칩을 구상한 건 아니다. 기존의 것과는 다른 걸 만들어 내겠다는 생각을 했을 뿐이다. 기존의 것들로는 다른 경쟁자들을 이길 수 없으니. 다행히 저희 헨젤 제품 연구팀이 뛰어나 좋은 결과를 얻을 수 있었던 것 같다.

……(중략)…….

Q) 일에 대한 인터뷰는 이 정도로 하고 개인적인 질문으로 넘어가겠다. 이번에 나가는 특집 기사를 보면 많은 여성 독자들이 궁금해하실 질문을 하겠다. 아직 미혼이라고 알고 있는데?

A) 저의 최측근들만 알고 있는 사실인데, 함께하고 있는 사람이 있다.

Q) 어떻게 만나게 되셨는지 알려주실 수 있나?

A) 만난 지는 꽤 되었다. 그런데 연인으로 발전하게 된 건 그녀가 쓴 동화책 때문이다.

Q) 동화책?

A) 내가 그녀의 동화책에 등장한다.

Q) 주인공으로 말인가?

A) 아쉽게도 주연 같은 조연이다. 주인공을 괴롭히는 악당으로 등장한다.

Q) 하하하. 어떤 동화책인지 궁금하다. 책 제목을 알려줄 수 있는가?

A) 『가면 쓴 아이』이다. 꼭 한번 읽어보길 권한다. 그녀가 쓴 책이라서가 아니라 어린이는 물론 어른 역시 많은 걸 깨달을 수 있는 책이기 때문이다.

Q) 예를 들면?

A) 훗날 사람 일이란 게 어찌 될지 모르니 착하게 살자?

Q) 꼭 사서 보겠다. 이제 인터뷰를 마무리하려고 한다. 마지막으로 헨젤 대표로서든, 남자 권세후로서든 목표가 있다면?

A) 상상도 할 수 없었던 헨젤의 유혹은 계속될 것이다. 여러분은 그 유혹을 즐겨주시기만 하면 된다. 그리고 남자 권세후는…… 그녀와 함께할 수 있는 사람이었으면 한다. 그 여자의 단 하나뿐인 사람도 나였으면…… 그랬으면 한다.]

마지막 한 글자까지 다 읽었지만 보란은 선불리 입을 열지 못하고 울음을 삼켰다. 인터뷰의 마지막 부분은 그녀도 몰랐던 부분이었다. 언제 이런 말을 했던 걸까?

이제 와 생각해보니 인터뷰하는 것 자체를 말렸어야 했다. 그가 인터뷰를 하는 게 전부 그녀 때문이라는 걸 알면서도 내버려뒀다.

'사장님이랑 정유라랑 완전 잘 어울리지 않아?'

'완전 세기의 커플이네.'

회사 직원들이 매번 세후와 정유라를 한 세트로 묶어서 이야기하는 것이 은근히 싫었기에 죽어도 하기 싫어하는 인터뷰하려는 세후를 말리지 않았다.

그렇다고 세후의 사귀는 사람이 자신이라고 사람들 앞에 나서지도 못할 거면서. 세후가 그녀의 존재를 숨겨주는 것을 당연하게 생각했다.

처음부터 그랬다. 세후는 매 순간 넘치도록 그녀에게 줬다. 하나부터 열까지 모든 것을 말이다.

사장과 비서. 다른 사람들이 어떻게 말하고 어떤 눈으로 볼지 다 알고 있었던 일인데. 용기를 내어보기로 하고 시작한 관계였는데, 막상 닥친 다른 사람들이 하는 말 앞에서 보란은 한없이 작아졌다. 당당하던 비서 엄 보란은 어디 가고 겁쟁이 엄보란만 남아 있었다.

'엄보란, 알고 있었잖아.'

예상은 했지만 닥치고 부딪힌 현실은 녹록치가 않았다. 잡지를 품에 안고 그녀는 그렇게 하염없이 앉아 있었다.

다시 오후 업무가 시작됐다. 비서실로 돌아온 보란의 얼굴은 창백했지만 티를 내진 않았다. 일하다 죽을 것처럼 업무를 처리하던 보란은 그날 오후 업무를 딱 두 시간 만에 끝마쳤다.

이대로 퇴근이라도 할 것처럼 보란은 가방을 들고 일어섰다. 그리고 자리를 비운 최 실장에게로 전화를 걸었다. 기준은 지금 세후와 깁스를 풀러 간 참이었다.

-여보세요?

"최 실장님, 정말 죄송한데 오늘 조퇴 좀 해도 되겠습니까?"

-갑자기요? 어디 아파요?

"오늘 해야 할 일은 전부 마친 상태입니다."

어디 아프냐고 물었더니 일 이야기를 한다. 아침만 해도 멀쩡해 보였는데 무슨 일이 있어도 있는 것 같은 목소리가 마음에 걸려 기준은 얼른 세후를 찾아 일어났다.

-잠시만요. 사장님 지금 깁스 풀러 들어가셨는데 바꿔드릴게요.

"조퇴는 실장님께 허락받으면 되는 거 아닌가요?"

그 말이 마치 세후에게는 알리지 말라는 소리 같아서 기준은 더 안 좋은 예감이 들었다. 고새 둘이 싸우기라도 했나?

-그렇긴 하죠.

"제발……. 부탁드립니다."

-알, 알겠어요.

그 소리가 어찌나 간절히 들리는지 기준에게는 그러마 하고 허락할 수밖에 없었다.

뚝뚝뚝.

어떻게 회사를 벗어나서, 어디까지 걸어왔는지 모르겠다. 얼굴에 내려앉는 빗방울에 정신을 찾아보니 주위가 보였다. 집으로 가는 방향과는 반대쪽으로 걷고 있었다.

하지만 그녀는 신경 쓰지 않았다. 회사와 먼 곳이라면 어디든, 길이 끝나지 않고 계속 걸을 수만 있다면 상관없었다. 바보 같다는 거, 자격지심이라는 거 안다. 잘 알지도 못하는 남들이 하는 말 따위는 그냥 흘려보내지 뭘 깊게 생각하고 있냐고 위로할 거란 것도 안다.

'아무리 흘려보내더라도 괜찮지 않은 건 괜찮지 않은 거다.'

툭툭.

빗방울이 제법 길게 이어져 내렸다. 보란은 속으로 참 다행이라고 생각했다. 행여나 참지 못한 눈물이 흘러내릴지라도 표시 나지 않을 테니까.

-빨강 머리 앤~ ♬♪♩

무작정 걷는 빗속에 들려온 경쾌한 벨소리가 오늘만큼은 하나도 반갑지 않다. 발신자는 당연히 세후였다. 화면에 뜬 그의 이름을 보며 보란은 생각할 시간이 필요했다.

벨이 울리는 내내 세후의 이름만 보고 있던 그녀는 결국 전화를 받는 대신 종료 버튼을 눌러버렸다. 오늘 아침만 해도 받고 싶었던 전화였는데. 지금은 제일 받고 싶지 않은 전화였다. 좋아하는 사람의 옆에서 초라해지는 기분, 느껴보지 못한 사람은 모를 거다.

비는 추적추적 내리고 있었고 그 속을 보란이 걷고 있었다.

* * *

세후가 깁스를 풀기 위해 찾은 곳은 김 박사네 병원이었다. 김 박사가 깁스를 한 세후를 보더니 쯧쯧 하고 혀를 찼다. 어젯밤 전화해서 아는 사람이 다쳤는데 혹시 깁스를 안 풀 수 있는 방법이 없냐는 실없는 질문을 하더니만.

"아는 사람이 다쳤다더니 네가 다친 거였어?"

세후가 별것 아닌 듯 팔을 들어 보였다.

"크게 다친 거 아니니 걱정하지 않으셔도 됩니다."

"언제 다쳤냐?"

"몇 주 됐습니다."

"어디 한번 보자."

세후의 팔을 이리저리 살피던 김 박사가 크게 다친 게 아니라는 걸 알고는 안도했다.

"네가 팔을 다치고 별일이다. 그 나이에 싸움이라도 한 거냐?"

"싸움이라뇨. 이 나이에 제가 싸우긴 왜 싸우겠어요?"

규민이 녀석이 들어왔다고 하던데. 혹시나 세후가 다친 게 규민과 치고받고 싸우다가 그런 건 아닌가 싶더니 그건 또 아닌가 보다. 김 박사는 뜨끔했던 가슴을 쓸어내렸다.

"그러면 어쩌다 다친 거냐?"

"누굴 좀 구하다가."

세후가 사람을 구한다고? 위기에 처한 사람을 그냥 지나치진 않지만 직접 구하기보단 경찰이나 구급차를 불러주는 게 김 박사가 아는 세후였다.

"네가 말이냐?"

"꼭 지켜야 할 사람이어서 말입니다."

세후의 얼굴이 더할 나위 없이 좋아 보이는 게 남자를 이렇게 만드는 건 딱 한 가지뿐이지.

"전에 데리고 왔던 여자냐?"

"어떻게 아셨습니까?"

"나는 연애 안 해봤냐?"

아버지에게 제 연애를 들킨 아들처럼 머리를 긁적이던 세후가 갑자기 김 박사를 보며 눈을 반짝였다.

"그래서 말인데요. 이 깁스, 한 일주일 정도 더 하고 있으면 안 되겠습니까? 더불어 진단서도 하나 끊어주시면 좋고요. 이 환자는 아직 절대적으로 안정이 필요하니 깁스를 풀 수 없다고."

어제도 전화해서 이상한 소리를 하더니만. 김 박사가 들고 있던 볼펜으로 세후의 머리를 때렸다.

"내가 경찰을 불러야겠냐?"

"경찰은 왜요?"

"나보고 거짓 진단서를 끊어달라는 건데. 문서 위조죄로 같이 잡혀 들어갈까?"

"안 끊어주면 안 끊어주시는 거지, 환자에게 폭력을 행사하시다니. 이건 폭행죄입니다?"

김 박사는 아이처럼 툴툴거리는 세후의 머리를 다시 펜으로 가격했다. 정신이나 번쩍 차리라는 의미로 말이다.

"불편하지도 않냐? 깁스를 빨리 풀어달라는 환자는 봤지만 더 하게 해달라는 환자는 네가 처음이다."

잠시 후, 붕대를 풀고 석고를 떼어낸 세후의 팔은 몇 주 만에 빛을 볼 수 있었다. 볼일이 끝났으니 가보겠다며 일어나려는 세후를 멈추게 한 건 김 박사의 말이었다.

"규민이 들어온 건 알고 있냐?"

문고리를 돌리려던 세후의 손이 멈췄다. 그대로 정지한 세후가 그에게 대답했다.

"아버지처럼 많이 따르고 좋아하는 거 아시죠? 제가 여기 다시 안 오게 만들지 마십시오."

전에 친구들이 있던 곳에서 고함을 치던 것과는 달랐지만 화가 많이 났다는 건 충분히 알 수 있는 낮은 목소리였다. 하지만 김 박사는 멈추지 않았다.

"규민이도 규민이 나름대로 사정이 있지 않겠냐? 제대로 이야기는 해본 거냐? 너 혼자만의 시선으로 본 사실이 다른 사람의 시선으로 본다면 다를 수도 있지 않겠냐?"

"가보겠습니다."

더는 들을 것도 없이 세후는 진료실을 나가버렸다. 김 박사는 한숨을 내쉬었다.

"어째, 세후 너나, 규민이나, 세진이나. 어쩜 그렇게 똑같이 미련해. 물어볼 건 물어보고 들을 건 듣고 해야지, 다 한쪽 면만 보고 있으니."

진료실 앞을 서성이고 있던 기준이 세후가 나오기가 무섭게 말을 걸었다.

"이제 끝났어?"

"어. 가자."

얼른 병원을 벗어나려 빠르게 걷는 세후의 뒤를 기준이 따랐다. 좀 전에 걸려왔던 보란의 전화 이후로 기준은 계속 세후가 나오기만을 기다리고 있었다.

"있잖아. 형, 보란 씨 어디 아픈 것 같았는데."

빠르게 걷고 있던 세후의 걸음이 멈췄다.

"제대로 말해."

"아니, 방금 전에 보란 씨가 전화가 왔는데 조퇴하고 싶다고 하더라고. 내가 형한테 알린다고 하는데도, 말아달라고 부탁하더라고. 아무래도 목소리가 이상한 게 보통 아픈 게 아닌 것 같았어."

"그걸 왜 이제야 말해!"

세후는 얼른 휴대폰을 들어 보란에게로 전화를 걸었다. 그런데 신호는 가는데 받질 않았다. 항상 신호음이 다 가기 전에 그의 전화를 받던 그녀였다. 보란의 음성을 들을 수 없는 세후의 마음이 초조해지고 불안해지기 시작했다.

"다른 말은 없었어?"

"어? 어. 조퇴하겠다고. 그 말밖에 없었어."

아프다니. 회사를 나올 때만 해도 괜찮은 것처럼 보였는데. 아파도 미련할 정도로 끝까지 버티는 그녀인데 대체 어느 정도면 조퇴를 한다고 했을까 싶어 세후의 걱정은 더 커졌다.

"차 키 줘."

기준은 망설였다. 깁스를 풀자마자 운전을 해도 될는지 싶어서.

"형 방금 깁스 풀었는데 괜찮겠어? 운전은 내가……."

하지만 세후는 기준을 향해 소리를 높였다.

"얼른 달라고!"

기준이 내민 차 키를 낚아채듯 든 세후가 전속력으로 뛰어갔다.

* * *

비를 방패 삼아 얼마나 울었는지 모르겠다. 소심하고 가끔 실수도 하지만 보란은 자신이 꽤 괜찮은 사람이라고 생각했었다. 그런데 완벽에 가까운 그의 옆에 서면 비교가 된다는 걸 왜 몰랐던 걸까. 그의 옆에 서 있는 자신이 초라해 보여 도망치고만 싶었다.

옷이 전부 비에 젖어 무거워졌을 때, 다리가 아파 더 이상 걸을 수 없을 때가 돼서야 보란은 걷는 걸 멈추고 집으로 향했다.

보란의 집 앞에는 세후가 그녀를 기다리고 있었다. 한걸음에 달려와 그녀에게 소리를 높였다.

"당신 생각이 있어! 없어!"

야단치는 것 같은 그의 목소리와는 달리 그녀의 어깨 위로 입고 있던 그의 재킷을 벗어주는 그의 손길은 다정했다.

'당신에게 해줄 수 있는 게 없다는 사실이 나를 무기력하게 만들 수도 있다는 걸 난 왜 미처 몰랐을까요?'

땅으로 떨어져 있던 보란의 고개가 올라갔다. 조금 전까지 보고 싶지 않다고 수없이 밀어냈던 얼굴이었건만 참 바보같이 그의 얼굴을 보는 순간, 그런 결심들은 와르르 무너져 내렸다.

'이렇게 얼굴을 보는 것만으로도 좋은데.'

"몸도 안 좋아서 조퇴까지 했으면서 이 비를 다 맞다니, 나 미치는 꼴 보고 싶어!"

그녀를 나무라는 소리에 그의 걱정이 묻어났다. 하지만 행복했던 관계가 기울어져 있다는 걸 알아버린 그녀는 행복이 부담으로 다가왔다. 그가 그녀를 위하는 마음이 커질수록 보란은 이제 부담이란 걸 느끼지 시작했다.

"나한테 소리치지 마요."

작게 대꾸하는 보란의 말에 불같이 화를 내던 세후는 단번에 수그러들었다.

"어? 알았으니까 소리쳐서 미안하니까 우선 병원부터 가자."

"괜찮아요."

"내 말 들어. 당신 떨고 있다고."

부축해오는 그의 손을 보란은 뿌리쳤다. 그 비를 다 맞았는데 괜찮을 리가 없었다. 두 팔과 두 다리는 무게추라도 되는 것처럼 무거웠고 두 눈은 자꾸 감겼다. 더 이상 몸을 적시는 비가 없어서인지 온몸은 불덩이라도 된 것처럼 열이 오르기 시작했다. 딛고 있는 땅이 빙글빙글 돌더니 머리가 어지럽기까지 했다. 하지만 보란은 있는 힘을 다해 버텼다.

"괜찮다고요."

그를 밀어내는 그녀가 화가 나는지 세후는 또다시 소리를 높였다.

"자꾸 거짓말 할래! 대체 무슨 일이야!"

"들어갈게요."

그를 지나쳐 집으로 들어가려는 보란의 손을 세후가 잡아 세웠다.

"안 돼, 병원부터 가."

"놔줘요."

"제발, 무슨 일인지라도 말해줘."

그는 그녀를 잡고, 그녀는 그를 밀어내고. 이 짧은 순간 동안 두 사람은 이 짓을 몇 번을 했는지 모른다. 마지막으로 끊어낼 것처럼 보란이 세후를 향해 말했다.

"미워."

그녀를 초라하게 만드는 세후가 미웠다.

행복했었던 것만큼 비참했다.

23화. 신데렐라 말고 앤

'밉다고? 내가?'

그녀의 입에서 밉다는 소리를 들을 줄은 전혀 상상도 못했던 세후는 그대로 정지했다.

그녀에게로 오는 그 짧은 시간 동안 세후는 얼마나 많은 나쁜 생각을 했는지 모른다. 엘리베이터도 기다리지 못하고 뛰어 올라와 그녀의 집 문을 두드리면서 몇 번이나 지옥을 왔다 갔다 했는지 모른다.

무슨 일인지도 모른 채 마냥 그녀를 찾고 있다는 게 이리 무서운 일일지는 정말 몰랐다.

혹시라도 보란이 너무 아파서 집 안에 쓰러져 있는 건 아닐까. 아니면 너무 아파서 집으로 오는 길 어딘가에 쓰러져 있는 건 아닐까. 무서운 생각은 꼬리에 꼬리를 물었다.

우선 집 안부터 확인해봐야겠다는 생각에 세후는 어딘가에 붙어 있을 열쇠 집 스티커를 다급히 찾기 시작했다. 문 사이 벽에 붙어 있는 스티커에서 전화번호를 찾아낸 세후가 전화를 걸려 할 때였다.

-띵.

엘리베이터 문이 열리는 소리가 났다. 소리가 나는 쪽으로 눈을 돌렸던 세후의 손이 아래로 떨어졌다. 보란이 열리는 엘리베이터 문 사이에 있었다.

달려가 정신이 있냐고 소리치는 그를 슬픈 눈으로 보며 그녀가 한 말.

'미워.'

멍하니 그 자리에 굳어버린 그를 두고 그녀는 집 안으로 모습을 감춰버렸다.

답답함에 세후는 그녀가 그의 눈앞에서 닫아버린 문을 애타게 두드렸다.

"이야기를 해야 알지. 내가 또 뭐 잘못했어?"

벽을 사이에 둔 채 보란은 고개를 흔들었다.

'아니요. 내가 바보 같아서, 이것밖에 안 되어서 그래요.'

혹시라도 밖에 있는 세후에게 들킬까 보란은 울음을 숨겼다. 세후의 억눌린 음성이 다시 그녀를 불렀다.

"우선 문부터 열어. 말하기 싫다면 좋아. 당신 괜찮은 것만 보고 갈 테니까. 문 열어. 안 열면 문 따고 들어갈 거야."

그가 그의 말대로 할 거란 걸 누구보다 잘 아는 보란은 손으로 눈물 자국을 닦아냈다. 잠금장치가 그대로 걸린 채 보란은 문을 열었다. 작게 열린 틈 사이로 세후가 다가왔다.

"열 있는 것 같은데 병원부터 가자? 응?"

"자고 나면 괜찮아질 거예요. 저 좀 쉬게 가주시면 안 될까요? 나중에 이야기해요. 제발요. 네?"

당장이라도 쇠고리를 끊고 그녀를 끌고 나오고 싶었지만 세후는 차마 그럴 수가 없었다. 그녀의 말이, 그녀의 행동이, 그녀의 눈빛이…… 그녀의 모든 것이 그를 밀어내고 있었다.

"……알았어. 쉬다가 아프기라도 하면 무조건 나한테 전화하는 거야? 알겠지?"

밖에서 기다리고 있을 테니까. 혹시라도 부담스러워 그녀가 제대로 쉬지 못할까 봐 세후는 뒷말을 숨겼다.

어서 가보라는 말로 그를 끝까지 밀어낸 보란은 문을 닫아버렸다. 그의 눈앞에서 닫힌 문이 그를 향해 닫아버린 그녀의 마음 같아 세후는 덜컥 겁이 났다.

닫힌 문을 보고 선 세후는 하염없이 기다리고 있었다. 혹시라도 보란이 다시 문을 열어주는 건 아닐까 싶어, 그 자리를 떠날 수가 없었다.

* * *

"으으음."

침대에 누운 보란이 식은땀을 흘리며 신음하고 있었다. 한 시간만 자고 일어나면 없던 일이 될 줄 알았는데 아니었다. 몇 시간을 열에 취해 잠들었다 깼다 했는지 모르겠다. 미련하게 서늘한 가을비를 다 맞고 돌아다녔으니 병이 안 나면 그게 이상한 거였다. 온몸에 열이 올라 정신이 혼미했다.

그런 그녀를 깨운 건 침대맡에 놓아두었던 휴대폰 벨소리였다. 정신이 혼미한 상태에서 얼결에 보란은 전화를 받았다.

-보라 작가님. 너 지금 집이야?

수아였다. 보란은 나오지 않는 목소리를 쥐어짜서 겨우 대답했다.

"네."

-나 지금 퇴근하는데 너희 집에 들러도 되겠냐? 오늘 만나서 꼭 해야 할 중요한 이야기가 있어요.

"……."

-여보세요? 보란아? 안 들려?

침대에서 몸을 일으키려는데 그게 되질 않았다. 아무래도 병원에 가야 할 것 같은데. 혼자 살면 이게 제일 안 좋은 점이다. 나 아프니까 좀 와줄 수 없냐고 말을 해야 하는데 목소리가 나오질 않았다.

"……."

-여보세요? 보란아, 듣고 있니? 전화가 잘 안 들리나?

"언니, 나 너무 아파서…… 우리 집에 좀……."

겨우 말을 전한 보란은 그대로 정신을 잃었다. 꺼지지 못한 휴대폰에서는 보란을 부르는 수아의 음성만 계속해서 들려오고 있었다.

* * *

가을이 끝나는 것을 알리기라도 하듯 쏟아붓던 비는 저녁이 되자 잦아들었다. 한 시간이 넘게 그녀의 집 앞에서 정승처럼 서 있었던 세후는 차로 장소를 옮겨 그녀를 지키고 있었다. 혹시라도 밤늦게라도 그녀에게서 전화가 걸려오면, 그를 찾으면, 한걸음에 달려가기 위해서 그녀의 집 앞에 대기중이었다.

대체 보란이 왜 그런 말을 했을까? 아무리 생각해도 그녀가 그를 밀어내는 이유를 찾을 수가 없었다. 어제까지만 해도, 아니 오늘 아침만 해도 좋았었는데. 언제 어디서부터 잘못됐는지 알 수 있다면…… 이리 답답하진 않았을 거다.

꽉 막힌 마음을 달래려 차 밖으로 나갔다. 차에 기댄 세후는 그녀의 집으로 시선을 들어 올렸다.

끼이익.

계속해서 그녀의 집을 올려다보고 있던 세후가 고인 빗물에 미끄러지는 바퀴 소리가 나 고개를 돌렸다. 급정거한 택시에서 내린 사람은 그도 아는 사람이었다. 그 편집자라던 여자, 수아였다.

'저 여자가 왜?'

택시에서 내려 오피스텔 안으로 뛰어 들어간다. 세후도 그녀를 따라 뛰어 들어갔다. 엘리베이터를 타고 올라간 수아를 잡지 못한 세후는 옆 계단을 뛰어올랐다.

벨을 눌러도 반응이 없으니 수아는 수첩을 뒤지기 시작했다.

"비밀번호가 뭐였더라? 전에 여기 적어놨었는데……."

계단을 뛰어 올라온 세후가 문 앞에 서 있는 수아를 불렀다.

"이수아 씨."

뒤에서 갑자기 부르는 소리에 흠칫 놀라던 수아는 이내 그녀를 부른 사람을 확인하고 안도했다.

"엄마야, 권세후 씨? 보란이 아프다고 해서 온 거예요?"

이럴 줄 알았다. 병원에 가자고 해도 말 안 듣더니. 억지로라도 병원에 데리고 갔어야 했다.

"얼른 문이나 열어요."

수아가 다시 수첩을 뒤지기 시작했다. 전에 보란이 회사에 있을 때, 동화에 들어가야 할 삽화를 집에 두고 오는 바람에 수아가 그녀의 집에 와서 가져갔던 적이 있었다. 그때, 수첩 어딘가에 적어뒀었는데 찾기가 쉽지가 않았다.

"빨리 찾아보라고!"

움찔, 세후의 닦달하는 소리에 수아가 덩달아 팩 소리를 치고 싶은 걸 겨우 참았다. 얼마나 걱정이 되면 그러겠냐 싶어 이번만 봐주겠다고 그녀가 마음을 다스렸다.

"찾고 있잖아요. 아, 여기 있다. 7894 별표."

거의 동시에 번호를 누른 세후가 문을 열고 안으로 들어갔다. 신발을 벗을 겨를도 없이 달려간 세후는 그녀를 찾기 시작했다. 거실에서 보란을 찾을 수 없었던 세후는 곧장 침실로 보이는 방문을 열어젖혔다.

"아…… 파……."

침대에 보란이 신음을 흘리며 누워 있었다. 세후의 마음도 덩달아 철렁 내려앉았다. 뒤따라온 수아가 보란을 살피는 동안 세후는 꼼짝도 할 수 없었다.

"어머, 애가 열이 왜 이렇게 많이 나? 병원부터 가야 할 것 같은데요?"

수아의 말에도 세후는 대답도 없이 그렇게 그대로 서 있기만 했다. 보다 못한 수아가 그를 향해 소리쳤다.

"권세후 씨! 정신 차려요! 이러다 보란이 큰일 나겠어요."

그제야 정신을 차린 세후가 성큼성큼 걸어왔다. 그녀의 몸을 이불로 둘둘 만 채 그가 그녀를 안아 들었다.

"어? 어? 같이 가요."

수아가 허둥지둥 총알처럼 뛰어가는 세후의 뒤를 따라갔다.

* * *

보란의 눈이 스르륵 떠지고 본 건 새하얀 천장이었다. 소파에 앉아 있던 수아가 억지로 몸을 일으키려는 보란에게로 다가왔다. 그러곤 일어나려던 보란을 다시 눕게 했다.

"일어났어?"

처음 보는 하얀 커튼, 머리 위에 걸려 있는 링거. 팔에 꽂혀 있는 바늘까지. 보란은 자신이 누워 있는 곳이 낯설었다.

"병원이에요?"

계속 누워 있으라는 수아의 만류에도 보란은 기어이 자리에서 몸을 일으켜 앉았다.

"언니가 데리고 온 거예요?"

"어? 어. 뭐."

수아는 말을 얼버무렸다. 수아가 한 거라곤 보란의 집에 문을 열고 들어간 것뿐이었다. 여기까지 레이싱하듯 차를 몰고 온 것도 세후였고, 차를 몰고 오는 도중에 이 커다란 병원 원장에게 전화를 걸어 준비시킨 것도 세후였다. 하지만 세후는 절대로 그가 이 모든 것을 처리했다는 사실을 보란에게 말하지 말라고 당부했다.

"고마워요. 언니 아니었으면 큰일 날 뻔했어요."

감사를 받아야 할 사람은 따로 있는 것 같은데……. 수아는 머리를 긁적였다.

"감사 인사는 무슨. 난 네 목소리 듣고 너희 집에 간 것밖에 한 게 없는데, 뭘."

"그러니까요. 와줘서 고맙다고요. 그런데 무슨 일로 전화했어요?"

"일 때문에 만나자고 한 거였어. 너희 사장이라는 남자 인터뷰했더라?"

좀 괜찮아 보이던 보란의 얼굴은 급격하게 굳어갔다.

"언니도 봤어요?"

"안 보려고 해도 안 볼 수가 있나. 점심때부터 우리 출판사 전화가 끊이지 않았다고. 네 동화책 『가면 쓴 아이』 재고 없냐고 물어보는데. 근데 재고가 있을 리가 있나. 재고는 전부 네 애인이 다 사서 기부했잖아. 그래서 다시 추가 인쇄 들어갈까 싶어서 너한테 연락한 거였어."

작가에게 추가 인쇄에 들어간다는 말보다 뿌듯하고 기분 좋은 일이 있겠냐마는 보란은 하나도 기쁘지 않았다.

오늘 하루 종일 그녀를 괴롭혔던 감정들이 또다시 되살아나 그녀를 괴롭히기 시작했다. 그녀의 글이 좋아서가 아니라 그의 애인이라는 사실만으로 사람들은 그녀의 글을 읽고 싶다고 말한다. 보란이 바란 건 그런 게 아니다.

"언니, 내가 제일 좋아하는 동화가 뭔 줄 알아요?"

뜬금없는 질문이었지만 수아는 침착하게 대답했다.

"빨간 머리 앤?"

"맞아요. 예쁘지는 않지만 사랑스러운 앤이 나는 좋아요. 자신의 어려운 상황을 구해줄 왕자님을 기다리지 않는 앤이 나는 좋다고요. 나는 신데렐라는 되고 싶지 않아요."

"음, 심오한데?"

"내가 생각하는 사랑은 주고받는 거예요. 근데 나는 그 사람한테 염치없이 좋다고 받고만 있었어요. 나는요, 받기만 하는 사랑이 아니라 나도 줄 수 있는 사랑이었으면 좋겠어요."

"그러니까 너는 신데렐라가 되고 싶지 않다는 거구나?"

보란이 고개를 끄덕였다.

"네. 그 사람 옆에 서면 내가 초라해진다는 걸 알았어요. 내 책이 베스트셀러가 되면 뭐하겠어요? 그건 내 글과 그림이 좋아서가 아니라 그 사람 때문인데……."

신데렐라보다는 앤이 되고 싶은 보란의 심정이 충분히 이해가 갔다.

그때, 수아는 병실 문에 드리운 그림자를 발견했다. 아마 안으로 들어오려다 차마 들어오지 못한 세후일 거다.

수아가 자리에서 일어나 병실 문을 열어젖혔다.

"오셨으면 들어오지 뭐 하고 계세요?"

보란이 괜찮은지 확인만 하고 가려던 세후가 병실로 들어왔다. 두 사람 사이에 할 말이 많아 보여 수아는 나갈 채비를 했다.

"내 정신 좀 봐. 집에 가봐야 하는데. 보란아. 추가 인쇄 이야기는 너 몸 괜찮아지면 하자. 그리고 권세후 씨, 우리 보란이 잘 부탁해요."

수아가 문을 닫고 나가자 세후가 죽은 듯이 조용히 안으로 들어왔다. 몇 번을 손을 들어 그녀를 만지려고 했지만 차마 그리하지 못하고 바라보고만 있는 세후였다.

당신이 나한테 줄 수 없는 게 없다고? 당신 자체가 나한테는 선물이고 축복인데. 이미 당신은 내 전부가 돼버렸는데. 세후는 말을 삼켰다.

앓고 난 게 분명해 보이는 갈라진 목소리로 보란이 그를 불렀다.

"사장님……."

보란이 하려는 말이 혹시 안 좋은 말일까, 세후는 그녀의 말을 가로막았다. 낮고 분명한 그의 목소리가 고요한 병실을 갈랐다.

"안 돼."

"제가 무슨 말을 하려는 줄 알고 안 된다고 하는 건데요?"

이를 악다문 세후가 보란의 눈을 피했다. 헤어지자는 말 따위 안 들은 척하면 그만이다.

"절대 안 돼."

그녀가 무엇을 말할지도 모르면서 무조건 안 된다고 한다. 파리한 얼굴을 한 보란이 세후의 손을 잡곤 억지로 웃었다.

그는 그녀가 이별을 말할 줄 아나 보다.

하지만 세후와 헤어지고 나서 그녀 역시 괜찮을 리가 없다. 그녀도 그를 좋아한다. 사랑한다. 그저 그의 옆에 설 수 있는 당당한 여자가 되고 싶을 뿐이었다.

"나한테 시간을 조금 줄 수 있어요?"

어쩌면 처음부터 자신이 너무 밀어붙이기만 한 건 아닌가 싶어, 그게 그녀를 부담스럽게 만든 건 아닐까. 세후는 문득 그런 생각이 들기 시작했다.

그가 그녀를 끌어다 품에 안았다.

"생각할 시간 같은 건 얼마든지 줄 수 있어. 일 년이고 십 년이고 기다릴 수 있어. 그러니까……."

세후의 입술이 구속하는 낙인처럼 그녀의 반듯한 이마 위에 닿았다 떨어졌다.

"그 생각, 내 옆에서 해."

격하던 감정이 사그라지고 난 뒤 가라앉은 공기에 보란은 애꿎은 손만 만지작거리고 있었다.

앞뒤 설명도 없이 생각할 시간이 필요하다고 했으니 그걸 들은 상대는 얼마나 황당했겠는가. 그럼에도 세후는 그녀가 원하는 대로 해주겠노라 했다.

다만, 그의 옆에서라는 조건이 붙었지만.

뚝뚝 떨어지던 링거 소리가 더 이상 들지 않을 즈음.

세후가 아래로만 깔고 있던 그녀의 눈을 그에게로 고정시켰다.

“이야기 안 해줄 거야?”

모든 걸 다 알아야 만족하겠다는 그의 눈을 보란은 피해버렸다. 그런 그녀가 야속할 법도 하건만 그녀의 손을 덮는 세후의 손은 다정했다.

“당신이 이야기를 안 하니 내가 할게. 아파서 쓰러져 있는 당신을 발견한 내가 무슨 생각을 했었는데. 아, 내가 참 자만하고 있었구나. 세상에서 무서울 게 없다고 소리쳤던 내가 당신 때문에 얼마나 무서웠는지 알아? 근데 당신이 아프다는 사실보다 더 무서운 게 있더라고. 당신이 날 떠나려고 한다는 거. 나 지금 엄청 겁먹고 있거든. 그러니까 말해. 나 무서워서 죽는 꼴 보고 싶지 않으면 말해.”

하지만 그의 목소리는 한 치의 흔들림도 없었다. 오히려 너무 차분하고도 냉철한 음성이어서 의심이 되기도 잠시, 하얗게 질리도록 움켜쥔 그의 주먹이 그가 한 말이 진심이라는 걸 알려주고 있었다.

혹시나 자신이 잘못한 게 있는 건 아닌지 속을 끓이고 있는 세후를 앞에 두고 보란이 침묵할 수는 없었다. 그녀가 떨어지지 않는 입술을 겨우 뗐다.

“사장님이 아니라 전적으로 제 탓입니다.”

겨우 사장님에서 세후 씨로 바꿔놨더니 도로 사장님으로 돌아갔다. 두 사람의 관계가 되돌이표를 돌아 처음으로 되돌아간 것만 같았다. 그녀가 세운 벽을 무너뜨린 지 얼마 되지도 않았건만 또다시 생겨나려는 벽이 그를 애달프게 만들고 있었다.

"알아들을 수 있게 말해."

"사장님 옆에 서 있는 제가 많이 부족하다는 걸 알게 됐습니다. 부끄러운 말씀이지만 제가 많이 움츠러들고 있습니다."

어디서 무슨 소리를 듣고 이런 근거도 없는 소리를 하는지. 차분하기만 하던 세후의 음성이 한 톤 올라갔다.

"누가 그래? 당신이 부족하다고?"

세후만 빼고 다 아는 사실인데, 길 가는 사람 아무나 붙잡고 물어봐도 한쪽으로 기우는 관계라고, 남자가 아깝다고 입을 모아 말할 텐데.

끝내 제 입으로 그녀의 부족함을 이야기해야 하는 것이 속상해 보란의 눈으로 물방울이 차올랐다.

"저는 사장님께 드릴 수 있는 게 아무것도 없습니다."

줄 수 있는 게 없다니. 그럼 지금껏 그가 받은 것들은 뭐란 말인가. 세후의 머리는 망치로 맞기라도 한 것처럼 멍했다.

세후가 고개를 숙이고 울지 않으려고 입술을 깨문 보란을 끌어다 그의 품에 가뒀다.

"그 지독한 두통도 당신의 괜찮아질 거라는 말 한마디에 괜찮아져. 당신과 눈을 맞추고 이야기하는 매 순간이 평온하고 즐거워. 당신과 함께한다는 사실 하나만으로도 나는 행복하다고. 이것만으로 넘치는데 뭘 얼마나 더 주려고 그러는 거야?"

보란이 말하는 건 그런 게 아니었는데. 도저히 반박할 말을 찾지 못하겠다.

그가 입고 있던 셔츠가 보란의 눈물로 젖어 들어갔다.

"하, 하지만 저는 사업적으로나 재정적으로나 사장님께 도움이 될 만한 배경 같은 것도 없고……."

울먹이며 말하는 보란의 등을 세후의 큰 손이 토닥였다.

"내가 다른 사람 도움 같은 게 필요한 사람처럼 보여? 처음부터 다른 사람 도움 없이 혼자서 일어섰어. 그리고 당신은 충분히 도움이 되고 있다고. 내가 말했잖아? 당신만큼 유능한 비서는 어디 가서도 못 구한다고. 그리고 셈은 똑바로 해야지. 우리 사이에 불리한 건 나라고."

그의 토닥이는 손길에 울음이 잦아든 보란이 고개를 들었다.

"무슨?"

"잘 생각해보라고. 나는 부모님도 다 돌아가셨지. 거기다 우빈이도 딸렸지. 당신 어머니께서 반대하셔도 할 말 없는 게 지금 내가 가진 조건이라고."

세후의 가벼운 말이 무겁던 그녀의 근심을 가볍게 만들고 있었다. 비를 흠뻑 맞고 돌아다닐 정도로 그녀를 괴롭혔던 것들은 그의 위로에 아무것도 아닌 것이 되어 날아가버리려 한다.

하지만 이것도 이때뿐이겠지. 언젠가 이 낮은 자존감은 뜬금없이 또다시 튀어나와 그녀를 괴롭히고, 그녀뿐만 아닌 두 사람 모두를 힘들게 할 거다.

보란의 눈은 진지해졌다.

"강해지고 싶어요. 그러니까……."

세후가 더 말하지 않아도 다 안다는 듯 그녀의 머리를 쓰다듬었다.

"알겠어. 생각도 많이 하고 강해져. 얼마든지 기다려줄 테니까."

* * *

입원한 다음 날, 바로 퇴원을 하고 싶었지만 세후가 강력히 반대했다.

'강해지고 싶다며? 그러려면 몸부터 추슬러야 하는 거 아니야?'

결국 찍소리도 못하고 병원에 강제 입원한 보란이었다.

단순한 감기인 줄만 알았더니 폐렴까지 덮친 격이란 소리에 세후는 회사 일을 전부 병원으로 옮겨 오더니 한시도 그녀의 곁에서 떨어지지 않으려 했다.

회사에 중요한 일이 있어 자리를 비우던 한이 있어도 꼭, 아무리 늦은 밤이라도 그녀에게로 돌아왔다. 밤늦게라도 그녀에게로 돌아온 세후는 굳이 좁은 침대로 올라와 그녀를 품에 안고 잠들었다.

이러면 전의 상황과 비교해봤을 때 더하면 더했지, 덜하지 않은 세후의 과잉보호에 보란이 불만을 토로해도 봤지만 소용없는 일이었다.

"사장님, 어린애도 아니고 혼자 있을 수 있습니다. 그리고 생각할 시간 주신다고 하셨잖습니까?"

"내가 말했지. 그 생각 내 옆에서 하라고. 그러니까 나는 신경 쓰지 말고 어서 자."

세후는 이불을 보란의 목까지 끌어 올려 덮어줬다. 어제도 하루 종일 누워 잤는데 또 자라고 이불을 덮어주니 잠이 올 리가 없었다.

'답답해 죽겠네. 바람이라도 쐬고 와야겠어.'

바람을 쐬고 오고 싶다고 하면 휠체어에 그녀를 앉히고 따라다닐 그를 알기에 몰래 밖으로 나갈 생각이었다.

그녀는 발소리를 죽인 채 침대에서 내려와 살금살금 병실을 나섰다.

다행히 일에 한번 집중하면 누가 건드려도 모를 정도로 집중하는 세후 덕분에 들키지 않고 병실을 나설 수 있었다.

혹시라도 그녀가 침대에 없는 걸 발견한 세후가 잡으러 올까 봐 빠른 걸음으로 병실 복도를 벗어나 엘리베이터를 잡아탔다.

유리창을 거쳐 들어오는 햇살 대신 곧바로 내리쬐는 햇볕이 그리웠던 보란은 병원 밖으로 나갈 생각으로 일 층을 눌렀다.

-1층입니다.

병원 입구를 나와 산책을 나온 환자들 무리와 함께 근처를 걷던 그녀가 빈 벤치를 찾아 앉았다. 나른하게 눈을 감게 만드는 햇살 아래에 있다 보니 생각이 깊어졌다.

강해지고 싶다고 그에게 그리 말했다.

말은 그렇게 했는데 어떻게? 어떻게 하면 그녀 스스로 당당해질 수 있을까? 그녀가 비서가 아니라면 괜찮을까? 그렇다고 비서를 때려치우고 이 나이에 다른 직업을 찾을 수도 없고.

뭔가 해냈다는 성취감과 함께 자신감을 가질 수 있는 일이 무엇인지 곰곰이 생각했다.

고민 끝에 다다른 결론은 결국……. 동화였다.

'그래, 글을 쓰자. 누구도 고개를 끄덕일 만한 동화를 만들자.'

오늘부터라도 당장 시작해야겠다. 소재를 찾고 윤곽을 잡고 밑바탕을 그리는 작업부터 차근차근 시작해야겠다고 생각을 정리한 보란은 햇살을 즐기기로 했다.

찰칵찰칵.

눈을 감고 상념에 빠져 있던 보란을 깨운 건 난데없는 셔터 소리였다.

셔터를 누르는 소리가 점점 그녀를 향해 가까워지더니 선명해졌다.

'나를 찍는 건가?'

눈을 뜨니 웬 남자가 그녀 쪽으로 카메라를 향해 들고 사진을 찍고 있었다. 설마 세후 때문에 그녀의 사진을 찍으려는 기자인가 싶어 보란은 괜히 날카로워졌다.

"저 찍고 계시는 거예요?"

"아닌데요?"

"정말 아니에요?"

보란의 다그침에 남자는 황당하다는 얼굴이었다.

"네, 정말 아닙니다. 그쪽 사진에 담을 만큼 매력적이지 않을뿐더러, 저는 인물 사진 안 찍은 지 오래됐습니다."

별사람 다 보겠다는 남자의 얼굴을 보니 정말 아닌가 보다. 괜한 사람을 잡았다는 생각에 보란은 누그러졌다.

"죄송해요. 제가 과잉 반응했나 보네요."

"아닙니다. 오해하실 만도 하네요. 그쪽 위에 있는 나무, 그 나무에 앉은 새를 찍고 있었으니까요."

보란의 사과에 남자는 카메라를 들어 찍힌 사진을 보여줬다. 사진 쪽으로 무지한 그녀가 봐도 사진에 담긴 새는 꽤 괜찮은 작품 같았다.

"사진 잘 찍으시네요."

"예전에는 사진을 찍는 게 행복했었는데 요즘은 살려고 억지로 찍습니다."

좋아하는 일이라서 시작한 일이 이젠 돈벌이 수단으로 전락했다는 말인가? 그 마음 백번이고 이해하는 보란이었다.

사진이나 글이나 비슷비슷한 예술이 아닌가. 그녀도 작가가 아닌 비서로 먹고살지 않던가? 처음 만나는 남자에게서 동병상련의 정마저 느끼는 보란이었다.

"왠지 저도 그 마음 알 것 같아요."

남자는 보란의 위로에 희미하게 웃었다. 그 웃음이 너무 쓸쓸해 보이는 건 그녀만의 착각인 걸까? 보란은 씩씩하게 웃으며 남자를 응원했다.

"그래도 우리 힘을 내요. 그쪽도 다시 찍으려고 노력해봐요. 저도 오늘부터 다시 시작할 거거든요."

무엇을 다시 시작하겠다는 건지는 모르겠지만, 자신이 말하는 것과 여자가 이해한 건 다른 것 같았지만 남자는 보란의 파이팅에 이상한 격려 같은 걸 느꼈다.

이제 가보겠다며 일어나는 보란을 붙잡으며 남자가 물었다.

"그쪽 이름이 뭐예요?"

"엄보란이요. 잘 기억해둬요. 조만간 엄청나게 유명한 동화 작가가 될 거니까요. 그쪽은요?"

"천규민입니다."

"만나서 반가웠어요. 천규민 씨. 다음에 만나면 인사 정도는 해요."

규민의 대답은 듣지도 않고 보란은 어디론가 뛰어갔다.

'세진아, 다시 이 렌즈를 통해 너를 볼 수만 있다면…….'

처음이자 마지막으로 그의 카메라에 담았던 누군가가 생각난 규민은 애꿎은 카메라만 만지작거렸다.

코에 바람도 쐬었겠다 가벼운 마음으로 신나게 병실 문을 열고 발을 들인 보란은 아차 싶었다. 세후에게 말도 않고 나갔다 왔건만 쥐도 새도 모르게 들어와도 모자랄 판에 당당하게 들어왔으니. 세후의 잔소리 한 바가지는 따놓은 당상이라고 생각했다.

그런데 고개를 들어 들어오다 멈춘 보란을 한 번 쳐다본 세후는 다시 서류로 눈을 돌리는 게 아닌가. 보란이 쪼르르 세후에게로 달려갔다.

"나 몰래 나갔다 왔어요."

여전히 서류에서 눈을 떼지 않은 세후가 아무렇지 않게 대답했다.

"알아."

"뭐, 할 말 없어요?"

"무슨 말?"

"혼자서 어디를 갔다 오냐고, 몸도 안 좋으면서 나가기는 왜 나가냐고 꾸짖는 그런 말? 아니면 내가 나갔다 왔다는 것도 모를 정도로 집중하고 있었던 거예요?"

후우 하고 숨을 내쉰 세후가 보란의 이마에 딱밤을 놓았다.

"당신 침대에서 일어날 때부터 알고 있었어. 혼자서 생각하고 싶은 것 같아서 안 따라 나갔어. 강하게 키우는 중이야.”

“네에? 누구를요?”

보란은 동그랗게 눈을 뜬 강아지가 주인을 보는 것처럼 세후를 보고 있었다.

“당신을.”

“가끔 이렇게 해도 돼요?”

“그래. 단, 나가서 애먼 놈만 안 만난다면.”

애먼 놈이라. 산책하면서 만났던 사진 찍는 남자 이야기를 세후에게 해주려고 했었는데, 이름이 규만이었던가? 하여튼 그 남자 이야기는 절대로 하지 말아야겠다고 입을 꾹꾹 다무는 보란이었다.

며칠 후, 보란은 드디어 퇴원을 할 수 있었다. 혼자서도 충분히 퇴원을 할 수 있다고 했지만 세후는 그렇게 두질 않았다. 아침부터 우빈의 손을 잡고 함께 들이닥친 그였다.

“다 챙겼어?”

방금까지 병실에 있었던 것 같은데 우빈의 얼굴이 보이질 않았다. 마지막 짐을 가방에 챙긴 보란이 세후에게 물었다.

“이게 마지막이에요. 근데 우빈이는요?”

보란이 화장실 간 사이, 병원만 왔다 하면 이곳에 김 박사님이 있다는 걸 용케도 아는 우빈이 하도 보고 싶다고 떼를 쓰는 바람에 마침 들어오던 간호사에게 부탁한 참이었다.

“김 박사님 보러 갔어.”

“혼자요?”

“아니, 간호사가 데려다준다고 했어.”

입원해 있는 내내 필요 이상으로 세심하게 살펴봐준 김 박사였다. 가기 전에 보란도 인사를 해야 할 것 같았다.

"그래요? 안 그래도 저도 감사 인사드리러 가려고 했는데."

세후가 다 싼 짐 가방을 들어 올렸다.

"퇴원 수속부터 밟고 가려고 했는데 할 수 없지. 우빈이도 데리러 가야 하니까 김 박사님께 먼저 갔다가 가자."

병실을 나온 두 사람은 엘리베이터를 타고 연구실이 있는 층으로 올라갔다. 엘리베이터에 내리자마자 보란은 김 박사의 연구실이 어디냐고 물을 필요도 없었다. 연구실 복도 중간쯤, 밤톨 같은 우빈의 뒤통수가 지표처럼 보였기 때문이었다. 아이는 회색 점퍼를 입은 웬 남자와 이야기를 하고 있었다.

"우빈이 아니에요?"

그녀의 옆에서 걷고 있던 세후의 발이 우뚝 멈춰 섰다.

보란이 아이를 불렀다. 그녀가 부르는 소리에 고개를 돌린 아이는 하던 것을 멈추고 그들에게로 달려왔다.

"보란이 누나! 외삼촌!"

통통 걸음으로 달려온 우빈이 보란의 다리에 매달렸다.

"누나, 저 아저씨가 원숭이 보여줬어."

"그랬어? 고맙습니다, 하고 인사했어?"

"아니."

"고맙습니다, 하고 와야지."

보란의 가르침대로 달려가려는 아이의 팔을 세후가 잡아 세웠다.

"안 돼. 권. 우. 빈."

우빈을 부르는 세후의 음성이 그 어느 때보다 날이 서있었다. 그리고 좀 전까지 사람 좋아 보이던 반대편 남자의 표정도 급격하게 굳어갔다.

'저 남자는? 그때 그 사진 찍던 남자?'

보란은 며칠 전 보았던 익숙한 얼굴에 저도 모르게 알은체를 할 뻔했다.

그러나 우빈을 다시 확인하는 남자의 눈빛이 그 짧은 순간 동안 180도로 변했다면 믿을 수 있겠는가? 그녀의 앞에 선 세후의 눈 역시 달라져 있었다.

"우빈이 데리고 다른 데로 좀 가 있어."

"네?"

"아무것도 묻지 말고 내가 시키는 대로 해줘. 우빈이 데리고 다른 곳에 가 있어, 제발."

무슨 일인지는 알 수 없지만 보란은 세후가 지금 그 어느 때보다 힘겨워하고 있다는 걸, 이 말도 겨우겨우 내뱉는 말들이라는 걸 느낄 수 있었다.

"우빈아, 누나랑 코코아나 한잔하러 갈까?"

"코코아? 좋아요."

궁금한 게 너무 많았지만 보란은 더는 묻지 않고 우빈을 데리고 그곳에서 멀어졌다.

우빈의 뒤를 따라붙는 시선도 막아내려는 듯 세후가 남자의 시선 앞에 섰다. 앞에 선 세후를 응시하는 남자의 눈빛이 정처 없이 흔들리고 있었다.

"외삼촌? 권세후, 저게 무슨 말이야? 외삼촌이라면……."

남자가 상상하는 뒷말 따위는 듣고 싶지 않다는 듯 세후가 남자의 말을 잘라버렸다.

"미국에서 들어왔다고? 계속 거기 처박혀 있을 것이지 왜 들어왔어?"

"외삼촌이라면……. 세진이가……."

절대로 남자의 입에 올릴 수 없는 이름이었다. 남자의 입에서 세진의 이름이 나오자 세후의 눈빛이 눈앞에 남자를 죽이기라도 할 것처럼 사납게 변했다.

"닥쳐, 천규민. 저 아이의 엄마는 우리 누나가 맞지만, 아빠는 네가 아니야."

"말도 안 돼. 세진이가…… 나 아닌……."

규민의 눈이 혼란의 도가니로 변하든 말든 세후는 그런 것 따위는 신경 쓰지 않았다. 죽은 누나를 위해 눈물 흘리며 슬퍼할 자격도 없는 놈이 이놈이었다.

"그 이름 함부로 올리지 말라고 했지. 헤어진다는 말도 직접 못하고 제 약혼자를 통해 한 주제에."

"그게 무슨 소리야!"

무슨 소리인지 모른다고 답답한 척 대꾸하는 규민을 보는 세후의 눈빛이 더욱더 차가워졌다.

"다시 만날지라도 없는 사람처럼 지나가. 안 그러면 내가 널 정말 죽여버릴 수도 있으니까."

앞으로 나가려는 주먹에 힘을 주고 세후가 돌아섰다. 뒤로 규민이 그를 부르는 소리가 들렸지만 무시하고 돌아섰다.

얼마나 꽉 힘을 줬는지 핏줄이 터질 듯 곤두섰지만, 찢어질 듯 다시금 아프기 시작한 심장에 비하면 그건 아무것도 아니었다.

* * *

"어휴, 내가 너희 때문에 제 명에 못 살겠다."

김 박사가 의자에 주저앉으며 한숨을 내쉬었다. 자신을 찾아온 우빈이에게 맛있는 과자라도 사주려고 연구실을 나왔던 참이었다. 깜빡 잊어버리고 나온 지갑을 가리러 들어간 사이, 엄청난 일이 일어났다.

그 잠시 동안 자신의 연구실 앞은 원수가 만난다는 외나무다리가 되어 있었다. 자리를 비운 지 오 분도 채 되지 않았건만 그사이 팔 년 동안 한 번도 만난 적이 없는 이들이 한꺼번에, 그것도 동시에 만나버렸다.

이런 걸 두고 인연은 끊을 수가 없다는 건지. 하필이며 우빈이 연구실에 방문한 사이에 약속도 없이 규민이 들이닥치질 않나, 거기다 세후가 좋아한다는 아가씨와 세후까지. 상처받은 눈으로 그를 노려보던 세후가 아직도 아른거렸다.

'김 박사님, 당분간은 못 찾아뵐 것 같습니다.'

세후는 그렇다 치고 충격으로 멍하니 앉아만 있는 규민이 녀석은 또 어떡한단 말인가. 김 박사가 물이 담긴 컵을 규민에게로 내밀었다.

"괜찮은 거냐?"

떨리는 손으로 겨우 물잔을 받아 든 규민이 겨우 말을 이었다.

"아뇨. 하나도 안 괜찮습니다. 외삼촌이라면 세진이가, 그 아이가……."

김 박사는 말없이 규민의 어깨를 두드려줬다.

"이상했습니다. 처음 본 순간부터 눈을 뗄 수가 없었습니다. 그러고 보니 그 아이 눈이…… 세진이 눈을 많이 닮아서 그랬나 봅니다."

"우빈이가 세진이를 많이 닮긴 했지."

입에서 몇 번을 망설이며 굴려대던 이름이 겨우 규민의 입을 통해 흘러나왔다.

"우빈. 이름이 우빈이…… 입니까?"

"그래."

"박사님, 도저히 세후가 한 말을 이해할 수가 없습니다. 제가 모르고 있는 사실이 도대체 뭡니까?"

김 박사는 입을 다물었다. 그라고 이들의 관계에 대해 자세히 알고 있는 건 아니었다. 다만, 어떤 부분들의 단편적인 실상만 들어서 알고 있을 뿐이었다.

확실한 건 이들이 서로를 오해하고 있다는 것뿐. 그 오해의 고리를 푸는 것은 이들이어야 했다. 그가 끼어들어 풀어줄 것이 아니라.

"말씀 안 해주시면 제가 못 알아낼 것 같습니까?"

어디서부터 손을 써야 할지 모를 엉켜버린 관계들이 답답했던지 규민은 자리를 박차고 일어났다.

인사도 않고 쾅 문을 닫고 나가버리는 규민을 보며 김 박사는 속으로 바랬다. 이 엉켜버린 관계가 예전처럼 돌아갈 수 있을까? 아마 세진이 없는 지금, 그건 힘들겠지. 하지만 이번에는 제발 그 누구도 상처받질 않길. 그는 속으로 빌었다.

* * *

병원에서 집으로 돌아오는 길, 심각한 표정의 세후는 한마디도 꺼내질 않았다.

"나 화장실! 화장실!"

집으로 들어오기가 무섭게 우빈은 화장실로 달려갔고 세후 역시 아무 말 없이 방으로 들어가버렸다.

거실을 한참이나 서성이던 보란이 끝내 세후의 방 앞에 섰다. 작게 문을 두드렸지만 안에서는 아무 대답이 없었다.

"들어갈게요."

조심스럽게 방으로 들어가자 아무것도 보이질 않는 어둠이 그녀를 맞이했다. 불을 켤까도 생각해봤지만 왠지 그가 원하지 않을 거 같아, 그녀는 우두커니 자리만 지키고 서 있었다.

어둠이 눈에 익숙해지자 방 문 틈 사이로 보이는 작은 불빛에 의지해 그녀는 세후가 앉아 있는 침대 옆으로 가 앉았다. 어둠 속에 고개를 숙이고 있는 그가 너무 괴로워 보여 보란은 쉬이 입을 뗄 수가 없었다.

그의 옆에 조용히 말없이 앉아 있기를 한참, 보란이 말없이 그의 손을 잡았다. 세후의 고개가 그녀의 어깨에 닿았다. 소리 내서 우는 것도, 눈물을 흘리는 것도 아니었지만 보란은 알 수 있었다.

"음, 어떤 말을 해야 위로가 될지 모르겠어요."

그가 속으로 크게 울고 있다는 것을. 그의 고개가 닿는 어깨로 무게가 느껴졌지만 보란은 묵묵히 버티는 것으로 그를 위로했다. 그리고 그의 가슴속으로 흐르던 눈물이 잠잠해졌을 때 슬픔에 잠겨 무거워진 그의 말이 어둠을 울렸다.

"우빈이 아빠야. 아까 그 남자."

"……."

보란은 조용히 자신의 어깨에 쉬고 있는 그의 머리를 매만질 뿐이었다.

"우리 누나를 버렸어. 그것도 약혼자란 여자가 와서 누나에게 헤어져달라고 했다? 도저히 믿을 수가 없어서 그 자식 집에 찾아간 적이 있어. 근데 나를 만나주질 않더라고. 며칠을 그 집 앞에 서 있었는데도 만날 수가 없었어."

다 말하지 않아도 괜찮다고, 굳이 아픈 기억을 꺼내지 않아도 된다고 보란이 작게 고개를 흔들었지만 세후는 묵묵히 말을 이어갔다.

"바보 같은 누나는 끝까지 그 남자를 사랑했어. 사실 나 진짜 나쁜 놈이다? 누나가 아빠도 없는 우빈이를 낳겠다고 할 때 불같이 화를 냈어. 안 된다고. 우빈이가 세상 빛을 못 보게 하려고 했던 게 나란 놈이야. 그래서 한 번도 누나가 우빈이를 가지고 있을 때 웃어준 적이 없어. 매일 소리 높여서 화냈어. 누나 인생 망칠 일 있냐고. 그게…… 아직도 여기에 걸려서 없어지질 않아."

세후는 여태껏 누나를 아끼는 만큼 누나의 선택을 반겨주지 못했던 게 마음 한구석에 가시처럼 걸려 있었던 거였다.

쿵쿵.

걸려 있는 응어리가 먹먹한 듯 세후가 멍이 들 정도로 세게 가슴을 치고 있었다. 보란이 그가 더 이상은 스스로를 상처 내지 못하도록 꼭 껴안았다.

"사실 누나분도 다 알고 계셨을 거예요. 세후 씨가 누나를 위해서 그랬다는 걸요. 사장님은 겉에 드러나는 행동과 달리 속에 있는 따뜻한 마음이 다 표가 나는 사람이거든요."

겉으로는 툴툴거리고 정색하고 화를 내기도 하지만 속마음은 누구보다 그녀를 위한다는 것을 알고 있는 보란은 감히 장담할 수 있었다. 그의 누나도 분명 알고 있었을 거라고. 그녀를 걱정하고 위하는 세후의 마음을 누구보다 잘 알고 있었을 것이라고 감히 장담할 수 있었다.

무겁기만 하던 그의 마음이 조금은 견딜 만해질 때까지 보란은 세후의 곁을 지켰다.

"당신이 내게 줄 수 있는 것이 아무것도 없다고? 천만에. 당신이 아니었으면 나는 지금 죄책감에 속이 곪아 터져버렸을 거야. 당신이 내 옆에 있어서 천만다행이야."

세후가 보란의 손을 움켜쥐었다.

"그러니까 나 버리지 마."

24화. 정식으로 인사하기

그날 밤, 집으로 돌아가려는 보란을 붙잡고 세후와 우빈이 실랑이 중이었다. 눈치가 빠른 우빈이 알아챌까 봐 보란과 세후는 아무 일 없었던 듯 티를 내지 않으려 오히려 더 밝은 척 노력 중이었다.

"누나, 자고 가면 안 돼?"

"그래. 한두 밤도 아니고 그냥 여기서 자지?"

"누나, 나랑 같이 자. 내 침대에 누나가 자고 나는 바닥에서 잘게."

"권우빈, 네 침대는 작아서 안 돼. 내 침대에서 자는 건 어때? 내가 바닥에서 잘게."

정작 당사자인 그녀는 자고 간다는 소리도 안 했는데 두 남자는 서로 자기 침대가 좋겠다며 실랑이 중이었다.

"이봐요, 나는 자고 간다는 소리도 안 했거든요?"

어이없어하는 보란의 말에 다른 편이던 두 사람이 이번에는 같은 편이 돼서 그녀를 설득하기 시작했다.

"왜? 병원에서 오늘 퇴원한 사람을 어떻게 혼자 보내? 안 돼. 그리고 혹시

자다가 나쁜 꿈이라도 꾸면 어떡해."

좀 전까지 꽤 힘들어하던 세후를 알기에 흔들리는 보란이었지만 애써 마음을 다잡았다.

"하지만 벌써 최 실장님이 짐을 가져다 놓는 바람에 갈아입을 옷도 없잖아요."

"옷? 걱정하지 마. 내 옷 입으면 되잖아."

"세후 씨 옷을요?"

"그래. 잠시만."

입는다는 소리도 안 했건만 세후는 재빠르게 안으로 들어가 반바지와 반팔티를 가지고 나왔다.

"어서 갈아입고 나와."

옷과 함께 떠밀려 들어온 방 안에서 보란은 망설였다. 세후가 나을 때까지야 어쩔 수 없이 있었다고 하지만, 계속 이런 식이면 습관이 될지도 몰라 이제부터 어떤 상황에서도 잠은 무조건 자신의 집에서 자겠다고 결심했었다. 아니, 어쩌면 갈등한다는 것 자체가 무의미한 것일지도 모른다.

그녀의 손은 벌써 제멋대로 입고 있던 카디건의 단추를 풀고 있었으니.

문밖에서 끝나지 않은 논쟁 탓에 투닥이는 소리가 들려왔다.

"안 돼, 외삼촌. 누나는 내 방에서 나랑 같이 잘 거야."

"권우빈, 아까 말했듯이 네 침대는 작아서 누나가 못 잔다니까. 그러니까 누나는 외삼촌 방에서 자는 게 맞는 거야."

아직도 그녀가 어느 방에서 잘 것인지 때문에 싸우고 있는 두 사람이었다.

옷을 다 갈아입은 보란이 문을 나섰다.

"두 사람 다 그만 못 해요! 나는 손님방에서 잘 건데 싸우긴 왜 싸워요!"

티격태격하고 있던 두 남자가 동시에 대답한다.

"손님방 들어가지 말라고 했는데?"

"아주머니가 손님방 정리하다 말고 가셨어. 다녀와서 마저 하신다고 출입금지 명령 떨어졌어."

다시 두 사람의 실랑이가 시작됐다.

"누나 나랑 같이 자요."

"네 침대는 작아서 안 된다니까 그런다? 그리고 찬물도 위아래가 있다는데."

"물이 아래에 있어? 그건 무슨 말이야?"

"너는 무조건 이 외삼촌한테 양보해야 한다는 말이지."

"헐, 말도 안 돼."

"스토옵! 나 그냥 이대로 집에 갈까요?"

그것만은 절대로 안 된다는 듯 두 남자는 얼른 입을 다물었다.

"나는 여기 거실에서 잘 테니까 그렇게 알아요. 그런데 세후 씨 혹시 바지가 이것밖에 없어요?"

"왜?"

보란이 곤란한 듯한 손으로 허리춤을 잡고 있었다. 세후가 입었을 때는 적당히 핏 되던 흰 티셔츠는 원피스라도 되는 양 보란의 허벅지까지 내려와 있었다.

그래, 티셔츠는 뭐, 괜찮았다. 루즈핏이라고 생각하면 되는 거니까.

문제는 바지였다. 고무 밴드로 된 바지는 손을 놓으면 그녀의 가는 허리에 붙어 있질 못하고 그대로 발밑으로 내려가버렸다.

티셔츠 하나만 입고 나갈 순 없어서 바지를 입긴 입었는데 바지가 홀라당 벗겨지는 불상사를 막기 위해 한 손으로 바지 한쪽을 움켜쥐고 있는 중이었다.

"바지가 너무 커서 자꾸 내려가요."

"그래? 그나마 제일 작은 건데……. 잠시만 기다려봐."

이번에 방으로 들어간 세후가 가지고 나온 건 넥타이였다. 넥타이는 뭐하려고 그러냐고 했더니, 뒤로 감싸 안은 그의 손이 그녀의 허리로 넥타이를 감았다. 나비매듭으로 마무리된 넥타이는 바지가 흘러내리지 않게 벨트의 역할을 톡톡히 했다.

올라갔던 흰 티를 다시 내려주던 세후가 그녀의 얼굴로 바짝 다가와 작게 속삭였다.

"이런 건 없는 게 더 내 스타일인데 말이야."

화들짝 놀란 보란의 얼굴이 보기 좋게 달아올랐다. 도망치듯 그에게서 벗어난 그녀가 태연한 척 말했다.

"나는 오늘 여기서 이불 깔고 잘 거니까 그런 줄 알고 두 사람도 얼른 들어가서 누워요."

그녀의 단호한 말에 두 남자는 순순히 각자의 방으로 들어가는 것 같았다. 다 끝났다 생각하고 이제 그녀도 잠자리에 들어야지 하며 이불을 깔고 누우려는데, 거의 동시에 방문이 열리더니 다시 두 사람이 거실로 나오는 것이 아닌가.

심지어 두 사람의 손에는 각자의 이불과 베개가 들려 있기까지 했다.

"우빈이 너도?"

"외삼촌도?"

마주 보고 선 두 사람이 통했다는 듯 서로를 보며 웃더니, 그녀의 옆으로 다가와 자리를 깔고 누웠다.

자려고 누웠던 보란이 벌떡 몸을 일으켜 앉았다.

"여기서 자려는 거 아니죠?"

"맞는데? 오늘따라 이상하게 거실에서 자고 싶네. 우빈이도 그렇지?"

"응, 나도 거실에서 자고 싶었어."

보란의 양옆에 자리 잡고 누운 두 사람이 일어나 앉아 있는 그녀를 잡아 당겼다.

"그만하고 자자."

"그래, 누나. 빨리 자야지 내일 또 빨리 일어나지."

이 상황에서 잠이 오겠냐고!

이불을 끌어당겨 덮은 보란은 두 남자 가운데에 꼿꼿이 누워 바짝 긴장 중이었다. 오른쪽으로 고개를 돌리면 '누난 너무 예뻐' 하며 그녀만 보고 웃고 있는 우빈이 있었고, 왼쪽으로 고개를 돌리면 숨소리까지 다 들릴 정도로 가깝게 다가온 세후가 있었다.

이래서야 잠이나 제대로 잘 수 있겠나 싶었는데, 시간이 흐르자 이불을 꼭 잡고 있던 그녀의 손에 힘이 서서히 풀려갔다. 그리고 이불을 박차고 몸부림을 시작한 우빈의 잠꼬대까지 들려왔다.

"음냐……. 고, 고기. 내 고기 타면 안 되는데."

모두가 잠든 어둠 속에서 단 한 사람만이 잠들지 못하고 옆으로 돌아누워 한쪽으로만 시선을 두고 있었다.

새근새근 잠든 보란의 얼굴 위로 세후의 손이 머뭇거리고 있었다. 만지면 사라지기라도 하는 신기루처럼 다가가지 못하고 한참을 어둠 속에서 머뭇거리던 그의 손이 그녀의 얼굴에 살짝 닿았다.

그제야 불안해하던 그의 심장이 잠잠해졌다.

'오늘 만약 당신이 내 옆에 없었다면 어땠을까? 후회로 내 가슴이 너덜해질 정도로 주먹질했겠지. 내 속에 있는 숨겨진 것들이 쭉 계속되거나 더 나빠질 거라고는 생각해봤지만, 한 번도 괜찮아질 거라 생각해본 적이 없었어. 당신이 다 괜찮아질 거라고 했잖아? 당신 말처럼 다 괜찮아질 것 같다는 생각이 들기 시작했어. 그리고 있잖아.'

속에서 점점 풍선처럼 커지다가 결국 밖으로 튀어나와 버린 말.

“사랑해.”

“음.”

그의 말이 들리기라도 했는지 작게 뒤척이던 그녀가 그를 향해 돌아누웠다. 길게 뻗어 눈을 덮고 있는 속눈썹도, 동그스름하게 올라간 코도, 뽀얀 두 볼도, 그리고 살짝 벌어진 입술도 그를 미소 짓게 했다.

세후가 팔을 넣어 그녀를 끌어안았다. 그의 품에 안긴 그녀는 세후가 오늘 밤을 설치게 할 정도로 예쁘게 웃음 지었다.

* * *

쏴아. 달그락. 달그락.

조심한다고 하는데도 어쩔 수 없이 만들어지는 소음이 마음에 들지 않는지 보란의 미간이 찌푸려져 있었다.

“주방이 너무 커서 비효율적이야. 대체 냄비는 어디 있는 거임? 이 집에 삼 주나 있었으면 뭐하나. 아주머니가 해주는 밥만 날름날름 받아먹었으니 알 턱이 있나.”

아침, 제일 먼저 일어난 그녀는 간단하게 세수를 마치고 가장 먼저 주방을 찾았다. 그러나 처음 만난 낯선 주방은 냄비 하나를 찾는 데에도 온 서랍을 뒤지게 만들고 있었다.

“재료는 많으나 음식은 없도다. 이럴 줄 알았으면 완제품으로 된 인스턴트라도 사가지고 오는 건데.”

문을 연 냉장고 안에는 재료가 가득했지만 어디부터 손대야 할지 몰라 막막한 보란은 다시 냉장고 문을 닫아버렸다.

“아침을 굶을 수도 없고.”

운 좋게 쌀통처럼 생긴 통에서 쌀을 발견한 보란은 깨끗하게 쌀을 씻어

밥을 안쳤다.

"자, 밥은 다 됐고. 반찬은 아주머니가 해놓으신 걸로 먹고, 찌개나 하나 끓이면 되겠네."

그래도 가장 만만해 보이는 게 된장찌개라 그걸로 메뉴를 결정한 보란은 냉장고 신선실에 들어 있던 야채들을 꺼내 들었다.

밖에 곤히 자고 있는 두 남자를 깨울까 싶어 여전히 까치발을 한 보란은 싱크대에 야채들을 내려놓고는 작게 물을 틀었다. 졸졸 흐르는 물에 호박을 씻고 있는데, 뒤에서 누군가 그녀의 허리를 벌컥 껴안아왔다.

"엄마야!"

손에 들고 있던 호박이 바닥으로 떨어졌다. 보란이 호박과 함께 떨어진 놀란 가슴을 진정시키는데, 익숙한 바다같이 시원한 향기가 그녀의 코끝을 간질였다.

"아침부터 왜 이러……. 앗."

그녀의 목덜미에 닿았다 떨어지는 모닝키스 때문에 온몸에 감각이 오돌토돌 일어났다.

"더 자지. 일찍 일어나서 뭐 하는 거야?"

"보면 몰라요? 아침 하잖아요."

허리에 감겨 있는 손을 풀고 다시 아침 만드는 일으로 돌아가려 했으나, 뒤에서 그녀를 안고 있는 세후의 팔에 더 힘이 들어간 통에 포기해버렸다.

"팔 좀 풀어줄래요? 나 아침 해야 한다고요."

"누가 하지 말래? 해."

"나 참, 팔을 풀어줘야 하지요."

보란이 세후의 팔을 떼어내려고도 해봤지만 숨도 쉴 수 없을 만큼 꽉 안아오는 팔에 할 수 없다는 듯 한숨을 내쉬었다.

그녀가 한 발자국 옆으로 가면 그녀의 허리를 따라 세후도 한 발자국. 어쩔 수 없이 세후라는 껍딱지를 달고 보란은 아침을 준비 중이었다.

조금이라도 빨리 상을 차리려 호박을 먹기 좋게 썰고, 파도 총총 잘게 썰고 있는데 그녀의 어깨에 기대 있던 세후가 던진 한마디에 잘 움직이던 칼질이 딱 멈춰버렸다.

"나한테 시집올래?"

"……."

두근두근. 뛰는 가슴을 간신히 부여잡고 보란이 뒤로 돌아서자 그가 웃고 있었다.

"나한테 시집와라. 나한테 시집오는 게 정 안 내키면 내가 당신한테 장가 가고."

그거나 이거나. 둘 다 말만 다르지 같은 거 아닌가? 갑작스런 어떤 대답을 해야 할지 몰라 망설이는데 세후가 와락 보란을 껴안았다.

"물론 지금 당장 대답해달라는 건 아니야. 생각이나 해보라고."

말은 한껏 여유로운 것처럼 해놓고 정작 그녀의 등으로 느껴지는 그의 가슴은 불안한 듯 뜀박질을 하고 있었다. 지나가다가 툭 던지듯 한 말이라고 넘어가려 해도 그녀의 심장은 그냥 넘어갈 수가 없다.

당장이라도 넘어가려는 심장을 부여잡고 보란은 새침하게 대답했다.

"아직은 아니에요. 나 강해지고 있는 중이라고요."

"알아. 아는데, 그래도 내 바람도 이야기 못 하나?"

정작 말만 해본 거라고 했지만 세후의 얼굴은 더없이 안달이 나 있었다.

한 시간이 훌쩍 지나서야 겨우 아침을 먹을 수 있게 된 세 사람이 한 가족처럼 나란히 식탁에 앉았다.

"우와, 맛있겠다!"

그녀가 한 거라곤 밥이랑 된장찌개, 혹시나 우빈이 입에 안 맞을까 싶어 한 계란프라이가 전부였는데 아이는 십팔첩 반상이라도 받은 것처럼 감탄

했다.

“오늘은 된장찌개로 만족해줘. 점심에는 해물탕에 도전해볼게. 냉장고 안에 보니까 재료가 다 있더라고.”

“네! 잘 먹겠습니다.”

우빈의 인사와 함께 식사가 시작됐다. 말대로 정말 차린 것 없는 식탁이었지만 세후와 우빈은 보는 사람이 흐뭇할 정도로 맛있게 먹어줬다. 보란은 안 먹어도 배부르다는 말을 실제로 경험하고 있었다.

이 정도의 반응이라면 손이 많이 간다는 해물탕도 문제없을지도? 두 사람이 먹는 걸 구경한다고 한 숟가락도 뜨지 않은 보란에 비해 두 남자는 동시에 한 그릇을 뚝딱하고 그녀에게로 빈 밥그릇을 내밀었다.

“한 그릇 더 주세요.”

“나도 한 그릇 더.”

보란이 웃으며 빈 밥그릇을 들고 일어났다.

“두 사람이 잘 먹어주니까 기분 최고네요. 근데 나 요리에 소질 있나 봐요.”

두 남자는 대꾸 없이 밥만 입으로 퍼 나르고 있었다.

“아니에요?”

그때, 두 사람을 구해준 건 조용하던 주방으로 거실에서 시끄럽게 울리는 벨소리였다.

“어? 내 전화네요. 편하게 밥 먹고 있어요. 가서 받고 올게요.”

얼른 밥을 퍼서 두 남자 앞에 놓아준 보란이 서둘러 거실로 모습을 감췄다.

보란이 보이질 않자 열심히 수저질을 하던 두 남자의 손이 약속이라도 한 것처럼 동시에 멈췄다. 우빈이 흰밥을 크게 떠서 넣고는 우물거리며 이야기했다.

"외삼촌. 이거 너무 짜."

"알아. 인간적으로 너무 짜다. 그래도 밥 많이 해서 먹으면 좀 괜찮지 않냐?"

"응. 그래서 나도 밥 한 그릇 더 달라고 한 거야. 외삼촌, 누나 진짜 요리 못한다. 외삼촌이랑 누나랑 결혼하면 우리 매일 이런 거만 먹어야 해?"

아마 끓이면서 된장을 너무 많이 넣었든지, 아니면 물 조절에 실패했든지, 그도 아니면 된장으로도 충분한데 간을 하겠다고 소금을 넣었든지, 된장이 짜도 짜도 이렇게 짤 수가 없었다. 된장 한 숟갈을 먹기 위해서 밥 몇 숟갈은 필요할 정도였다. 비서 일도 동화 쓰는 일도 그렇게도 소질이 있더니만 요리는 영 소질이 없었다.

"걱정하지 마라. 아주머니 계시잖아."

"오늘처럼 아주머니 안 계시고 누나가 요리한다고 하면 어떡해?"

"모르겠다. 외삼촌이 요리학원이라도 다녀야 하나 싶다."

나중 일은 그렇다 쳐도 당장이 문제였다. 분명 이 된장찌개와 별반 다를 게 없을 텐데…….

우빈도 닥쳐올 일이 걱정인지 싶었다.

"힝, 당장 누나가 점심에 해물탕도 한다고 하면 어쩌지?"

"음식 만들기 힘드니까 나가서 외식하자고 해볼까?"

"누나가 그러자고 할까?"

두 남자가 어떻게 하면 보란이 점심과 저녁을 만든다고 나서지 않을까 생각하며 심각하게 고민하고 있는데, 보란이 헐레벌떡 주방으로 뛰어 들어왔다.

"어떡해, 어떡해. 나 어떡해. 나 지금 빨리 집에 가봐야 할 것 같아요."

주방에 들어오자마자 냉장고를 열어젖히는 보란이 무슨 일인지 정확한 상황 설명을 생략한 채 이상한 말을 했다.

"냉장고에 있는 거 몇 개만 내가 들고 갈게요."

냉장고 안에서 손에 잡히는 대로 꺼내 종이백에 담는 다급한 보란의 손을 세후가 말렸다.

"왜 그래? 무슨 일이야?"

"엄마가 집에 오셨대요."

보란의 손을 잡고 있던 세후가 움찔거렸다. 전혀 예상도 못한 일이었다.

"어머니가?"

"그러니까요. 선 자리 때문에 올라오셨다나 뭐라나."

뭐라고? 선이라고? 잘못 들은 건 아닐 테지.

수선을 떠는 보란의 손을 세후가 잡았다.

"방금 뭐라고 했어? 선이라고 했어?"

하지만 보란은 자기가 급한 마음에 무슨 말을 한지도 알지 못했다. 오로지 혜자가 자신의 집에 왔다는 사실만 중요했다.

"저도 자세한 건 잘. 정확한 건 집에 가서 들어봐야 알 것 같아요. 집에 왜 없냐고 하시는데 당황해서……. 장 보러 나왔다고 둘러대긴 했어요. 나 우선 가볼게요. 도착해서 어떻게 된 일인지 보고 연락할게요."

보란은 세후네 냉장고 서리로 채운 종이백만 들고 사라져버렸다. 그녀가 사라진 쪽만 응시하는 세후의 눈이 초조함으로 물들어갔다.

'뭐라고? 나를 두고 선이라고?'

* * *

택시에서 내려 집 앞까지 뛰어 올라온 보란이 숨을 골랐다. 크게 심호흡을 하고 외박하고 왔다는 것을 들키지 않기 위해 최대한 자연스러운 척 웃는 연습을 하는 그녀의 얼굴이 어색하기만 했다.

겨우 입술 끝을 말아 올린 보란이 집으로 들어섰다.

"엄마?"

"왔냐?"

소파에 앉아 그녀를 노려보는 혜자의 눈빛에 뜨끔하기도 잠시, 보란이 그녀에게로 달려갔다.

"어떻게 된 거예요?"

"내가 못 올 데를 온 것도 아닌데 웬 수선이야. 너는 이른 시간부터 어딜 갔다 와?"

입에 침도 안 바르고 보란은 잘도 거짓말을 했다.

"말했잖아. 집에 먹을 게 하나도 없어서 장 보러 갔다 왔지."

"너는 그러고 장을 보러 갔다 온 거야?"

그제야 그녀의 차림이 눈에 들어온 보란이었다. 세후가 빌려줬던 티셔츠와 반바지를 입고 있었다. 너무 급해서 옷을 갈아입을 생각도 못하고 달려온 것이었다.

"어째, 너는 나보다 더하냐. 아가씨가 돼서는 장 보러 갈 때도 예쁘게 하고 다니지. 하여튼 너는 편해서 좋겠다."

엉덩이를 덮는 티 덕분에 세후가 허리에 매줬던 넥타이가 안 보여서 다행이지, 안 그랬으면 눈치 빠른 어머니는 딸이 남자 집에서 자고 왔다는 걸 알아맞혔을지도 모를 일이었다.

쿵쾅대는 속을 들키지 않으려 태연한 척 보란이 그녀의 방으로 향했다.

"장 보러 가는데 정장이라도 입고 갈까? 엄마가 이상하다는 옷 좀 갈아입고 나올 테니까. 아무것도 하지 말고 쉬고 계세요."

얼른 넥타이와 옷을 벗어 옷장 깊숙이 숨긴 보란은 본래 그녀의 옷으로 갈아입고 방을 나섰다. 가만히 있으라는 그녀의 당부는 무시한 혜자가 종이백을 뒤지고 있었다.

"너는 할 줄도 모르는 게 뭘 이렇게 많이 사왔어?"

세후네 집 냉장고에서 닥치는 대로 집어 왔더니 꽤 많은 것들을 갖고 온 것 같았다. 남아 있는 세후랑 우빈이는 어쩌라고. 하여튼 엄보란 오늘따라 되는 일이 없었다.

"지금 내 요리 실력이 중요한 게 아니잖아요. 대체 여기까지는 무슨 일이에요? 선은 또 무슨 소리고."

"아차차. 내 정신 좀 봐라. 그래, 김 씨 아줌마네 사촌이 여기 서울 어디 큰 대기업에 근무한대요. 한번 만나볼 테야?"

선이라. 보나 마나 불같이 화를 낼 세후의 얼굴이 생각나 보란은 대답은 못 하고 말을 얼버무렸다.

"선은 무슨……."

"네가 이렇게 내뺄 줄 알고 내가 올라온 거야. 안 돼. 잔말 말고 만나나 보러 나가."

싫다고 보란이 계속해서 말했지만 그녀의 대답 따위는 처음부터 필요 없었던 혜자는 종이백만 계속해서 뒤지고 있었다.

"이건 또 뭐야? 갈비까지 샀어야?"

"갑자기 먹고 싶어서."

"고기는 별로 안 좋아하는 애가 별일이다. 갈비부터 물에 담가둬. 핏기 빼야 되니까."

혜자의 지시에 보란이 갈비를 들고 멍한 얼굴을 했다.

"내가?"

"그럼 네가 하지, 내가 하랴? 잘됐다. 이번 기회에 너 좀 가르치고 해야지."

음식 하나 제대로 할 줄 모르는 보란을 가르친다는 핑계로 그 시간 이후로 혜자의 친정월드가 시작됐다.

혜자는 보란의 뒤를 쫓아다니면서 일일이 간섭했다.

"칼질 좀 제대로 못하냐? 아예 당근을 통째로 넣지 그러냐? 참 볼만하겠다? 엉?"

"으아, 갈비찜이 이리 어려울 줄이야. 이래서 주부님들이 위대하다는 거야. 이건 수영 배우는 것보다 더 힘들어."

허리 한 번 제대로 못 펴고 음식을 만든 보란의 몰골이 엉망이었다. 고작 이것 하고도 허리가 두 개로 나눠질 듯이 아파 좀 누울까 싶어 방에 들어가려는데, 혜자는 아직 끝나지 않았다며 그녀를 잡아 앉혔다.

"어디 가? 네가 만든 난장판 정리해야지."

"한 시간만 쉬다 하면 안 될까?"

하지만 어림도 없다며 혜자가 눈을 부라렸다. 이번에 딸에게 시집가기 전에 음식 만들기 특훈을 제대로 할 작정인 것 같았다.

"그동안 내가 너무 안이했어. 너는 아마 시집가면 삼시 세끼를 시켜 먹자고 할 거다. 내가 그 꼴을 볼 것 같아?"

단단히 가르쳐주겠다는 혜자의 말에 보란을 기겁하게 했다. 하기 싫다고 반항하기도 잠시, 정신 차려보니 어느새 보란은 식탁을 치우고 있었다.

"요리를 하면서 치울 줄 알아야지. 여자애가 깔끔한 맛이 있어야지. 그래야 시집가서 예쁨도 받고 하는 거야."

혜자의 소리에 대충대충 식탁을 닦던 보란이 갑자기 심혈을 기울여 식탁을 닦기 시작했다. 그녀가 하는 양을 보던 혜자가 기가 찬지 헛웃음을 터뜨렸다.

"어이구, 남자도 없으면서 예쁨은 또 받고 싶은 보지?"

놀리는 혜자의 말에 보란이 새치름하게 대답했다.

"피, 누가 그래? 나 남자 없다고."

"뭣이! 너 남자 있었어? 그래서 선 보기 싫다고 한 거야?"

그때부터 뒷정리는 뒷전이고 보란의 남자 친구를 알아내려는 혜자의 물음이 계속됐다.

"남자 나이는 어떻게 되는데? 뭐 하는 사람인데? 부모님은? 답답하게 하지 말고 말을 좀 해봐라. 좀."

하지만 설거지를 시작하는 보란은 입을 꾹 다문 채 묵묵부답이었다.

"이야기 안 해줄 거야? 어디 한번 그래, 해보자. 귀찮아서라도 네 스스로 불도록 징글징글하게 물어봐주마."

"제발, 엄마. 천천히 이야기해줄게요. 네?"

"왜 지금 못 해? 설마 나한테 말 못 할 정도로 이상한 놈 사귀고 있는 거야?"

지치지도 않는지 끊임없는 혜자의 질문 공세를 견뎌내기가 힘들어질 무렵, 밖에서 초인종 소리가 들렸다. 이때다 싶은 보란이 벌떡 일어났다.

"아! 누가 왔나 보네? 나가봐야지."

"아직 끝난 거 아니야. 내가 끝났다고 해야지 끝난 거지."

가까스로 혜자에게서 벗어난 보란이 현관문으로 향했다. 일요일에 택배는 당연히 아닐 것이고, 누구냐고 물었지만 밖에서는 대답이 없었다.

"누구세요?"

살짝 문을 연 틈 사이로 보이는 커다란 검정 정장 재킷과 빨간 스웨터. 좁은 시야가 불편했든지 밖에서 문을 완전히 열어버렸다.

"안녕? 누나?"

"정식으로 인사드리러 왔어."

"……!"

신발 신을 틈도 없이 맨발로 밖으로 뛰어나온 보란이 얼른 현관문을 닫아버렸다.

물론 반가운 얼굴이긴 했지만 안에 어머니가 버티고 계신 이때에 보란은 두 사람이 마냥 반가울 수만은 없었다.

여기까지 찾아올 줄은 상상도 하지 못했다. 휴가 때의 전적도 있고 예상했어야 하는데 누굴 탓하랴 싶었다.

"왜 온 거예요?"

"내가 왜 왔겠어? 우리 차림을 한번 봐."

이런 상황만 아니었다면 세후는 세상의 모든 여자들을 반하게 만들 만한 완벽한 차림이었다. 그는 남자들의 기본이자 정석인 하얀 와이셔츠에 완벽한 블랙 슈트를 입고 빨간 스웨터와 나비넥타이로 멋을 부린 우빈의 손을 잡고 서 있었다. 이건 누가 봐도 때 빼고 광내고 인사드리러 온 차림이었다.

"하지만 아직 엄마한테 세후 씨에 대해서 언급도 안 했단 말이에요. 방금 전에 지나가는 말로 만나는 남자가 있다고만 했는데."

"잘됐네. 오늘 그 만나는 남자 인사 받으시면 되겠네."

"그래도……. 제가 먼저 말씀드리고 인사드리는 게 더 낫지 않겠어요?"

"들어가서 천천히 말씀드리고 와. 밖에서 기다리고 있을게."

어떻게든 그를 설득하려고 꺼낸 말마다 그는 조목조목 반박해서 도리어 보란이 할 말이 없게 만들어버렸다.

오매불망 들어가기만 기다리고 있는 두 사람의 눈빛에도 보란은 다시 안으로 들어가지 못하고 머뭇거렸다.

아무 준비도 안 되어 있는 어머니에게 세후를 소개시켜도 될는지 망설이고 있었다. 지금까지 그녀의 어머니가 인지하고 있는 세후는 회사를 그만두고 싶게 할 만큼 괴롭힌 몹쓸 사장 놈이었다.

본디 그녀의 계획은 이게 아니었다. 은근슬쩍 지나가면서 '요즘 사장이 변해서 너무 잘해준다.'로 운을 띄우면서, 간간이 세후의 칭찬을 늘어놓음으로써 그에 대한 이미지 쇄신을 꾀하려고 했었다.

그런데 갑자기 이리 들이닥치다니. 세후의 말대로 지금 들어가서 다짜고짜 '엄마, 우리 사장이 인간이 됐는지 나한테 진짜 잘해줘.'라며 사장의 칭찬을 늘어놓을 순 없지 않은가.

어서 들어가 이야기하라고 은근히 압박하고 있는 세후의 눈빛에 마지못해 보란이 돌아섰다. 차마 들어가지 못하고 망설이고 있는데 문이 벌컥 열렸다.

"아악!"

쾅 하고 열리는 문이 보란의 이마를 가격했다. 저기 오피스텔 복도 끝에서도 들릴 정도로 큰 굉음이었다.

"헉! 누나, 이마에 뿔 났어."

"괜찮아? 어디 한번 봐봐."

마치 도끼가 머리를 정확히 두 조각으로 쪼개는 듯한 고통이었다. 아픔에 보란이 주저앉자 우빈과 세후가 놀라 그녀 옆으로 달라붙었다.

문 바로 앞에 주저앉은 보란 때문에 열리지 않는 문 틈 사이로 아무것도 모른다는 혜자의 말이 새어 나왔다.

"너는 문을 막고 주저앉아서 뭐 하는 거냐?"

보란이 부어오르기 시작한 이마 때문에 신음을 흘리고 있는 사이, 문을 열고 나온 혜자를 보고 제일 먼저 반응한 우빈이 일어나 문틈 사이로 달려갔다.

"할머니!"

"아이고, 이게 누구야? 우빈이 아니냐?"

"할머니한테 인사 왔어요."

문틈으로 혜자가 우빈의 머리라도 쓰다듬으려 했지만, 사이가 좁아 여의치가 않았다. 잘 보이지 않는 게 답답했던지 혜자가 그새를 못 참고 다친 팔 대신 엉덩이로 문을 밀어붙였다.

"애는, 좀 비켜봐. 문이 안 열리잖아."

혜자의 힘에 밀려 그녀의 엉덩이가 땅을 쓸며 앞으로 밀려났다.

방해물이 사라지고 문이 활짝 열렸다. 예쁜 웃음을 짓고 있는 우빈과 한쪽에 주저앉아 세후의 품에 안겨 있는 보란까지.

갑자기 찾아온 손님들도 그랬지만 앉아서 그녀를 노려보는 딸까지, 무슨 일인가 싶어 혜자가 영문을 모르는 눈을 했다.

"하도 안 들어오기에 무슨 일인가 싶어 나와봤더니, 우빈이랑 세후 총각이 왔었어? 너는 싸게 데리고 들어오지 않고 거기 앉아서 웬 비련의 여주인공 행세야?"

이게 다 누구 때문인데. 보란이 팩 하고 소리를 질렀다.

"엄마!"

"그래, 내가 네 엄마다. 얼른 싸게 들어와. 우리 우빈이 들어갈까?"

딸의 이마가 어찌 됐건 상관없이 혜자는 우빈을 데리고 집 안으로 쏙하고 들어갔다.

일어나는 보란을 조심스럽게 부축하던 세후가 부축하는 손길보다 더 조심스러운 말로 물었다.

"혹시 나한테 말 못 한 출생의 비밀 같은 거 있어?"

"사장님!"

"하하. 아니지? 농담이었어. 농담."

그렇게 전부 집 안으로 들어온 네 사람이었다. 소파에는 혜자와 우빈이 앉았고 그 밑에는 세후와 보란이 무릎을 꿇고 앉았다.

"아니, 세후 총각 편하게 앉지 그래. 그리고 너는 또 왜 덩달아 무릎 꿇고 앉아 있어?"

"있잖아. 엄마……."

쉬이 말하지 못하고 망설이는 보란의 손 위로 그녀의 손을 다 덮고도 남을 만큼 커다란 세후의 손이 다가왔다. 내가 하겠다고, 나만 믿으라는 듯 느껴져 그녀는 하려던 말을 삼켰다.

"우선 인사부터 받으십시오."

"내가! 내가 먼저 할래! 유치원에서 배웠어."

일어나는 세후를 보더니 우빈이 손을 들고 일어나 그의 옆에 섰다. 세후가 말리기도 전에 우빈이 곧바로 엎어지듯 바닥으로 이마를 대더니 엉덩이는 하늘로 올리곤 엎드려 뻗쳐 자세로 절을 했다.

"만수무깡 하세요."

그 소리에 세후도, 보란도, 혜자도 웃음을 터뜨리고 말았다. 긴장하고 있던 세후와 보란이 풀어진 건 물론이었고, 전과는 어딘가 달라 보이는 세후가 어색했던 혜자도 조금은 자연스러워졌다.

"어쩜 절도 이렇게 잘할까? 우빈이 덕분에 할머니가 깡으로라도 오래 살아야겠네."

혜자의 칭찬에 우빈이 볼을 붉히며 그녀의 품으로 달려가 안겼다. 혜자의 기분이 좋아 보이니 이때다 싶은 세후도 옷매무새를 가다듬으며 일어났다.

"저도 인사드리겠습니다."

천장에 닿는 건 아닐까 싶던 기다란 세후의 허리가 접히고 세후가 혜자 앞에서 뒤통수를 내보이며 공손하게 절을 올렸다. 그의 절을 받았지만 혜자는 여전히 어리둥절한 얼굴이었다.

"아니, 무슨 절까지. 내가 세후 총각 절을 받아도 될지 모르겠어."

불편해 보이는 혜자를 보던 세후가 남자답게 직격타를 날렸다.

"당연히 받으셔야죠. 이제 제 장모님이 되실 텐데요."

난데없이 들이닥쳐선 밑도 끝도 없이 절을 하더니, 이제는 장모님이란다. 혜자가 많이 당황한 듯 테이프를 씹어 먹는 카세트처럼 버벅거렸다.

"지, 지금. 자네…… 그, 그게…… 무, 무슨 말인가?"

이럴 줄 알았어. 세후만 믿고 맡겨놓는 게 아니었는데. 혜자가 마음의 준비할 시간은 주지도 않고 다짜고짜 결론부터 말하다니.

따끔거리던 이마가 한층 더 따끔거리기 시작했다.

앞을 예상할 수 없는 전개에 보란은 아예 두 눈을 감아버렸다.

* * *

삐꾹- 삐꾹- 삐꾹-

어색함이 감도는 거실에 눈치 없이 집을 나온 뻐꾸기 소리만 대치하고 있는 두 사람 사이를 가르고 지나갔다.

지금 거실에는 보란과 우빈은 보이질 않고 혜자와 세후만 남아 있었다.

몇 분 전. 세후와 할 말이 있다며 혜자가 보란에게 심부름을 시켰다.

'보란이는 우빈이 데리고 가서 오이 좀 사와라.'

'집에 오이 있는데?'

'오이로 두들겨 맞고 싶지 싫으면 어서 갔다 와.'

'알, 알았어. 근데 내가 없는 동안 무슨 말을 하려고 그럴 건 아니지?'

난리 치는 딸에게 '우빈이 있는 데서 다 같이 이야기할까?' 이랬더니 순순히 나가는 딸이었다. 제 남자한테 무슨 안 좋은 소리라도 할까 봐 쌍심지를 켜는 딸이 혜자는 낯설었다.

그저 잠깐 사귀고 지나갈 인연은 아니라는 건가? 혜자가 세후를 아래에서부터 위로 한 번 훑었다.

'전에도 느꼈지만 허우대도 멀쩡하고 잘생기긴 했네.'

얼굴로 올라온 혜자의 시선과 세후의 시선이 부딪쳤고 서로 빤히 대치 중이었다.

'어쭈, 이것 봐라?'

어디 가서 눈빛 싸움은 진 적이 없는 혜자가 밀리고 있었다. 그녀의 시선을 피하지 않고 정중하게 정면으로 받은 세후가 마음에 들지 않는지 혜자가 팔짱까지 끼고 운을 뗐다.

"세후 총각, 혹여라도 이제부터 내가 하는 질문에 기분 상해하지 말았으면 하네. 전에야 보란이랑 같이 직장 다니는 동료라고만 여겼지만 지금은 아니지 않나?"

"물론입니다."

괜찮다고 담담하게 대답했지만 천하의 세후도 긴장이 되는 건 어쩔 수가 없었다. 그러나 아닌 척 표가 나지 않게 몸에 힘을 주고 허리를 꼿꼿하게 세웠다.

드디어 혜자의 질문이 시작됐다.

"우선 나이가 어떻게 되나?"

"서른넷입니다."

"여덟 살 차이구만."

죽은 보란이 아빠와도 딱 그만큼 차이가 났었더랬지. 딱 좋은 나이 차이지 하고, 혜자가 속으로 생각했다. 인물, 나이, 그리고 자연스러운 순서, 직업이었다.

"우리 보란이랑 같은 사무실에 다닌다고 하던데, 정확히 하는 일이 어떻게 되나?"

혜자의 질문들 중에 꼭 포함되어 있을 거라 예상하고 있던 질문이긴 했지만 이렇게 빨리 나올 줄은 몰랐다. 다른 것들에 선입견이 포함되지 않게 제일 마지막에 나오기를 원했던 질문이었다.

"보란 씨가 올리는 서류 같은 것들을 결재하고, 뭐, 그런 종류의 일을 합니다."

"아, 그 실장이라는?"

지금 이 순간 세후는 자신이 최 실장이었으면 얼마나 좋았겠나 하는 이상한 생각도 했다. 하지만 택도 없는 소리였다.

"제 직책은 실장이 아니라…… 사장입니다."

"그래, 실장이나 사장이나. 높은 자리에 있는 건…… 아니지. 사장? 지금 뭐라 했나? 사장이라고 했나?"

자네 지금 날 놀리나 하는 혜자의 눈빛이 닿았지만 세후는 정말이라며 고개까지 끄덕이며 대답했다.

"네."

"아니, 그럼 자네가 그 몹쓸 놈의 사장이란 말인가? 매일 소리치고 회사를 그만두고 싶을 정도로 괴롭힌다는?"

혜자가 흥분해서 음성을 높였다. 다급한 세후의 말이 따라붙었다.

"그때를 제 인생에서 제일 후회하고 있습니다. 따님을 마음에 담고 부터는 절대로 화도 낸 적도 없고 큰 소리 낸 적도 없습니다."

"내가 못 봤으니 알 리가 있나. 아니, 자네는 그렇다고 해도 내 딸은 왜 그랬다나? 그렇게 학을 떼더니만 갑자기 그렇고 그런 사이가 됐다고? 내 딸 어디 좀 모자란 거 아닌가?"

"아닙니다, 어머님. 하나도 모자란 부분이 없습니다."

제 딸을 욕하는데 아니라고 두둔하는 꼴이란. 혜자가 기가 막힌 듯 혀를 찼다. 웬만하면 그런 소리는 안 하는 딸이 직장까지 그만두게 만들 뻔했던 그 사장 놈이라는데. 더는 들어볼 것도 없이 혜자는 자신의 입장을 단호히 했다.

"나는 이 사이 반댈세!"

그 순간, 평범했던 인사 자리는 갑자기 아침 드라마에서나 봤을 법한 장면으로 탈바꿈했다. 절찬 상영되는 아침 연속극의 주인공은 혜자와 세후였다. 하이라이트 장면이자 드라마 속 단골 소재인 결혼 반대 신이었다.

팔짱을 낀 혜자가 세후를 주시하고 말을 한다.

"안 그런가? 자네가 나와 같은 입장이라면 아, 그런가. 둘이 한번 잘해보게 하고 넘어갈 수 있겠나?"

혜자의 이런 반응을 예상하지 못한 건 아니었지만, 세후는 스멀스멀 피어난 불안감에 더 간절해져 버리고 말았다.

"과거는 과거로 묻어두시고 앞으로 저희 모습만 지켜봐주시면 안 되겠습니까?"

당당하다 못해 거만하게까지 보였던 그가 혜자에게 청하고 있었다. 흥분해서 열을 올리던 혜자가 머뭇거렸다. 부족한 게 없어 보이는 그에게서 간절함을 보았기 때문이었다.

남녀 사이란 게 당사자밖에 모르는 일이고 둘이 좋다는데.

혜자의 마음이 살짝 약해지려 했다.

'여름에 그 시골 펜션까지 휴가를 왔다고 할 때 낌새를 감지하긴 했다마는.'

덩달아 여름 펜션에서 딸을 쳐다보던 눈빛까지 떠오르자 한번 두고나 볼까 싶어지기까지 했다. 거기다 옆구리에 남자라도 하나 끼고 있어야 될 나이에 애들이 가지고 노는 인형이나 끼고 있는 딸 때문에 억지로라도 선 자리라도 만들어 갖다 붙이려고 올라온 참이었다.

그런데 사귀는 놈이 있다니. 그것만으로도 두 팔 벌려 환영해야 했지만, 딸이 사귀는 놈이 그 사장 놈이란 소리에 혜자는 반대부터 했다.

큰 회사 사장이라면 꽤 사는 집안이라는 소리인데. 평범한 딸이 괜히 못 오를 나무를 쳐다보는 건 아닌지 혜자는 그게 제일 걱정이었다. 어차피 남자 쪽에서 반대할 거 폼 나게 자신이 먼저 반대하고 보자는 심보였다.

"어차피 안 될 사이네. 자네 부모님들이 우리 보란이를 같은 애를 마음에 들어 하시겠나?"

"그 점은 걱정하지 않으셔도 됩니다. 하늘에 계신 저희 부모님께서도 흡족해하실 겁니다."

멈칫. 기를 쓰고 반대하던 혜자의 기세가 누그러졌다.

“그랬나? 부모님이 돌아가셨구먼.”

괜히 섣부르게 반대부터 하고 봤나. 후회가 된 혜자는 헛기침을 하며 세후의 눈을 피했다. 혜자가 아무리 괴팍하다지만 남의 상처를 건드리고도 아무렇지 않을 만큼 못된 사람은 아니었다.

반면에 세후는 부모님 이야기가 나온 김에 혜자에게 또 다른 이야기를 해야 했다. 그에게는 우빈이 있다는 것을. 한 번도 그의 인생에서 우빈이 짐이라고 생각한 적이 없었다.

하지만 세상의 눈으로 본다면 우빈은 세후에게 딸려 있는 혹이었다. 어쩌면 우빈이 그렇게 불리는 게 싫어서 평생 우빈과 둘이 살려고 한 건지도 모르겠다. 하지만 누구보다 따뜻한 그녀의 어머니라면, 우빈을 짐이 아니라 사은품이라고 생각해주지 않을까. 세후는 막연히 믿어보기로 했다.

“그리고 더 아셔야 하는 게 하나 더 있는데, 저희 누나 역시 죽어서 저한테 있는 가족이라곤 우빈이밖에 없습니다.”

“…….”

혜자는 우빈이가 세후와 둘이서만 다니기에 사이가 좋은 삼촌과 조카 사이라고 생각했지, 한 번도 그 밝고 천진난만한 아이가 부모가 없을 거라고는 생각조차 해보지 않았다. 아마 세후가 우빈을 바르게 잘 키워서 그런 거겠지.

그에게로 가까이 다가간 혜자가 세후의 넓은 어깨를 가만히 두드렸다.

“힘들었을 텐데, 수고가 많았어.”

세후의 눈이 혜자에게로 향했다. 그를 보는 혜자의 눈빛이 봄 햇살처럼 따뜻해서 왈칵 눈물이 쏟아질 것만 같았다.

아무것도 모르던 스물여덟의 청년 권세후가 끝이 어딘지 모르고 외롭게 혼자 달려왔던 그 길의 중간에서 만난 커다란 어른이 그를 다독이고 있는 것만 같았다. 고인 눈물이 흐르지 않도록 눈을 부릅떴다.

"내 딸이 우빈이를 잘 키울 수 있을지가 걱정이지, 자네한테 우빈이가 딸려 있다고 걱정하지는 않네. 행여나 그런 생각을 했다면 접어두게. 우빈이는 절대로 걸림돌 같은 게 아니니까."

꾹꾹 눌러 담아두었던 세후의 눈물은 결국 흘러내리고 말았다. 혜자가 다시 세후의 어깨를 가만히 두드렸다.

"우선은 내 좀 지켜보겠네. 오늘은 기왕 온 거 같이 밥 먹고 놀다 가지."

"감, 감사합니다."

"흠흠. 그렇다고 내가 아직 둘 사이를 허락한 건 아니네."

먹먹한 마음에 목이 메여 있었고 눈물 자국이 선명했지만 세후의 눈은 웃고 있었다.

마침 밖에서 시간을 때우다 돌아온 보란이 설마 엄마가 울린 거냐며 화를 냈지만, 오히려 세후는 흥분하는 보란의 손을 잡고 말했다.

"고마워."

"뭐가요?"

내 눈에 띄어줘서. 나를 받아줘서, 그래서 이렇게 좋은 어머니를 만나게 해줘서. 고맙다고. 세후는 말없이 따뜻하기만 한 보란의 손을 꼭 잡고만 있었다.

저녁 먹기에는 조금 이른 시간, 혜자가 거실에서 텔레비전을 보고 있던 세후와 우빈을 불렀다.

"밥 먹으러 오게."

욕실로 들어가 손을 씻고 나온 두 사람이 주방으로 들어섰다. 식탁에는 세후의 집에서 가져온 재료로 차려진 한 상이 차려져 있었다.

"어서 앉게. 이거 전부 보란이 애가 만든 거야."

세후와 우빈의 동작이 정지했다. 아침에 맛보았던 극강의 짠 된장찌개가 생각이 났기 때문이었다.

‘외삼촌? 어쩌지?’

‘어쩌겠어. 한 번 더 해야지. 정말 맛있다는 혼신의 연기.’

두 사람이 서로를 마주 보며 기밀이라도 말하는 듯 눈으로 대화를 나눴다. 단단히 각오한 두 사람이 의자에 앉는데, 튼튼하던 의자가 웬일로 삐걱삐걱 소리를 냈다.

“자, 이제 먹자.”

가장 먼저 혜자가 수저를 들자 비장한 표정으로 수저를 드는 우빈과 세후는 동시에 가장 짜지 않을 것 같은 음식으로 젓가락이 향했다. 마음의 준비를 하고 갈비를 집어 입에 넣었다.

“……!”

세후의 젓가락이 믿기지 않는 듯 다시 갈비로, 우빈의 입에서는 탄성이 흘러나왔다.

“우왕! 진짜 맛있다.”

하나도 짜지도 않고 질기지도 않았다. 이번엔 또 얼마나 밥을 먹어야 할지 겁먹고 있었는데 너무 맛있었다. 연이어 집어 먹은 나물도 맛있었고 보란이 만들었다는 다른 반찬들도 다 맛있었다.

“정말 당신이 한 거 맞아?”

“그럼요, 이거 전부 다 내가 한 거라고요. 안 해서 그렇지, 제가 하면 또 잘하잖아요.”

잘 구워진 생선 살을 발라 우빈의 밥 위에 올려주던 혜자가 거짓말하는 꼴을 들어줄 수 없다는 듯 콧방귀를 뀌었다.

“퍽이나. 간도 못 맞추는 게. 내가 옆에서 일일이 간섭해서 이 정도라고.”

“아니야. 내가 뭘 간도 못 맞춰. 내가 간을 얼마나 잘 보는데? 그죠?”

오늘 하루 동안 처음으로 제대로 먹는 밥이라 급하게 식사를 하고 있던 세후가 사레에 걸려 캑캑거렸다. 하나밖에 없는 동지나 다름없는 우빈은 은근슬쩍 그의 눈을 피하고 있었고 혜자와 보란은 그의 대답만 바라며 그를 쳐다보고 있었다.

"언제 얘가 한 음식 먹어본 적 있어?"

"컥. 네. 한 번. 근데 저는 먹을 만했습니다."

세후는 차마 맛있었다고 거짓말은 할 수가 없었다. 그럴 줄 알았다며 혜자가 웃으며 세후에게 충고했다.

"그러면 그렇지. 맛없는 건 맛없다고 해야지, 괜히 맛도 없는데 맛있다고 하면 평생 그런 거만 먹고 살아야 할지도 모른다고."

혜자의 충고에 세후는 웃으며 대꾸했다.

"저는 평생 먹고 살아도 되니 같이 살게만 해주십시오."

"세후 씨."

"쯧쯧, 어디 굶어 죽어봐야 정신을 차리지."

혜자가 혀를 찼지만 보란과 세후는 저들만의 세계에 빠져서 귓등으로도 듣지 않았다.

밥을 다 먹고 후식을 먹기 위해 텔레비전 앞에 네 사람이 둘러앉았다. 예쁜 원피스를 입은 리포터가 오늘 밤에 있을 특별한 소식을 전하고 있었다.

[오늘 밤 열 시부터 내일 새벽 한 시까지 별똥별 쇼가 화려하게 펼쳐집니다. 다수의 유성이 비처럼 쏟아지는 이번 유성우는 최고의 유성우가 될 것으로 보이는데요.

특별히 오늘은 별을 보기 적당한 날씨와 환경이 예측돼 시간당 100개 이상의 별똥별 관측도 가능하다고 합니다. 오늘 밤, 가족들과 함께 별똥별 구경 어떠세요?]

사과를 깎고 있던 보란이 칼을 멈췄다.

"별똥별? 그게 오늘이었어? 이따가 우리도 보러 갈까?"

텔레비전 화면을 뚫어져라 보고 있던 우빈이 엉덩이를 들썩였다.

"응! 할머니랑 외삼촌도 같이?"

"당연하지. 엄마도 별 보러 가실 거죠?"

"지겹게 보는 게 별인데 뭣하러."

"에이, 별똥별이라잖아."

보란이 혜자의 팔을 잡고 흔들거나 말거나 급하게 먹는 우빈이 체하는 건 아닌가 걱정된 혜자는 우빈을 챙기기 바빴다.

"우빈아, 요 주스도 마시면서 먹어야지."

"네에."

한 손에 들려 있던 사과를 한입에 넣고 주스까지 한 모금 들이켠 우빈이 할머니가 주니까 더 맛있다며 헤헤거렸다. 남아 있던 사과도 다 없애버릴 듯이 덤벼들던 우빈이 텔레비전을 보다 멈췄다.

"어? 우리 저거 하면 안 돼요?"

때마침 텔레비전에 나오는 시트콤에서 가족들끼리 윷놀이를 하고 있었다.

"윷놀이 말이냐?"

"네, 전에 외삼촌이랑 둘이서만 하니까 재미가 없었어. 이번에는 할머니랑 누나도 있으니까 다 같이 해요. 윷놀이 하는 거 제 소원이란 말이에요. 네?"

여기서 우빈의 말에 안 된다고 할 수 있는 어른은 아무도 없었다. 물론 그 어른 중에 혜자도 포함이었다.

"우리 우빈이가 윷놀이 하는 게 소원이라면 하면 되지. 보란아, 너 얼른 나가서 윷 좀 사가지고 오너라."

혜자의 말에 엉기적거리며 자리에서 일어나던 보란을 잡아 앉히고 세후가 벌떡 일어났다.

"제가 갔다 오겠습니다."

"그럴 텐가? 얼른 다녀오게."

총알처럼 달려 나갔던 세후가 얼마 안 있어 용케도 윷을 사서 왔다. 못 구해 오면 면박이라도 주려고 했더니 빨리도 사왔다 싶었다.

"이 시간에 윷을 파는 데가 있어?"

"요 앞 편의점에 팔고 있었습니다."

역시 요즘 편의점은 안 파는 게 없는 만물상이었다. 혜자가 함께 들어 있던 윷판을 바닥에 펼쳤다.

"보란이는 들어가서 얇은 이불 하나 가지고 오너라."

"네에."

혜자의 지시에 착착 윷놀이 판이 만들어졌다. 동전으로 말을 대신하기로 했다. 편은 너무도 자연스럽게 세후와 보란, 우빈과 혜자 이렇게 짜여졌다.

시작하기 전에 연습 삼아 네 개의 윷을 던지는 혜자의 왼손이 심상치 않았다.

"이왕 하는 김에 내기라도 하나 할까?"

당연히 보란이 혜자를 뜯어 말렸다. 그녀의 어머니가 승부욕이 얼마나 강한지 알고 있었기 때문이었다. 뭐든지 한 번 지는 날엔 한 달이나 곱씹으면서 칼을 가는 사람이 그녀의 어머니였다.

"엄마도 참. 돈내기라도 하자는 말은 아니죠?"

"그냥 하면 심심하니까 그렇지. 왜? 질 것 같나 보지?"

거들먹거리며 윷을 만지작거리는 혜자의 눈이 세후를 향해 있었다. 마치 부러 세후를 도발하는 것 같기도 했다.

합당한 도발에는 당연히 응대해주는 게 도리라고 배운 터라, 세후는 그걸 또 못 지나치고 갑자기 손목을 풀며 준비운동을 시작했다.

"돈보다는 지는 팀 소원 하나 들어주기 어떻습니까?"

세후를 보는 혜자의 눈빛이 가소롭다는 듯 빛났다.

"내가 소원으로 두 사람 헤어지라고 하면 어쩌려고 그러나?"

말도 안 되는 혜자의 도발에 끼어든 건 보란이었다.

"엄마!"

팩 하고 소리치며 따지고 드려는 보란을 조용히 말리며 세후가 가볍게 혜자의 도발을 받아냈다.

"이기시고 나서나 말씀하시지요."

"배짱 한번 좋구먼."

"어머니만큼 하겠습니까?"

고수는 고수를 알아보는 법. 혜자는 세후가 보통 승부사가 아니라는 것을 알아차렸다. 아주 흥미로운 윷판이 될 것 같은 느낌이었다.

"좋네, 지는 팀이 이기는 팀 소원 들어주기 어떤가?"

"좋습니다. 어떤 거라도 들어주는 겁니다."

파바박. 또다시 두 사람 사이에 보이지 않는 승부의 불꽃이 일었다.

"빽도는 있는 걸로 하겠습니다."

"말 업기도 있네."

"이 담요를 넘어가면 낙상으로 하겠습니다."

"앉은키보다 높게 던지는 거네.

두 사람이서 번갈아 가면서 규칙을 정하더니, 드디어 내기를 건 윷놀이는 시작됐다.

가위바위보를 이긴 혜자네 팀부터 윷을 던지기 시작했다. 한 손으로 윷을 모은 혜자가 높이 윷을 던졌다.

"윷, 윷, 윷 나와라."

그녀가 큰 소리로 외치며 던지자 말하자 거짓말처럼 정말 윷이 나왔다. 그래, 한 번은 운이 좋아서겠지, 우연이겠지 했지만 아니었다. 혜자가 말하는 대로 윷이 춤을 췄다.

걸이 필요할 땐 윷이 세 개가 뒤집어져 걸이 나왔고 도가 필요할 땐 한 개만 뒤집어져 도가 나왔다. 평생 동안 윷놀이만 하고 살았는지 혜자는 그야말로 윷 타짜였다.

처음부터 승기를 움켜쥔 혜자에게로 승리의 여신이 고개를 내밀고 있었다. 세 개의 말 중에 보란이네 말은 이제 겨우 하나가 한 바퀴를 돌았을 뿐인데 혜자네 말은 두 개가 나고 하나만 남은 터였다.

“오호. 오늘따라 더 윷발이 잘 받는군.”

신난 건 혜자뿐이었다. 혜자와 같은 편인 우빈은 이기고 있음에도 마냥 기뻐할 수만은 없었다. 말이 앞으로 나갈수록 우빈은 속으로 칭얼거렸다.

‘히잉, 이기면 안 되는데.’

혹시라도 이기고 나서 할머니가 외삼촌과 누나를 떼어놓을까 싶어서 몰래 윷을 더 높이 던져 담요 밖으로 떨어뜨리기도 했다. 그때마다 혜자는 우빈의 등을 두드려주며 격려 아닌 격려를 했다.

“괜찮아요. 이 할미가 다음번에 만회할 거니까 걱정하지 말아요.”

우빈은 같은 팀으로서 혜자가 승리하지 않도록 할 수 있는 모든 것을 했으나 그녀의 독주를 막기에는 역부족이었다.

혜자네 팀 말이 점점 더 앞으로 나갈수록 우빈의 얼굴이 울상이 되어갔다. 물론 나머지 두 사람의 얼굴도 마찬가지였다.

“우리 어떡하죠?”

어차피 확률은 낮았고 세후는 결정을 해야 했다. 그야말로 모 아니면 도였다.

“승부수를 띄워야겠어. 이번에 말을 다 업어서 가겠어.”

결국 세후는 승부수 띄우기로 했다. 앞서 있는 혜자의 남은 한 개의 말을 두 개로 업은 말로 잡을 생각이었다. 그러려면 이번에 모가 나와야 하는데. 이게 뭐라고 세후는 더없이 간절하게 빌었다.

"모…… 모…… 모…… 제발……."

세후가 하늘 높이 윷을 던졌다. 세후만큼이나 간절하던 우빈과 보란의 눈이 공중에 뜬 윷만 바라보고 있었다.

붕 떴다 먼저 내려온 세 개의 윷이 뒤집어지지 않고 볼록한 부분이 앞으로 향해 있었다. 그리고 마지막으로 떨어진 윷만 뒤집어지지 않으면 모였다. 담요로 떨어진 윷이 넘어갈 듯 말 듯 흔들 흔들거렸다. 동시에 환호성이 터져 나왔다.

"우와아아아아! 외삼촌. 모야, 모!"

"세후 씨! 모예요, 모."

보란과 우빈이 그에게 달려들며 좋아했다. 정말 모였다. 드디어 혜자의 말을 잡고 역전한 거였다.

그런데 이 상황이 믿기지 않는지 혼란스러움이 가득한 세후의 눈이 혜자에게로 향하고 있었다. 분명 잘못 본 게 아니라면 본래는 마지막 윷은 넘어갈 게 아니었다. 그러면 한 개만 뒤집혔으니 도가 맞는 거였다.

그런데 혜자가 발가락으로 감쪽같이 살짝 담요를 잡아당기는 바람에 윷이 넘어가 모가 된 거였다. 혜자가 우빈과 보란 몰래 세후를 보며 눈을 찡긋했다.

'모른 척하게.'

결국 윷놀이의 승자는 마지막 혜자의 말을 잡고 먼저 들어오게 된 세후와 보란의 팀이었다. 내기에서 진 팀은 이긴 팀의 소원을 들어줘야 했으니 혜자가 세후에게 물었다.

"그래, 소원이 뭔가?"

소원이 뭐냐고 묻는 혜자에 세후는 곰곰이 생각하는 듯하더니 신중하게 답했다.

"나중에 말씀드려도 되겠습니까?"

당장이라도 허락해달라고 말할 줄 알았더니, 제 손으로 얻어낸 것이 아니다, 이건가? 세후의 정직함이 내심 마음에 드는 혜자였다.

"그러시게나."

세후가 감동의 눈으로 계속해서 쳐다보는 게 민망했던 혜자가 자리를 털고 일어났다.

"별 보러 갈 시간이다. 우빈아, 우리 나가서 떨어지는 별 보면서 소원이나 빌고 오자꾸나."

"좋아요!"

혜자는 가을밤에 감기라도 걸릴지도 모른다고 담요로 우빈의 몸을 칭칭 감고 나서야 별똥별 구경을 하기 위해 밖으로 나갔다. 혜자가 같이 가자고 말은 하지 않았지만 보란과 세후도 그녀를 따라나섰다.

가을의 밤공기는 시원하다 못해 쌀쌀했다. 며칠 전만 해도 심하게 앓았던 보란이 걱정됐던 세후가 걱정스럽게 물었다.

"안 추워?"

재킷을 벗어주려는 세후를 말리며 보란은 혹시나 싶어 들고 나온 두툼한 점퍼를 들어 보였다.

"챙겨 나왔어요."

"춥다. 얼른 입자."

보란이 입기 쉽게 점퍼를 팔에 끼어준 세후는 목 끝까지 지퍼를 올려주었다. 그녀의 무장을 확인한 세후가 갑자기 앞으로 달려갔다. 그의 발이 멈춘 곳은 얇은 카디건을 걸치고 나와 팔을 문지르고 있는 혜자의 옆이었다. 재킷을 벗은 세후가 혜자의 어깨에 재킷을 걸쳐줬다.

"입고 계십시오."

몸을 녹이는 따뜻한 온기에 누그러질 것 같은 마음을 다잡은 혜자가 짐짓 엄한 얼굴로 대꾸했다.

"이건 또 무슨 수작인가?"

"숨은 의도 같은 건 없으니 안심하십시오. 굳이 의도를 따진다면 노인을 공경하는 것뿐입니다."

뭐시라? 노인? 씩 웃으며 대꾸하는 세후를 보며 혜자는 대꾸도 못 하고 입술만 달싹거렸다. 윷판에서 한 수 물러준 게 이렇게 후회가 될 줄이야. 마음 같아서야 괘씸한 놈이 벗어준 재킷을 벗어 던지고 싶었지만 추우니까 우선 입고 있겠다고 넘어가는 혜자였다.

세후가 다시 보란에게로 뛰어와 그녀의 옆에 섰다. 그녀의 어머니까지 세심하게 신경 써주는 세후가 오늘따라 더 좋은 보란이 무심한 듯 주머니에 손을 넣고 있는 그에게 다가가 팔짱을 꼈다.

"우리 엄마가 당신 마음 상하게 한 건 아닌가 걱정했는데, 아니었나 보네요?"

그녀의 말에 세후의 발이 멈췄다.

"아니야. 너무 잘해주셨어."

"피이. 거짓말."

그의 입술이 그녀의 입술에 닿았다 떨어졌다. 그녀에게 입을 맞추는 그는 주위의 시선 따위는 전혀 상관하지 않고 있었다.

그때, 앞에 걷고 있던 혜자가 나지막이 이야기했다.

"아직 허락한다고 안 했으니 두 사람은 적정거리를 유지하게나."

뒤통수에도 눈이 달렸다고 말하는 혜자의 말에 보란은 멋쩍게 눈을 굴려 댔다.

"모른 척해주시지. 우리 엄마도 참."

별이 잘 보일 것 같은 곳으로 공터로 가는 길. 그녀의 손을 잡고 걷던 세후가 그녀를 보며 말했다.

"고마워."

"또 뭐가 그렇게 고마운데요. 오늘 정말 이상하네. 아까도 고맙다고 했었잖아요."

말없는 세후의 시선이 앞서가는 두 사람에게로 향했다. 그의 시선의 끝에는 행여나 우빈이가 감기라도 걸릴까 봐 담요를 단단하게 매어주고 있는 혜자가 있었다. 말은 아직 허락하지 않았다고 하지만, 반은 허락한 거나 마찬가지란 걸 그는 누구보다 잘 알고 있었다.

세후가 그녀의 어깨를 감싸 안았다.

"그냥. 그냥. 전부 다 고마워."

여전히 세후는 뭣 때문에 고맙다고 하는지 보란에게 이야기해주진 않았다. 오늘 하루 동안 이유도 모르고 두 번이나 들은 고맙다는 말이었다. 그녀의 어깨를 감싸는 그의 손길에 어렴풋이 알 것도 같았다. 아마 우빈을 예쁘게 봐주는 혜자가 고마운 것이리라.

세후와 함께 보란이 혜자와 우빈의 뒤를 따라가고 있었다.

"그런데 아까 왜 소원 이야기 안 했어요? 엄마한테 당장이라도 우리 허락해달라고 할 줄 알았는데요?"

"내가 번 소원이 아니니까."

"네?"

"어머니가 일부러 져주신 거야."

짐작도 못하고 있었다. 내심 혜자가 윷놀이에서 이기면 헤어지라고 하겠다고 한 게 마음에 걸렸던 보란이었다.

"엄마가요?"

그녀가 생각하는 게 맞다며 세후가 고개를 끄덕여줬다.

그럼 그렇지. 그녀가 아는 어머니는 딸이 사랑하는 사람에게 장난으로라도 헤어지라고 하실 분이 아니었다. 보란이 앞으로 뛰어가더니 혜자를 껴안았다.

"엄마! 싸랑해!"

뒤에서 안겨오는 다 큰 딸의 애교에 혜자는 괜히 싫은 척 밀어냈다.

"얘가 징그럽게 왜 이래. 안 떨어져?"

"왜에에. 딸이 엄마 좋아서 그러는데."

투닥이는 모습마저도 정겨워 보이는 두 사람 위로 기다란 꼬리가 달린 별똥별 하나가 내려오고 있었다. 하늘만 쳐다보고 있던 우빈이 소리쳤다.

"우왕. 별이 떨어져요!"

우빈의 고사리 같은 손을 따라간 밤하늘에는 우주 어딘가에서 살다 지구로 찾아온 별들이 하염없이 떨어지고 있었다. 별들이 소원을 들어줄 거라고 철석같이 믿고 있는 순수한 아이는 눈을 감고 두 손을 모았다.

"빨리 소원 빌어야지."

두 눈을 꼭 감고 두 손까지 모으고 소원을 비는 우빈을 따라 세 사람 다 약속이라도 한 듯 눈을 감고 소원을 빌기 시작했다. 소원을 비는 사람들은 각각 달랐지만 어쩌면 네 사람의 소원은 한 가지로 닮아 있을지도 모르겠다.

오늘의 이 행복이 계속되길. 더도 말고 덜도 말고 오늘만큼만 행복하길.

25화. 조금 더 같이 있고 싶다

인적이 드문 골목에 자리한 카페. 구석 자리에 마주하고 앉아 있는 두 남녀의 서로를 향해 있는 시선에는 아무것도 담겨 있지 않았다. 한때 약혼했던 사이라는 것을 믿을 수 없을 만큼 무관심한 시선이었다.

세월이 많이 지나서 그런지, 아니면 규민의 머릿속에 남아 있는 여자가 너무 희미해서 거의 기억하지 못해서 그런지는 모르겠으나 여자는 전과 많이 달라 보였다. 비쩍 마른 몸에 움푹 파인 눈. 몸에 걸치고 있는 비싸 보이는 옷과 명품 가방, 공들여 한 화장까지도 그녀의 파리한 안색을 가려주진 못했다.

워낙 유명한 남자와 결혼한 여자의 연락처를 알아내는 건 그리 어려운 일이 아니었다. 이 바닥이 다 그렇듯 세 다리만 건너면 거기서 거기로 다 아는 사이였다.

"동네까지 찾아오면 어쩌자는 거예요? 우리가 다시 만나고 할 사이는 아니지 않나요?"

"묻고 싶은 게 있어 찾아왔습니다."

무엇을 알고 싶다고 이야기한 것도 아닌데 여자는 올 것이 왔다는 듯이 담배 한 개비를 꺼내 물었다. 뿌연 연기가 시야를 뒤덮었다.

"끊었었는데……. 묻고 싶은 게 있다고요."

"우리가 약혼했던 사이로 있던 한 달 동안, 세진이를 찾아간 적이 있습니까?"

말없이 담배만 태우던 여자는 더 이상 담배도 흥미가 없어졌는지 곧바로 비벼 꺼버렸다.

"후. 담배도 소용없네. 있어요."

세후의 말에 싹을 틔운 의심을 애써 아닐 거라며 무시하고 있던 규민의 눈이 감겨버렸다.

"대체 왜, 왜 그랬습니까?"

"나라고 잘 지내는 커플 사이에 끼어들고 싶었겠어요? 나한테 그렇게 하라고 시킨 사람이 누구겠어요?"

누구라고 말하지도 않았는데 속이 미식거리고 구역질이 올라왔다. 하지만 규민은 이를 악물었다. 지금 때 좋게 헛구역질을 하는 것조차 그에겐 사치였다.

"제가 예상하는 것이 맞겠죠."

"변명밖에 안 되지만 나는 그때 그렇게 할 수밖에 없었어요. 그때, 나는 어떻게 해서든 집을 벗어나야 했으니까요."

규민의 고개가 자괴감을 이기지 못하고 바닥으로 떨어졌다.

더 이상은 해줄 말이 없다는 듯 여자는 시끄럽게 울려대는 휴대폰을 가지고 일어났다.

"또 전화질이야."

잠시라도 집을 비우면 그녀를 찾아대는 남편의 전화였다.

감옥 같던 집을 피하기 위해 선택했던 약혼이 깨지고 찾은 또 다른 약혼은 그녀를 더한 감옥으로 집어넣었다. 죄를 짓고는 살 수가 없다더니, 가끔 두 사람을 갈라놓은 죄로 벌을 받고 있다는 생각도 하곤 했다.

약혼자라고 헤어져달라고 하던 그녀의 말에 희미하게 웃으며 오히려 두 사람이 행복했으면 좋겠다고 축복해주던 여자가 가슴에 계속 남아 있었던 그녀였다. 남의 마음을 아프게 한 죄로 지금 이렇게 벌을 받고 있다고 생각했다. 그런데 어쩌면 그녀보다 더 큰 벌을 받고 있는 사람은 이 남자일지도 모르겠다는 생각이 들었다.

"위로가 될지 모르지만, 나는 그때 지은 죄 때문에 충분히 벌 받고 있어요."

정말 미안했다며 고개 숙여 사과한 여자는 조용히 카페를 나갔다. 더 이상 만날 사람도, 들을 이야기도 없었지만 규민은 그 자리에서 고개를 숙이고 계속 앉아 있었다. 완벽한 겁쟁이라서 피하고만 있던 과거는 그를 벼랑 끝으로 끌고 갔다.

한국 땅을 밟는 순간 세진이 죽었다는 사실을 인정하게 될까 봐 팔 년이 넘게 밟지 않았던 땅이었다.

사실은 일말의 의심도 하지 않고 있었다는 건 거짓말이겠지. 하지만 그 사실을 확인하는 게 겁이 나서 비겁하게 덮어둔 걸지도 모르겠다. 하지만 세진을 쏙 빼닮은 그 아이를 만난 순간 덮어둔 판도라의 상자는 열려버렸다. 차오른 눈물이 그의 시야를 흐리게 만들었다.

'미안해. 세진아.'

오늘따라 더 세진이 보고 싶었다.

바람이 좋았던 어느 봄날, 대학 캠퍼스에서 눈이 부실 정도로 반짝이던 세진에게 첫눈에 반해 저도 모르게 그녀를 카메라 앵글에 담았었다.

'모델료는 주시는 거세요?'

'네에?'

'방금 저 찍으셨잖아요.'

'모, 모델료 드릴게요. 얼마나 드리면…….'

'돈은 됐고, 저한테도 사진 한 장 주시면 봐드릴 수도 있을 것 같은데요?'

그리고 동아리 후배로 들어온 세후의 생일을 축하해주기 위해 간 자리에서 그녀를 다시 만났다. 운명이라고 생각했다. 카메라에 찍히면 닳을까 봐 셔터도 못 누를 정도로 그녀를 사랑했다. 그녀와 함께하기 위해 규민은 그의 전부라고 생각했던 사진을 포기할 수 있을 만큼 사랑했다.

경영을 배우면 세진을 받아들여주겠다는 어머니의 말에 그녀를 위해 유학길에 올랐다. 그런데 어느 날 들려온 비보. 그녀가 죽었단다.

그날 이후로, 그의 세상은 멈췄다. 평소처럼 가끔 잠도 자고 밥을 먹기도 했지만 아무 의미도 없는 것들이었다. 그런데 지금, 팔 년 동안 멈춰 있던 그의 세상이 지금 다시 움직이려 하고 있었다. 하지만 서서히 드러나기 시작한 진실은 그를 잠식시켜 버릴지도 모르겠다. 진실이라는 건 때론 아플 수도 있는 거니까.

'끊어질 듯 연결되어 있는 끈을 붙잡기 위해 옭매여오던 오래된 끈을 끊어버려야 할지도…….'

규민이 얼굴을 들었을 땐, 눈가에 살짝 비친 눈물 자국은 같은 건 전부 뒤로한 듯한 단호한 얼굴이었다.

* * *

성북동 안을 들여다볼 수 없게 높은 담으로 둘러싸인 집 대문 앞. 회색 세단이 급정거하고 섰다.

잠시 후, 대문을 열고 들어가는 규민의 발걸음이 거칠었다. 순식간에 거실을 지나 안방으로 들어간 그를 맞이한 건 흔들의자에 앉아 기척에도 흔들림도 없이 고상하게 차를 마시고 있는 그의 어머니, 한명숙 여사였다.

"왔니?"

그래도 그를 낳아주고 길러주신 어머니인데, 가끔 말도 안 되는 억지에도 넘어갔던 규민이었다. 하지만 이번만은 달랐다.

"어머니, 한때 제 약혼자라고 어머니가 붙여주셨던 여자 기억하십니까?"

찻잔을 든 명숙의 손이 순간 멈칫했다. 그것도 잠시, 다시 컵 받침대를 들고 한 모금의 차를 마시는 그녀의 손길은 여전히 고상했다.

"그 애 이야긴 왜 꺼내고 그러니? 이제 와서 다시 잘해보기라도 하려고? 어쩌니. 걔, 가광물산으로 시집간 지 옛날이다."

어머니가 어떻게 했는지 다 알고 왔으면서도 그래도 마지막으로 규민은 한 번 더 기회를 드리고 싶었다.

"어머니, 제게 하고 싶으신 말씀이 있으시다면 지금이라도 이야기하세요. 마지막으로 기회를 드리겠습니다."

"무슨 말을 듣고 싶은 게냐?"

"팔 년 전에 있었던 일 말입니다."

"팔 년 전? 무슨 소리인지 모르겠구나."

"어머니가 마음대로 붙여주셨던 약혼자란 여자를 시켜서 세진이에게 헤어지라고 하신 것 말입니다."

끝까지 모른 척하는 명숙에게 그녀가 했던 일을 정확히 짚어주는 규민의 음성은 흥분으로 날뛰고 있진 않았다. 화를 꾹꾹 눌러 담은 것처럼 무겁고 낮기만 했다. 오히려 그의 말에 대꾸하는 명숙의 음성이 전과 달리 한 옥타브 높아졌을 뿐이었다.

"미련한 놈! 또 그 아이 이야기냐? 아직도 죽은 애를 붙들고 뭐하자는 거냐?"

내가 했다는 명백한 말이 없다 해도 규민은 알 수 있었다. 그의 어머니가 그 모든 짓을 조종했다는 것을. 결국 억눌러져 있던 그의 화가 터져버렸다.

"어머니!"

고막을 부숴버릴 듯 소리치는 아들이 볼썽사납다는 듯 명숙이 말했다.

"밖에 들리겠구나. 목소리를 낮춰라."

"지금 이 상황에서도 밖에 새어 나가기라도 할까 봐 그게 걱정이십니까!"

"그래, 만에 하나라도 내가 관련이라도 있다고 하자. 이제 와서 무슨 소용이 있다고 이러냐?"

"왜 소용없단 말입니까! 제가 얼마나 세진이를 사랑했는지 아시잖습니까. 세진이가 죽고 제가 어떻게 지냈는지 제일 잘 아시는 분이. 어떻게……."

"못난 놈. 왜 이렇게 욕심이 없어? 너는 네 형이 회사를 다 가졌으면 좋겠어?"

이 상황에서도 형이 회사를 전부 가지는 게 걱정인 어머니가 끔찍했다.

형과 규민은 어머니가 달랐다. 형의 어머니가 죽고 명숙이 천 회장과 재혼해서 얻은 아들이 자신이었다. 한 번도 형과 그를 차별하지 않았다고 생각했던 어머니가 본색을 드러낸 건 당연히 회사 일을 배울 거라 생각했던 그가 사진을 전공하겠다고 나섰을 때부터였다.

그리고 알아주는 집안의 딸을 데려온 형과 달리 세진을 데리고 온 그가 완전히 밀린다고 생각했던 어머니는 죽을 듯이 반대했다.

한 번도 회사가 그의 것이라고 생각해본 적이 없었다.

"본래 형의 회사였잖아요. 아버지가 돌아가시고 형이 열심히 일해서 지금껏 키운 거라고요."

"왜 그게 전부 네 형 거냐? 내가 살아 있는 한 그 회사의 반은 네 거라고."

"어머니, 저는 회사 같은 건 하나도 필요하지 않다고요. 대체 왜 그러셨어요? 어머니 때문에 제 아들이…….”

흥분하는 규민의 반응과 달리, 그래도 밖에라도 들릴까 봐 큰 소리 치지 않고 평정심을 유지하고 있던 명숙의 찻잔이 바닥으로 떨어졌다.

“너, 너 지금 뭐라고 했니? 아들? 아들이라고 했어?”

“네, 저한테 아들이 있습니다. 어머니 아들은 지금까지 아들이 있다는 것도 모르고 있었단 말입니다!”

세진을 닮은 아이의 얼굴이 아른거려 먹먹해진 규민이 가슴을 치며 울먹였다. 하지만 아들은 죽을 것처럼 아파하는데 어미라는 자는 반색했다.

“그러면 데리고 와야지. 우리 핏줄인데. 우리가 거둬야지.”

주저앉아 있던 규민이 일어났다. 이 상황에서도 핏줄 타령하는 어머니가 경악스러웠다. 온몸에 두드러기가 날 정도였다.

“아니요, 제 아들은 건드리지 마세요. 아는 척도 하지 마시라고요.”

“어떻게 모른 척할 수 있니? 우리 핏줄을.”

“핏줄이라……. 하하. 핏줄이란 게 그렇게 중요하다면, 그러면 저는 이제부터 어머니 아들을 하지 않으려 합니다.”

한껏 비웃음을 날리며 내뱉은 규민의 말이 믿기지 않는지 명숙은 제 귀를 의심했다.

“아들, 지…… 지금 무슨 소리를 하는 거니?”

“말 그대로입니다. 제가 어머니와의 모든 연을 끊어내겠단 말입니다. 제가 어머니 아들이 아니니 제 아들도 어머니와 아무 상관이 없습니다.”

절대로 의자에서 일어나지 않을 것 같던 명숙이 자리를 차고 일어났다. 그런 그녀의 얼굴을 한 번 쳐다본 규민은 마지막이 될지 모르는 그녀의 얼굴을 한 번 더 보고 담담하게 큰절을 올렸다.

절을 마치고 뒤돌아선 규민이 돌아섰다. 그의 등이 너무 단호해 명숙이 붙잡는다고 해도 쉽게 마음을 돌릴 것처럼 보이지 않았다.

"만에 하나라도 그 아이를 데리고 오겠다고 쓸데없는 힘 낭비는 하지 마세요. 그렇게 하신다면 저한테 가장 소중해진 것을 건드리신 대가로 어머니가 가장 아끼시는 회사를 위협할 겁니다. 그것도 어머니가 제일 두려워하시는 형을 통해서요."

"너! 이 자식! 네가 어떻게 나한테……."

닫힌 문 뒤로 부딪치며 깨진 찻잔의 소리와 악을 쓰는 명숙의 고성이 난무했다.

하지만 모든 것을 끊어낸 규민은 가차 없이 발걸음을 돌렸다.

"규민아."

그대로 거실을 지나쳐 나가려는데 그를 붙잡는 소리가 있었다. 그의 형이자 삼진의 우두머리이기도 한 천성민 사장이었다. 그의 얼굴을 보면 또 흔들릴 것만 같아 성민의 얼굴도 제대로 쳐다보지 못하는 규민이었다.

"미안. 미안한데, 형. 아무 말도 하지 마."

"나한테까지 연락 안 할 건 아니지?"

"……."

"가봐."

아무 말 없는 그의 어깨를 두드려주는 성민을 뒤로하고 규민은 집을 나왔다. 모든 것을 끊어내고 나온 규민은 차에서 타고 나서야 울 수 있었다. 아무도 보이지 않는 좁은 공간에서도 마음껏 울지 못하고 숨 죽여 울었다.

세진이 보고 싶어 죽을 것만 같았다. 지갑에 고이 꽂아두었던 빛바랜 세진의 사진이 그의 눈물로 얼룩져갔다.

* * *

"정은 씨, 잘 먹었어. 다음에는 내가 살게."

“에이, 아니에요. 한 번쯤은 저도 엄 비서님께 대접하고 싶었어요.”

보란과 정은은 매일 이용하는 구내식당이 아닌 회사 근처 돈가스집에서 점심을 해결하고 들어오는 길이었다. 점심은 정은이 샀으니 커피는 보란이 샀다. 두 사람은 손에 테이크아웃한 커피까지 사이좋게 들고 회사로 들어오고 있었다.

회사 로비에서 안내 직원과 웬 남자가 실랑이 중이었다.

“죄송합니다. 아무리 부탁하신다고 해도 선약이 되어 있지 않으면 안으로 들어가실 수 없으십니다.”

“말이라도 넣어주십시오. 천규민이 권세후를 만나야 한다고. 만나줄 때까지 계속 기다리겠다고.”

무력으로 쫓겨나는 한이 있더라도 그 자리에서 기다리겠다는 남자의 말에 안내 직원은 곤란한 얼굴을 했다.

“다시 말씀드리지만 점심시간이라 비서실도 전화를 받지 않는다니까요.”

끝날 기미가 없어 보이는 실랑이에 회사 안으로 들어가려던 보란과 정은의 발이 멈췄다.

“무슨 소란이죠?”

“그러게.”

결국 두 사람은 호기심을 이기지 못하고 안내 데스크로 다가갔다. 이러지도 못하고 저러지도 못하고 있던 안내 직원이 두 사람을 알아보고 얼른 손을 흔들었다.

“어? 엄 비서님, 드디어 오셨네요. 이분이 다짜고짜 계속 사장님과 만나야겠다고 하십니다.”

안내 직원의 알은체에 남자가 뒤로 돌았다.

‘아, 저 남자는…….’

지난번 병원에 입원했을 때 우연히 만났던 사진 찍는 남자다. 잠깐 스쳐 지나갔던 남자의 얼굴이야 쉽게 잊어버릴 수도 있는 거지만, 그럴 수 없는 이유는 이 남자가 그녀가 사랑하는 사람들과 관계가 있기 때문이다. 세후가 죽이고 싶을 만큼 싫어하는 남자. 우빈의 아빠라던 남자였다.

'저 여자는…….'

보란만 규민을 알아본 것이 아닌 듯, 그도 그녀를 기억하고 있었다. 세후의 옆에 있었던 여자다. 두 사람 사이가 보통 사이가 아니란 걸 알 수 있었다.

여자의 눈이 그를 알아보는 순간, 규민은 세후를 만날 수 있는 기회가 그녀일 거라는 걸 확신했다.

보란에게로 재빠르게 걸어간 규민이 그녀의 앞에 섰다.

"나 기억합니까?"

기억하냐고? 제 남자를 그렇게 힘들게 만든 사람인데 잊어버릴 수가 없지.

"네."

"세후를 만나야겠습니다."

다짜고짜 자신의 목적부터 이야기하는 규민을 보며 보란의 눈은 급격하게 굳어갔다.

"사장님을 만나시려면 우선 약속을……."

또다시 약속을 언급하는 보란을 보며 규민은 고개를 떨어뜨렸다. 누군가를 위협하는 건 그의 스타일이 아니었지만 세후를 만나려면 어쩔 수가 없었다. 마음을 정한 규민은 보란의 곁으로 바짝 다가섰다.

"내가 여기서 두 사람의 사이를 떠벌리기라도 하면 어떻게 될까요?"

완벽한 협박이었다. 하지만 이 남자, 보란을 너무 우습게 봤다.

"이야기하십시오. 당신 말을 믿는 사람은 아무도 없을 건데요? 경비원에게 쫓겨나가기 싫으시면 그만하시죠."

"그렇다면 이건 어때요? 쫓겨나더라도 회사 앞에 서서 세후가 지나가기를 기다릴 겁니다. 과연 세후가 날 보면 어떻게 할까요? 분명히 나를 죽을 듯이 때리겠죠."

모시는 상사의 품위까지 생각해야 하는 그녀로서는 세후가 회사 로비 앞에서 치고받고 싸우는 일 같은 건 달갑지 않은 일이 분명했다.

"……."

"직원들이 오너가 주먹질하는 모습을 보게 하고 싶은 게 아니라면…… 만나게 해줘요."

세후의 아픈 속을 다 알고 있는 보란은 주먹질로라도 그의 앙금이 풀린다면 싸움의 뒤처리 정도는 맡을 자신이 있었다. 하지만 사람들이 다 보는 회사 로비에서 세후가 사람을 때리는 장면만은 피해야 할 것이 분명했다. 치고 박고 싸우더라도 보는 눈이 없는 곳에서 싸워야 했다.

결국 규민을 데리고 사장실로 올라갈 수밖에 없는 보란이었다.

"따라오십시오."

올라가는 엘리베이터 안은 결국 원하는 것을 얻어낸 규민과 굳은 얼굴의 보란, 냉랭한 분위기에 눈치만 보는 정은이 함께였다.

사무실로 들어온 보란이 시계를 확인했다. 곧 점심 약속을 마친 세후가 돌아올 시간이었다. 기준이나 보란이야 규민과 세후에 대해서 잘 알고 있었지만 정은은 아니었다. 혹시라도 괜한 불똥이 정은에게 튈까 싶었던 보란은 그녀를 대피시키기로 했다.

"정은 씨, 밖에서 한 시간 정도 시간 때우다 올래?"

"네에? 하지만……."

"부탁할게."

대체 저 남자가 누구기에. 다짜고짜 찾아와 사장님을 만나야 하겠는 걸까. 엄 비서님은 알고 있는 눈치인데 알려주시지 않겠지.

궁금증이 하늘을 찔렀지만 정은은 보란의 말대로 할 수밖에 없었다.

정은이 아래로 내려가는 엘리베이터를 타는 걸 본 보란은 그제야 규민을 데리고 안으로 들어갔다.

편한 소파가 아닌 비서실 중앙에 내내 세워두고 싶은 마음이 굴뚝같았지만, 손님을 그리 대접하는 게 아니라고 배웠으니 예의는 차리기로 했다. 보란은 규민을 응접실로 안내했다.

"여기서 기다리시면 됩니다."

톡 쏘듯이 말하고 나가려는 보란을 규민이 잡아 세웠다.

"저기……."

"왜 그러십니까? 설마 염치없이 차까지 준비해달라고 말씀하실 건 아니시겠죠?"

여과 없이 적의를 드러내는 보란이 무색하게 규민은 그녀에게 사과했다.

"아닙니다. 방금 전에 함부로 굴어서 미안하다고 사과하고 싶어서요. 그렇게라도 안 하면 세후를 만날 수가 없을 것 같아 실례를 범했습니다."

아까 두 사람의 관계를 폭로하는 것도 모자라 싸움까지 불사하겠다던 남자였다. 하지만 사과를 하는 규민의 얼굴은 진심으로 미안해 보였다.

"당장이라도 세후를 만나야 하는데 다른 방법이 생각나지 않았습니다. 제 전화는 받지도 않을 게 뻔하니까요. 거기다 제가 해야 할 이야기는 전화로는 할 수 없는 이야기이기도 하구요."

"네."

"그런데 궁금하지 않습니까?"

궁금하지 않다면 거짓말이겠지. 하지만 규민에게서 제일 처음으로 이야기를 들어야 할 사람은 보란이 아닌 세후였다. 그리고 보란은 세후로부터 이야기를 전해 듣는 게 맞는 거였다.

"궁금하긴 합니다. 하지만 저는 제삼자이니까요."

"두 사람 단순한 상사와 직원 사이는 아닌 것 같던데……."

그러니까 말이다. 그 순간, 보란은 있는 힘껏 그의 멱살을 잡아챘다.

“제가 하는 말 잘 새겨들어요. 내 남자 상처 주지 마요. 안 그러면 내가 가만히 있지 않을 테니까.”

규민은 피식 웃었다. 어쩌면 이리 세후와 똑같을까. 처음 세진의 손을 잡기로 한 날, 세후가 찾아와 똑같이 그의 멱살을 잡고 이야기했었다.

‘우리 누나 상처 주지 마. 안 그러면 내가 형이고 뭐고 가만히 안 둘 테니까.’

“걱정 마요. 세후가 상처받는 건 나도 바라지 않는 일이니까.”

눈물이 흐르는 건 아니었지만 남자의 눈은 분명히 울고 있었다. 멱살을 잡고 있던 보란의 손이 스르륵 풀렸다. 이상하게 예리한 여자의 직감이라고 해야 하나? 보란은 알 수 있었다. 규민이라는 남자는 어쩌면 아직도 세진을 잊지 못하고 있는 건지도 모르겠다고.

그때 쾅 하고 문이 부서질 듯한 굉음 소리와 함께 문이 벌컥 열렸다.

“또 누가 겁도 없이…….”

세후였다. 저번처럼 누가 그녀를 괴롭히는 줄 알고 헐레벌떡 뛰어 들어온 그의 눈이 규민을 발견하고 급격하게 굳어갔다.

* * *

오늘 세후의 점심은 일과 관련된 식사였다. 이 회장과의 점심은 뛰어난 엄 비서의 수행 능력 덕분에 화기애애한 분위기를 연출할 수 있었다.

‘이 회장께서 엄청난 축구 팬이라고 하십니다. 이번에 새로 인수하신 축구팀 칭찬으로 이야기를 시작하시는 게 좋을 것 같습니다.’

'축구? 나는 축구 별론데? 땀나게 이리저리 뛰어 다니는 게 뭐가 좋다고 축구단까지 인수했대? 자기가 공 차고 뛰어다닐 것도 아니면서?'

'행여나 이 회장님 앞에서 그런 내색은 하지 마십시오.'

'노력은 해보겠지만 누구 비위 맞추는 건 영 내키지 않아서.'

'사장님, 이 회장님과 친분을 쌓아두는 건 나쁘지 않은 일입니다.'

'내가 잘하고 오면 뭐 해줄 건데?'

'회사가 잘되면 사장님께 더 좋은 거 아닙니까? 근데 제가 왜 상을 준비해야 모르겠습니다.'

'그런 말 몰라? 내 거는 당신 거고.'

'제 거는 제 겁니다.'

'끝까지 들어봐. 내거는 당신 거, 당신 거는 당신 거 해. 난 당신만 가지면 되어서 당신이 가지고 있는 것들에는 관심이 없거든?'

'오호, 그런 거였습니까? 제가 한번 생각해볼 테니 잘하고 오기나 하십시오.'

때문에 세후는 흥미도 없는 축구 이야기로 대화의 물꼬를 텄다. 해산물 알레르기가 있는 이 회장을 위해 보란이 미리 요리사에게 부탁한 식단은 이 회장의 마음에 들었고, 마지막으로 이 회장이 즐겨 마신다고 해서 따로 준비한 최고급 녹차는 식사의 정점을 찍었다.

'오늘 정말 즐거웠어. 다음에 우리 축구 경기나 같이 관람하러 가세.'

이 회장이 축구 경기까지 같이 보자고 했으니 확실하게 눈도장을 찍은 거나 다름없는 터. 임무를 마친 세후는 기세등등하게 회사로 들어오는 길이었다.

참 잘했어요! 도장이라도 받고 싶어 하는 아이처럼 발걸음을 재촉하면서 그는 회사로 들어섰고, 뒤따라오던 기준의 발도 점점 더 빨라지는 그를 따라 속력을 냈다.

"사장실에 꿀이라도 발라놓으셨나 봅니다? 아마 엄 자로 시작하는 꿀이려나?"

"그만해라."

"갑자기 이 노래가 떠오르네요? 얼레리꼴레리~"

요즘따라 그를 놀리는 데 재미를 들인 기준을 어떻게 손을 봐줄까 세후는 곰곰이 생각 중이었다. 초조하게 엘리베이터 앞을 서성이고 있던 정은을 만난 건 그때였다.

세후를 피해 앞서 도망가던 기준이 정은을 발견하고 물었다.

"정은 씨, 안 올라가고 여기서 뭐 해요?"

"어떤 분이 찾아오셨는데……. 엄 비서님께서 나가 있으라고 하셔서."

"누가 찾아왔는데요?"

"저도 잘……. 그런데 분위기가 심상치 않았어요."

어떤 사람. 엄 비서. 심상치 않은 분위기.

정은의 말은 다 끝나지도 않았건만 그 세 마디의 말이면 세후가 반응하기에는 충분했다. 세후를 태운 엘리베이터의 문은 순식간에 닫혔다.

"왜 이렇게 느려!"

올라가는 숫자를 보며 세후는 주먹을 꽉 쥐었다. 저번에 그 쓰레기 놈한테 커피를 뒤집어썼던 보란이 생각나자 세후는 주먹을 꽉 쥐었다.

'어떤 놈이든지 내 여자 털끝 하나라도 건드리기만 해봐라. 가만두지 않을 거다.'

또 바보같이 전처럼 말도 못 하고 울음을 삼키고 있을까 봐, 세후는 초조하고 불안한 마음을 가눌 수가 없었다.

엘리베이터 문이 열림과 동시에 튀어나온 세후는 응접실로 들어가 발로 문을 걷어찼다.

"또 누가 겁도 없이……."

앞뒤 생각 없이 주먹부터 날리려던 세후의 손이 멈췄다.

"주먹부터 나가는 건 여전한데?"

"천…… 규민?"

위태롭게 흔들리기 시작한 세후의 눈빛과 조금은 반가워하는 기색이 보이는 규민의 눈이 허공에서 부딪쳤다.

"그러는 너는 여전히 겁이 없고."

"너라니. 내가 너보다 나이 많다?"

불쾌한 기색이 완연한 세후를 응시하는 규민은 여유로웠다. 그 모습이 세후를 화나게 하는 건 어쩌면 당연했다. 그때나 지금이나 바뀐 게 없어 보이는 규민의 여유로움이 세후를 돌아버리게 만들었다. 결국 세후는 규민의 얼굴을 향해 주먹을 날렸다.

"너 이 개자식!"

세후가 날린 주먹에 찢어진 규민의 입가가 붉은 피를 토해냈다. 쓱 피를 닦은 규민은 인상 한 번 찌푸리지 않았다.

"어떻게 주먹이 더 세졌단 말이야."

그 긴 세월 동안의 공백이 무색하리만큼 친근한 목소리였다. 그게 또 세후의 심기를 건드렸다. 그의 하나뿐인 누나는 없는데, 누나가 가장 사랑했던 놈은 여전히 버젓이 잘 살아 있었다는 사실이 그의 이성을 날려버렸다.

바닥에 드러누워 일어날 생각이 없어 보이는 규민의 멱살을 세후가 잡아 올렸다.

"나 오늘 멱살 많이 잡히는데?"

세후에게 목이 꽉 잡힌 규민이 또 피식거린다. 좀 전에 보란이 멱살을 잡았던 게 생각나서였다. 뒤에서 걱정스런 눈빛으로 세후의 등을 응시하고 있는 보란이 보였다.

"커억. 계속 두고 볼 겁니까? 이래가지고 이야기나 제대로 하겠어요?"

"잘못을 했으면 맞아야죠."

말은 그렇게 했지만 보란은 세후를 말려야 했다. 여기서 말리지 않으면 세후는 저 남자를 죽을 때까지 때릴지도 모른다.

보란은 규민의 멱살을 쥐고 있던 세후의 손으로 손을 가져갔다. 힘이 잔뜩 들어간 주먹을 덮는 그녀의 보드라운 손처럼 보란의 목소리도 부드러웠다.

"세후 씨, 그만. 그만해요."

그녀가 그의 이름을 부르자 흥분으로 팽창해 있던 세후의 눈동자가 안정을 찾아갔다.

스스륵 힘이 풀리자 보란은 세후를 규민에게서 떼어놓았다. 보란은 흥분으로 덜덜 떨리고 있는 그의 손을 가만히 잡았다.

두 사람이 꽉 잡은 손으로 규민의 시선이 머물렀다.

'힘들면 언제든지 내 손 잡아. 같이 있어줄게.'

마치 그 모습이 서로를 지키고 있는 것 같은 버팀목을 연상케 했고 세진을 생각나게 만들었다.

"하실 말씀 있다고 하지 않으셨습니까?"

세후를 지키고 있는 보란이 그를 부르지 않았다면 하마터면 규민은 제 주제도 모르고 우수에 젖어들 뻔했다.

"그랬죠. 잠시 세후와 단둘이 이야기 좀 하게 자리를 비켜주시면 안 되겠습니까?"

알겠다며 자리를 피해주려는 보란을 세후가 단단히 붙잡았다. 그러곤 규민을 향해 다시는 안 볼 사람처럼, 이것이 마지막인 것처럼 경고했다.

"들을 말 없어. 이제 와서 미안하다고 말하는 것 따위로 네 죄책감 덜어줄 만큼 내가 착하지 않아서 말이야. 누나가 죽었던 날, 내가 결심한 게 뭔 줄 알아? 내가 이제부터 살면서 수많은 개소리를 듣겠지만 네 개소리는 절대 안 듣겠다고 결심한 거였어. 혹시라도 네 개소리에 넘어가서 내가 너를 용서하게 될지도 모르니까. 그러니까 내 앞에서 당장 꺼져."

일 초도 쉬지 않고 다다다 말을 마친 세후는 보란의 손을 잡고 모습을 감췄다. 휑한 공간에 홀로 남은 규민의 자조적인 웃음이 공허하게 울렸다.

"하하. 할 말 없게 만드는 것도 여전하네, 권세후."

쉽지 않을 거라고 생각했었다. 죽을 때까지 세후가 그를 미워하고 증오한다고 해도 상관없었다. 끝까지 변명 같은 건 하지 않고 세후의 미움을 받는 것도 괜찮은 방법이라고 생각했다.

하지만 세진을 닮은 아이가 그에게 미련이란 걸 생겨나게 했다. 다른 건 아무것도 바라지도 않았다. 그저 단 한 번만 만나고 싶을 뿐이었다.

* * *

오늘도 어김없이 집으로 데려다주는 길, 숨 막힐 듯한 침묵이 차 안을 지배하고 있었다. 무슨 좋은 꼴을 보겠다고 오지랖을 부린 보란의 탓이었다.

세진의 생일마다 아파하는 세후였기에 보란은 더 이야기를 들어봐야 한다는 의견이었다. 누군가를 미워한다는 게 자신을 깎아먹는 거라는 걸 알기에 보란은 규민과 대화하기를 다시 한 번 권했다. 하지만 세후는 단호했다.

더 이상은 말하고 싶지 않다는 듯 꾹 다문 세후의 입술을 보란은 계속해서 눈치를 보며 힐끔거리고 있었다.

'심하게 싸운 거 같잖아?'

저 멀리 집이 점점 더 가까이 올수록 보란이 드는 생각이라곤 이렇게 서

먹서먹한 채로 헤어질 수는 없다는 거였다.

차는 어느새 그녀의 집 앞에 섰다. 바로 내리지도 못하고 보란은 눈을 굴려댔다.

'어떻게든 화해를 하고 가야 하는데…….'

좋은 수를 생각해내기 위해 보란의 머리는 이리저리 바삐도 움직였다.

그러다가 문득, 오늘 세후와 했던 약속이 생각났다.

"상으로 받고 싶은 거 생각해봤어요?"

어색했던 공기들을 밀어내려는 듯한 밝고 명랑한 목소리였다. 난데없이 나타나 그의 머릿속을 헤집어놓은 규민의 생각에 복잡하던 세후의 눈이 보란에게로 향했다.

그의 기분을 풀어주려고 눈을 동그랗게 뜨고 손으로 얼굴을 받치고 있는 보란 꽃이 그를 웃음 짓게 했다.

안전벨트를 풀고 조수석으로 팔을 뻗는 세후의 눈이 씩 하고 웃었다.

"글쎄……. 내가 상으로 가장 바라는 게 뭘까?"

"아마도……."

숨결이 닿을 만큼 바짝 다가온 그를 보란은 있는 힘껏 안았다. 그녀가 그의 머리로 손을 뻗었다. 부드럽게 쓰다듬는 손길이 그를 위로하고 있었다. 어쩌면 그가 그녀에게서 받고 싶었던 걸 이리도 정확하게 알아차렸을까.

"어떻게 알았어?"

"제가 또 남의 마음을 잘 읽거든요. 특별히 애인 마음은 더 잘 읽고."

세후를 보는 보란의 눈이 반짝거렸다. 그를 보는 그녀의 눈을 보고 그가 참을 수 있을 리가 없었건만 그런 마음은 숨긴 채 세후는 장난스럽게 웃었다.

"별로 믿음이 안 가는데?"

믿을 수 없다는 소리에 보란이 토라졌다.

"무시하는 거예요?"

“지금 내가 무슨 생각 하고 있는지 맞혀봐. 그러면 인정해줄 테니까.”

“오케이. 절대로 말하지 말아요. 내가 딱 맞힐 테니까.”

그의 얼굴을 두 손으로 꽉 붙잡은 보란은 뚫어져라 그의 눈을 응시했다. 무조건 맞히고야 말겠다는 의지를 담아 보란은 열심히 그의 눈을 읽기 시작했다.

일 초, 이 초. 꿈벅꿈벅 눈으로 하는 두 사람의 대화가 계속되고 있었다.

“조금 더 같이 있고 싶다?”

“비슷해.”

장난스럽던 그의 눈이 점점 더 깊어지고 검은 눈동자가 더 검어졌다. 그의 눈에 보이는 갈망이 최고조에 달했을 때 보란은 드디어 세후의 눈을 읽을 수 있었다.

“집에…… 들여보내고 싶지 않다?”

세후의 기다란 손가락이 보란의 입술을 쓸어내렸다.

“정답.”

집에 들여보고 싶지 않다?

짧다면 짧은 그 한 줄의 말에 담긴 의미는 엄청난 것이었다. 모든 연령 관람 가능 버전인지, 아니면 빨간 딱지가 붙은 버전인 건지. 그녀가 짐작하는 것들이 맞는 건지 보란은 어쩔 줄 모르고 눈만 굴려댔다.

“그 말은 몇 세용인데요?”

“글쎄…….”

어떤 버전인지 확실하게 대답한 건 아니었지만 보란의 입술을 매만지는 그의 손가락이 대신해서 끊임없이 대답하고 있었다.

입술을 건드리는 손은 그의 간절함을 말했고, 뽀얀 뺨을 쓰다듬는 손은 소중히 여기고 싶어 하는 그의 소망을 말했고, 귓불을 건드리는 손길은 그녀를 향한 열망을 드러냈다.

모든 눈빛과 모든 몸짓으로 그녀를 원한다고 말하는 세후였다.

그녀 역시 그와 함께 있고 싶었다. 이대로 헤어지기는 싫었다.

"하지만……."

다른 때라면 몰라도 아직 시골로 내려가지 않은 혜자가 두 눈을 부릅뜨고 보란의 귀가시간만 카운트다운하고 계셨다.

드르르륵.

아니나 다를까, 가방에 넣어두었던 그녀의 휴대폰의 진동소리가 열심히도 울려댔다. 어서 받으라고 온몸을 떠는 휴대폰을 한참 바라보던 보란이 고개를 휙 돌려 세후를 응시했다.

"받지 말까요?"

"나중에 뒷감당을 어떻게 하려고? 이리 줘봐."

세후가 보란의 휴대폰을 뺏어가더니 차 문을 열었다.

"어디 가요?"

"어머니와 통화하고 올게. 추우니까 나오지 말고 안에 있어."

보란이 말릴 겨를도 없이 세후는 문을 닫아버리고 밖으로 나갔다. 무슨 이야기를 하는 건지. 창문을 내린 보란이 통화를 들어보려고 노력해봤지만 건너편의 통화가 잘 들릴 리가 없었다.

답답함에 밖으로 나가려는데 통화를 마친 세후가 돌아왔다. 차에 오르자마자 세후는 뜬금없는 소리를 했다.

"부산으로 가려면 차보다는 기차가 빠르겠지?"

"당연히 기차가 더 빠르겠죠. 부산 가시게요?"

"어."

갑자기 부산으로 가는 빠른 수단을 물으니 보란은 급하게 부산으로 출장을 가야 하는 일이 생겼다고 짐작하고 표를 알아보려 휴대폰을 뒤적였다.

"예매할까요? 날짜는 언제쯤으로?"

"지금 당장."

“네에?”

지금 당장 부산으로 가자니. 즉흥적이다 못해 다소 무모하기까지 한 세후의 결정에 보란은 눈만 동그랗게 떴다. 일이 어떻게 흘러가는지 전혀 감을 잡지 못한 그녀를 두고 세후는 다시 차에서 내렸다.

조수석 문을 열고 선 세후가 다급하게 보란을 재촉했다.

“차 둘 곳이 마땅찮으니까 여기 주차하고 택시를 타서 서울역까지 가자.”

다급하게 그녀의 손을 잡아끄는 세후를 따라 차에서 내린 보란이 번쩍 든 정신에 멈춰 섰다.

“잠깐만, 갑자기 부산이라뇨. 엄마가 허락하셨어요?”

일 분이라도 늦으면 폭풍 잔소리를 시전하시는 그녀의 어머니가 외박을 허락하셨다고?

하지만 세후는 자신만만하게 대답했다.

“당연하지. 시간 없어. 얼른 나와.”

“어떻게요?”

“설명은 기차부터 타고 해줄게. 어서 가자.”

얼떨결에 부산으로 날아가게 생긴 보란은 세후의 손에 이끌리어 택시를 타러 가게 되었다.

궁금했지만 촉박하게 남은 기차 시간에 맞추기 위해 서둘러 뛰는 세후 때문에 질문을 할 수도 없었다.

-잠시 후, 여섯 시, 부산으로 가는 KTX가 출발합니다.

간신히 탑승 시간에 맞춰 자리에 앉은 보란은 안내 방송이 나오자 그제야 실감했다. 부산으로 가는 기차 안에 있다는 걸 말이다.

“대체 어떻게 된 거예요? 부산은 왜 가는 거예요?”

“회 먹으러.”

“네에?”

보란의 전화를 대신 받은 세후가 혜자에게 조금만 늦게 들여보내면 안 되냐고 청했었다. 그때, 둘러댈 핑계로 생각해낸 게 보란이 먹고 싶어 하는 게 있는데 먹여서 들여보내면 안 되냐는 거였다. 하지만 세후의 꾀에 속을 만큼 혜자는 호락호락하지 않았다.

-밖에서 사 먹는 음식 별로네. 내가 웬만한 음식은 할 줄 아니 집에서 해 먹이겠네.

'집에서 해먹을 수 있는 게 아닙니다. 회가 먹고 싶다고 합니다.'

다른 건 다 될지라도 당장 낚시라도 해서 회를 뜰 게 아니라면 불가능했다.

-그, 그래? 할 수 없지.'

지금 생각해도 자신의 순발력에 스스로 박수를 쳐주고 싶은 세후였다.

"갑자기 막 먹고 싶지 않아?"

"우리 엄마한테 내 핑계를 댄 거예요?"

"어."

전혀 예상도 하지 못했던 고단수에 보란은 감탄한 것도 잠시, 회 하나 먹자고 부산을 가다니.

"회는 서울에서도 먹을 수 있는 거 아니에요?"

"먹을 수 있지. 하지만 어머니가 부산을 추천하셨어."

"엄마가요?"

"뭐, 비슷해."

혜자가 했던 말을 정확히 옮겨 오자면 '회는 바다를 구경하면서 먹는 게 최곤데'라고 했지만, 그 말이 그 말이라고 세후는 합리화시켜버렸다.

"믿을 수 없어. 우리 엄마가 허락하셨단 말이에요?"

"그렇다고 볼 수 있지."

바다를 보면서 먹는 게 최고라고 혼잣말을 하던 혜자의 말에 세후는 이때다 싶어 '저도 같은 생각입니다. 그래서 말인데 어머니, 조금 늦게 들여보내도 되겠습니까?'라고 했고 혜자는 그렇게 하라고 했다.

조금 늦게, 라는 말의 해석이 서로 다른 건 어쩔 수 없는 일이다.

'정말로 엄마가 허락했다고?'

혜자가 통 큰 허락을 했다는 사실이 못 미더웠지만 그녀의 손을 잡는 그의 손에 온 신경이 뺏겨버린 보란은 이 순간을 즐기기로 했다.

어찌 됐든 부산으로 달리는 기차 안에서 좋아하는 사람의 손을 잡고 있는 건 설레기만 한 일이었으니까.

* * *

부산의 밤바다가 눈에 들어오자 보란은 꿈을 꾸고 있는 건 아닌지 현실감이 하도 없어 볼을 꼬집어도 봤다. 아픈 게 느껴지는 걸 보니 이건 현실이다.

피식 실없는 웃음이 나왔다. 바다 위를 지나는 다리에 켜진 전등이 어둠이 내린 바다를 밝히고 있었다. 소금기를 담은 바다 냄새에 보란은 부산에 왔다는 것을 실감했다.

"진짜 바다네? 부산에 오긴 왔구나."

"배고프지? 가자."

멍하니 있는 보란을 데리고 세후가 근처 음식점으로 들어갔다. 바닷가가 잘 보이는 자리를 찾아 앉은 두 사람은 부산행의 핑곗거리였던 회를 주문했다.

다 시키고 나니 번뜩 드는 생각이 있었다.

"생선 못 먹는 거 아니었어요?"

"맞아."

"어떡해요?"

"다른 거 대충 먹으면 되니까 걱정하지 마."

이건 진수성찬이 차려져 있는데 밥에다 간장을 찍어 먹는 거나 매한가지였다.

"주문한 지 얼마 안 됐는데 취소하고 다른 거 먹으러 갈까요?"

"아니야. 어머니께 회 먹으러 간다고 했는데 약속은 지켜야지."

"이럴 줄 알았으면 작은 거 시킬 걸."

괜히 모듬회를 시켰다며 보란이 후회했지만 세후는 웃으며 그녀를 독려했다.

"자신을 과소평가하지 말라고."

"나 많이 먹는다고 놀리는 거예요?"

씩씩거리는 보란의 볼을 세후가 쭉 늘어뜨렸다.

"설마, 당신을 믿는다는 뜻이야."

"흥, 조금만 먹을 거예요."

잠시 후, 간단한 반찬들과 함께 샐러드, 초밥, 튀김 등등 음식들이 줄지어 나왔다. 조금만 먹을 거라며 내숭 아닌 내숭을 떨던 보란은 커다란 접시에 줄지어 나온 회가 탁자 위에 놓이자 참지 못하고 젓가락을 들고 앞으로 돌격했다.

바다 풍경을 눈으로 즐기며 먹는 싱싱한 회 맛은 끝내줬다.

탱탱한 식감이 일품인 광어 한 점을 초장에 콕 찍어 입으로 집어넣자 저절로 맛있다는 듯 신음이 터져 나왔다.

"이야!"

앞에 앉은 보란이 하도 맛있게 먹으니 세후는 그걸 보는 것만으로도 배가 불렀다.

접시에 담긴 회를 거의 다 해치운 보란이 더 이상은 못 먹겠다며 젓가락을 내려놓자 세후가 빙그레 웃었다. 조금만 먹겠다고 장담했었던 게 무색해 보란은 세후의 눈을 피했다.

"남기면 아까우니까 그래서 그랬어요."

"누가 뭐래?"

식사 후 계산을 마치고 나온 두 사람은 막차를 타고 서울로 올라가기 전, 남은 여유 동안 소화도 시킬 겸 바닷가를 걸었다. 바닷바람을 맞으며 모래사장을 잘 걷고 있던 보란이 정장 바지의 밑단을 접기 시작했다.

"뭐 하는 거야?"

"물에 발 담그려고요. 여기까지 와서 보기만 하다 가는 건 아깝단 말이에요."

"그냥 보기만 해."

"그러지 말고 발 한번 담그고 가요."

주머니에 손을 넣은 채 바다를 한 번 흘깃거린 세후는 단호하게 거절했다.

"제정신이야? 컴컴해서 잘 안 보이나 본데 물 엄청 더러워."

"에이, 그러지 말고 발만 담가요. 네?"

회를 잔뜩 먹어서인지 힘이 불끈 솟아난 보란은 싫다는 세후를 억지로 데리고 바닷가로 향했다.

"싫다니까?"

도망가려는 세후의 허리를 덥석 잡은 보란은 끈질기게 매달렸다. 하지만 매달리는 것도 거기까지. 힘껏 그녀의 매달림을 뿌리치는 그의 팔에 밀려난 보란이 중심을 잃고 휘청거렸다.

"어어?"

발만 담그는 게 아니라 통째로 바다에 입수하려는 보란을 끌어다 안은 세후가 그녀를 안고 그대로 넘어졌다.

잠시 후, 정신을 차려보니 보란은 세후의 위에 누워 있었다. 그리고 멀쩡한 보란과 달리 세후가 누운 모래밭 위로 찰싹찰싹 밀려온 파도가 스쳐 가고 있었다.

발 담그는 것도 싫다고 했던 세후인데 누운 뒤쪽이 모두 파도에 젖어버렸다. 정작 이 모든 일에 원인을 제공한 보란은 세후 덕분에 젖지 않고 멀쩡했다.

“괜, 괜찮아요?”

“괜찮을 리가 있겠어?”

얼른 그에게서 내려온 보란을 따라 인상을 쓴 세후가 일어났다. 서울로 가는 마지막 열차를 타려면 역으로 출발해야 할 시간이었다. 하지만 이렇게 홀딱 젖어버렸으니. 난감한 상황이었다. 너무 늦은 시간이라 근처에 문을 연 의류매장도 없었다.

“어쩌죠?”

“어쩌긴. 오늘 집에 못 들어가는 거지.”

26화. 과거가 부메랑처럼 찾아왔을 때

욕실 문틈 사이로 물줄기가 쏟아지는 소리가 새어 나오고 있었다.

민감해질 대로 민감해진 귓가를 때리는 샤워 소리에 보란은 어쩔 줄 모르고 있었다.

도저히 그대로 갈 수가 없어서 두 사람은 근처 호텔로 들어왔다. 그리고 세후는 몸에서 이상한 냄새가 난다며 씻으러 샤워실로 들어간 참이다.

긴장감에 빠짝빠짝 타는 목을 이기지 못한 보란은 냉장고를 열었다. 냉장고에는 술병들이 줄 맞춰 꽉 채워져 있었다. 그중 하얀 술병 하나를 꺼내 든 그녀는 겁도 없이 술병을 입으로 가져갔다.

"에라, 모르겠다."

제정신으로 있는 건 도저히 불가능할 것 같아 술기운이라도 빌리자 싶은 거였다.

"으악, 이거 왜 이렇게 독해."

목을 타고 넘어가는 알코올의 싸함에 목이 타들어가는 것만 같았다. 한 모금으로는 오히려 번쩍 정신이 들 뿐이니, 보란은 다시 술병을 들었다.

"우와. 천장이 뱅글뱅글 도네?"

독한 술을 급하게 먹었더니 술기운은 빠르게 올랐고 보란은 그녀의 술버릇대로 휴대폰을 들고 어디론가 전화를 걸었다.

이번에 그녀의 술주정 상대로 당첨된 이는 두구두구두.

그녀의 어머니 혜자였다.

-지금 시간이 몇 시인데 안 들어오고 전화질이고!

단조로운 통화 연결음 뒤에 들려온 목소리는 휴대폰을 뚫고 나올 만큼 엄청 났다. 술기운에도 혜자의 호통은 무서웠는지 보란의 몸은 절로 딸꾹질을 했다.

"끅, 끅."

딸꾹질 소리만 들리고 대답은 없는 건너편이 불안했던지 혜자는 딸의 이름을 연신 불러댔다.

-보란아? 엄보란?

하지만 보란은 대답 없이 딸꾹질만 할 뿐이었다. 이쯤 되니 혜자는 딸이 술에 취해 아무 데나 전화를 건 곳이 자신이라는 사실을 알아챘다.

-너 혹시 술 마셨냐?

"넹."

혜자의 예상이 맞았다. 회만 먹고 조금 늦게 들여보낸다던 세후 총각은 어디 가고 혼자 술을 처먹고 전화를 하고 있는지.

-잘한다. 세후 총각이나 바꿔봐.

"세후 씨? 씻고 있는뎅?"

술기운에도 보란은 잘도 따박따박 대답했다. 씻고 있단다. 그 말에 모든 상황이 상상이 된 혜자가 터지는 복장을 이기지 못하고 대뜸 소리부터 쳤다.

-뭐시라고라! 너 거기 어디야?

혜자의 고함에 보란은 태연하게 유명한 노래의 한 구절을 흥얼거리며 대답했다.

"요기? 부산인데? 부산 밤바다~ 엄마에게 들려주고 싶은 노래가 있어~"

딸깍.

그때 마침, 욕실 문이 열리고 샤워 가운을 걸친 세후가 모습을 드러냈다. 바닥에 주저앉아 휴대폰을 들고 노래를 부르고 있는 보란의 모습에 세후가 젖은 머리를 닦다 말고 얼른 달려왔다.

"왜 그래?"

휴대폰을 들고 노래를 부르고 있던 보란이 얼굴을 들었다.

빨개진 볼과 함께 초점을 잃은 촉촉한 눈동자가 말하고 있었다. 그의 짐작이 맞다는 것을 확인시켜주기라도 하듯 그의 발로 빈 술병이 굴러 들러왔다.

"설마 이걸 다 마신 거야?"

세후를 발견한 보란이 그의 품 속으로 파고들었다.

"우왕. 우리 자기 왔어?"

"어쭈, 술주정 한번…… 너무 마음에 들게 하는 거 아니야?"

세후 씨라고 부르게 하는 것도 엄청난 노력이 필요했건만 보드카 한 병에 자기라고 부르다니. 당장이라도 나가 발도 담그기 싫던 바닷가로 자진 입수도 할 수 있을 것 같았다.

하지만 즐거운 상상도 거기까지였다. 끊어지지 않은 휴대폰 밖으로 불꽃을 뿜어내는 혜자의 목소리가 새어나왔기 때문이었다.

-어이, 여보세요? 거기 세후 총각, 들리나? 내 손에 영혼까지 털리고 싶지 않으면 얼른 전화 받게나.

세후는 재빨리 두 손으로 바닥에 놓인 휴대폰을 받아 들었다.

"여보세요? 어머니, 전부 오해이십니다."

-우선 들어나볼 테니 어디 한번 설명이나 해보게.

“말씀드렸듯이 회 먹으러 기차를 타고 부산으로 내려왔습니다. 마지막 기차를 타고 돌아가려고 했는데.”

-했는데?

“따님께서 저를 바다에 빠뜨렸습니다.”

-자네가 아니라?

잠시만요, 하던 세후가 전화를 끊고 영상통화 버전으로 혜자에게 다시 전화를 걸었다.

“어머니 잘 보십시오.”

세후가 아래위로 멀쩡한 옷을 입고 술에 취해 바닥에 널브러져 있는 보란의 모습과 바닷물도 모자라 모래까지 범벅이 된 그의 옷을 보여줬다.

“도저히 젖은 채로 갈 수가 없어 근처 호텔에 들어와서 씻고 서울로 올라가려고 했습니다.”

-기차가 끊긴 거 아닌가?

“기차는 끊겼지만 차를 빌려서라도 올라가려고 했습니다. 그런데 제가 샤워하는 그 잠깐을 못 참고 따님께서 보드카 한 병을 비웠습니다.”

이놈의 딸내미를 그냥. 사춘기에도 안 하던 짓을 이제 와서야 하는 딸이 부끄러워 혜자는 휴대폰으로 보이는 세후의 눈도 제대로 마주칠 수가 없었다.

-흠흠. 그런가? 오해했다면 미안하네. 물론 세후 총각이 그러지 않을 거란 건 알고 있었지만 걱정이 돼서 그랬네.

세후는 걱정하는 혜자를 안심시켰다.

“걱정하시는 일은 없을 테니 마음 놓으십시오.”

남의 집 이야기에는 쿨하게 다 큰 남녀끼리 여행도 가고 할 수 있는 거지 하며 신식 어른 흉내를 내곤 했는데, 정작 자신의 딸이 그런다고 하니 꼬장꼬장한 노인 흉내를 내고 말았다. 혜자는 괜히 민망해졌다.

-너무 늦었는데 오늘은 그냥 거기서 자고 내일 아침에 올라오게.

"그래도 되겠습니까?"

-자네같이 정상적인 사람이 인사불성이 된 내 딸을 어찌하지 않을 거란 거 믿어 의심치 않네. 올라올 때 회라도 한 접시 사다주면 고맙고.

"네, 꼭 사서 가겠습니다."

술주정하는 딸의 행태가 부끄러워진 혜자는 서둘러 전화를 끊었다.

* * *

"양 한 마리, 양 두 마리…… 양 백스물두 마리."

깊은 밤, 침대에 누운 세후는 양을 세고 있었다. 잠에 들기 위해서가 아니라 그의 늑대본성을 잠재우기 위한 무한 숫자 세기였다.

침대가 잠시 움직이더니 그의 옆에서 곤히 자고 있던 보란이 그의 쪽으로 돌아누웠다.

모로 누워 있던 세후도 그녀 쪽으로 돌아누웠다. 그녀의 잠든 얼굴을 보니 세후는 세고 있던 숫자를 잊어버렸다.

누구는 잠도 못 자게 해놓고 새근새근 잘도 잔다. 그 모습이 얄미워 세후는 보란의 이마를 살짝 때렸다.

"헤헷."

작게 뒤척이던 보란이 그에게로 더 가까이 다가왔다. 두 사람 사이는 가슴이 닿을 것만 같은 가까운 거리였다.

그리고 그녀에게서 풍겨져 나온 달콤한 복숭아 향기가 그의 후각을 자극시켰고 그를 미치게 했다. 아담과 이브의 선악과처럼 손만 뻗으면 딸 수 있는 거리에 있음에도 세후는 허벅지를 꼬집으며 인내해야 했다.

우선은 참아보겠다고 혜자와 약속한 것 때문이기도 했지만, 무엇보다 소중한 그녀와의 첫 번째는 그녀가 준비될 때까진 지켜주고 싶었다. 오죽 떨리고 긴장됐으면 술 한 병을 다 마셨을까.

뭣 모르고 잠들어 있는 그녀의 얼굴은 보고 또 봐도 질리지가 않았다. 오히려 그의 마음을 더 깊게 만들었다.

“누구 건지 예쁘네.”

예쁘다는 칭찬이 마음에 들었는지 보란이 그의 허리로 팔을 뻗었다. 그 작은 몸짓 하나에 세후는 호흡하는 것을 멈췄다.

그리고 거기서 끝이 아니었다.

그녀의 손이 그가 입고 있던 가운 안으로 들어왔다. 그의 단단한 가슴 위에 안착한 손은 멈출 줄 모르고 그의 가슴 위를 유영했다.

“내 꼬야. 내 거.”

술에 취해, 잠에 취해 정신을 잃은 보란은 잘도 그를 흥분시켰다.

“후우, 당신 지금…….”

그의 상체를 연신 쓰다듬던 보란이 이번에는 그의 가슴으로 입술을 가져다 댔다.

위험하다.

가만히 누워 있어도 힘든 그에게 이런 도발은 엄청난 고문이었다. 사탕을 빨기라도 하듯 말캉한 보란의 혀가 그의 상체를 핥았다.

“헉!”

그의 모든 신경들이 그녀를 향해 깨어나고 있었다. 야릇하면서도 기분 좋은 느낌에 세후는 저도 모르게 신음을 흘렸다.

“맛시따.”

“하아.”

양을 세며 ‘착한 생각 착한 생각 착한 생각’을 억지로 주입시키고 있던 그의 본능이 그 생각들을 다 잡아먹는 늑대로 변하려고 했다.

술 취하면 아무 데나 전화만 거는 줄 알았더니……. 이제 보니 술에 취해 잠에 들면 이런 짓도 한단 말이지?

하지만 기분이 좋은 건 좋은 거고, 회식 자리건, 모임이건, 이제부터 그가 없을 때는 술 한 방울도 못 마시게 할 것이라고 세후는 굳게 결심했다.

"이제부터 술은 내 앞에서만 마시는 걸로 하자고."

"으으음, 시른데?"

싫다고 잠꼬대를 하던 보란이 이번에는 날렵하게 내려가는 그의 옆구리를 콱 하고 물었다.

"아!"

예상도 못 한 짜릿한 고통과 함께 그의 상체에는 벌건 잇자국이 선명하게 새겨졌다.

그의 몸이 딱딱하게 경직되어갔다. 그는 움직일 수도 없는 고통의 구덩이로 집어 넣어놓고, 그녀는 좋다고 배시시 웃었다.

"당신 정말 너무한 거 아니야? 이래놓고 내일 일어나서는 모르는 척하는 거 아니야?"

이 엄청난 일을 벌여놓고는 '나는 모르쇠'로 발뺌하는 건 아닌가 싶어 세후는 얼른 휴대폰을 들어 증거를 남겼다. 찰칵 하는 소리에도 깰 생각이 없어 보이는 보란은 그의 가슴에 볼을 비비고 있었다.

이 여자가 아주 날 밤을 새우게 할 작정인가 보다. 세후의 이성이 빨간 경고등을 울려댔다. 세후가 힘겹게 그의 허리에 감긴 보란의 팔을 떼어냈다.

"내가 오늘만 참아본다. 지킨다고 약속했으니."

하지만 그게 마음에 들지 않는지 보란의 미간이 깊게 패었다. 인상을 쓰는 그녀의 미간을 세후가 손으로 펼쳐줬다.

"나 책임져야 할 거야. 알겠어?"

대답 대신 다시 편안한 얼굴로 돌아온 보란이 그의 품으로 파고들었다. 그의 가슴에 얼굴을 묻은 보란은 더 깊은 잠으로 빠져들었다.

그리고 세후는 다시 '양 한 마리, 두 마리' 하며 양을 세기 시작했다.

* * *

수평선 위로 올라오는 해가 미처 치지 못한 커튼 사이로 들어왔다. 눈부신 아침 햇살을 이기지 못한 보란이 졸린 눈을 비비며 일어났다.

"으으음?"

정신이 들면서 눈에 들어온 광경은 가슴이 거의 풀어헤쳐진 채로 잠들어 있는 세후의 모습이었다. 본능적으로 제 가슴을 가리며 그녀가 비명을 질렀다.

"아아악!"

시끄러운 비명 소리에 누가 달려오기라도 할까 봐 세후는 얼른 손으로 그녀의 입을 막아버렸다.

"진정해."

"읍읍읍."

입이 막힌 데다 흥분한 상태의 보란이 뭐라고 하는지는 자세히 알 수 없었지만, 세후는 충분히 그녀의 눈빛을 읽을 수 있었다.

"설마 나보고 짐승 같은 놈이라고 말하고 싶은 거야?"

보란의 고개가 세차게 아래위로 움직였다.

"하, 나 참. 정신 차리고 다시 보라고. 당신은 어제 입고 있던 옷차림 그대로거든?"

그제야 보란은 자신이 어제 출근할 때 입었던 옷 그대로라는 걸 알아차렸다.

슬슬 보란이 사태 파악이 되는 것 같으니 세후는 입을 막고 있던 손을 뗐다.

"어떻게 된 거예요?"

"저거 안 보여? 당신이 저거 다 마시고 취해서 무슨 짓을 했는지 알아?"

“제가 무슨 짓을 했을…… 까요?”

세후가 입고 있던 가운을 허리춤까지 내렸다. 날렵한 근육이 차곡차곡 쌓인 그의 상체의 오른쪽에 선명한 잇자국이 드러났다.

“누구보고 짐승이라는 거야? 짐승녀가 누군데?”

저 상처가 자신의 작품이라고? 술에 취하면 어디든 전화를 거는 술버릇은 그녀도 인지하고 있는 사실이었다. 아무리 그래도 깨문다니? 절대로 인정할 수 없다.

“말, 말도 안 돼. 이 작품이 제가 한 거라고요?”

“그럼 내가 나를 물었겠어?”

“에이, 설마요. 저는 정말 아무 기억도 안 나요.”

끝까지 모르겠다며 발뺌하는 보란을 보며 세후는 여유롭게 웃음 지었다. 내가 선견지명이 있었지. 분명히 그녀의 성격상 아니라고 부인할 거란 걸 말이다.

“이럴 줄 알고 내가 증거를 남겨놨지.”

세후가 휴대폰을 뒤져 어제 찍어둔 사진을 그녀에게 보여줬다. 딱 달라붙어 그의 가슴을 마음껏 만지고 있는 모습은 누가 봐도 그녀였다.

“헉.”

그러니까 세후가 그녀를 덮친 게 아니라 그녀가 세후를 덮친 거였다. 빼도 박도 못 한 증거 앞에서 사태 파악이 끝난 보란은 재빨리 수습에 들어갔다. 침대 위에 무릎을 꿇은 보란이 손을 모아 싹싹 비는 시늉을 했다.

“어제는 술에 취해 제정신이 아니었나 봐요. 완벽한 몸에 상처를 남기다니 정말 죽을죄를 지었습니다.”

머리는 산발에다가 잘못을 빈답시고 비에 젖은 강아지 같은 얼굴을 하고 있는데 그 모습도 어찌나 사랑스러운지.

‘미치겠다. 정말.’

팔짱을 낀 채 보란이 하는 양을 보고 있던 세후는 올라가는 입꼬리를 잡느라 경련이 일 지경이었다. 짐짓 심각한 표정을 장착한 세후가 엄청 중요한 것을 말하는 듯 목소리를 깔고 말했다.

"이제부터 내가 없는 곳에서는 절대로 술 마시지 말 것."

세후의 처분만 기다리고 있던 보란이 고개를 빼꼼 들었다. 자신이 알코올 중독자도 아니고. 그럼 이제부터 치맥도 못 먹고, 꼼장어에 소주도 한 잔 못 걸친다고? 아무리 그래도 가볍게 한 잔 정도는 봐줘야지, 너무했다.

"에이, 직장생활도 하는데 한 잔 정도는……."

그 직장을 소유한 세후가 찌릿 노려봤다. 그러자 보란은 금세 세후의 조건을 수긍했다.

"넵, 알겠습니다. 이제부터 절대로 술을 마시지 않겠습니다!"

보란의 대답이 마음에 들었는지 세후가 풀고 있던 팔짱을 풀었다. 본의 아니게 금주를 해야 할 팔자가 된 보란은 자포자기한 심정으로 이보다 더한 벌은 없다고 생각하고 있었다.

그런데 웬걸?

"내가 가장 좋아하는 말 중에 이런 말이 있지. 눈에는 눈, 이에는 이."

그 말은 당한 대로 갚아주겠다는 말? 술에 취해 제정신이 아닌 상태로 한 짓을 똑같이 해주겠다니.

한 발자국씩 다가오는 세후를 피해 보란은 침대에서 일어섰다.

"하하, 저도 마음의 준비를 할 시간을……."

그대로 돌아서 도망치려는 보란의 허리를 세후가 뒤에서 잡아챘다.

"무슨 마음의 준비?"

당연히 깨물리기 전 마음의 준비지.

"엄청 아플 거 같단 말이에요."

세후의 한 팔에 쏙 들어온 보란이 도망치려고 발버둥 치고 있었다.

피식, 정말 그가 그녀에게 똑같이 한다고 생각하는 건지. 버둥대는 그녀를 더 힘주어 끌어안은 세후가 다른 손으로 그녀의 얼굴을 뒤를 향하게 했다.

그리고 입을 맞췄다.

"흡!"

그녀를 잡고 있던 팔이 느슨해졌지만 보란은 그에게서 도망치지 않았다. 오히려 그에게 매달렸다.

서로의 숨결을 확인하고 서로의 사랑을 확인하는 키스는 꽤 오랫동안 계속됐다. 그의 키스에 화답하는 보란을 보며 세후의 가슴은 차마 아까워서 함부로 내뱉을 수 없는 말들로 가득 찼다.

사랑한다고. 너를 너무나 사랑한다고.

키스만으로는 그녀를 향한 그의 갈망을 해소할 수 없다는 걸 느끼기 시작했다. 당장이라도 뒤에 보이는 침대에 그녀를 눕히고 사랑을 나누고 싶었다.

'왜 이래, 권세후? 어젯밤도 잘 견뎠잖아?'

그래, 끝까지 참아보련다. 온전히 그녀가 그에게로 오는 날. 그때, 너를 마음껏 사랑할 거라고.

마지막으로 남은 모든 이성을 끌어모아 세후는 그녀에게서 떨어졌다.

"으음?"

아쉬운 얼굴로 그를 올려다보는 그녀가 사랑스러웠다. 키스로 볼이 분홍빛으로 물든 그녀를 세후가 왈칵 끌어안았다.

"후우, 얼른 강해져서 나 좀 책임져라."

* * *

두 사람은 첫 기차로 서울로 올라왔다. 전날 밤 보란의 집 앞에 두고 갔던 차도 가지고 가야 했기에 세후 역시 그녀의 집 앞이었다.

"같이 올라갈까?"

"아니요. 둘이 같이 들어가면 오히려 더 역효과가 날 수도 있어요."

혜자를 보고 가겠다는 세후를 보란이 겨우 말렸다.

다른 사람들 눈은 잘 생각하지 않는 혜자가 자신의 어머니였다. 아무리 길바닥이라고 해도 다른 이가 보고 있다고 해도 혼낼 건 따끔하게 혼내는 이가 그녀의 어머니였다. 세후가 있다고 해서 혜자가 어영부영 넘어갈 리는 없었다.

그렇다면 세후가 없을 때 혼이 나는 게 더 나았다.

"많이 혼나는 거 아니야?"

"어쩔 수 없죠. 혼날 일을 했으면 혼나야죠."

"안 되겠다. 혼나더라도 같이 혼나자."

"세후 씨가 왜요? 세후 씨 바다에 빠지게 만든 것도 나고, 술에 취한 것도 나예요. 여기서 혼날 사람은 나밖에 없어요."

걱정으로 쉬이 발길을 돌리지 못하는 세후를 보며 안심하라는 듯 보란이 아이스박스를 들어 보였다.

"걱정하지 마요. 세후 씨가 이렇게 엄청난 뇌물도 준비해줬잖아요."

회나 한 접시 부탁한다던 혜자의 말을 기억하고 수산시장에서 바리바리 싸들고 올라온 해산물들이었다.

"이것 가지고 되겠어?"

"그럼요. 우빈이가 기다리겠어요. 얼른 가요."

안 그래도 기차를 타고 올라오는 길, 어젯밤 집에 들어오지 않는 세후를 찾는 우빈의 전화가 꽤 많이 울렸었다. 또다시 우빈에게서 걸려오는 전화로 세후의 휴대폰이 진동했다.

"전화할 테니까 얼른 가요."

보란이 미련이 남은 듯 발을 떨어뜨리지 못하는 세후의 등을 떠밀었다.

"바로 전화하는 거다?"

"알겠어요. 내 걱정 하지 말고 얼른 가요."

마음이 놓이지 않는다는 세후에게 보란은 밝은 얼굴로 손을 흔들어주었다.

하지만 세후의 차가 보이질 않자 그녀의 얼굴은 급격하게 굳어갔다.

'나는 이제 죽었다.'

띠리리.

비밀번호가 풀리는 소리가 이리 클 줄이야. 보란의 가슴은 철컥 내려앉았다.

세후에게는 아무 걱정 하지 말라고 했지만, 보란은 태연한 척 아무 일도 없었던 척 '엄마 나 왔어!' 하며 인사할 만큼 강심장이 아니었다.

조용하게 신발을 벗은 그녀는 살금살금 고양이 걸음으로 방으로 향했다. 방으로 들어가서 나오지 않을 생각이었던 것이다.

하지만 토요일에도 일찍 기상하신 어머니는 어떻게 아셨는지 딱 맞춰 화장실에서 나오셨다.

"왔냐?"

제 발 저린 보란이 놀라 들고 있던 아이스박스를 떨어뜨렸다.

"엄마야!"

"그래, 내가 네 엄마다."

혜자의 얼굴을 보는 게 이리 민망할 수가. 보란은 눈도 못 마주치고 새벽 수산시장에서 공수해온, 싱싱한 회가 든 아이스박스를 혜자에게 건넸다.

"이거…… 세후 씨가 가져다드리래요."

아이스박스를 받아 든 혜자가 기회를 봐 도망가려는 보란을 잡아 세웠다.

"너는 거기 딱 멈추시지?"

결국 보란은 그녀의 말을 거역하지 못하고 혜자를 기다렸다. 아이스박스에 잘 포장된 해산물들을 냉장고에 집어넣는 동안 보란은 그 자리에서 멀뚱멀뚱 서 있기만 했다.

"한 접시만 사오라고 했더니? 어휴, 이건 뭐야? 전복에 게까지? 뭘 이렇게 많이 사왔다니?"

혜자의 목소리가 나쁘지 않을 걸보니 선물 공세가 조금은 먹혔나 싶어 보란은 안심하고 떠들기 시작했다.

"내가 엄마 회 좋아한다고 했거든? 그러니까 세후 씨가 막 이것저것 다 사주잖아."

철딱서니 없는 딸의 대꾸에 혜자는 결국 딸의 등을 강스매싱으로 때렸다.

"아! 아파."

"아프라고 때렸다. 잘한다, 잘해. 다 큰 처녀가 겁도 없이 술 마시고 뻗어? 내가 세후 총각 볼 면목이 없어. 알아? 이것아."

"잘못했어요."

고개를 숙인 채 용서를 구하는 딸을 한참이나 노려보던 혜자가 포기한 듯 입을 뗐다.

"그래서 식은 언제 올릴 거야?"

"무슨 식?"

"세후 총각이랑 외박까지 하고 와놓고는 결혼 안 할 거야?"

"아이, 엄마도 참. 아직 결혼은 안 돼. 나는 아직 준비가 안 됐단 말이야."

남자랑 외박까지 한 주제에 천하태평한 소리만 늘어놓는 딸이 답답해 혜자는 가슴만 두드렸다.

"무슨 준비?"

"그런 게 있어. 나 피곤해. 들어간다?"

혜자가 더 캐물을까 싶어 보란은 얼른 방으로 도망쳐 들어갔다. 부산까지 갔다 왔더니 몸이 꽤 피곤했지만 보란은 책상에 앉아 노트를 펼쳤다.

"하나라도 붙기만 해봐라. 그깟 프러포즈? 흥! 내가 한다!"

그녀의 동화도 꽤 괜찮다는 것을 객관적으로 인정받기 위한 방법으로 보란이 선택한 건 공모전이었다.

강해지고 싶다고, 그의 옆에 서서도 부족하지 않을 사람이 되기 위해서 보란은 요즘 밤잠까지 줄이며 글을 쓰고 그림을 그리고 있었다.

-빨강 머리 앤~ ♬♪♩

집중해서 공모전에 제출할 글을 쓰고 있는데 휴대폰이 울렸다. 확인할 필요도 없이 세후라고 생각한 보란은 아차 싶었다. 세후에게 꼭 전화해주겠다고 했었는데. 깜빡 잊고 있었다.

"여보세요? 세후 씨? 안 그래도 내가 전화하려고 했는데……. 나 혼 별로 안 났어요."

-안녕하십니까?

그녀가 기대하던 목소리가 아니었다. 화면에 찍힌 번호를 보니 처음 보는 번호였다.

"누구세요?"

-저 천규민입니다. 이야기를 좀 나누고 싶습니다.

* * *

'그것은 알고 싶지 않다'를 마지막까지 시청하고 잠자리에 들었던 혜자는 이른 새벽부터 들려오는 소란에 눈을 떴다.

'왜 이렇게 시끄러워? 보란이가 물 마시나?'

곧 사라질 소란이라 생각하고 다시 잠을 청했지만 소란은 사라지기는커녕 더 커졌다. 참지 못한 혜자는 결국 자리에서 일어나 밖으로 나갔다. 불이 꺼진 컴컴한 거실은 주방에서부터 길게 새어 나온 불빛이 보였다.

미처 다 뜨지 못한 눈을 하고 주방으로 들어갔던 혜자는 익숙한 뒷모습을 발견했다. 출근 준비만으로도 빠듯하다고 밥을 차려줘도 바빠서 아침은 됐다고 거들떠도 안 보더니. 새벽부터 일어나 주방에 있는 딸을 보는데 혜자는 별일이다 싶었다.

"잠도 안 자고 뭐 하는 거냐?"

인기척에 보란이 돌아섰다.

"흐흑…… 엄마."

"에구머니나!"

희미한 불빛 아래 보이는 보란의 모습에 혜자가 놀라 까무러쳤다. 돌아선 보란은 울면서 손가락을 잡고 있었다. 입고 있는 흰 티셔츠에는 핏자국으로 보이는 붉은 자국이 선명했다. 뒤로는 칼까지 얼핏 보이니 혜자는 손가락이라도 잘렸나 싶어 놀라 쫓아갔다.

"손가락 잘렸어?"

"흑, 흑, 아니."

"근데 왜 눈물바람이야?"

"양파가 너무 매워서."

"잘한다. 불은 왜 한 개만 켜고 이러고 있어? 간 떨어지는 줄 알았다."

"불? 혹시나 엄마 깰까 봐 하나만 켰지. 엄마 조금이라도 밝으면 못 자잖아."

아직도 놀라 두근거리는 가슴을 진정시키며 혜자는 큰 등을 켰다. 희미하던 주방은 금세 대낮처럼 밝아졌다.

시야가 밝아지니 그녀가 핏자국이라 착각했던 붉은 자국은 김치 국물로 밝혀졌다. 그리고 한눈에 들어온 주방. 도떼기 시장같이 어질러져 있는 주방의 작태에 혜자는 잠이 확 달아났다.

"이 새벽에 웬 난리라니?"

여전히 양파의 매운 기운을 이기지 못한 보란이 훌쩍이며 대답했다.

"흑. 도시락 싸려고."

도시락이라면 남이 싸준 것만 먹어봤지 단 한 번도 싸본 적이 없는 딸이 자신의 손으로 도시락을 싼단다. 혜자는 기가 찼다.

"도시락? 웬 도시락? 회사에서 소풍이라도 가냐?"

"소풍은 무슨. 할 일이 얼마나 많은데. 세후 씨한테 부탁할 게 있어서 그래요."

이제 막 하루가 시작됐지만 혜자는 아마 오늘 하루 종일 들을 소리 중에서 가장 웃긴 소리라고 장담할 수 있었다.

"호호, 부탁? 네가 만든 도시락으로? 그거 먹을 수는 있는 거냐? 부탁 들어주고 싶은 마음도 없어지게 만드는 게 네 요리잖아."

혜자의 무시하는 말에 보란은 입을 삐쭉였다.

"왜? 가끔 내가 만든 것 중에 어쩌다가 완전 맛있는 것도 있다, 뭐."

그러니까 열에 하나 정도는 먹을 만한 음식이 나온다는 소린데. 그 하나를 찾자고 폭탄을 맛보는 거라니. 굳이 비유하자면 커피냐 까나리냐 고르는 거랑 비슷하다.

"복불복이냐?"

"너무해. 내 음식이 그렇게 별로야? 세후 씨는 맛있다고 했는데……."

보란을 밀어낸 혜자가 주방 한가운데에 자리 잡고 섰다.

"정리나 해라."

썰다 만 양파, 국물은 다 바닥에 흘려버린 김치. 다행히 아직까지 멀쩡한 참치까지. 어떤 메뉴를 만드려고 했는지 딱 견적이 나왔다.

'고작 김치볶음밥 하나 만들자고 이 난리를 쳤단 말인가?'

앓느니 내가 하고 말지라는 마음으로 혜자는 요리를 시작했다. 그리고 당장이라도 결혼해라고 닦달했던 혜자는 마음을 고쳐먹었다. 내일부터 단기속성 요리교실 코스 시작이다! 혜자의 요리교실 수료하기 전까지는 시집보내지 않으리라 결심하는 그녀였다.

혜자가 김치볶음밥을 만드는 동안 어질러놓았던 주방을 대충 치운 보란이 식탁에 앉았다.

'헤헤. 엄마 덕분에 수월하게 끝나겠다.'

이 새벽부터 보란이 도시락을 싸겠다고 난리를 친 이유는 갑자기 걸려온 규민의 전화 때문이었다. 처음에는 만날 일이 없다고 거절했지만 제발 한 번만 만나달라고 집 앞에서 나올 때까지 기다리겠다던 간절한 목소리를 끝내 거절하지 못하고 그녀는 그를 만났다.

'제발 세후와 한 번만 이야기하게 해줘요.'

'저는 이 일에서 제삼자일 뿐입니다. 사장님께서 만나기 싫으시다면 저 역시 억지로 강요하고 싶은 생각이 없습니다.'

'나는 아직도 세진이를 사랑합니다.'

내가 우빈이 아빠라고 하면서 제 권리를 운운하기라도 하면 물이라도 뿌리려고 물잔에 물을 꽉 채워뒀더니 그가 꺼낸 말에 보란의 물을 쭉 들이켜 버렸다.

예전 같았으면 모르겠지만 똑같이 사랑에 빠져 있는 보란은 알 수 있었다. 규민이란 남자의 사랑은 아직도 진행형이라는 것을 말이다.

'만나게 해줄 수는 있지만 그뿐이에요. 그 후의 일은 그쪽에서 알아서 하는 겁니다.'

덜컥 약속을 해버렸지만 보란은 아직도 잘한 일인지 알 수가 없었다.

"엄마, 있잖아. 어떤 남자가 팔 년 만에 자신의 아들이 있다는 걸 알았어."

혜자가 가스 불을 줄이고 딸의 말에 귀를 기울였다.

"그런데?"

"그 남자가 아이를 만나고 싶어 하는 것 같아."

"만나게 해줘라. 아무리 막는다고 해도 소용없어. 그 남자는 벌써 그 아이의 일부분이나 매한가지 아니더냐?"

"그렇지?"

마침내 초등학생도 만들 줄 안다는 김치볶음밥이 완성되었다.

"벌써 다 됐어? 싸기만 하면 되겠다."

도시락 통을 꺼내려 일어나려는 보란을 잡아 앉힌 혜자가 냉장고 문을 열었다.

"있어봐. 반찬이랑 만들어줄 테니까 싸가."

"엄마."

굳이 말하지 않았지만 어른인 혜자는 이미 도시락의 주인이 누구인지, 보란이 꺼냈던 이야기의 주인공이 누구인지 짐작하고 있었던 거였다.

김치볶음밥이 전부일 뻔했던 단출한 도시락이 사단 찬합으로 차곡차곡 쌓여가고 있었다.

* * *

점심시간이 가까워오는 시각, 속이 안 좋다는 핑계로 정은을 혼자 밥을 먹게 한 보란은 옥상에서 세후를 기다리고 있었다.

간단하게 싸려고 했던 도시락이 혜자의 노동으로 사단 찬합으로 업그레이드된 덕분에 하나하나 펼쳐놓으니 뷔페가 부럽지가 않았다.

'왜 이렇게 안 오는 거지?'

문자로도 보냈고 혹시나 확인을 못했을까 봐 기준이나 정은이 있을 땐 둘만의 암호로 쉴 새 없이 이야기했다.

[점심시간, 옥상으로 올라올 것.]

딸깍.

옥상 문이 닫히는 소리가 들리고 익숙한 발소리가 들린다. 장난기가 발동한 보란은 세후를 놀라게 해줄 작정으로 벽 뒤로 숨었다.

일 초, 이 초, 삼 초.

"거기 숨어서 뭐 해?"

"으악, 놀랐잖아요."

놀라게 할 준비만 하고 있었건만 놀란 건 보란이었다. 어떻게 한 번을 이겨먹지 못하는지. 일생동안 무슨 일이 있더라도 꼭 한 번은 이기고야 말 거라고 속으로 다짐하는 보란이었다.

"회사에선 공사 구분이 분명하신 엄 비서님께서 무슨 일이실까?"

놀리는 그의 말이 거슬렸지만 보란은 꾹 참았다. 중요한 일이 있지 않았던가. 세후가 껌뻑 넘어가는 눈웃음을 장착한 보란이 그의 팔짱을 꼈다.

"보고 싶어서?"

"뭐지? 이 낯선 애교는? 뭐 잘못 먹었어?"

"말도 참 예쁘게 하십니다. 점심 같이 먹자고 불렀어요."

보란은 가을 하늘이 잘 보이는 곳에 깔아놓은 돗자리로 세후를 끌고 갔다.

"짠!"

가을 소풍이라도 온 것처럼 차려진 도시락에 세후는 얼떨떨한 얼굴을 했다.

"정말 무슨 일이야?"

"우선 앉아요."

억지로 세후를 자리에 앉힌 보란은 자랑스럽게 말했다.

"제가 준비한 사랑의 도시락입니다."

보란의 음식 솜씨를 익히 알고 있는 세후는 입가가 경련할 정도로 어색하게 웃었다.

"힘들 게 뭐 이런 걸 다. 진심으로 괜찮은데."

세후는 진심 사양한다는 소리였는데 보란은 그가 그녀를 가히 위한다고 착각하고 행복해했다.

"에이, 아니에요."

"이 많은 걸 당신이 전부 만들었단 말이야?"

마음 같아서는 전부 그녀가 만들었다고 말하고 싶었지만 그건 차마 양심상 그럴 수가 없었다.

"사실 대부분은 엄마가 만든 거긴 한데. 김치볶음밥에 들어간 김치랑 양파는 내가 썰었어요. 그리고 저기 토끼 비슷한 사과는 제가 깎았고요."

그제야 자연스럽고 환한 웃음을 짓는 세후였다.

"그래? 어머니 힘드셨겠네. 내가 다음에 어머니 모시고 가서 맛있는 거 사드려야겠다."

"나도 도왔다니까요! 배고플 텐데 어서 먹어요."

세후는 대부분은 혜자가 아주 조금 보란의 노력이 양념처럼 첨가된 도시락을 먹기 시작했다.

점심을 많이 먹으면 오후의 업무에 지장이 있기에 늘 부족하게 먹는 세후인데 오늘은 배가 터질 것처럼 무리했다. 일찍 일어나 고생한 혜자와 보란의 고생을 모른 척할 수 없었기 때문이었다.

가을 햇살은 높았고 따뜻했다. 무리해서 먹었던 세후는 슬슬 나른해지고 졸음까지 몰려왔다.

"졸리다."

무리해서 먹지 않아도 된다고 말려도 듣지 않더라니. 오후의 업무의 집중력을 위해 점심을 조금만 먹는 걸 아는 보란은 세후가 살짝 걱정이었다.

"아직 시간 남았는데 잠깐이라도 눈 붙일래요?"

"그럴까?"

보란이 그녀의 무릎을 두드렸다.

"무릎 베고 누우라는 거야?"

"네."

아무리 둘만 있다고 하지만, 여기는 회사였다. 상시 조심, 또 조심하던 보란이 오늘은 왜 이렇게 서비스가 좋은 건지. 세후가 의심이 가는 건 어쩌면 당연한 거였다.

"수상해."

"싫으면 말든지요."

자리에서 일어나려는 보란을 붙잡은 세후가 냉큼 그녀의 무릎을 베고 누웠다.

그런데 졸리다던 세후는 눈은 안 감고 시선을 고정한 채 보란만 쳐다보고 있었다.

"왜요?"

"밑에서 보니까 더 예뻐서."

분명히 반찬에 닭고기는 없었는데 닭살이 돋는 간지러운 말이었다. 보란은 부끄러워 달아오른 볼을 두 손으로 감쌌다.

"아우."

아래에서 계속 올려다보는 세후의 시선이 민망해 보란은 손으로 그의 눈을 가렸다.

"햇볕 가려줄게요."

그녀의 손을 아래로 내린 세후가 여전히 수상함을 버리지는 못했다.

"불안하게 왜 이렇게 잘해주는 거야?"

이제 슬슬 본론을 꺼내야 할 때였다.
“오늘 내가 준비한 도시락 마음에 들었어요?”
“당연하지. 도시락도. 당신도. 전부 마음에 들었어.”
“그러면 내 부탁 하나만 들어줘요.”
그의 무릎을 벤 세후가 나른한 목소리로 대답했다.
“헤어지자는 것만 아니면 무슨 부탁이든 들어줄 수 있어.”
“꼭 들어주기로 약속해요.”
“알겠어.”
보란은 잠이 드려는 세후의 새끼손가락을 억지로 가져와 약속하게 하고 도장까지 찍었다.

* * *

헨젤은 ‘타도 삼진’을 외치며 영원한 라이벌 관계로 삼고 있었지만 삼진은 아니었다. 삼진은 ‘우리의 적은 우리 자신이다!’ 이라고 외치며 스스로를 채찍질했다. 아직 그들의 왕좌를 위협할 만한 상대는 없다고 자신하는 삼진의 수장이 천성민 사장이었다.
적막하고 온통 무채색의 향연이던 세후의 사장실과 달리 그의 사무실은 세련된 레드와 옐로우의 원색으로 꾸며져 있었다.
오전 중에 있던 보고를 뒤로 미루고 성민은 불편한 보고를 받고 있었다.
“그래서 어머니가 뭘 지시하셨다고?”
“헨젤 권세후 사장에 대한 모든 걸 알아오라고 하셨습니다.”
어머니가 수족으로 부리고 있다고 생각하는 김 비서는 사실 그가 그녀를 살피기 위해 붙여놓은 사람이었다.
“권세후 사장? 헨젤의?”

"네, 그렇습니다."

어머니만 아니었다면 어쩌면 개인적으로 얽히게 될 뻔했던 이가 헨젤의 권세후였다.

"이제 와서 왜?"

"그게……. 권세후 사장님의 호적에 아들로 올라 있는 아이가 사실은 손자라고 생각하고 계십니다."

예상도 못 한 소리에 성민은 눈을 크게 떴다.

"권세후 사장에게 아들이 있었어?"

"워낙 사생활 보안이 철저해서 외부로는 알려져 있지 않는데 확인해본 결과 여섯 살 된 아들이 하나 있습니다."

얼마 전, 팔 년 만에 한국으로 돌아왔던 규민을 집에서 만났던 것이 생각났다.

그때 규민의 얼굴은 어머니가 그 여자에게 했던 모든 일을 알아버린 얼굴이었다. 그것이 전부라고 생각했었는데……. 자신이 들어갔을 때도 초조한 듯 거실을 서성이고 있던 어머니를 의심스럽게 여겼어야 했었다.

그가 아는 어머니라면 규민이 과거를 다 알았다 하더라도 미동도 없으실 분이었다.

'아이라. 어머니가 또 무슨 짓을 하실지 모르겠군.'

성민이 김 비서를 보며 지시했다.

"어머니 잘 감시해."

"네, 알겠습니다."

지시를 받은 김 비서가 밖으로 나가자 성민은 생각이 깊어졌다. 그 당시, 성민은 어머니가 규민의 약혼자란 여자와 무슨 짓을 벌이는지 알고 있었다.

'그 때 규민에게 알렸어야 했는데…….'

사실 성민은 어머니에게 큰 불만이 없었다. 품위와 고상함으로 무장한 명숙은 친자식도 아닌 그를 규민과 차별해서 키우거나 하지는 않았다. 하지만 규민이 회사 일이 아닌 사진을 전공하겠다고 나선 순간부터 명숙은 이상하게 변하기 시작했다.

친자식도 아닌 성민을 키우며 물심양면으로 천 회장을 내조했던 모든 세월들이 다 배신당하는 것만 같았을 거다.

회사 일은 절대로 하지 않겠다던 동생이 사랑하는 여자를 위해 일을 배우겠다고 했다. 끝내 회사를 선택해야 했던 규민은 자신에게 늘 미안해했다. 그리고 시도 때도 없이 분수를 지키겠노라고 이야기했다.

'형, 나는 회사 같은 거 상관없어. 그러니 걱정하지 마. 외국으로 나가서 공부하는 건 전부 세진이와 함께 있고 싶어서야. 난 형 밑에 있어도 충분히 만족해.'

그러나 아버지가 돌아가시고 충분한 기반도 없이 사장의 자리에 올랐던 성민은 동생이 가장 힘든 일을 겪으려고 하는 때 아무런 도움이 되질 못했다. 왕좌가 바뀌고 과도기와 같았던 그 시기, 회사의 중역들이 전부 어머니의 손안에 있었다. 지금이야 어머니의 세력들을 다 쳐내었지만 그때는 그의 자리마저 위태로웠다.

외국에 나가 있던 규민에게 어머니께서 하려고 하는 일을 알리고 싶었다. 하지만 그러면 어머니는 수단방법을 가리지 않고 자신을 쳐내려고 하셨을 거고 그는 싸움에서 졌을 거다. 그래서 제 자리를 지키기 위해 눈을 감고 입을 닫았다.

그러니 성민은 규민에게 빚이 하나 있는 거나 마찬가지였다.

얼마 전에 봤던 모든 사실을 알아버린 규민의 얼굴이 아직도 머리를 떠나질 않는다.

그는 모든 것을 다 내려놓을 것처럼 보이던 얼굴이었다. 팔 년 동안이나 잊지 못하고 아직도 규민이 힘들어할 줄 알았으면, 알려주는 거였는데, 이제 와서야 후회가 됐다.

또다시 규민을 향해서 칼을 들려고 하시는 어머니. 어머니와 동생의 사이가 더 틀어질 것 같은 안 좋은 예감이 그를 불편하게 만들었다.

* * *

퇴근 시간이 가까워 오는 시각, 세후는 들뜨는 마음을 감추지 못했다. 어젯밤 꿈에 돼지가 나온 것도 아닌데 종일 로또라도 맞은 것 같은 하루였다.

생전 처음으로 여자 친구가 싸온, 뭐, 엄밀히 말하면 어머니가 싸주신 거지만 도시락을 배 터지게 먹었고 보란의 무릎을 베고 게으름도 부리며 신선놀음도 했다.

그녀와 누리는 이런 소소한 것들이 그를 행복하게 했다. 거기서 그치지 않고 그녀가 먼저 그에게 데이트를 신청해왔다.

매번 그가 나서서 어디를 가자, 뭐를 먹자, 무엇을 하자 말했는데 오늘은 무슨 일로 보란이 먼저 어디론가 가자고 했다.

'오늘 마치고 나랑 어디 갈 데가 있는데 괜찮아요?'

'어디?'

'미리 말해주면 안 되는 곳이에요.'

아무리 물어도 가르쳐주지 않는 바람에 오후 내내 일이 손에 잡히지 않았던 세후였다. 날짜를 확인해봤지만 특별한 날도 아니었다. 그의 생일도, 보란의 생일도, 커플들의 기념일 같은 밸런타인데이는 더더욱 아니었다.

그래서 조금은 불안해지기까지 했다. 설마 전처럼 빗속을 헤매다 와선 시간이 필요하다고 했던 것처럼 잘해주고는 그를 떠나겠다고 말하는 건 아닌가 싶어서. 혹시라도 선물 같은 하루가 이별 전 선물 같은 건 아닐까 싶어서 말이다.

들뜬 마음과 함께 어딘지 모르게 불안한 마음을 같이 공존한 채 세후는 시간에 맞춰 퇴근을 했다. 회사 근처 세 정거장 정도 떨어진 버스정류장으로 차를 몰았다.

먼저 퇴근해서 버스정류장에서 기다리고 있던 보란이 주위를 확인하곤 차에 올랐다.

"왔어요?"

"어디로 갈까?"

휴대폰을 꺼내 화면을 확인한 보란이 차 내비게이션에 주소를 입력했다.

"여기로 가요."

내비게이션이 알려주는 대로 세후는 차를 몰았다.

삼십 분 정도 걸려 도착한 곳은 카페였다. 세후는 눈에 익은 카페의 외관에 잠시 멈칫했다.

"어? 여기는……."

"어딘지 알아요?"

"어. 누나가 여기 치즈케이크를 좋아했거든. 누나 생일마다 여기서 케이크를 사. 누나가 좋아해서 그런지 우빈이도 여기 케이크라면 자다가도 벌떡 일어나지. 전에 한번 먹어봤잖아."

"아, 누나 생일 날요?"

"그래."

이 장소는 보란이 아닌 규민이 정한 곳이었다. 그 많고 많은 카페 중에 규민이 왜 이곳에서 만나자고 했는지 알 것도 같았다.

아직도 규민과 세후를 만나게 해주는 게 잘하는 일인지 자신은 없었지만, 이 일로 세후가 그녀를 미워할지도 모르지만, 보란은 이게 세후를 위하는 일이라고 믿고 있었다. 곪은 상처는 계속 덮어두는 것보다 아무리 아프더라도 도려내는 게 더 낫다고 믿으니까.

"근데 여기는 왜?"

규민을 만나기로 했다는 소리를 바로 할 수 없어 보란은 말을 얼버무렸다.

"저, 저도 치즈케이크가 먹고 싶어서요."

"실없기는. 가자, 왕창 사줄 테니까."

세후의 손을 잡고 안으로 들어가던 보란은 휴대폰으로 시간을 확인했다.

'약속 시간보다 훨씬 전인데 벌써 와 있는 건 아니겠지?'

다행히 카페 안에서 규민을 찾을 수는 없었다.

세후는 커피 두 잔과 보란이 먹고 싶다던 케이크를 종류별로 시켜 그녀 앞에 늘어놓았다. 하지만 조금 있으면 규민이 들이닥칠 걸 아는 보란은 여유롭게 케이크나 먹을 순 없었다.

케이크는 입도 대지 않고 물만 홀짝이는 그녀를 세후가 이상한 눈초리로 응시했다.

"안 먹어? 먹고 싶었다면서?"

시곗바늘이 약속 시간을 향해 가까이 가고 있었다. 더 이상은 지체할 수 없다고 느낀 보란이 결심한 듯 입을 뗐다.

"세후 씨, 오늘 얻은 부탁권 지금 쓸게요."

"부탁권?"

"왜? 도시락 먹고 나서 약속했잖아요. 어떤 부탁이라도 하나 들어주겠다고요."

그에게서 받는 사소한 도움도 부담스러워하는 보란이 부탁이 있다고 할 때부터 눈치챘어야 했다. 세후가 소파 뒤로 편하게 기대고 있던 몸을 일으켰다.

"말해봐."

타들어가는 목을 물로 달랜 보란이 이야기하기 시작했다.

"오늘 여기에 온 건 케이크 때문이 아니라 누굴 만나기 위해서요."

"누구?"

"아마 세후 씨가 제일 만나기 싫어하는 사람일 거예요."

딸랑, 문이 열리면서 문에 달려 있던 종이 누군가 왔다며 소리를 냈다.

"설마 그 사람이 천규민이야?"

금방이라도 터져버릴 것 같은 일촉즉발의 상황에 세후의 눈이 보란이 아닌 그녀의 너머를 향하고 있었다.

이내 두 사람의 머리 위로 그림자가 드리웠다.

"권세후, 이야기 좀 하자."

약속 시간보다 조금 일찍 도착한 규민이었다.

가차 없이 자리에서 일어난 세후가 보란의 손을 잡고 일어났다. 앞에 서 있는 규민은 아예 존재하지 않는 양 그대로 지나쳐 그 자리에서 벗어났다.

그녀의 팔목을 움켜쥔 손이 어찌나 센지 보란은 속수무책으로 끌려갔다.

"잠, 잠깐만요."

이대로는 아니다 싶어 카페 밖으로 나온 보란이 있는 힘껏 다리에 힘을 주고 저항했다.

"나 화났으니까 아무 말도 하지 마."

"나는 손목 아파요."

멈추지 않을 것처럼 폭주하던 세후가 멈췄다. 이내, 그녀를 움켜쥐고 있던 그의 손이 느슨해졌다.

"듣고 싶지 않다고 했잖아! 저 자식이 하는 변명 따위 듣고 싶지 않다고 했잖아!"

꽉 쥔 세후의 주먹을 보란이 두 손으로 감쌌다.

"알아요. 그런데 알아야 할 것 같지 않아요? 정말 세후 씨 누나에게 무슨 일이 있었는지, 왜 누나가 혼자가 됐는지 다른 사람은 몰라도 세후 씨는 알아야 하는 거잖아요."

가만히 서 있지 않고 세후가 그녀의 근처를 걷기 시작했다. 투벅투벅 걷는 세후의 얼굴 위로 곪아 있었던 상처가 그대로 속을 드러냈다.

얼마나 괴로우면, 얼마나 아프면.

보란은 그에게로 다가가 힘들어하고 있는 세후의 허리를 안았다.

그를 감싸는 따뜻한 온기에 불안하게 뛰고 있던 세후의 심장은 점차 안정을 찾아갔다.

"내가 옆에 있을게요. 그러니까 한번 가봐요."

굳은 듯 그녀에게 안겨만 있던 세후의 손이 그녀의 등을 감싸 안았다.

"갔는데 절벽이면 어떡해?"

보란이 세후를 더 세게 끌어안았다.

"세후 씨가 절벽에 매달리게 되면 내가 이렇게 꼭 잡고 있을 테니까 걱정하지 마요."

그녀를 안고 있던 세후가 떨어졌다.

"당신이 날 놓치기라도 하면?"

걱정하지 말라는 듯 보란이 다시 세후를 꼭 안았다.

"그러면 나도 같이 떨어지지, 뭐."

* * *

카페 코너에 있는 구석진 자리에 규민과 세후가 마주 보고 앉아 있었고 보란은 중앙에 심판처럼 앉아 있었다. 꾹 다문 세후의 입은 요지부동이었다. 두 사람 중 먼저 말을 꺼낸 건 규민이었다.

"여기 치즈케이크 세진이가 참 좋아했잖아."

일부러 가벼운 이야기부터 꺼낸 규민이었는데 세후는 대꾸도 없었다. 눈도 마주치지 않으려는 세후 대신 그의 말에 대답한 건 보란이었다.

"안 그래도 세후 씨가 말해줬어요. 누나분이 좋아하셨다고. 그래서 그런지 우빈이도 여기 케이크 좋아해요."

"아이 이름이 우빈이에요? 예쁘군요. 아, 남자아이인데 이런 말 하면 안 되나?"

"……."

여전히 굳게 닫힌 세후의 입. 이 말을 끝으로 또다시 긴 침묵 속으로 들어갈까 봐 보란이 규민의 말에 대꾸를 했다.

"그렇죠? 저도 처음에 우빈이를 만났을 때 이름이 정말 예쁘다고 생각하긴 했어요."

"이름만큼이나 눈도 정말 예뻤어요."

또다시 흘러가는 시간 속에 찾아온 침묵. 이번에 침묵을 깬 건 세후였다.

"질질 끌지 말고 하고 싶은 말이나 해."

"……."

그렇게 대화를 나누고 싶다고 했던 규민인데 막상 말해보려고 하니 쉬이 입을 뗄 수가 없나 보다. 또 한마디 하고 뚝 하고 긴 공백으로 끊어지는 대화는 주파수를 찾지 못해 지지직거리는 라디오 같았다.

이곳에 앉아 있는 것만 해도 큰일인데 규민이 말할 준비될 때까지 기다려줄 만큼 세후는 배려가 있는 사람이 아니었다. 세후가 자리에서 일어나려 했다.

"말 안 할 거면 일어나고."

"아, 아니야. 말할게."

어디 한번 해보라는 듯 쳐다보는 세후의 눈빛에 긴장이 된 규민이 마른 침을 몇 번이나 삼키고 겨우 입을 뗐다.

"지금부터 내가 하는 말은 전부 변명이야. 비겁한 변명."

나는 정말 몰랐다. 나는 잘못이 없다. 이런 말을 꺼내기라도 하면 주먹을 날리려고 했는데 변명이란다. 그래, 그 변명 어디 들어보겠다며 세후가 눈을 부릅떴다.

"세진이를 찾아갔다는 약혼자는 나도 미국에서 공부할 때 처음 만났어."

그 당시 세진을 찾아왔던 여자는 너무도 당당했었다. 오래된 연인처럼 굴었었다. 그런데 미국에서 처음 만났다니.

"거짓말도 정도껏 해."

"어머니가 붙여주신 여자야. 난 어머니께 싫다고 분명히 내 의사를 전했고 어머니께선 알겠다고 하셨어. 그렇게 정리된 줄로만 알고 있었어."

"……."

"그리고 어느 날, 세진이에게서 음성 메시지가 하나 도착했어. 헤어지자고. 아마 그 여자가 세진이를 찾아간 다음이었겠지."

그 약혼자란 여자가 누나가 먼저 헤어져달라고 말했을 거다. 그럼 바보같이 착하기만 했던 누나는 이유도 말하지 않고 헤어지자고만 했겠지. 그래도 규민이 누나를 붙들어만 줬다면…….

"절대로 누나가 먼저 헤어지자고 하지 않을 거란 거 알았잖아."

"알고 있었어. 너무 잘 알고 있었지. 그래서 참았어. 당장이라도 달려가고 싶었는데 그러면 세진이를 정식으로 맞으려고 했던 일 년의 노력이 물거품이 돼버리잖아. 세진이는 진심으로 우리 어머니에게서 인정받고 싶어 했거든. 헤어지자고 말했지만 내가 돌아가면 우리 둘 다시 함께할 줄 알았다. 그만큼 난 우리 사이에 대한 믿음이 있었어."

어쩌면 누나가 죽지 않았다면 규민의 말대로 두 사람은 함께였을지도 모르겠다. 바보 같은 권세진. 바보 같은 천규민. 둘 다 세상에 둘도 없을 바보였다.

"차라리 둘이 도망이라도 가지."

"네가 있었잖아. 너를 두고 어떻게 네 누나가 도망을 가?"

"……."

세후의 두 눈이 심하게 흔들리기 시작했다. 두 사람은 충분히 모든 걸 버리고 도망갈 수 있었다. 하지만 결국 누나는 자신을 두고는 차마 떠날 수가 없었던 거였다. 그리고 세후는 애써 숨겨두었던 세진의 슬픈 얼굴이 떠올랐다.

'세후야, 누나가 만약에 남자 집에서 반대하는 결혼을 하면 어떨 것 같아?'

'절대 안 돼. 누나가 뭐가 모자라서. 공주님처럼 떠받드는 집 아니면 절대로 허락 못 해. 설마 규민이 형네 집에서 반대해?'

그리고 세진은 대답 대신 다른 화제로 세후의 정신을 돌려버렸다.

'……규민이가 유학을 간대.'

'유학?'

그때, 같이 떠나라고 등이라도 떠미는 건데. 하지만 사실을 말하자면 누나가 멀리 떠나는 게 싫어 자신은 급한 일이 있다며 그 자리를 피해버렸다.

이것이 세후가 두려워하던 절벽이었다. 누나의 발목을 잡은 게 자신이라는 걸 알게 되는 게 무서웠다.

절벽 아래로 떨어지려는 세후를 누군가 붙잡았다. 그가 떨어지지 않도록 꼭 잡고 있을 거라던 보란이었다.

“세후 씨도 묻고 싶은 게 있잖아요.”

묻고 싶은 거? 딱 하나 있었다. 차마 규민을 찾아가 묻지 못했던 말. 왜 그때, 오지 않았냐고. 하지만 그동안 묻지 못했다. 묻는 순간 누나가 버림받았다는 걸 똑똑하게 확인하는 게 될까 봐. 그건 세진뿐만 아니라 세후에게도 너무 잔인하고 무서운 거였다.

그녀의 손길에 용기를 얻은 세후가 아주 오래전에 규민을 붙잡고 물어야 했던 것을 물었다.

“우리 누나를 그렇게 사랑했다면 왜 누나 가는 마지막 길에 안 보였어?”

규민이 희미하게 웃으며 대답했다.

“나는 아직도 네 누나 사랑해. 그래서 못 갔어. 내가 거기 가면 세진이가 죽었다는 걸 확인하는 게 되는 거잖아. 나는 지금도 세진이가 어딘가 살아 있을지도 모른다는 얼토당토않은 희망만 가지고 살고 있어.”

어느새 규민의 손이 제 가슴을 움켜쥐고 있었다. 분명히 웃고 있는데 웃고 있는 것이 아니었다. 눈물 흘리며 울고 있는 것도 아닌데 그의 눈이 너무 슬퍼 보였다. 팔 년 만에 아픈 상처를 드러내 마주한 세후 역시 마찬가지였다.

“병신같이.”

증오와 미움과 분노로 규민을 향해 세워왔던 세후의 벽이 무너져 내리고 있었다. 무너져 내린 마음을 이겨내지 못한 세후가 벌떡 일어났다.

“나 이번 주 금요일에 다시 미국 들어갈 거야. 이제 세진이도 없는 이 한국 땅은 안 들어오려고.”

일어나서 뛰쳐나가려던 세후가 멈칫했다.

“그래서 말인데, 마지막으로 한 번만…… 안 되겠지?”

한 번만 우빈을 만나보면 안 되냐는 거겠지.

세후는 아무 대답도 못 하고 그 자리를 벗어났다.

방금 전까지 아무 일도 없다는 듯 걷던 세후가 차가 가까워지자 휘청거렸다. 뒤를 따라가던 보란이 휘청이는 세후를 부축했다.

"괜찮아요?"

"어. 어."

하지만 초점을 잃는 세후의 눈을 보며 보란은 그의 손에 있던 차 키를 뺏어 들었다.

"내가 운전할게요."

"……부탁해."

세후를 조수석에 밀어 넣은 보란이 운전석에 앉았다. 운전대를 잡은 지 먼 옛날이라 겁도 났지만 여기서 벗어나는 정도라면 문제가 없다고 생각한 보란은 차에 시동을 걸었다.

꿀럭거리던 차가 굼벵이처럼 움직이기 시작했다. 하지만 운전대를 잡은 보란의 손은 덜덜 떨고 있었다.

한 시간 동안 직진만 하던 차는 큰 맘 먹고 오른쪽 길로 들어섰고 드디어 멈출 수 있었다.

'여긴 어디? 나는 누구? 지금 어디까지 온 거?'

목적지도 모르고 직진만 해서 찾아온 곳이니 어딘지 알 리가 없었다. 서울을 빠져나온 지는 벌써 한참이었고, 앞에 호수도 보이고 인적도 드문 게 세후를 위한 곳으로 알맞은 곳이라는 건 참 다행이었다.

마음 같아서는 옆에 있어주고 싶었지만, 그는 아마 혼자 있고 싶을 것 같았다. 보란은 차에 있던 시디 하나를 찾아 무작정 틀었다. 울음소리를 숨겨줄 노랫소리가 안을 가득 메웠다.

"나는 밖에 나가 있을 테니까 마음껏 울어도 돼요."

"……."

곧이어 차 문이 닫히는 소리가 들려왔고 그 소리가 호루라기라도 된 듯 세후는 참고 있던 울음을 놓아버렸다.

"흐흑!"

어쩌면 그는 세진의 죽음을 규민의 탓으로 돌리려고 했는지도 모른다. 그의 오랜 미움과 증오들이 상대를 찾지 못하고 방황하기 시작했다.

'나는 이제 누굴 원망하라고.'

더 이상 원망의 상대를 찾지 못했지만 한참 울고 난 세후는 마음이 가벼워지는 걸 느꼈다. 팔 년 동안 짊어지고 있던 무거운 짐을 내려놓은 것 만 같았다.

그래도 누나가 규민에게서 버림받은 게 아니었다니. 그 사실 하나면 누나는 눈을 감는 순간에도 행복해했을 거다. 갑자기 세진이 미칠 듯이 보고 싶었다.

* * *

차에서 내린 보란은 앞만 보고 걸었다. 뒤를 돌아서고 싶은 마음이 굴뚝 같았지만 울고 있는 그의 얼굴을 보게 된다면 그에게로 달려갈 것만 같아 앞만 향해 걸었다.

더 이상 차가 보이지 않을 것 같은 거리에서 보란은 무작정 앞으로만 향하던 걸음을 멈췄다. 호수 앞 벤치의 자리가 비었음에도 자리에 앉지 못하고 이리저리 서성였다.

'혼자 둬도 괜찮은 걸까?'

초조하게 벤치 주위를 빙빙 돌던 보란의 발걸음이 멈췄다. 호수 앞 커다란 나무 밑에 군데군데 쌓아놓은 돌탑들이 보였다. 이 길을 지나간 수많은 사람들이 돌을 쌓아 올리고 저마다의 소원을 빌었나 보다.

미신 같은 건 잘 믿지 않는 보란이었지만 오늘은 이상하게 이름 모를 신들에게 빌고 싶었다. 평평한 돌을 하나 찾아 쌓여 있는 돌탑 위에 조심히 올려놓은 보란이 눈을 감고 소원을 빌었다.

"우리 세후 씨 아프지 않게 해주세요."

꼭 하나의 소원을 빌어야 한다면 자신을 위한 소원이 아닌 세후를 위한 소원을 빌 정도로 보란은 세후를 사랑하게 됐다. 눈을 감은 보란은 간절히 빌고 또 빌었다.

스르륵 눈을 뜨려는데 익숙한 향기가 뒤에서 그녀를 안아왔다.

"날 위한 소원을 빈 거야? 감동인데?"

보란이 뒤로 돌았다. 실컷 울고 난 세후의 눈은 붉어져 있었다.

"괜찮아요?"

안타까운 마음에 보란의 손이 그의 눈으로 닿았다.

"속상해."

그의 눈을 만지는 손을 잡은 세후가 그녀의 손으로 입술을 내렸다.

"곁에 있어줘서 고마워."

이번에는 그녀의 이마로 입술을 닿았다.

"만약 오늘 당신이 없었다면 무너졌을지도 모르겠어."

이마에 머물던 입술은 눈으로 내려갔다.

"그러니까 당신이 나한테 아무것도 해줄 수 없다는 말은 틀렸어."

눈에 머물던 그의 입술이 이번엔 조금 더 밑인 코로 향했다.

"당신이 날 살렸어."

코를 지나 마지막 종착점인 입술로 닿는 그의 입술이 뜨거웠다.

"사랑해."

쪽. 그의 고백이 그녀를 웃게 만들었다.

"나도 사랑해요."

그녀가 환하게 웃는다. 그의 입술이 이내 그녀의 입술을 삼켜버렸다. 정신이 아득해지고 그녀의 온몸의 감각들이 그와 닿아 있는 곳으로 전부 집중

된 것만 같다. 호흡이 모자랐지만 보란은 이 아늑하고 기분 좋은 떨림을 놓칠 수가 없어 그의 셔츠를 움켜쥐었다.

세후가 떨어졌다. 열에 홍조를 띤 보란의 눈이 떠졌다.

"음?"

"계속해도 돼?"

"피이. 그런 건 좀 안 물어보면 안 돼요?"

씩 웃은 세후의 입술이 다시 입을 맞춰왔다. 더 휘몰아치듯 강하고 격한 키스. 더 강렬해진 떨림에 보란이 할 수 있는 거라곤 세후의 셔츠를 더 세게 움켜쥐는 것밖에 없었다. 마주한 숨결 사이로 더욱 더 커진 마음이 서로에게로 흘러 들어가고 있었다.

27화. Me, too

"이 아이인가?"

사진을 든 명숙의 손이 미세하게 경련하는 목소리처럼 떨리고 있었다.

"네."

"이름이?"

"권우빈입니다."

이래서 씨도둑질은 못 한다는 말이 있다. 사진 속 아이는 어렸을 적 규민을 쏙 닮아 있었다. 같은 핏줄이 하늘 아래 살고 있다는 사실도 모른 채 그 긴 세월을 보냈단 말인가. 최씨 집안 핏줄이 잘못된 성을 쓰고 있다니. 이런 기가 막힌 일이 또 있을까.

"또 알아보라고 했던 건?"

김 비서는 명숙이 또 지시했던 사항에 대해 조사한 자료를 건넸다. 생각했던 것보다 얇은 서류 두께에 명숙이 눈을 날카롭게 떴다.

"왜 이렇게 부실해?"

"권세후 사장의 사생활이 워낙 밖으로 드러나지 않아서 자료 구하기가 힘들었습니다."

얇은 서류를 순식간에 확인한 명숙은 이제부터 해야 할 일들을 머릿속으로 정리하기 시작했다.

그녀의 목적은 단 하나다. 무슨 수를 써서라도 아이를 데리고 오는 것.

종이를 넘기며 확인하던 명숙이 특정한 페이지에서 멈췄다.

"정유라? 정유라가 누구야?"

"신인 여배우입니다. 권 사장과의 스캔들로 잠깐 화제였습니다."

"그런데 스캔들이 이것 하나뿐이야?"

"예, 그렇습니다. 하지만 그 스캔들도 사실이 아닌 걸로 밝혀졌습니다."

"그렇다면 진짜 사귀고 있는 여자는 누구야?"

"동화 작가라는 사실만 알고 확실한 건 아직……."

"더 자세히 알아봐. 그리고 박 변호사에게 전화 넣지."

"박 변호사님께요?"

"돈은 얼마가 들어도 상관없으니 소송이든 뭐든 아이 데리고 올 수 있게 법적인 조치는 다 취하라고 해."

"네, 알겠습니다."

우선 정상적인 방법으로 시도해보고 안 되면 비정상적인 방법도 동원해야겠지. 저에게 큰소리 한번 낸 적 없던 아들이 그녀에게 화를 내며 소리를 쳤다. 그 이유가 이제는 세상에 존재하지도 않는 죽은 여자 하나 때문이었다. 살아서도 문제더니 죽어서도 문제를 일으키는 게 괘씸하고 또 괘씸했다.

처음부터 마음에 들지 않았다. 가진 것도 없으면서 착하기만 했던 아이. 차라리 성격이라도 세고 당찼다면 한번 생각을 해봤을지도 모르지.

'난 그때도 그렇고 지금도 내 선택이 옳다고 믿는다.'

이 자리가 어떤 자리인데, 모질기도 모질고 매정하다면 더없이 매정해야 하는 자리인데. 착하기만 한 그 아이는 절대로 이 자리에서 버티지 못했을 거다. 그 아이가 버티지 못한다면 규민이 못 버티는 것도 불 보듯 뻔한 일. 그러니까 그 아이는 규민에게 어울리지 않는 아이였다.

얼마 전, 그녀가 과거에 했던 일을 알고 다시는 안 볼 것처럼 돌아서던 아들의 뒷모습이 온종일 그녀를 괴롭혔다. 우빈이라는 그 아이만 제자리로 데려다놓는다면 등을 돌려버린 아들이 다시 돌아올 것을 믿어 의심치 않았다.

그래서 명숙은 무슨 짓이라도 할 생각이었다.

* * *

유명 중식당 제일 안쪽 방에서 우렁찬 노랫소리와 웃음소리가 새어 나오고 있었다. 병아리처럼 노란색 옷을 입은 우빈이 혜자 앞에서 율동까지 해가면서 노래를 부르고 있었다.

"아기 송아지가 부뚜막에 앉아 울고 있어요. 할머니이이. 할머니이이."

센스 있는 개사에서 알 수 있듯이 엉덩이를 흔들면서 우빈이 부르는 노래는 오직 혜자를 위한 것이었다. 우빈의 세레나데에 혜자는 연신 웃음을 터뜨리며 물개 박수로 화답했다.

"호호. 우리 우빈이 노래 정말 잘하네. 가수 해도 되겠어."

"히히. 할머니이이."

노래를 끝낸 우빈이 혜자의 옆으로 자리 잡고 앉았다. 뭐가 그리 애틋한지 서로를 보며 앉아 있는 두 사람을 보니 전생에 무슨 사이였을까? 싶은 보란이었다.

"슬슬 올 때가 됐는데."

시계를 확인하니 벌써 약속한 시간이 지나 있었다. 세후는 갑자기 걸려온 최 실장의 전화에 일이 생겼다며 금방 갔다 오겠다며 세 사람보다 먼저 나서서는 회사로 갔다.

벌써 십 분이나 지나 있었다. 약속 시간 하나는 칼같이 챙기는 사람인데.

무슨 일이라도 생긴 건 아닌지 싶어 휴대폰을 꺼내 드는데 혜자가 그녀를 말렸다.

“놔둬라. 차가 밀리나 보지. 괜히 전화해서 급하게 오게 하지 말고, 느긋하게 기다리자.”

하지만 보란은 이상하게 불안한 마음을 감출 수가 없었다. 예상보다 늦어지는 일이 생겼으면 미리 연락을 줬지 이렇게 무턱대고 늦을 사람이 아니었다.

“오다가 사고라도 났나?”

“얘가, 못 하는 소리가 없어.”

혜자가 별일이 없을 거라 말했지만 가슴 한구석이 불안불안한 게 보란은 계속 찾아오는 나쁜 생각들을 쫓아버릴 수가 없었다. 더 이상 걱정 때문에 안 되겠다 싶어 전화를 걸려 하는데 마침 세후에게서 전화가 걸려왔다.

“어디예요? 회사에 무슨 일 생겼어요?”

당연히 세후의 목소리를 들을 줄 알았던 보란에게 들려온 목소리는 다른 사람의 것이었다.

-보란 씨, 최 실장이에요.

“최 실장님?”

-지금 여기로 와줘야겠어요.

심상치 않은 목소리에 보란의 가슴이 철렁했다. 우빈 때문에 룸 안에서 전화를 받을 수 없었던 그녀는 혜자에게 적당히 눈치를 주고 밖으로 나왔다.

“사고라도 난 거예요?”

-사고라면 사고이긴 한데…… 교통사고같이 다친 건 아니니 너무 걱정하지 말고 와요.

몸에는 아무 이상도 없다는 소리에 놀란 가슴을 쓸어내린 보란이 목소리를 가다듬고 물었다.

“제가 어디로 가면 되는데요?”

-여기 H호텔인데, 1005호로 바로 올라오면 돼요. 빨리 좀 와줘요. 형이 사고 칠 것 같아서 아슬아슬해요.

수화기 너머로 들려오는 그의 목소리가 꽤 긴박하게 들려 그녀도 긴박해져 버렸다. 룸으로 들어가 가방만 들고 나오려는데, 혜자와 우빈에게 뭐라 하고 나와야 할지 몰라 망설였다.

“우빈이 걱정하지 말고 가봐라.”

“엄마…….”

아무것도 묻지 않고 가보라고 하는 데다, 무슨 일인가 궁금해하며 보란을 쳐다보는 우빈의 시선까지 붙잡아주는 혜자였다.

“누나랑 외삼촌이랑 바쁜 일이 있나 보네. 오늘은 우빈이랑 할머니랑 단둘이 저녁 먹어야겠네. 할머니랑 맛있는 거 많이 먹자.”

“네!”

“그러면 엄마, 부탁할게요. 일 다 마무리되면 연락드릴게요.”

재킷도 걸치지 못하고 레스토랑에서 빠져나온 보란은 기준이 알려준 호텔로 향했다. 병원으로 오라는 게 아닌 걸 봐서는 다치거나 한 건 아닌 것 같은데, 기준의 안절부절못하던 목소리가 마음에 걸려 보란은 불안함을 쉽게 지울 수가 없었다.

택시에서 내려 호텔로 뛰어 들어간 보란은 바로 엘리베이터를 타고 객실로 올라갔다.

10층 엘리베이터에서 내린 그녀는 따로 1005호를 찾을 필요도 없었다. 발을 동동 구르고 있는 기준과 호텔 매니저로 보이는 남자가 중간쯤 보이는 객실 앞에서 대기하고 있었기 때문이었다.

“최 실장님? 대체 무슨 일이에요?”

“어휴. 드디어 왔네요.”

도착한 보란을 보는 최 실장의 얼굴은 마치 한 줄기의 빛이라도 본 얼굴이었다.

"들어가서 형 좀 말려줘요. 형이 규민이 형 죽일지도 몰라요."

"네에?"

대체 세후가 왜 규민을 죽이냐며 그의 과장스런 말을 믿을 수 없다는 얼굴을 한 보란에게 기준이 내민 건 찢어져버린 서류였다. 조각조각 나 있어 자세한 글자를 읽을 수는 없었지만 겨우 한 단어는 알아볼 수 있었다.

"소송? 무슨 소송요?"

"우빈이를 데려가겠다고 소송을 하겠답니다."

아, 세후가 이성을 잃어버린 것이 과한 것이 아니리라. 그제야 기준의 과한 말을 이해할 수 있게 된 보란은 호텔 매니저에게 문을 좀 열어달라고 했다.

하지만 매니저는 호텔 객실에 묵는 손님의 방을 함부로 열어줄 수 없다는 곤란한 입장을 고수했다.

"너…… 이 미친 새끼! 죽여버릴 거야!"

밖으로 세후의 고함 소리와 함께 우당탕 깨지는 소리들이 들려왔다. 그때서야 심각성을 인지한 매니저는 비상키로 객실 문을 열어줬다.

"우선은 저 혼자 들어갈게요."

따라 들어오려는 최 실장과 호텔 매니저에게 삼십 분 정도의 시간만 달라고 사정한 보란이 문을 닫아버렸다.

"내 앞에서는 우빈이를 위하는 척하더니 뒤에서는 이런 식으로 뒤통수를 쳐? 우빈이 네 아들 아니라고 했어. 근데 이런 거지 같은 걸 보내? 네가 감히 무슨 자격으로. 내가 순순히 우빈이를 보내줄 것 같아?"

나뒹구는 술병과 함께 바닥에 누워 있는 규민은 세후가 때리는 주먹을 피하지도 않고 고스란히 받아내고 있었다. 일부러 맞고 있다고 생각이 들 정도였다.

"왜 입을 닫고 있어?"

"……."

"내 앞에서 했던 행동은 전부 연극이었어? 그래놓고 뒤로는 이런 짓을 꾸미고 있었던 거야?"

"……."

다시 세후의 주먹이 규민의 얼굴로 날아가고 있었다. 이러다 누구 하나 크게 다치지 싶어 식겁한 보란이 얼른 달려가 그의 허리를 끌어안고 말렸다.

"세후 씨. 그만. 제발 그만해요."

폭주하던 세후가 멈칫했다. 이 틈을 놓치지 않고 세후를 남자에게서 떼어낸 보란은 두 남자 사이에 들어가 섰다.

"세후 씨! 더 이상 폭력은 안 돼요. 그리고 거기 우빈이 아버님은 답답하게 맞고만 있지 말고 말을 해요. 무슨 말이라도 해야 사태를 파악할 거 아니에요? 오해가 있다면 풀고 잘못이 있다면 벌을 받아야죠."

규민을 칭하는 그녀의 단어가 마음에 들지 않는지 세후가 버럭 화를 냈다.

"누가 우빈이 아버지야!"

"다시는 나한테 화 안 내기로 약속해놓고 지금 화내는 거예요?"

크게 실망한 척하는 보란의 눈에 세후는 분을 사그라뜨렸다.

"아니, 당신한테 화를 내는 게 아니라 말도 안 되는 소리를 하니까 그러지."

"알겠으니까 그만해요. 알겠죠?"

말 잘 듣는 아이처럼 세후가 보란의 말에 화를 누그러뜨렸다. 너무 무거워 숨도 제대로 쉴 수 없을 것 같던 공기가 보란으로 인해 숨은 쉴 수 있을 정도로 변했다.

보란은 벽으로 손을 뻗어 스위치를 켰다. 방금 전까지 어두컴컴하던 방이 밝아졌다. 대충 술병들을 구석으로 밀어버리고 소파에 세후와 규민을 앉게 했다.

그리고 두 사람의 중앙에 있는 자리에는 보란이 앉았다. 폼이 마치 아이에게 진짜 엄마를 찾아줬던 지혜로운 왕 같았다.

"이제 우리 사회적 지위에 맞게 품위를 지키며 앉아서 이야기해볼까요? 누가 먼저 이야기할래요? 세후 씨? 아니면? 우빈이 아버님께서?"

"난 할 말 없어."

말하기 싫다고 꾹 다문 세후의 입은 요지부동이었다. 긴 침묵이 지나고 두 사람 중 먼저 말을 꺼낸 건 세후에게 맞아서 찢어진 입가의 피를 쓱 닦아 낸 규민이었다.

"미안해. 이런 말 할 자격도 없다는 거 아는데 나는 절대로 우빈이를 너한테서 뺏어 올 생각 없어. 감히 내가 어떻게 그런 짓을 하겠어."

"네가 아니면 대체 이런 짓을 누가 한단 말이야?"

"……."

규민은 대답을 할 수가 없었다. 이런 짓을 할 수 있는 사람이라고 생각나는 사람은 단 한 명뿐이었다.

'어머니. 또 어머니입니까?'

이 순간, 아이러니하게도 규민은 어머니에게 감사한 마음이 들었다.

'감사합니다, 어머니. 제가 어머니를 끊어내는 데 망설이지 않게 해주셔서 감사합니다.'

규민의 침묵이 마음에 들지 않는지 세후가 닦달했다.

"왜 말이 없어?"

규민은 세후가 원하는 대답 대신 다른 대답을 들려줬다.

"믿을지 모르겠지만 그거 내가 보낸 거 아니야. 이 이상 신경 쓰지 않게 내가 처리할게."

"나보고 그 말을 믿으라고?"

규민이 희미하게 웃었다.

"내가 그렇게 신뢰가 없는 사람이었어? 이제부터 우빈이나 네 앞에 나타나지도 않겠다고 약속할게. 그러니까 걱정하지 마."

"……."

이번에 침묵한 이는 세후였다. 뭐라고 욕이라도 퍼부어야 하는데 그럴 수가 없었다. 완전하게 우빈을 포기하겠다고 말하는 규민의 얼굴이 곧 죽을 사람처럼 파리해 보여 더 심한 말도 퍼부을 수가 없었다.

흥분을 가라앉히고 보니 이 일의 배후가 규민이 아니라는 것이 보이기 시작했다. 아마도 상대를 잘못 짚은 듯 했다.

'천규민이 아니라면 설마…….'

대체 누가 규민도 모르게 이런 일을 벌였는지 물으려고 하는데 규민은 세후를 향해 축객령을 내렸다.

"할 말 끝났으면 그만 가봐."

* * *

집으로 돌아와 아무도 없다는 것을 확인하고 나서야 세후는 무너져 내렸다. 잠깐 휘청인 것 말고는 호텔에서 차를 타고 집으로 오는 길에도 아무 내색도 않던 세후였다.

신발도 벗지 않고 현관에 주저앉아버린 세후는 고개를 숙이고 저만의 굴 속으로 들어가려 했다.

하지만 보란이 그것을 보고만 있을 리가 없었다. 세후의 옆에 조심히 앉은 그녀가 그의 고개를 어깨 위에 기대게 했다.

"내게 기대요. 기대도 돼요."

그의 얼굴을 받치고 있는 어깨가 축축해져 왔다. 하지만 보란은 아무런 미동도 없이 슬픔으로 무거워진 그를 받치고 있었다. 이것이 그녀가 그를 위로하는 방법이었다.

꽤 오랫동안 기대고 있던 세후가 고개를 바로 하자 어깨가 가벼워졌다. 하지만 그의 마음의 무거운 짐이 조금은 그녀에게로 넘어왔는지 어깨는 여전히 묵직함이 가시질 않았다.

“자신이 아니라면 바보같이 왜 맞고 있었을까?”

“글쎄요. 천규민 씨와 아주 가까운 사람이어서가 아닐까요?”

“…….”

또다시 생각에 빠졌는지 세후의 미간이 심각하게 모아졌다. 이대로 두면 세후가 밤이 새도록 자신의 머리를 괴롭힐 것을 알기에 보란은 그대로 둘 수가 없었다.

“우선 그 생각은 접어둬요. 오늘은 무조건 쉬는 거예요.”

보란은 그를 방으로 데리고 가서, 눕지 않으려는 그를 억지로 침대에 눕혔다.

“옆에 있을 테니 눈 좀 붙여요.”

“그 자식 얼굴이 곧 죽을 사람 같았어.”

“그만. 그만하고 눈 감아요.”

“……알겠어.”

세후가 잘 수 있도록 보란은 그의 손을 꼭 잡아줬다. 그녀의 온기로 세후가 눈을 감자 보란은 방문을 조용히 닫고 나왔다.

‘아, 엄마 전화 기다리시겠다.’

보란은 걱정하고 있을 혜자에게 연락을 넣었다.

“그래서 엄마, 오늘 세후 씨랑 같이 있어줘야 할 것 같은데? 아니면 좋겠지만 세후 씨가 밤에 아프기라도 할까 싶어서…….”

-됐다. 뒤에 붙는 말이 왜 그렇게 길어.

“아니, 엄마 걱정하실까 봐 그러지.”

-우빈이는 내가 데리고 잘 테니까 걱정 말고 곁에 있어줘라.

"고마워요."

딸이 외박하겠다고 하는데도 쿨하게 허락한 혜자는 통화 끝에 말을 덧붙였다.

"세후 총각이 많이 힘들었겠어. 네가 잘 위로해줘. 끊는다."

"가만 보면 우리 엄마 은근히 츤데레야."

끊긴 휴대폰을 쳐다보며 피식 웃은 보란은 다시 세후가 누워 있는 방으로 들어갔다.

옷도 갈아입지 않고 옆으로 누워 잠든 그에게로 다가갔다. 조금 부은 것처럼 보이는 그의 눈두덩으로 그녀의 손이 움직였다.

"잘생긴 얼굴이 엉망이 됐네."

잠들었던 줄 알았던 그의 눈이 스르륵 떠졌다.

"나 때문에 깬 거예요?"

그의 얼굴에서 멀어지려는 손을 세후가 잡아왔다.

"내가 그렇게 잘생겼어? 눈을 뗄 수 없을 만큼?"

집요하게 물어오는 세후의 눈을 보란은 피했다.

"글쎄요?"

"이제 와서 아닌 척하는 거야? 말해봐. 얼마만큼 잘생겼는데?"

"글쎄요. 자세히 봐야 할 것 같은데."

전 같았으면 쑥스러워 끝까지 대답을 피했을 그녀가 불쑥 그의 얼굴 가까이로 다가왔다. 언젠간 그가 그녀에게 했던 고백처럼 보란의 손이 그의 이마로 향했다.

"많이 힘들었을 텐데도 삐뚤어지지 않은 당신, 잘생긴 것 같긴 해요."

세후의 이마를 매만지던 보란의 기다란 손이 그의 눈으로 내려왔다.

"다른 사람들한테는 무서운 눈을 하지만 나에게만 웃어주는 당신. 조금 잘생겼어요."

다시 내려온 손이 그의 코를 매만졌다.

"나를 보며 웃을 때마다 찡긋거리는 당신, 정말 잘생겼어요."

마지막으로 손이 아닌 보란의 입술이 닿은 곳은 그의 입술. 살짝 닿았다 떨어진 그녀의 입술이 말했다.

"나를 사랑한다고 말하는 세후 씨, 사랑해요."

와락. 세후가 그녀를 끌어안았다. 그녀의 머리를 쓰다듬으며 가슴이 가빠온다.

"아. 당신 데려다줘야 하는데……. 어머니 걱정하시는데. 엄청난 말을 들어버려서 보내기가 싫네."

아쉬운 듯 천천히 떨어지는 세후를 다시 보란이 세게 끌어안았다.

"안 보내면 되지?"

"……?"

엄청난 소리라도 들은 것처럼, 믿을 수 없는 소리라도 들은 것처럼 세후가 보란을 바라봤다. 그녀의 눈이 곱게 휘어지며 웃는다.

"허락받았어요. 같이 있을까요?"

"밤새?"

"밤새도록."

보란의 말이 끝나기도 전에 세후의 입술이 그녀의 입술을 덮었다.

* * *

안을 엿볼 수 없게 굳게 닫힌 침실 문 사이로 은밀한 대화 소리가 새어 나오고 있었다.

"안 돼요."

"왜? 왜 안 돼?"

"아무리 그래도……."

“내가 내 것에 대한 소유권을 주장하겠다는데?”

“그래도 이건 너무하잖아요.”

침대에 마주 보고 앉은 보란과 세후는 지금……. 게임 중이다.

도저히 잠이 오지 않을 것 같은 고요하고 깊은 밤, 침대 위에서 서로의 얼굴만 보고 있기에는 어딘가 딱 꼬집어 말하기 미묘하고 어색했던 보란이 먼저 제안한 것이다.

‘우리 게임이나 할까요?’

‘무슨 게임?’

‘시간 때우는 데는 보드게임만 한 게 없죠.’

전에 우빈과 놀면서 한 번 했던 걸 기억해낸 보란이 방으로 달려가 네모난 상자를 가지고 나왔다. 물론 그녀가 가져온 것을 확인한 세후는 내키지 않은 듯 고개를 저었다.

‘다 큰 성인 남녀가 이 밤에 이걸 하자고?’

‘왜요? 아이들만 게임하라는 법 있어요? 에이, 나한테 질 것 같아서 겁먹었구나?’

‘내가 어디 가서 질 스타일이야?’

그렇게 두 사람은 부루마블 게임을 시작했다.

세 바퀴를 돌고 나니 통행료가 비싼 땅이란 땅은 대부분 세후의 차지였다. 거기다 두 바퀴를 더 돌고 나니 세후는 본격적으로 자신의 땅에다 건물을 세우기 시작했다. 땅값도 비싼데 건물까지 세우면 혹시라도 주사위 잘못 던져서 그의 땅을 지나가기라도 하면 가지고 있는 돈을 전부 통행료로 내야 할 판이었다.

“욕심쟁이! 건물 좀 그만 세우면 안 돼요? 망하면 어쩌려고 무리하는 거예요?”

“충분히 회수할 수 있을 것 같아서 공격적으로 투자하는 거야. 내 걱정은 붙들어 매시고 당신 걱정이나 하시지?”

말이 끝나기가 무섭게 보란이 던진 주사위는 세후가 심혈을 기울여 만들어놓은 땅에 발을 들여놓게 했다.

“아악! 이럴 수는 없어!”

결국 가지고 있던 현금을 전부 통행료로 상납한 보란은 은행에서 돈을 빌릴 수밖에 없었다. 물론 얼마 되지 않은 땅을 담보로 잡힌 채 말이다.

“결국 저당 잡히는 거야? 괜찮겠어?”

시간이나 때우자고 시작한 게임인데 마치 현실 세계인 것처럼 몰입하게 되는 건 또 뭔지.

“어차피 내 인생도 당신한테 저당 잡힌 마당에 이까짓 게 대수겠어요?”

보란의 적절한 비유가 마음에 들었는지 세후가 기분 좋게 웃었다.

“너무 지기 싫어하니까 내가 져주고 싶어지는데?”

무시해도 정도가 있지, 져주고 싶다는 말에 보란은 발끈했다.

“절대로 져주지 말아요? 알겠어요? 아직 승부는 끝나지 않았으니까 어떻게 될지 모를 일이에요. 계속하기나 해요!”

다시 게임은 시작됐다. 그러나 보란이 기대했던 행운 같은 건 일어나지 않았다. 이미 세후에게로 기울어져 있던 판을 보란이 다시 넘기기에는 너무 무리였던 거였다.

게임에서 진 걸 순순히 인정한 보란이 이마를 세후에게로 가져갔다.

“자, 때려요.”

어서 때리라며 들이미는 그녀의 가녀린 이마를 세후가 어찌 때릴 수가 있으랴!

"됐어."

하지만 보란은 물러서지 않았다.

"약속은 약속이니까 어서 때리세요. 그래야 다음 게임에서 제가 이기면 때릴 수 있으니까."

"또 하려고?"

"당연하죠. 밤은 길고 긴데 겨우 한 판 가지고 되겠어요? 다시 붙어요!"

별것 아닌 게임에 승부욕을 불태우는 보란이 귀여워 세후는 사춘기 소년처럼 더 놀리고 싶었다.

눈을 질끈 감고 있는 그녀의 이마에 꿀밤을 놓았다.

"아!"

단발의 비명과 함께 보란은 이마를 부여잡았다. 살살 때린다고 때렸는데 힘 조절에 실패하는 바람에 그녀의 이마가 빨갛게 부어올랐다.

그리고 부어오른 이마만큼 보란은 다시 불타올랐다.

"자, 2라운드. 시작해요!"

다시 새로운 게임을 알리는 주사위는 던져졌다. 하지만 다시 한들 결과가 바뀔 수 있을까?

"말도 안 돼! 또 지다니."

너무도 쉽게 이긴 세후는 여유롭게 보란을 응시했다.

"이런 쪽으로는 영 소질이 없는 것 같으니까 혹시라도 사업한답시고 비서 자리를 때려치우는 어리석은 짓은 안 했으면 좋겠어."

연달아 파산을 맛본 보란은 딱히 대꾸할 말을 찾을 수가 없었다.

게임의 승패는 갈렸고 이제 남은 건 벌칙의 이행뿐이었다. 보란이 다시 이마를 세후에게로 내밀었다.

"자! 때려요!"

방금 맞았을 때의 고통을 기억하고 있는 그녀의 움츠러든 허리는 점점 뒤로 젖혀졌다. 더 이상 허리가 꺾이지 않을 즈음, 보란의 몸은 침대의 끝에 걸쳐 있었다.

"……!"

아차 하는 순간, 침대 밑으로 떨어지려는 순간! 세후가 보란의 팔을 잡아당겨 그의 앞으로 데려다놓았다.

쪽!

아픔이 아니라 부드러운 입술이라는 벌칙이 그녀에게 내려졌다.

겁먹고 있던 보란의 눈이 스르륵 떠졌다. 꿀밤 대신 입맞춤이라니. 달콤한 벌칙에 몸이 배배 꼬였다.

"아이 참. 안 봐줘도 되는데……."

세후의 기다란 손이 그녀의 이마를 톡 건드렸다.

"거짓말은. 잔뜩 겁먹고 있었으면서?"

약해 보이긴 싫어서 보란은 끝까지 센 척, 용감한 척 했다.

"겁먹긴요. 누, 누가요?"

씨익 웃으며 바짝 그녀에게로 다가온 그의 갈증 가득한 목소리가 그녀의 귓가를 가득 채웠다.

"겁먹어야 할 텐데?"

보란의 응시하는 세후의 눈빛이 위험하게 빛났다.

"이제부터 당신에 대한 내 소유권을 주장할 생각이거든."

"소, 소유권요?"

"아까 당신 입으로 말했잖아. 나한테 저당 잡혔다고. 아니야?"

"그, 그건……."

"싫으면 지금 말해."

거부하려고 해도 보란은 차마 거부할 수가 없었다. 볼을 가리고 있던 머리카락을 귀 뒤로 넘겨주는 세후 손길이 너무 다정했기 때문에.

그녀가 싫다고 말하면 세후는 방금 전에 했던 말은 그냥 해본 소리였다며 웃으며 물러설 걸 알고 있다.

"싫다고 말하면요?"

"힘들겠지만…… 다음을 기약해야지."

무섭기도 하고 두렵기도 한 길이지만 그녀를 위하는 그와 함께라면 괜찮을 것도 같다. 그리고 보란은 무엇보다 후회하지 않을 자신이 있었다. 대답 대신 용기를 낸 보란이 세후의 입술에 입을 맞췄다.

"……!"

그녀의 확실한 대답에 세후의 눈이 기대로 부풀어 올랐다. 어쩌다 분위기에 휩쓸려 꺼낸 말은 결코 아니었다. 고심하고 또 고심하다 꺼낸 말이다. 오늘 집에 가지 않아도 된다는 말을 들었을 때부터, 밤새도록 함께 있겠다고 말했을 때부터. 천 번도 넘게 고민했다.

그리고 말로는 물러나겠다고 이야기했지만 정말 물러설 수 있을지도 미지수였다.

보란이 고민하는 그 짧은 순간 동안 세후는 얼마나 떨었는지 모른다. 심장으로부터 시작되어 손끝까지, 전신이 떨려와 어쩔 수 없을 만큼 떨고 있었다. 세후의 손이 그녀의 뺨을 감쌌다. 안고 싶다. 다른 건 아무것도 필요하지 않을 만큼 그녀를 안고 싶었다.

"날 왜 이렇게나 떨리게 만들어?"

바보. 그녀 때문에 그가 떨리는 만큼 그녀도 그로 인해 떨고 있는데. 세후는 자신만 그렇다고 생각하는 듯했다. 그를 올려다보는 그녀의 음성도 떨리고 있었다.

"내가…… 당신을 떨리게 해요?"

"그래. 미칠 정도로."

"나…… 도 마찬가진데? 당신도 나를 떨리게 해요."

고개를 들어 올린 보란이 다시 세후의 입에 입을 맞췄다. 그의 입술에 닿은 그녀의 입술이 미세하게 떨리고 있었다. 그녀도 그와 같이 떨고 있다는 것을 확인하자 겨우 붙잡고 있던 그의 이성이 끊어졌다. 그녀의 입술을 삼켜버린 세후의 뜨거움들이 폭발하고 있었다.

"으읍."

등에 닿는 푹신함에 눈을 떴을 땐, 어느새 보란은 침대 위, 세후의 아래에 누워 있었다. 처음 경험하는 짙은 향기에 보란이 겁먹은 눈을 했다.

"세, 세후 씨?"

"쉬이. 사랑해."

세후가 계속해서 겁먹은 그녀의 뺨을 쓰다듬고 있었다. 보란이 적응할 수 있도록 세후는 영원같이 느껴지는 찰나의 시간을 인내하고 기다렸다. 그리고 마음의 준비가 끝난 보란이 그의 셔츠를 쥐었을 때, 세후는 그녀에게로 향했다.

세후의 뜨거운 입술이 지나가는 곳마다 그녀의 몸에는 붉은 열꽃이 피어났다. 그리고 처음 경험하는 생소한 느낌에 보란의 허리는 들썩이며 춤추고 있었다.

"하아."

달콤하고 아름답기까지 한 공기가 두 사람을 에워쌌다. 간절한 세후의 음성이 그녀에게 매달렸다.

"듣고 싶어. 당신이 하는 말."

다시 그의 입술이 그녀의 반응을 이끌어내고 있었다. 결국 보란은 그가 듣고 싶어 하는 말을 흘려냈다.

"사랑해요."

더할 나위 없이 마음에 든다는 듯 세후가 씩 웃었다. 넓은 어깨 아래로 탄탄한 근육의 몸이 그녀 위로 겹쳐졌다. 그의 입술이 그녀의 입술을 찾았고 그의 가슴이 그녀의 가슴과 맞닿았다.

"하아."

아늑하고 몽롱한 기운이 그녀를 휘감았다. 그것도 잠시, 보란의 눈은 생소한 감각에 팽창했다. 부끄러움에 그녀의 몸이 열기로 붉어졌지만 세후는 멈추지 않았다. 그의 혀가 그녀의 모든 곳을 스쳤다. 그가 지나간 자리마다 천천히 차오른 감정들이 넘쳐 오르더니 그녀를 전율하게 만들었다.

"많이 아플지도 모르겠어. 그래도 나는 못 멈춰. 당신을 사랑하니까."

그의 고백과 함께 드디어 하나가 된 두 사람. 그리고 세후는 깨달았다. 앞으로 살아가는 동안 이 여자를 사랑하는 마음이 점점 더 커질 것이라는 걸. 그래서 세후는 절대로 멈출 수가 없었다.

"미안. 멈출 수가 없어."

생소한 아픔도 잠시, 다시 찾아오기 시작한 떨림이 그녀를 그의 팔에 매달리게 만들었다.

그의 손이 열에 취해 흔들리고 있는 그녀의 얼굴을 감쌌다.

"쉬이, 괜찮아. 나만 봐."

서로에게로만 고정한 눈. 두 사람은 지금 둘이 아닌 온전한 하나였다.

그가 아직도 열기에서 벗어나지 못한 그녀를 끌어다 안았다. 그녀를 안고 있는 세후는 벅찬 가슴을 주체할 수가 없었다.

"어떻게 할 수 없을 만큼 당신을 사랑해."

그의 품에 안겨 있던 보란이 꼼지락거렸다. 그의 가슴을 간질이는 그녀의 손가락. 그의 가슴을 종이 삼아 그녀의 손가락이 쓴 글.

[me. too.]

me, too. 나도 당신과 마찬가지입니다.

세후가 더 세게 그녀를 끌어당겨 안았다.

끝나지 않을 것 같은 밤은 계속됐고 깊어가고 있었다. 굳이 밖으로 꺼내지 않아도 서로가 서로에게 하고 싶은 말이 닮아 있는 두 사람이 서로를 껴안았고 입을 맞추며 다시 시작한 밤을 맞이하고 있었다.

* * *

잠결에 뒤척이며 보란은 늘 안고 자던 곰 인형을 끌어안았다.

'으음? 이상한데?'

폭신폭신하고 말랑말랑해야 할 인형이 단단하고 매끈했다. 잘못 느끼고 있는 건가 싶어 더 더듬어봤지만 손에 닿는 감촉은 더 선명해져 갔다.

동시에 또렷하게 들려와 그녀의 잠을 달아나게 만드는 목소리가 있었다.

"아침부터 이렇게 유혹해주면 나야 베리 땡큐지만 당신은 감당할 수 있겠어?"

보란의 눈이 스르륵 떠졌다. 세후의 몸에 매미처럼 찰싹 붙어 있는 자신을 발견한 보란은 얼른 그에게서 떨어졌다. 팔을 괴고 옆으로 누운 세후가 그녀를 쳐다보고 있었다. 집요한 눈빛을 피해 시선을 내렸던 보란은 그의 허리춤에 아슬아슬하게 걸려 있는 이불에 온몸이 홍조를 띄었다.

"잘 잤어?"

아침 인사를 건네는 세후가 그녀를 끌어당겼다. 맨살에 맨살이 닿는 느낌에 머릿속은 지난밤의 뜨거웠던 기억이 팝하고 튀어 올랐다.

처음이 어려웠지, 절제라는 둑이 무너진 듯 세후는 몇 번이고 그녀를 안았고 그에게서 듬뿍 사랑을 받은 그녀는 그의 품에서 만개했다.

'민망해 죽겠네.'

부끄러워진 보란은 시트를 몸에 돌돌 감아 침대에서 벗어나려 했다.

하지만 침대에서 벗어나기도 전에 세후에게 허리를 잡혀버리고 말았다.

“어디 가려고?”

여전히 눈을 피한 채 보란은 우물쭈물 대답했다.

“씻으려고요?”

시트에 꽁꽁 싸인 보란의 몸이 허공에 떠졌다.

“꺄아악! 내려줘요.”

몸부림치는 그녀를 다시 고쳐 멘 세후가 볼멘소리를 했다.

“무거우니까 가만히 있어.”

다른 말도 아니고 무겁다는 말에 움찔한 보란이 반항을 멈췄다. 새털처럼 가볍다고 해줘도 모자랄 판에 무겁다니.

얌전해진 보란을 둘러메고 성큼성큼 욕실로 들어간 세후는 욕조 난간에 그녀를 조심히 내려놓았다. 발이 땅에 닫기가 무섭게 보란은 세모눈을 했다.

“방금 전에 뭐라고 했어요?”

“내가 뭐라 했어?”

여자들이 제일 민감해하는 몸무게에 관한 말을 아무렇지 않게 해놓고는 모르는 척하다니.

“됐어요. 나 씻을 거니까 나가봐요.”

하지만 보란의 축객령은 무시한 채 세후는 입고 있던 티셔츠를 벗고 있었다.

같이 샤워라도 할 작정인가 본데, 어림도 없는 소리였다.

갑자기 몸을 구부린 보란이 기침을 하기 시작했다.

“캑캑. 쿨럭.”

욕실이 울리도록 기침을 해대는 보란에 놀란 세후가 얼른 다가왔다.

“왜 그래?”

“물. 쿨럭. 사레에…… 물 좀.”

“물? 알겠어. 잠시만.”

빛의 속도로 세후가 욕실을 튀어 나갔다. 그리고 세후가 나가자마자 욕실 문이 탈칵, 잠겼다.

물을 가지고 미친 듯이 달려온 세후는 닫혀 있는 욕실 문에 당황하길 한 번, 아무리 문고리를 돌려도 열리지 않는 문에 두 번 당황했다.

"이게 왜 안 열려? 문 열어봐. 물 가져왔어."

문 앞에 서서 그녀를 애타게 부르는 세후를 향해 보란은 승리에 찬 웃음을 지었다.

"거기 서서 뭘 잘못했는지 잘 한번 생각해봐요."

스르륵. 바닥으로 떨어지는 침대 시트의 소리와 함께 들려온 보란의 목소리가 욕실 문을 타고 들려왔다.

"어머, 혼자 씻어야겠네?"

본래 계획대로라면 세후는 저 안에 같이 있어야 했다. 그런데 뭘 잘못했는지도 모르고 욕실 문 앞에 서서 애가 타게 기다리고 있는 중이다. 그러니 무조건 잘못했다고 사과하고 보는 거였다.

"잘못했어."

"뭘 잘못했는데요?"

"뭐인지 모르지만 다 잘못했어."

"땡!"

동시에 쏴 하고 물소리가 들려왔다. 문밖에 서서 소리만 듣고 있는 세후는 애만 타들어 갔다. 문을 부수고라도 쳐들어가고 싶은 심정이었다.

'그래. 열쇠! 욕실 열쇠가 어디 있더라?'

어디 있는지도 모를 열쇠를 찾으러 세후가 온 집 안을 뒤지기 시작했다.

세후가 열쇠를 찾으러 간 그사이, 보란은 샤워를 마치고 밖으로 나왔다.

"지키고 있을 줄 알았더니?"

욕실 문 앞에 서 있을 줄 알았더니 어딜 갔는지 세후는 보이질 않았다.

아직 기분이 풀리지 않는 보란은 그대로 방으로 들어갔다. 젖은 머리를 말리기 위해 방에 있는 화장대에 앉아 드라이어를 들었다.

위이이잉.

한참 잘 머리를 말리고 있는데 드라이어가 하늘로 올라갔다. 어디서 뭘 하다 왔는지 이마에 땀까지 맺혀 있는 세후였다.

"내가 말려줄게."

"뭘 잘못했는지도 모르면서?"

보란이 드라이어로 다시 손을 뻗었지만 닿지 않았다. 아예 드라이어를 꺼버린 세후가 그녀를 화장대 위로 들어 앉혔다.

"으차! 왜 이렇게 가벼워? 안 되겠네. 보약이라도 한 제 해먹여야겠네?"

티가 나게 거짓말을 하는 세후를 보며 보란이 눈을 흘겼다.

"아까는 무겁다고 했으면서?"

"내가 언제?"

말했던 게 사라지는 것도 아닌데 발뺌은 선수급이었다. 가볍다는 말에 쉽게 넘어갈까 봐?

보란이 줏대 없이 풀리려는 눈에 힘을 줬다.

"아까 나 둘러메고 욕실로 갈 때 그랬잖아요!"

"나는 침대 시트가 무겁다는 소리였는데?"

"……."

"이리 와. 머리 말려줄게."

이번만 봐주겠다고 못 이기는 척 넘어간 보란이 세후에게 머리를 맡겼다.

머리카락 속을 부드럽게 파고 들어오는 손길에 절로 기분이 좋아진 보란이 눈을 감았다.

"좋다."

두 눈 아래 늘어진 긴 속 눈썹이, 붉은 입술이 세후의 가슴을 건드렸다.

쿵쾅쿵쾅.

잘 돌아가던 드라이어가 꺼졌다. 조용해진 주위에 보란이 눈을 떴다.

"왜 그래요?"

세후는 말없이 보란을 쳐다보기만 했다. 굳이 말하지 않아도 보란은 알 수 있었다. 그가 하려는 말은 분명했다.

"우리 자기. 날 너무 사랑하는구나?"

"어떻게 알았어?"

"눈으로 막 레이저가 나올 정도로 세게 말하니까 모를 수가 없죠."

화장대에 앉아 있던 보란을 다시 세후가 들어 올렸다. 마치 아무것도 느껴지지 않는 것처럼 거뜬하게.

그게 또 좋아 보란은 얼굴을 내려 그의 입술에 자잘한 키스를 퍼부었다. 그리고 그녀의 키스가 끝나기가 무섭게 세후의 키스가 시작됐다.

두 사람만의 세계에 빠져 한창 사랑이 무르익어갈 즈음 문이 벌컥 열렸다.

"엄마야!"

갑자기 들려온 엄마 소리에 하던 것을 멈추고 문 쪽을 쳐다보니 혜자가 우빈의 눈을 가리고 서 있었다.

"엄마?"

"아니, 나, 나는 혹시나 세후 총각 아파서 드러누워 있으면 죽이라도 끓여 주려고 왔지.

들어온 순간부터 계속 먼 산으로 눈을 고정한 혜자가 말했다.

"이제 보니 죽이 아니라 장어를 먹어야 할 것 같은데? 하던 거 계속하시게나. 나는 우빈이 데리고 시장 갔다 오지. 시장에 좋은 게 있으려나? 한 시간 정도 걸릴 걸 같네."

말을 마친 혜자는 문을 닫고 나갔다. 일부러 두 사람이 들으라는 듯 세게 닫힌 현관문 소리가 연이어 들려왔다.

보란이 세후의 품에 얼굴을 묻고 이제 엄마 얼굴을 어찌 보냐며 칭얼거렸다.

"우리 진짜 어떡해요!"

"어쩌긴. 어머니 말씀대로 하던 거나 마저 해야지."

말도 안 된다며 그의 품에서 벗어나려는 보란을 단단히 붙잡은 세후가 바지 주머니에서 웬 열쇠를 꺼내 흔들었다.

"욕실로 도망가도 소용없어. 열쇠 찾았거든."

28화. 그녀의 은밀한 취미

"어머니!"

우아하게 책을 넘기고 있던 명숙의 손이 멈췄다. 서재 방문을 벌컥 열고 들어오는 아들을 보며 그녀는 짐짓 반가운 내색을 감추기에 여념이 없었다. 소리 나지 않게 책을 덮는 명숙은 마치 규민이 올 줄 알고 있었다는 표정이었다.

"이제 왔니? 앉아라."

명숙이 권하는 자리에 앉지도 않고 규민은 제 할 말 먼저 꺼냈다.

"그만두십시오."

명숙은 한 치의 미동도 없는 목소리로 답했다.

"무슨 소리를 하는지 모르겠구나."

"우빈이 데리고 오겠다고 저 몰래 소송을 벌이시지 않으셨습니까!"

고작 그런 일에 흥분해서는……. 소리치는 아들을 보는 명숙의 눈이 싸늘했다.

"못난 놈. 언제까지 이렇게 약하게 굴 거야? 나는 당연한 일을 했을 뿐이다."

"어떻게 그게 당연한 일입니까?"

“제 아빠를 두고 다른 사람 손에 크게 둘 순 없는 일 아니겠니?”

“아무것도 해준 것도 없는 제가 무슨 아빠입니까. 그리고 다른 사람이라니요. 세후가 키우고 있지 않습니까?”

“말이 되는 소리냐. 계속 외삼촌 손에 크게 두겠다는 거냐. 나는 절대로 그 꼴은 못 본다. 우리가 데리고 와서 제대로 된 교육을 받게 해야지.”

벽에다 대고 소리를 치고 있는 것만 같은 느낌이었다. 대체 어떻게 하면 어머니는 그만하실 건지. 규민이 절박한 목소리로 물었다.

“제가 대체 어떻게 할까요?”

마치 규민의 그 말을 기다렸다는 듯 명숙은 단번에 조건을 내걸었다.

“회사로 들어오너라.”

“회사로 들어가면 세후와 우빈이를 가만히 두시는 겁니까?”

“그건 그때 가서 생각해보도록 하마.”

“하! 어떻게 끝까지…….”

상황과는 전혀 어울리지 않는 웃음이 튀어나왔다. 어머니는 미국으로 가서 공부를 마치고 회사로 들어가면 세진을 받아주겠다고 했던 그때나 지금이나 바뀐 것이 없었다.

그래도 이번엔 마음에도 없는 약속은 하지 않으셨으니 다행이라고 해야 할까? 덕분에 규민이 순진하게 넘어가지도 않을 테니까 말이다.

“그래서 어쩔 거냐? 내 말대로 할 거냐?”

“아니요. 이번에는 제가 어머니를 막을 겁니다. 그러니까 우빈이도 세후도 건드리지 마세요!”

어쩌면 마지막으로 여기까지 찾아온 건 어머니께 기회를 드리고 싶었는지도 모른다. 하지만 어머니는 절대로 바뀌지 않을 분이란 걸 이제야 바보같이 확실하게 깨닫게 되었다.

조금만 일찍 알았으면 좋았을 걸. 힘이란 힘은 다 빠져버린 규민의 목소리가 공허하게 허공을 갈랐다.

“이제 어머니 아들은 없어요. 어머니께서 가장 아끼시는 회사까지 잃지 않으시려면 여기서 그만하세요.”

규민은 마지막이 될지도 모르는 인사를 명숙을 향해 했다.

“네가 지금…….”

쉽게 끊을 수 없다는 모자의 연을 미련 없이 끊어내겠다는 아들을 보는 명숙은 크게 동요했다. 휘청이다 다시 의자로 주저앉았지만 그녀를 끊어낸 규민은 그대로 서재를 나가버렸다.

규민이 이렇게까지 기를 쓰고 반대한다면 우선은 물러나는 수밖에 없었다. 홀로 남게 된 명숙은 곧장 휴대폰을 들었다.

“김 비서. 최 변호사한테 전화해서 소송은 없던 걸로 하라고 해.”

-네, 알겠습니다.

“그리고 전에 권세후랑 스캔들 났다는 여배우 소속사 사장이나 한번 보지.”

물러난다고 해서 그렇다고 다른 수가 없는 건 아니다. 이런 방법까지 쓰고 싶진 않았지만. 어떻게 하면 권세후라는 이름에 흠집을 낼지 생각하는 명숙의 눈이 섬뜩하게 빛났다.

* * *

너무 평화로워 지루하기까지 한 헨젤 비서실의 오후, 진동으로 해놓은 보란의 휴대폰이 울렸다. 화면 창에 튀어 오른 메시지에 그녀의 몸도 튀어 올랐다.

[나 빨간 머리야 님. 잘 지내셨어요?]

발신자는 ‘얼핏 보면 길버트’. 그녀가 며칠 밤을 새워서 만들어낸 사랑스런 닉네임으로 불리는 건 참으로 오랜만이었다. 요즘 세후와 연애놀음 하느라 까마득히 잊고 있었다.

옛날에는 일주일에 한 번은 채팅창에서 밤이 새도록 이야기를 하곤 했는데 근래에는 혼자 있을 시간이 없어서 채팅창 문턱에도 가보지 못했다. 반가움 마음에 답장을 적는 그녀의 손이 빨라졌다.

[저야 잘 지냈죠! 얼핏 보면 길버트 님도 잘 지내셨어요?]

[네. 몇 달째, 채팅에도 안 들어오시고 해서 무슨 일 있으신 건 아닌지 걱정했어요.]

'무슨 일이 있긴 하지. 세상에서 제일 싫어하던 남자와 연애를 하고 있으니.'

하지만 애인이 생겼다는 사실은 이 모임에서는 금기어였다. 그들의 리그에서 애인이 생겼다는 말은 덕후에게 덕질의 대상보다 더 좋아하는 걸 찾아냈다는 걸 의미하니까.

그러나 그녀는 남자 친구가 생겼음에도 팬심은 결코 변하지 않았음을 하늘에 대고 맹세할 수 있었다. 감히 예상하건대 이 모임에서 그녀처럼 사귀는 사람이 생겼는데도 아닌 척 함구하고 있는 사람이 꽤 될 거다. 그러니 그녀도 묻지 않은 질문에는 대답하지 않는 걸로 해야겠다.

[아니에요. 일이 바빠서 정신이 없었어요.]

[아, 그랬구나. 저는 또 연애라도 하시는 줄 알았어요.]

뜨끔. 휴대폰에 감시 카메라라도 달아놓은 듯한 말에 보란의 가슴은 철컹했다.

[하하. 연애라니요. 근데 무슨 일이세요?]

[다름이 아니라 저희가 오늘 저녁에 모이기로 했습니다.]

익명성을 좋아해서 채팅창에서만 모이던 이들이 무슨 일인가 싶어 보란은 의아해했다.

[직접 얼굴을 보고 모인다고요?]
[네. 같은 취미를 가지기가 쉬운 일도 아니고 만나서 더 친해지자는 의미로 만남의 기회를 만들기로 했습니다. 그래서 말인데 나 빨간 머리야 님. 혹시 오늘 저녁에 시간이 되신다면 참석하실 수 있으세요?]

채팅창에서 만나서야 무슨 이야기든 하지만은 막상 얼굴을 보고 앉아 있으면 어색하진 않을까 싶어 그녀는 선뜻 그러마 하지 못하고 꺼려졌다.

[아……. 저는 오늘 저녁에…….]

어떤 핑계를 대서라도 안 갈 궁리를 하는데 다시 노란 창이 튀어 올랐다.

[꼭 오셔야 하실 텐데요. 이번 모임을 주최하는 주최 측으로서 님께만 고급 정보 하나 드릴게요.]
[무슨 정보요?]
[저희가 얼굴을 보고자 하는 의미도 있지만 진짜 목적은 가지고 있는 소장품 중에서 처분할 게 있는 물품을 가져와서 처분하는 경매를 열까 합니다. 직접 물품을 확인하고 가져가면 누이 좋고 매부 좋은 거 아니겠습니까? 그리고 오늘 경매에 전에 님이 경매에서 낙찰받지 못하신 1980년판 앤 리

미티드 에디션이 나올 겁니다.]

생각지도 못한 고급정보에 보란의 허리가 의자에서 튕겨 올랐다.

"맙소사! 나한테도 이런 행운이 찾아오시다니! 아, 어쩌지?"

저도 모르게 감탄사를 내질러버린 보란 때문에 옆에 앉아 있던 정은도 덩달아 놀랐다.

"아휴, 놀래라!"

지금 심정으로야 춤이라도 추고 싶었지만 보란은 기쁜 마음을 감춘 채 차분하게 다시 자리에 앉았다.

"미안."

"무슨 일 있으세요?"

"일은 무슨, 아무것도 아니야."

말만 그렇게 할 뿐이지 어딘가 심각해 보이면서도 즐거워도 보이는 복잡한 감정의 보란의 얼굴은 숨기려고 해도 숨겨지지 않았다. 그러니 정은은 더 물어볼 수밖에 없었다.

"아닌 게 아닌데요? 복권이라도 당첨되셨어요?"

"아, 아니야. 복권은 무슨."

덕후들의 사전에 이런 말이 있다.

'내 인생에 휴덕은 있어도 탈덕은 없다.'

연애사정으로 덕질을 잠시 쉬고 있었던 보란이지만, 다시 앤을 만날 수 있다는 사실은 그녀의 덕질 DNA를 살려냈다.

"그럼…… 남자 친구?"

앤과 남자 친구라. 이건 애초부터 비교가 불가한 카테고리에 속해 있었다.

"어허. 분야가 달라. 그쪽 분야와는 비교할 수 없을 만큼 좋은 거라는 거만 이야기할게."

이미 앤 이야기라 나온 후부터는 보란은 이것저것 잴 것도 없이 당연히 참석이었다.

[앤을 사수하기 위해 무조건 가겠습니다!!!!!]

[네, 접수했습니다. 오늘 저녁에 봐요.]

문자를 마친 보란은 지갑부터 찾아 들었다. 뽑아놓은 현금이 얼마 되지 않았다.

‘경매라면 분명히 현금 박치기일 거란 말이지.’

앤을 사수하기 위한 총알 공급이 시급했다. 아직 시간이 충분히 남아 있음에도 마음이 급해진 보란은 자리에서 일어났다.

“정은 씨, 나 은행 좀 갔다 올게.”

“네에? 엄 비서님? 엄 비서님!”

황당함에 정은이 그녀를 불렀지만 들은 체도 않고 보란은 빛의 속도로 사무실을 벗어났다.

“대체 이게 다 무슨 일이래?”

사무실에 혼자 남은 정은은 영문을 모를 눈을 하고 있을 뿐이었다.

찰칵.

그녀의 이름이 크게 들리는 데 궁금증을 참지 못한 세후가 기어코 사장실 밖으로 나왔다. 하지만 그가 나왔을 땐, 바람처럼 밖으로 나가는 보란의 머리카락의 한 자락을 봤을 뿐이었다.

“방금 엄 비서입니까?”

세후의 물음에 정은이 자리에서 일어났다.

“네? 네, 맞습니다.”

“저렇게 급하게 무슨 일입니까?”

"은행에 가신다고……."

"은행이요?"

정은의 짧은 머리로는 아직도 방금 전에 있었던 그녀의 행동들을 이해할 수가 없었다. 그녀의 머리로 얼마 전, 봤던 기사 하나가 생각이 났다. 또 뜬금없이 가까이 있는 것들을 연결해 없던 사건도 만들어내는 정은의 능력이 발동됐다.

'설마…… 신종 사기?'

보이스피싱의 사례들을 나열해놓은 거였는데, 승용차나 복권에 당첨이 됐다며 세금을 내야 한다고 하며 통장에 있는 돈을 다 빼가는 수법이었다.

물론 보란은 아니라고 말을 흐렸지만 그건 당첨됐다는 사실이 알려지면 피곤해지니까 충분히 숨길 수 있는 거였다. 거기다 남자 친구와는 비교할 수 없을 만큼 좋은 거라고 했었던가?

"남자 친구와는 애초부터 비교가 불가능한 카테고리가 뭘까요?"

"무슨 소리 하는 겁니까?"

애초부터 답을 바라고 물은 게 아니었다는 듯 정은은 자신이 한 질문에 자신이 대답했다.

"아마 '머니'겠죠?"

도통 알 수 없는 말만 늘여놓는 정은을 참다못한 세후가 그녀를 저지하려 했다.

"이정은 씨. 알아들을 수 있게 말해요."

하지만 세후의 말을 끊는 정은이 더 빨랐다. 자리를 박차고 일어난 정은은 다급했다.

"어떡해! 엄 비서님, 사기 당하러 가셨어요!"

"그게 무슨 소리입니까!"

"엄 비서님, 보이스피싱에 속아서 은행 가셨다고요!"

"젠장!"

엘리베이터에서 내려 세후는 얼마나 전력으로 달렸는지 모른다. 살면서 이렇게까지 달려본 적이 있냐고 누가 묻는다면 장담하건대 이번이라고 대답할 수 있을 만큼 빨리 달렸다.

회사 주위에 은행은 또 얼마나 많은지, 다른 것도 아니고 보란의 주거래 은행이 어딘지 알아두지 않은 게 이리 후회가 될 줄은 몰랐다.

첫 번째, 두 번째 은행은 허탕을 치고 들어간 세 번째 은행이었다.

ATM기 앞에 서 있는 보란을 발견한 세후는 버튼을 누르려는 그녀를 저지했다.

"헉. 안 돼. 헉헉."

뒤에서 덮치듯 다가온 세후 때문에 놀란 보란이 소리를 질렀다.

"아악!"

거기 있던 사람들이 전부 그를 도둑놈 보듯 하니 세후는 비명을 지르는 그녀의 입부터 막았다.

"나야. 나라고."

대낮에, 그것도 은행 밖도 아니고 안에서 갑자기 덮치기에 간도 큰 도둑놈이다 싶었더니, 그 도둑놈의 얼굴이 익숙하다.

"사, 사장님?"

전속력으로 뛰어왔던 세후는 숨도 고를 틈도 없이 보란의 주머니 걱정부터 했다.

"아직 안 부쳤지?"

"뭘요?"

"돈 말이야, 돈."

"……?"

답이 없는 보란을 보며 한 번 숨을 내쉰 세후가 그녀의 어깨를 세게 잡더니 진지한 얼굴로 이야기했다.

"괜찮아. 그깟 사기 좀 당하면 어때? 내가 있잖아. 물론 당신의 입장에서 보면 지금까지 힘들게 번 돈을 이리 허무하게 날렸는데 아깝고 분하고 할 거야. 하지만 내가 연봉 협상 때, 다 보상해줄 테니까 인생을 포기하겠다는 어리석은 생각 따위는 하지 말라고."

"……?"

계속 답이 없는 보란을 보며 세후는 보란이 이미 사기를 당한 거라 여기고 그녀를 달래기에 여념이 없었다.

"아니면 어차피 당신 게 될 건데 이 기회에 내 신용카드라도 줄까?"

그녀의 어깨를 잡곤 힘내라고 말하고 있는 것 같긴 한데. 그 이유가 사기를 당해서라고? 보란이 어깨를 잡고 있는 그의 팔을 거둬냈다.

"대체 무슨 소리를 하는 거예요?"

"보이스피싱에 속아서 돈 부치러 온 거 아니야?"

뭔 피싱? 보란은 저녁에 있을 경매를 위해 돈을 뽑으러 왔을 뿐이었다.

"누가 그런 근거 없는 소리를 해요?"

"이정은 씨가."

정은이 또 쓸데없는 소리를 했나 보다. 어떻게 그것만 듣고 보이스피싱이라고 오해할 수 있는지, 정은의 어렸을 적 꿈이 형사였다더니. 형사는 무슨. 일찌감치 비서로 진로 변경한 게 이 나라와 천만 국민을 위해 천만다행이다.

"정은 씨가 잘못 알았나 보네요. 전 그저 돈을 뽑으러 온 것뿐입니다."

"이렇게나 많이?"

ATM기 화면에 보이는 출금 액수를 본 세후가 의심의 눈을 하고 보란을 쳐다봤다.

"개인적으로 쓸데가 있습니다."

"카드 쓰면 되는 걸 굳이 이 많은 현금으로, 그것도 업무 시간에 급하게 달려와 뽑는 이유가 뭐야?"

대답하기 곤란한 걸 계속 물어대니 보란은 여기서 그만하라는 듯 선을 그었다.

"아니, 제가 제 돈을 뽑는 데 무슨 상관이십니까?"

그녀의 확실한 선이 마음에 들지 않는지 세후의 눈이 꿈틀거렸다.

"말 그렇게 할래?"

하지만 보란은 절대로 알려줄 생각이 없었다.

"제가 긴히 쓸데가 있어서 그럽니다."

"그래서 절대로 말해주지 않으시겠다?"

그의 미간이 지렁이처럼 꿈틀대며 심기가 불편하다는 걸 이야기하고 있었다.

'왜 이러셔. 나 예전의 엄보란이 아니라고!'

겁먹고 지레 실토하던 전과 달리 보란은 입을 더 꾹 다물었다.

"네, 절대로 알려드릴 수 없습니다."

하도 평온해서 지루하기까지 하던 두 사람의 연애에 웬일로 긴장감이 돌기 시작했다.

파란 지폐 다발을 고이 품에 넣고 은행을 나온 보란의 뒤를 세후가 따르고 있었다.

"계속 그럴 거야?"

"네, 계속 이럴 겁니다."

은행에서부터 대체 그 많은 현금이 당장 왜 필요하냐고 세후가 묻는 중이었지만, 보란은 대답을 회피하고 있었다.

'덕질에는 현질이 최고이니까요.'

이런 엄청난 사실을 곧이곧대로 말할 수 없는 탓이었다. 저 앞에 회사가 보였다. 더 이상의 질문은 거부한다는 뜻을 담아 보란이 말했다.

"백 번이고 천 번이고 물어보실 순 있지만, 결코 한 번의 대답도 들으실 수 없을 겁니다."

그 말을 끝으로 돈다발을 품에 안은 보란은 회사 안으로 달려 들어가버렸다.

도망치는 그녀의 뒷모습을 보며 그가 한 생각이라곤 하나였다.

'그러면 만 번쯤 물어보면 대답해주는 건가?'

어쩌면 보란은 그의 집념을 조금은 우습게 본 건지도 몰랐다.

사무실로 올라오니 초조하게 서성이던 정은이 보란을 맞이했다.

"엄 비서님! 돈은요? 돈은 괜찮아요? 막 적금 깨시고 그런 건 아니죠?"

달려와 안기려는 정은을 가뿐히 피한 보란이 기가 막힘에 무슨 말을 먼저 꺼내야 할지도 모르고 멈칫했다.

"정은 씨, 돈이 아니라 나부터 걱정해야 하는 거 아니야?"

"돈 걱정이 엄 비서님 걱정이죠."

하긴, 만약에라도 이 허접한 보이스피싱 때문에 여태껏 비서 생활하며 모은 돈을 다 잃어버렸다면 억울해서 그녀 자신부터가 못 살았겠지.

"걱정해줘서 고마워. 다행히 돈도 나도 괜찮으니까 걱정하지 말고 일이나 하자."

오늘 일은 한바탕 웃어넘길 수 있는 해프닝 같은 일로 남겨두기로 하고 보란은 다시 업무로 돌아가려 했다.

툭.

무슨 소리냐 하니, 뒤따라 들어온 세후가 이유도 없이 발로 그녀의 책상을 치고 가는 소리였다.

'어쭈? 이런 유치한 수로 나를 도발하시겠다? 후우. 엄보란, 화를 다스리라고. 너에게 앤이 기다리고 있잖아!'

평소라면 충분히 응해줄 수 있었지만 지금은 거기에 응해줄 순 없었다. 제시간에 맞춰 퇴근하려면 집중 또 집중해야 했다. 보란은 미동 없이 남은 오후 업무를 시작했다.

하지만 그 집중의 시간은 오 분도 채 되지 않았다.

삐-

-엄 비서. 커피.

내선 전화가 울리고 세후가 그녀를 안으로 불러들였다. 컴퓨터로 서류 작업을 하고 있던 보란은 하던 일을 멈추고 부리나케 커피를 준비해 사장실 안으로 들어갔다.

"여기 있습니다."

커피 잔을 내려놓고 얼른 나가려는데 세후가 그녀의 팔목을 무작정 잡아 세웠다.

"그래서 현금이 필요한 이유는?"

누구는 퇴근 시간 맞추려고 바빠 죽겠는데 커피 심부름을 빙자해서 불러들여서 묻는 말이 또 저거였다.

"커피나 맛있게 드십시오."

쌩하니 나와 자리에 앉아 자판으로 손을 가져다두기가 무섭게 또다시 내선전화가 울렸다.

삐-

-엄 비서, 신제품 소비자 만족도 조사한 자료 좀 들고 들어오지?

"알. 겠. 습. 니. 다."

빠직 소리와 함께 보란의 이마로 피가 쏠렸다.

'제 버릇 강아지 못 준다더니! 한번 시작하면 끝을 보는 그 성격 어디 가겠나!'

하나 마나 서류는 핑계가 분명할 거고, 보란은 어디 구석에 처박아두었던 파일을 찾아들고 사장실 문을 거세게 열고 들어갔다.

뿔난 송아지처럼 그의 책상으로 달려간 보란은 척하니 그의 책상에 두 손을 얹고는 딴에는 위협적으로 이야기했다.

"이러실 겁니까?"

"어, 말해줄 때까지 이럴 작정이야. 그러니까 쉽게 가자고."

화가 머리끝까지 났지만 보란은 참았다. 흥분해서 손해 보는 쪽은 그녀 쪽이었다. 평정심을 유지하기 위해 보란은 크게 숨을 들이마셨다.

"계속 이러십시오. 하지만 제 대답은 전과 같습니다. 나가보겠습니다."

그 후로도, 세후의 호출은 계속됐지만 보란은 앤을 생각하며 꿋꿋이 견디어냈다.

드디어 다가온 퇴근 시간, 보란이 가방을 챙겨 들고 일어나려는데 세후가 또 그녀를 불러들였다.

결국 폭발한 그녀가 그를 보자마자 따지고 들었다.

"또! 왜요! 왜!"

사장실에서 이리 화를 내는 보란은 처음이라 세후는 적잖이 당황했다.

"아, 아니. 퇴근 같이하자고."

끊임없이 들었던 질문이 아니었더니 그녀의 화는 조금 누그러뜨려졌다.

"오늘은 같이 퇴근 못 해요. 갈 데가 있어요."

자신이 할 말만 하고 쌩하니 나가려는 보란의 손을 세후가 붙잡았다.

"그러니까 어디? 이것도 비밀이야?"

"네."

"같이 가면 안 되는 곳이야?"

이게 커플 모임도 아니고 당연히 안 될 말이었다.

"네."

"오늘 진짜 수상해? 어디 가는데?"

모임 시간은 다가오는데 세후는 계속 그녀의 발목을 잡고 있지, 보란은 초조한 얼굴로 시계만 쳐다봤다.

"이러다 늦겠네! 나 가야 해요."

그녀의 얼굴을 보는 세후의 시선이 심각해졌다. 난데없이 현금 뭉치를 가슴에 품고 초조한 얼굴로 갈 곳이 있단다. 마치 어디 불법도박장이라도 가는 행세였다.

"변호사라도 불러야 하는 거야?"

세후는 진지하고 심각하게 물었건만 이미 모든 정신이 모임 장소에 가 있는 보란은 듣는 둥 마는 둥 했다.

"몰라요. 부르시든가 알아서 해요. 급해서 이만."

될 대로 되라는 식으로 그의 팔을 뿌리치곤 보란은 미친 듯이 달아났다.

'많은 현금이 필요하고, 밤에만 열리고. 변호사가 필요할 정도의 장소라니.'

크나큰 충격에 몸을 가누지 못하던 세후가 번뜩 정신을 차리고 보란을 잡으러 뛰어나갔다.

* * *

회사에서 나오기가 무섭게 보란은 마침 오는 택시를 잡아탔다.

"아저씨, 논현동 브라셀로 가주세요."

목적지를 말하고 뒷좌석에 기댄 보란은 뒤에 또 다른 택시가 자신을 따라오고 있다는 것도 눈치채지 못할 정도로 흥분해 있었다.

'드디어 앤을 모셔올 수 있을 기회다. 남자 친구까지 내팽개치고 왔는데 기필코 내가 사수하고 말겠어.'

쉬고 있던 그녀의 취미생활에 보상이라도 할 작정으로 한껏 들뜬 보란의 얼굴은 싱글벙글이었다.

물론 끝까지 세후에게 비밀에 부친 건 미안했지만 이건 정말 어쩔 수 없는 일이었다. 그에게는 차마 애처럼 인형들과 애니메이션의 주인공들을 애지중지하며 명품백 대신 그네들을 사 모은다는 사실을 알릴 수가 없었다.

혹시라도 세후가 그녀에게 실망하게 되는 건 아닐까 싶어서. 꽃꽂이나 요리하기 같은 우아하고 정상적인 취미였으면 얼마나 좋았겠나.

'다 세후 씨의 환상을 지켜주기 위해서다!'

그렇게 그녀의 함구령은 전부 세후를 위한 것이라고 합리화시키는 보란이었다.

"다 왔습니다."

생각을 하다 보니 벌써 목적지에 도착했다. 택시비를 지불하고 내린 보란은 주위를 살펴볼 생각도 없이 모임 장소로 돌진했다.

음식점을 통째로 빌렸는지 유리문 앞에는 채팅장의 이름이 붙여져 있었다.

<덕후들의 세계에 오신 걸 환영합니다.>

마치 컴퓨터 화면에만 있던 채팅창이 현실로 튀어나온 것 같은 느낌에 두근거리는 마음을 안고 보란은 가게 안으로 들어갔다.

시간을 맞춰 와 있던 사람들이 담소를 나누고 있었다. 말끔하게 양복을 차려입은 남자가 일어나 보란을 맞았다.

"나 빨간 머리야 님?"

"얼핏 보면 길버트 님?"

첩보원들이 암호명을 확인하기라도 하듯 서로를 향해 조용히 읊조리던 둘은 상대가 맞음을 확인하고 반가워했다.

"반갑습니다. 드디어 빨간 머리야 님을 뵙네요."

"저도 반가워요."

"자자, 어서 앉아요. 벌써 다 와 있어요."

역시나 시간을 맞춘다고 했는데 세후 때문에 늦어버렸다. 남자가 꺼내준 의자에 앉기가 무섭게 테이블에 앉아 있던 남자들의 질문이 쏟아졌다.

"빨간 머리야 님, 엄청 미인이시네요. 그 왜 위아래 위아래 하는 해니 좀 닮으셨네."

"감, 감사합니다."

"계속 빨간 머리라고 부를 거야? 자, 닉네임 말고 이름이 어떻게 돼요?"

"엄보란이라고 합니다."

"나이는 어떻게?"

"스물여섯입니다."

"정장 입으신 거 보니 회사 다니시는 거예요? 무슨 일 하세요?"

"비서로 일하고 있습니다."

이제 보니 덕후들의 세계에 참석한 여자들의 출석률은 현저하게 낮았다. 거기다가 그녀가 앉은 테이블에는 어떻게 죄다 남자들뿐이었다. 그리고 질문들이 마치 단체 맞선 장소라고 착각할 만큼 호구 조사식의 질문이었다.

역시나 기다리고 있었다는 듯 '얼핏 보면 길버트'가 보란을 향해 결정적인 질문을 날렸다.

"그러면 남자 친구 있어요?"

보란이 대답하기도 전에 대답을 한 건 건너편에 있던 남자였다.

"당연히 없지. 여기 온 거 보면 딱 보면 모르냐!"

웃기는 사람들일세. 여기 오면 남자 친구 없는 거냐! 따지고 싶었지만 행여나 앤을 가져오는 데 안 좋은 영향을 미칠까 싶어 참고 있었다.

"보란 씨는 이상형이 어떻게 돼요?"

"우리들 중에 마음에 드는 사람 있어요?"

자기들끼리 북 치고 장구 치고 하는 그네들만의 리그는 보란에게 의미 없는 것들이었다. 계속 듣고 있다 보니 이미 당신들과는 비교도 안될 만큼 멋진 남자 친구가 있다고 소리가 목구멍까지 올라 왔다.

'내가 앤만 손에 넣으면 바람같이 이곳을 벗어나고 말 것이다.'

결심에 또 결심을 하고 있는데 그들의 뒤로 질문들에 대답하는 소리가 들려왔다.

"없을걸? 이 여자 이상형은 나거든."

참으로 익숙한 목소리였다. 속으로 생각하고 있으니 이제 하다 하다 헛것까지 들리나 싶었다. 세후가 이곳에 있을 리가 없지 않는가.

하지만 보란의 예상과는 달리 뒤쪽에 삐딱하게 서 있는 이는 세후였다.

"세, 세후 씨?"

"어딜 가나 해서 따라왔더니."

보란을 노려보며 다가온 세후가 눈을 부라렸다. 아까와는 비교도 안 될 정도로 노려보고 있었다. 레이저 같은 눈빛에 하마터면 뚫릴 것만 같아 보란은 그의 눈을 피했다.

눈을 피했을지언정 그의 화난 목소리는 피할 수가 없었다. 그녀의 뒤로 바짝 다가온 세후가 그녀의 귓가에다 대고 으르렁댔다.

"겁도 없이 늑대 소굴에 제 발로 들어가 있어?"

그곳에 있던 모든 이들의 시선이 두 사람에게로 쏠린 걸 발견한 보란은 세후의 손을 잡고 밖으로 나왔다.

무슨 작정하고 양다리 걸칠 남자를 물색하러 나온 것처럼 보는 세후의 눈빛에 보란은 입이 열 개라도 할 말이 없었지만, 한마디는 해야 할 것 같았다.

"물론 어떻게 보일지도 아는데요. 오해예요, 오해. 이 모든 것들은 전부 오해랍니다.”

“오해? 남자 친구가 있냐는 소리에 대답도 못 했으면서 오해라고?”

그건 다 원하는 것을 얻기 위한 작전상 한 발자국 후퇴였다. 화는 둘째치고 세후의 얼굴은 기가 막힌 얼굴이었다.

“대체 어떻게 알고 온 거예요?”

“하도 이상해서 뒤를 밟았지. 어디 가나 해서 걱정이 돼서 따라왔더니 이런 곳에 왔단 말이지? 남자들이 득실득실한 모임에 오려고 그렇게 기를 쓰고 나한테 안 알려준 거야?”

보란이라고 남자들이 이렇게 많을 줄 알았겠나. 폭풍 같은 세후의 다그침이 그가 얼마나 화가 나 있는지 알려주고 있었다.

“아니에요.”

“나 몰래 자주 왔나 봐? 아주 이야기하는 게 자연스럽더군.”

“아니거든요? 나도 오늘 처음이거든요?”

보란을 노려보던 세후가 그녀의 손목을 잡았다.

“우선 가자. 나가서 이야기하자.”

세후가 가자고 끌었지만 보란은 꿈쩍도 않지 않았다. 때문에 버티는 그녀를 보는 세후의 눈은 더 매서워졌지만 보란은 개의치 않았다.

“안 돼요. 아직 갈 순 없어요.”

“왜, 저 중에 이상형이라도 발견했나 보지?”

질투에 사로잡혀 있는 세후는 지금 제정신이 아니었다. 이 상태라면 오해가 더 커지면 커졌지, 작아질 리는 없을 것 같다.

‘결국 목적을 실토해야 하는 건가. 듣고 비웃지나 않으면 다행인데.’

크게 숨을 한 번 들이마신 보란은 질투에 돌아가시기 일보 직전인 듯 보이는 세후의 손을 꼭 잡았다. 당장이라도 들어가 안을 난장판으로 만들어버릴 것 같은 이 남자를 속히 진정시킬 필요가 있었다.

"아뇨. 당신이 말한 대로 내 이상형은 저 안에 있는 게 아니라 내 앞에 있어요."

방금 전까지만 해도 심히 심기가 불편해 보이던 그의 얼굴이 눈 녹듯 사르르 녹았다.

"대체 여긴 왜 온 거야?"

진실을 말하기 전에 보란은 우선 세후로부터 꼭 약속을 받아야 했다.

"이유를 말하기 전에 약속부터 해줘요."

"무슨 약속?"

"절대로 웃지 않겠다고. 얼른요. 얼른 약속해줘요. 그래야 말해줄 거예요."

세후로서는 오후 내내 그를 괴롭히던 질문의 이유를 알 수 있다는데 약속은 물론이고 공증까지 받아다 줄 수 있었다.

"안 웃을게. 안 웃는다고 약속할 테니까 어서 말해봐."

그의 약속을 받아내고 나서도 한참을 망설이던 보란이 겨우 입을 열었다.

"사실, 이 모음은 저 같은 사람들이 모이는 모임이에요."

"당신 같은 사람들?"

"제가 만화 주인공들이나 인형들 좋아하는 거 아시죠?"

언젠가 데이트할 때, 아이스크림을 사먹으면 주는 인형에 목숨 걸었던 것이 떠올랐다. 그러고 보면 우빈이 보는 애니메이션 중에서도 그녀가 모르는 것은 없었다.

"비정상적으로 좋아하는 것 같긴 했어."

"저 안에는 저처럼 그런 것들에 시간과 돈과 열정을 쏟아붓는 사람들이 있어요."

보란이 특이하다고는 알고 있었지만 그의 머리로는 쉬이 이해할 수 없는 영역인 듯했다.

“아이들이 과자에 든 스티커나 팽이를 얻기 위해 먹지도 않을 과자를 계속 사는 것과 비슷한 맥락으로 이해하면 되려나?”

“네, 그렇죠.”

“현금은 왜 필요한 거였는데?”

“오늘 여기 모임에 경매로 나오는 리미티드 인형이 있는데 그거 때문에 필요한 거였어요.”

“인형 하나 사자고 현금 다발을 싸들고 왔다?”

이해할 수 없다는 이런 반응쯤이야 어느 정도 예상했던 터라 충분히 이해할 수 있었다. 그러니까 처음에 경매 사이트에 올라왔을 때 낙찰을 받았으면 얼마나 좋았겠냐 말이다.

“네. 그러니까 저는 갈 수 없어요! 그리고 애초부터 이 인형이 제품에 없는 데는 당신 탓도 있으니까 협조 부탁해요.”

“내 탓?”

그 당시, 세후가 갑자기 기술팀의 박 대리를 소환하는 바람에 일진이 엉망이 되어 멀쩡하던 휴대폰이 버벅거렸다. 때문에 보란은 경매를 놓치고 말았다.

“아무튼 그런 게 있어요. 그러니까 네? 네? 제발요.”

평소에는 애교도 잘 부리지 않는 보란이 그의 팔을 잡고 늘어져 눈을 깜빡여댔다. 마치 개껌 하나를 얻으려고 꼬리를 흔드는 강아지를 연상시켰다. 이렇게까지 간절히 원하는데 세후가 안 된다고 할 순 없는 노릇이었다.

“그 인형만 가지면 바로 가는 거야. 알겠지?”

“당연하죠. 어차피 저 안에서 내가 원하는 건 앤뿐이라고요!”

나올 때는 싸울 것처럼 나왔지만 들어갈 때는 둘도 없는 연인 사이로 돌아간 보란과 세후가 다시 가게 안으로 들어갔다.

“죄송합니다.”

본의 아니게 소란을 피우게 된 보란은 들어오자마자 고개를 숙이고 사과부터 했다. 그녀의 옆에는 앉을 자리가 없었지만 세후는 그녀의 옆자리에 있던 놈들을 다 밀어내고 의자 하나를 가지고 와 앉았다.

"이리 가까이 와."

그의 손이 닿지 않는 반대쪽의 영역도 방어할 작정인지 그녀의 의자를 바짝 당겨온 세후는 떡하니 영역표시라도 하는 양 그녀의 어깨에 손을 올렸다.

낯선 남자의 등장도 모자라 두 사람의 분위기가 거슬렸는지 모임의 주최측이자 그녀를 초대한 '얼핏 보면 길버트'가 세후를 보며 딴죽을 걸었다.

"오늘 자리는 모임의 회원이신 분들만 참석하실 수 있습니다."

하지만 세후가 그런 말에 꿈쩍할 리가 없었다.

"무슨 모임인지는 모르겠지만 나도 이 모임의 회원으로 등록하도록 하죠."

"그, 그러시죠."

거부할 수 없는 카리스마에 모임의 회장은 거의 반강제적으로 신입 부원을 받아들이고 말았다.

나온 음식은 하나같이 맛있었고 간간이 들려오는 대화 역시 정겹게 들렸다. 같은 관심사를 가지고 있다는 건 많은 대화를 풀어낼 수 있다는 걸 의미했지만 보란은 대화에 끼어들지를 못했다. 좋아하는 이야기가 나와도 입을 뗄라 하면, 세후가 음식으로 그녀의 입을 막아버렸다.

"이거 맛있네. 먹어봐."

그래, 앤만 사수하기로 하고 남아 있는 거니까 그까짓 대화야 안 해도 그만이었다.

조용히 밥을 먹고 나니 드디어 기다리고 기다리던 경매가 시작됐다.

마련된 단상에 선 사회자가 마이크를 들고 순서를 알렸다.

"아아. 주목해주십시오. 드디어 오늘의 덕후들의 실시간 경매가 열리겠습니다."

"와아아."

우레와 같은 박수갈채가 쏟아졌다. 그 속에는 손바닥이 아플 정도로 박수를 치는 보란의 흥분도 함께였다.

"드디어 시작이에요!"

시종일관 시큰둥하던 세후는 여전히 관심이 없어 보였지만 단 한 가지, 그녀에게만은 예외였다.

"그렇게 좋아? 못 얻으면 아주 울 것 같은 얼굴인데?"

"어떻게 알았어요? 오늘은 무조건 가지고 말 거예요."

"애써보라고. 열심히."

첫 번째 경매 물품이 나왔다. 사회자가 흰 장갑을 낀 손으로 조심히 유리 상자에 든 경매 물품을 들어 보였다.

"첫 번째, 경매 제품은 사이코 건담 피규어입니다. 굳이 설명이 필요 없는 제품입니다. 자, 최저가 십만 원부터 시작하겠습니다."

만 원이면 족할 것 같은 가격으로 보이는데 십만 원부터 시작이라니. 시작가를 잡아도 한참은 잘못 잡은 것처럼 보였던 세후는 보란에게 속삭였다.

"저걸 십만 원이나 주고 사는 사람이 있어?"

보란의 눈은 그의 이해할 수 없다는 말을 더 이해할 수 없다는 눈빛이었다.

"당연하죠. 어떤 사람에게는 저게 가치를 따질 수 없는 걸 수도 있단 말이에요."

말이 끝나기가 무섭게 그가 들으라는 듯 경매 가를 외치는 소리가 들려왔다.

"십일만 원."

"십칠만 원."

십만 원부터 시작한 가격은 점점 올라가더니, 결국은 맨 앞에 앉아 열성적으로 피켓을 들던 남자가 가장 높은 가격을 불렀다.

"네, 맨 앞줄의 남자분. 이십만 오천 원에 낙찰되셨습니다."

로봇 하나에 이십만 원이 넘는 가격에 낙찰을 되는 걸 본 세후는 놀람을 감추지 못했다.

"저걸 저 가격에?"

"거봐요. 가격이 문제가 아니라니까요."

두 번째 경매, 세 번째 경매가 계속될수록 경매는 점점 열기를 더해갔다.

그리고 드디어 보란이 기다리고 기다리던 앤이 모습을 드러냈다. 사회자가 조심히 탁자 위에 인형을 세워놓자 보란의 눈이 번쩍였다.

"자, 이번 물품은 1980년 리미티드 에디션으로 나온 앤 인형입니다. 제가 알기론 이 자리에 이 앤을 구하려고 오신 분들이 꽤 되는 걸로 알고 있습니다. 이 인형을 생산하던 캐나다 공장이 문을 닫는 바람에 더 구하기가 힘들어져서 희소성이 더욱더 커진 인형이 아닌가 싶습니다. 그래서 이 라인은 구하려고 해도 구할 수가 없는 걸로 알고 있습니다. 아마 제일 열띤 경매가 되지 않을까 조심스럽게 예상해보는데요. 자, 역시나 최저가 십만 원부터 시작합니다."

사회자의 기나긴 말이 끝나기가 무섭게 보란이 가장 먼저 피켓을 들었다.

"십오만 원."

그녀가 부른 가격은 일 초도 되지 않아 바뀌었다. 저 인형을 작정하고 온 사람이 여럿 있다더니, 다른 물품과 달리 올라가는 가격의 폭도 컸다.

"이십만 원."

이에 질세라 보란은 더 높이 피켓을 치켜들었다.

"이십이만 원."

"이십오만 원."

점점 가격이 올라가더니 순식간에 가격은 삼십만 원을 웃돌았다. 높은 가격에 더 이상 입찰에 남은 사람은 보란과 '얼핏 보면 길버트'였다. 처음에는 그녀에게 양보할 것처럼 그래놓고 이제 와서 경매에 뛰어들다니. 그녀에게 화라도 난 것처럼 저돌적으로 뛰어들고 있었다.

'처음에 친절했던 것도 그럼, 날 교란시켜 앤을 가져가려고? 고단수군. 그나저나 현금이 얼마나 있더라?'

보란은 지갑을 열어 총알을 확인했다. 경매 사이트에서는 사십만 원 정도였기에 보란은 비싸도 삼십 정도면 앤을 데려올 수 있을 줄 알았다.

경매에서 앤을 데려오려면 더 높은 입찰 가격을 불러야 하는데 현금이 없으니 낭패였다. 그리고 그 순간, 보란은 옆에 세후가 앉아 있음에 감사했다.

"나 돈 좀 빌려줘요."

"돈?"

"네. 돈이 모자라요. 나중에 갚을 테니까 빌려줘요."

팔짱을 끼고 가만히 앉아만 있던 세후가 팔짱을 풀었다.

"빌려줄 수는 있는데. 어쩌지? 나한테 돈을 빌린다고 해도 저 인형, 당신 것이 못 될 것 같은데?"

"무슨 뜻이에요?"

"내가 낙찰받을 거거든."

경매 내내 지켜만 보고 있던 세후가 피켓을 들었다.

"소장자에게 말하지. 원하는 가격 부르라고."

앞에서 했던 경매 방식과는 사뭇 다른 낙찰 방식에 경매장은 웅성거렸고 사회자는 당황했다.

"네?"

"말길을 못 알아듣는군. 부르는 대로 낼 테니까 나한테 팔라고 전하라고."

29화. 내 남자친구를 소개합니다

경매를 마치고 돌아가는 차 안, 보란은 들뜬 마음으로 뒷좌석을 힐끔거리고 있었다. 뒷좌석에는 세후가 낙찰받은 앤이 고이 모셔져 있었다.

원하는 가격을 말하라는 세후의 배짱 좋은 말에 다른 이들은 그런 게 어디 있냐며 항의했지만 그를 이길 순 없었다.

'계속 불러보시든가? 어차피 내가 더 높게 부를 텐데. 그 의미 없는 짓을 계속하고 싶으시면 그러시든가.'

그의 당당한 말에 그곳에 있던 모든 이들의 눈빛은 하나같이 똑같이 말했다.

'인, 인정. 너 님 승리, YOU WIN.'

모임에 있던 모든 이들을 눌러버린 세후는 낙찰받은 인형을 가지고 유유히 그곳을 벗어났다.

부자 남자 친구가 있으니 이런 좋은 점이 있을 줄이야. 세후가 언제 앤을 품에 안겨주려나 보란은 이제나저제나 목만 빼고 기다리고 있었다.

"목 돌아가겠다. 그만 돌아보고 바로 앉지?"

크리스마스이브에 잠 못 자고 선물을 기다리는 아이처럼 보란의 얼굴은 들떠 있었다.

"어차피 줄 거 지금 주면 안 돼요?"

하지만 인형 대신 그녀에게 돌아온 건 그녀의 기대를 와장창 깨는 세후의 말이었다.

"누가 당신 준대?"

허걱. 충격으로 벌어진 보란의 입은 한동안 다물어지지도 않았다. 충격이 가시고 정신이 돌아온 보란이 세후를 보며 따졌다.

"나 줄 거 아니었어요? 아니, 나 줄 것도 아니라면 비싼 돈 주고 낙찰은 왜 받았어요?"

"경매하는 걸 보다 보니 번뜩 생각이 들잖아. 이거 투자 가치가 있을 것 같다."

돈 때문이라니. 보란은 세후가 자신 때문에 멋지게 낙찰을 받았다고 생각하고 있었는데, 이건 김칫국이 만들어지기도 전에 원샷을 한 꼴이었다.

하다하다 이젠 앤을 남자 친구에게 뺏겨야 하는 보란은 이 상황이 즐거울 리가 없었다.

"저한테 파시면 안 될까요?"

"싫은데?"

약을 올리는 것 같기도 한 대답에 보란은 몸부림을 쳤다.

"아아, 왜요!"

"이것 봐. 갈수록 더 가치가 있을 것 같잖아?"

보란 같은 수집가들에게나 가치가 높은 물품이지, 세후에게는 크게 가치가 없는 물품이었다. 이런 인형을 사서 모을 바에는 그의 스케일에 맞게 자동차 아니면 그림 같은 게 더 좋지 않겠나?

“얘는 제게 파시고 더 큰 투자가치가 있는 걸 찾아보는 건 어떠세요?”
하지만 세후의 생각은 달랐다. 보란이 무언가를 이렇게 원하는 걸 보는 건 처음이었다. 그녀가 이리도 원하는 거라면 그에게는 가치를 따질 수 없는 것이었다. 오죽하면 자신보다 더 좋아하는 것 같기도 했다.
“당신이 이렇게 간절히 원하는 걸 보니 저 인형보다 투자가치가 더 좋은 건 없을 것 같단 생각이 드는데?”
보란의 얼굴이 미세하게 구겨지기 시작했다.
“그러니까 내가 좋아하니까 이러시는 거다?”
“그렇지.”
보란의 입이 꾹 다물어졌다. 세후에게서 앤을 받아 오기 위해선 작전이 필요했다.
‘세후씨가 생각하는 것보다 가치가 그리 크지 않는다는 걸 알릴 필요가 있다.’
생각한 작전은 속이야 어떻든 겉으로는 절대로 원하지 않는다는 티를 내는 거였다.
“물론 저 인형만 있으면 제 컬렉션이 더 풍족해질 거란 걸 잘 알고 있지만 깨끗하게 포기하겠습니다.”
“포기 안 한 거 티 나.”
너무도 쉽게 작전 실패였다. 차마 미련을 버리지 못한 얼굴은 숨겨지지 않았나 보다.
“쳇, 너무해.”
토라져 창밖으로만 얼굴을 고정하고 있는 보란이었다. 시시각각 변하는 그녀를 보는 세후의 눈은 흥미진진했다. 그가 사랑하는 여자는 알면 알수록 알아가는 재미가 있었다. 그녀에 대한 알 만큼은 다 알고 있다고 생각했는데, 아직도 그가 모르는 미지의 부분이 남아 있었다.
그러고 보니 하나가 아니라 컬렉션이란다. 그 말은 이런 인형들이 한두 개가 아니라는 건데. 그녀의 집에 여러 번 들렀던 세후로서는 그 어떤 인형의 머리통도 구경한 적이 없었다.

"컬렉션이 있었어? 나는 왜 한 번도 본 적이 없지?"

그야, 그녀의 침대 머리 위 찬장에 고이 모셔져 있으니까. 그러고 보니 집에 여러 번 방문했던 세후였지만 그녀의 침실은 한 번도 들어온 적이 없었다.

"제 방에는 한 번도 안 들어와 보셨잖아요."

"그래? 이참에 얼마나 대단한 건지 구경 한번 해도 될라나?"

인형을 세후에게 뺏겼다고 생각하는 보란이 쉽게 허락할 리가 없었다.

"당연히 안 되죠."

세후가 뒷좌석을 흘끔거리며 말했다.

"그래? 잘 생각하는 게 좋을 텐데? 당신 컬렉션에 얘를 추가시켜줄까도 생각하고 있었는데."

기대도 안 하고 있었는데 빼앗겼던 선물을 다시 쟁취할 수 있을 것 같은 말에 보란은 세후의 팔을 붙잡았다.

"제가 특별히 모시겠습니다."

다른 여자들과 달리 옷을 사줘도 흥, 신발을 사줘도 흥, 보석을 사줘도 흥이더니, 이 인형 하나에는 간이고 쓸개고 다 빼줄 것처럼 허점을 보인다. 드디어 그녀의 치명적인 약점을 알게 됐는데. 이게 왜 또 이렇게 웃긴지 모르겠다.

'역시 전혀 평범하지가 않다.'

풋, 세후는 웃음이 나오려는 걸 꾹 참고 앞으로 시선을 고정했다.

* * *

"자, 들어오십시오."

세후로서는 보란의 집이 참으로 오랜만이었다. 혜자가 올라온 이후로 쭉 머물고 있었기에 쉬이 들르지 못했고, 어쩌다 들러도 혜자의 눈총에 편히 있을 수 없었던 공간이었다. 오늘은 참 다행인 게 혜자가 어제저녁 버스로 내려갔다는 사실이다.

"어머니는 잘 내려가셨어?"

"네, 너무 잘 내려가셨죠. 어젯밤 늦게 도착하셔서도 푹 주무셨는지 오늘 아침 일찍 전화해서 잔소리하시더라고요."

"내가 데려다드렸어야 하는데……."

"회사는 어쩌고요."

갑자기 어제저녁에 하동으로 내려간다고 전화하셔서는 다음에 정식으로 인사나 하러 오라고 하시곤 전화를 끊어버리셨다. 모셔다드리겠다고 세후가 다시 전화를 걸었지만 받질 않으셨다.

"전화도 안 받으시고."

"이미 버스 타셔서 그러셨을 거예요. 자리에 앉으면 아예 전원을 꺼두시니까요."

"다시 연락드려야겠어."

보란이 가져온 오렌지 주스로 목을 축인 세후는 그녀의 뒤로 보이는 방에 시선을 뒀다. 그의 시선이 의미하는 바가 무엇인지 아는 보란은 소파에서 일어났다.

"따라오세요."

걸어온 보란은 문고리를 잡고 크게 심호흡을 했다. 이제 이 문을 열고 들어가면 그녀가 숨기고 있던 마지막이 속속들이 드러날 거다. 어차피 평생 숨길 수도 없는 노릇이었는데 이렇게 된 거 시원하게 덕밍아웃하고 앤을 갖는 거다.

결심을 마친 보란은 아직 한 번도 남자가 들어온 적이 없는 금단의 문을 열었다.

"여기예요."

세후의 눈에 가장 먼저 들어온 건 어수선한 책상이었다. 그림을 그리다 말았는지 색연필들이 책상 위에 두서없이 놓여 있었다. 거기다 커다란 책장에 빽빽하게 꽂혀 있는 책들. 그곳으로 다가간 세후는 손으로 책상을 쓸었다.

"이곳에서 당신의 동화가 만들어지는 거군."

"네."

앗! 세후가 보면 안 되는 게 있는데. 보란은 어지러운 책상을 치우는 척하면서 노트를 서랍 안으로 집어넣어 버렸다.

"뭔데 숨겨?"

"아무것도 아니에요."

의심의 눈초리를 버리지 못한 세후의 주의를 딴 곳으로 돌리기 위해 보란은 그의 손을 잡고 침대가 있는 곳으로 향했다. 단정하고 깨끗하며 러블리할 줄 알았건만 그가 예상하던 것과 다르게 어수선하고 흐트러져 있는 모습이었다.

"전쟁이라도 났어?"

침대는 일어나면서 이불을 박찼는지 그 모습 그대로였다. 이 상황쯤 되면 허둥지둥 치우기라도 할 텐데 보란은 여유 만만했다. 좋아하는 이에게 여자답지 않게 정리하지 못하는 모습을 들키게 된 것이 민망할 법도 했건만 그녀는 이미 모든 걸 포기한 후였다.

"제 아침은 매일매일이 전쟁이라고요."

이제 보니 알면 알수록 새로운 모습을 보이는 그의 여자는 가지고 있는 가면이 한두 개가 아닌가 보다. 그녀가 쓴 자서전적인 동화의 제목이 『가면 쓴 아이』인 이유가 이런 점 때문인 건가 싶기도 했다. 만약 그렇다면 참으로 딱 어울리는 제목이 아닌가.

보란이 침대 옆에 있는, 유리가 달린 수납장으로 이끌었다.

"그리고 마지막으로 저희 집에 불이 난다면 가장 먼저 들고 갈, 가장 소중한 제 컬렉션입니다."

수납장을 꽉 채운 인형들과 피규어들에 놀란 그의 동공이 팽창했다. 그리고 컬렉션의 규모보다 더 놀랐던 건 책상이나 침대와 달리 수납장은 먼지 하나 찾을 수 없을 만큼 깨끗했고 일 센티의 오차도 없이 나란히 정리되어 있다는 거였다.

"너무 비교되는 거 아니야?"

보란은 당연하다는 듯 어깨를 으쓱였다.

"우리 아기들은 소중하니까요."

"이 많은 걸 다 사 모으는 것도 대단하다. 눈에 띄는 족족 무작정 사 모으는 거야?"

"무작정은 아니고, 나름 다 사연이 있어요."

보란은 조심스럽게 맨 앞에 있는 유명 애니메이션 캐릭터 피규어를 가리켰다.

"이건 첫 입사한 날 산 거예요. 그날, 사장님께서 복사도 제대로 못한다고 소리치는 바람에 폭풍 지름신이 와서 월급도 안 받았는데 카드로 긁었죠."

세후가 맨 아래에 있는 인형을 손으로 가리켰다.

"이것도 사연이 있어?"

"당연히 있죠. 이것도 그 못된 사장님과 관련이 있네요. 아마 보고서에 오타가 났다고 절 십 분 동안이나 갈궜죠. 아마 그날 산 걸 거예요. 그러고 보니 다 사장님 때문이잖아요! 생각해보니까 열 받네."

지난 세월 보란에게 심하게 대했던 잘못을 인정하는바, 세후는 헛기침만 했다.

"흠흠. 생각해보니까 이것 참 좋은 취미란 생각이 드는군."

하지만 갑자기 난 옛날 생각 탓에 삐뚤어질 대로 삐뚤어진 보란은 그의 말을 크게 비웃었다.

"웃기시네. 방금까지 쓸데없는 낭비적인 일이라고 생각한 거 모를 줄 알아요!"

코너에 몰리게 된 세후는 그녀의 화를 피하기 위해 유리창 한가운데 비어 있는 공간을 가리켰다.

"여기는 왜 비워놨어?"

마치 누구의 자리를 맡아둔 것 같은 공간에 보란은 흥분을 멈췄다. 앤이 세후의 손에 있는 한 그녀는 비굴해질 수밖에 없었다.

"앤의 자리예요."

좀 전까지만 해도 불리한 수비에 머물러 있던 세후가 공격권을 얻어왔다.

"세후 씨 말대로 방에도 데려오고 했으니까 이제 그만 줘요."

세후가 보란을 보며 씨익 웃으며 묻는다.

"내가 좋아? 이 인형이 좋아?"

당연히 인형이라고 답하고 싶었지만, 그러면 삐진 세후가 인형을 안 줄 거란 말이지.

"……."

단번에 그라고 대답할 줄 알았는데 망설인다고?

인형 승.

의문의 일패를 당한 세후는 보란이 신중하게 대답하기를 바랐다.

"잘 대답해야 할 거야."

그의 눈을 피한 채, 보란이 대답했다. 전혀 확신에 차지 않는 목소리로, 마지못해 한다는 목소리로.

"……세후 씨?"

이건 누가 들어도 인형의 승리였다. 세후의 이마로 퍼런 핏줄이 도드라지게 튀어나왔다.

"그래? 내가 더 좋다니 영광이야."

드디어 앤을 품에 안을 수 있다는 생각에 그를 올려다보는 그녀의 눈빛이 초롱초롱했다. 이제 그만 달라고 손까지 내밀고 있었다.

"이 인형보다 내가 더 좋다니, 그럼 이건 필요 없겠네?"

그의 말에 담긴 속셈을 눈치챈 그녀의 눈가가 파르르 떨렸다.

'으아악! 이 후세 같은, 아니 후세보다 더한 놈 같으니라고!'

그야말로 한 단계 더 업그레이드 된 후세의 등장이었다.

그날 앤을 세후와 함께 떠나보낸 밤, 컴컴한 어둠 사이를 뚫고 보란의 방에서 희미한 빛이 새어 나오고 있었다. 안에서는 책상에 앉아 스탠드 불빛에 의지를 불태우고 있는 보란이 있었다.

어제까지만 공모전에 도전하겠다고 하고 이것저것 끄적이며 많이 쓰고 있었지만 영 소득이 없었다.

그런데 오늘 밤, 무슨 일로 보란은 소리 소문 없이 찾아온 창작의 신을 영접하고 있었다. 번뜩이는 아이디어와 함께 글이 술술 풀리는 게 어쩌다가 한번 찾아온다는 그분이 오셨다.

그 이름도 찬란한 글빨 님.

이게 다 한 단계 더 업그레이드되신 후세 님 덕분이셨다.

보란은 인형을 주지 않겠다는 세후에게 아주 간절하게 사정도 해봤다.

'왜요? 세후 씨가 더 좋다고 대답했잖아요.'

'그러니까 나만 있으면 되지, 이 인형이 무슨 소용 있겠어?'

'당신은 얘 이름도 모르잖아요! 얘가 필요하지도 않으면서.'

'필요한데? 아직 이용가치가 남아 있어서 말이야.'

그 말은 향후에 두 사람과의 관계에서 그가 유리한 고지를 점할 수 있다는 소리였다. 결국 보란은 폭발하고 말았다.

'방금 전에 거짓말했어요. 사실 난 당신보다 앤이 더 좋아요!'

'알아. 아까 대답하는데 너무 거짓말하는 게 티가 나더군. 그래서 더 못 주겠어. 이상하게 인형한테 질투가 나네?'

'그냥 나 주면 안 돼요? 나 당신 여자 친구라고요.'

'그러니까. 내 여자 친구님께서 나보다 더 좋아하는 게 있다는 게 기분이 영 별로야. 내가 애를 주고 가면 밤새도록 둘이서 좋아 죽을 거 아니야? 나는 밤새도록 기분이 별로일 텐데 말이야. 안 그래?'

그렇게 세후는 눈 하나 깜짝하지 않고 앤을 데리고 집으로 돌아갔다. 처음부터 그녀에게 인형을 양도할 생각이 없었던 거였다.

그 일은 그녀로 하여금 잠잠한 일상에 까마득히 잊고 있었던 동화 속 후세를 떠올리게 했다.

요즘 퍼플은 학교에 가는 게 즐겁습니다.

왜냐고요? 후세가 더 이상 괴롭히지 않느냐고요?

아쉽게도 그건 아닙니다. 후세는 여전히 퍼플을 괴롭힙니다.

필통에 퍼플이 끔찍이도 싫어하는 거미를 넣어놓기도 하고요.

퍼플이 제일 좋아하는 초콜릿 과자도 보란 듯이 그녀가 보는 앞에서 자기 혼자만 먹고요.

체육 시간, 피구를 하는데 불꽃 슛으로 그녀에게 공을 던지기도 하고요.

다행히 퍼플은 그 공을 얼떨결에 받아냈지만요.

하지만 전과 달리 퍼플은 후세가 하나도 무섭지 않습니다.

가면이 가르쳐준 후세의 약점을 알게 됐으니까요.

후세가 제일 무서워하는 건 바로…… 눈에 보이지도 않는 몽달귀신이에요.

퍼플은 언제고 반 아이들이 다 모인 앞에서 후세에게 복수할 날만 기다리고 있습니다.

보란은 지금 동화 속 퍼플과 같은 심정이었다. 퍼플처럼 복수의 칼날을 갈고 있었다. 하지만 퍼플과 달리 보란은 세후의 약점을 모르고 있다는 게 문제였다.

"아우! 분하다! 화가 난다! 가만두지 않겠어! 복수하고 말 거야! 그의 약점은 대체 뭘까?"

생각할수록 열이 받쳐 얼음물 한 잔으로 바짝 정신을 차린 보란은 책상에 앉자마자 종이를 펴서 세후의 얼굴을 그리며 낙서했다.

"할 수 있는 복수가 이런 유치한 것밖에 없다니. 서글프다."

그때, 문득 찾아온 글빨 님. 세후가 주인공인 또 다른 동화의 서막이 시작됐다.

전에는 교묘하게 이름을 바꿔 악역의 이름을 후세라고 했지만 이번에는 아예 대놓고 쓸 생각이었다. 남자 주인공의 이름은 세후라고 정해졌다.

동화의 제목은 『내 남자 친구를 소개합니다.』

일곱 살인 보란의 남자 친구 세후를 소개하는 동화였다. 아이들이 읽는 동화라는 사실을 잊지 않되, 세후를 아주 입체적으로 써내려갈 작정이었다.

한 자 한 자 꾹꾹 힘을 줘 써내려가는 보란의 팔이 부들부들 떨리고 있었다.

소심한 성격 때문에 여자 친구도 한 명 없는 보란이에게는 남자 친구가 하나 있습니다.

* * *

오늘은 먹이 피라미드의 제일 위에 위치한 호랑이 님이신 세후의 탄신일이었다. 생일을 딱히 챙기지 않는다는 세후였지만 무슨 바람이 불었는지 이번에는 특별히 생일잔치를 하기로 했다.

초대되어 온 이는 호랑이의 전폭적인 사랑을 받는 우빈과 호랑이의 식구나 다름없는 기준, 그리고 언제 잡아먹힐지 몰라 내내 노심초사 중인 호랑이의 먹잇감, 토끼 보란이 전부였다.

생일 케이크를 앞에 두고 세 사람은 생일 축하 노래를 불렀다.

"생일 축하합니다. 생일 축하합니다."

"사랑하는 외삼촌!"

"사랑하는 세후 형!"

"사랑하는 후우세!"

축하 노래가 끝나고 짝짝짝 박수와 함께 시큰둥한 척 초를 끈 세후가 보란에게로 고개를 돌렸다.

"내가 잘못 들었나? 노래 끝부분에 이상한 소리가 들리던데?"

뜨끔한 보란은 그의 팔을 치며 시치미를 뗐다.

"에이, 무슨 잘못 들었겠죠. 아차차! 선물! 선물 풀어보셔야죠?"

선물이라는 소리에 우빈이 방방 뛰었다.

"외삼촌 생일 축하드려요."

우빈이 하얀 종이에 손수 그린 그림을 세후에게 건넸다. 빨간 나비넥타이를 매고 검정 양복을 입은 세후가 그려진 그림이었다. 선물을 받은 세후는 고마움을 표현하는 듯 우빈의 머리를 헝클였다.

"고맙다."

우빈의 선물 증정식이 끝나자 기준이 상자를 내밀었다.

"별거 아니야. 수아 씨랑 같이 샀어. 그리고 수아 씨가 같이 못 와서 미안하다고 전해달래."

기준의 상자 안에는 세후가 즐겨 입는 브랜드의 브라운색 니트가 들어 있었다.

다 예상이 가능하고 무난한 선물들이었다. 종이 백에 들어 있던 상자를 꺼내 든 보란이 회심의 미소를 지었다.

“제 건 세상에 하나밖에 없는 선물이에요.”

특별하다고 하니, 기준도 우빈도 그리고 당사자인 세후도 꽤 기대에 찬 눈빛이었다.

“우와! 누나 선물은 뭔데?”

허리를 숙인 보란이 높게 팔을 들어 상자에 담긴 선물을 그에게로 내밀었다.

“생신을 축하드립니다.”

기대에 찬 세후가 리본으로 장식된 선물을 풀었다. 상자 안에 든 익숙한 물체에 세후는 고개를 갸우뚱했다.

“결재 파일?”

박스 안에 들어 있는 건 매일 아침 보는, 그의 사인을 기다리는 서류가 꽂혀 검정색의 결재 파일이었다.

“생일날에도 내가 해야 할 결재가 있나 보지?”

“네.”

생일 날 꼭 결재가 필요한 서류라, 구경꾼들의 호기심으로 눈이 반짝였다.

세후가 결재 파일을 열었다. 파일을 열자마자 보이는 종이에 쓰여 있는 커다란 글자는 바로.

<내 남자 친구를 소개합니다.>

보란이 세후를 등장인물로 대놓고 쓴 동화의 완성본이었다.

구경하고 있던 기준이 궁금증을 참지 못하고 자리에서 일어나 세후에게로 다가왔다.

“뭔데? 뭔데? 어? 이거 보란 씨가 형을 위해서 직접 쓴 거예요?”

전적으로 그녀를 위한 것이라고 볼 수 있지만 그를 위한 글이라는 건 변함이 없으니, 어찌 보면 세후를 위한 거라고도 할 수 있었다.

"그렇다고 볼 수 있죠."

"대단하다. 세상에 형만을 위한 글이라니."

그런데 한 장, 한 장 넘기며 글을 읽어갈수록 세후의 눈썹이 위로 치켜 올라갔다.

그의 표정 변화를 지켜보는 보란은 어느 정도 걱정이 되기도 했지만 그보다는 통쾌함이 더 컸다. 세후에 대한 풍자와 해학이 담긴 글이 읽을수록 아주 명작일 거다.

'아마 속이 뜨끔뜨끔할 거다.'

빠르게 마지막까지 읽어나간 세후가 탁 소리가 나게 서류를 덮었다.

보란이 세후를 보며 물었다.

"이 글을 공모전에 한번 내볼까 생각중인데 결재해주실 수 있으시겠습니까?"

"어디 내겠다고?"

당연히 낼 생각이 없는 글이었다. 이 동화는 공모전용으로 쓴 게 아니었다. 그저 세후를 놀리기 위해, 세후의 생일을 맞아, 지극히 사적인 감정으로 쓴 글이었다.

하지만 보란은 쉽게 그에게 알려줄 생각이 없었다. 어디 속 한번 빠짝바짝 타봐라 싶은 심정이었다.

"왜요? 안 될 것도 없지요."

보란을 보는 세후의 눈빛이 굳어가기도 잠시, 본 페이스로 돌아온 세후가 웃는다. 그의 웃음을 보는 순간.

"얘를 세상 밖으로 내고 나면 당신이 날 책임져야 할 것 같은데…… 괜찮겠어?"

너무 세게 나갔나? 책임이라니. 설마 손해배상이라도 하라는 건 아니겠지? 당당하던 보란의 어깨가 움츠러들었다.

"책, 책임은 무슨……. 그리고 제가 다 큰 사장님을 책임지긴 왜 집니까?"

"이런 글을 밖으로 내고도 책임 안 지려고 했어?"

무슨 말을 못 한다. 세후 한번 이겨먹으려다가 그를 책임지게까지 생겼다. 그의 당황한 얼굴을 본 걸로 만족해야 할 듯했다.

"에잇, 안 내면 되잖아요! 그러면 책임 안 져도 되죠?"

"안 되겠는데? 이미 늦었어. 나랑 그 수많은 밤을 보냈으면서. 으음."

깜짝 놀란 보란이 얼른 필터 없이 말을 하는 세후의 입부터 막았다. 무슨 소리인지 알 리 없는 순진무구한 우빈의 눈과 헛기침을 하며 먼 산을 보는 기준을 보기가 민망했다.

"하하. 저랑 조용히 이야기 좀 하시죠!"

얼굴이 빨개진 보란은 세후를 끌고 방으로 들어갔다.

그의 방으로 들어가 문을 꼭 잠근 보란은 세후를 노려봤다. 그녀의 따가운 눈초리에도 세후는 무엇을 잘못했는지 모르겠다는 눈이었다.

"왜? 내가 어디 틀린 말이라도 했어?"

틀리고 맞는 게 문제가 아니지 않는가. 자라나는 새싹도 있고 매일 함께 일을 하는 기준도 있는데 거르지도 않고 그런 말을 하면 어쩌자는 거냔 말이다.

"거기서 밤을 보냈느니 하는 말이 왜 튀어나와요?"

"아니야? 같이 보낸 거 맞잖아. 기억 안 나면 언제 보냈는지 하나하나 읊어줘?"

"그만, 그만. 보냈다고 쳐요. 근데 제가 왜 사장님을 책임져요?"

"왜? 나 책임 안 지려고 했어? 나랑 결혼 안 하려고 했어?"

갑자기 튀어나온 단어에 보란의 모든 동작이 정지했다. 아직은 마음의 준비가 되질 않았는데. 아직 동화작가로서 인정도 받지 못했는데.

"……."

대답 없는 보란의 어깨를 붙잡고 세후가 물었다.

"설마 나 책임 안 질 생각이었어?"

보란이 자신 없는 기어가는 목소리로 답했다.

"기다려준다면서요. 그래놓고는 왜 자꾸 보채요. 나는 아직도 준비가 안 됐단 말이에요."

어째서 자신감 없이 계속 준비가 필요하다고, 시간이 필요하다고 말하는지. 답답한 마음에 세후가 그녀의 어깨를 흔들었다.

"대체 뭐가 문제야?"

당장이라도 결혼하고 싶어서 밀어붙이는 세후와 시간이 필요하다고 피하기만 하는 보란.

두 사람 사이가 미세하게 어긋나기 시작했다.

* * *

아침, 사장실로 출근한 세후의 기분은 저기압이었다. 생일 이후로 보란이 자신을 피하고 있기 때문이었다.

급작스럽게 꺼낸 이야기라는 걸 안다. 거기다 자신이 책임진다는 것도 아니고 책임지라고 했으니 부담이었을 것도 안다.

하지만 이렇게까지 피할 건 또 뭐냔 말이다.

주말 내내 보란은 그의 전화를 받질 않았다. 거기다 오늘 아침에는 혼자 출근한다는 문자만 달랑 보낸 채 그를 바람맞히고는 혼자서 출근해버렸다.

그래도 출근하면 얼굴을 볼 수 있으니 세후는 참았다. 그런데 웬걸. 출근했는데도 보란의 얼굴은커녕 머리카락도 볼 수 없었다.

"엄 비서는 아직 출근 전입니까?"

세후의 물음에 정은이 재깍 일어나 대답했다.

"아닙니다. 법무팀에 가셨습니다."

"그렇습니까?"

법무팀은 핑계고 그를 피하기 위한 수단이 분명했다. 사장실로 들어와 손을 놓고 앉은 세후는 일도 않고 전진해야 할지 후퇴해야 할지 고민했다.

예전의 그였다면 당장 보란을 끌고 와 그 앞에 두고선 이유가 뭐냐고 다그쳐 묻고 대답을 강요했겠지.

그러나 지금의 세후는 달랐다. 섣불리 그리할 수가 없었다. 누구도 아닌 보란이어서. 세상 모두에게서 미움받는 걸 신경도 쓰지 않던 그가 그녀에게서 미움을 받는 건 죽기보다 싫었다.

그가 그녀를 생각하는 마음보다 그녀가 그를 생각하는 마음이 더 작은 건지. 더 많이 사랑하는 사람이 약자라더니. 세후는 이러지도 못하고 답답한 마음에 속앓이만 하고 있었다.

그때, 드르륵하고 휴대폰이 진동했다. 혹시라도 보란일까 싶어 세후는 화면을 확인했다.

하지만 화면에 뜬 번호는 모르는 번호였다.

"여보세요?"

-개인적으로 통화하는 건 처음인가요, 권세후 사장님?

수화기를 통해 들려오는 낯선 음성에 세후의 미간이 좁아졌다.

"누구십니까?"

-삼진의 천성민입니다.

규민의 이복형. 천성민 사장이다. 삼진이라니. 좋지 않게 얽히고설킨 관계이다 보니 세후의 말이 곱게 나갈 리가 없었다.

"무슨 일이십니까? 비서실을 통해서가 아닌 개인적인 용무가 있으신가 보군요. 제가 삼진 사장님의 전화를 다 받아보고, 별일입니다.

-너무 날 세우지는 맙시다. 이래 봬도 사돈이 될 뻔한 사이인데.

"용건이 뭡니까?"

-며칠 전, 규민이가 가지고 있던 모든 삼진 주식을 저에게 넘겨주었습니다. 어머니가 저 몰래 규민이 명의로 모아두었던 주식까지 모두 말입니다.

세후의 예상대로 모든 일의 중심은 규민의 어머니였나 보다. 알아서 하겠다고 하던 규민의 말의 의미가 이런 의미였단 말인가?

"……."

-그리고 아무 대가 없이 제게 주식을 넘긴 대신 부탁하더군요. 어머니가 우빈이에게 접근하는 걸 막아달라고 말입니다. 오늘 이 시간부로 어머니가 친자 소송이니 하면서 우빈이를 건드리는 일은 없을 겁니다. 어머니는 그 대가로 본래 어머니의 것이었던 주식을 다시 받으셨거든요.

"……그렇습니까?"

-아, 어머니께서 TY 사장을 만나셨습니다. TY 쪽과 안 좋은 기억을 공유하고 계시더군요.

다시 떠오른 더러운 기억에 세후의 시선이 날카로워졌다.

"그런데요?"

-어머니께서 TY 사장과 짜고 권 사장을 여배우와 지저분한 스캔들에 엮으려고 하셨나 봅니다. 우빈이를 건드리지 못하시니 권 사장을 건드리려고 한 것 같은데 아무 걱정 하지 마십시오. 제가 다 처리했습니다.

자신의 손을 더럽히지 않고 처리해줬으니 고마워해야 하는데 전혀 고맙지가 않고 고까웠다. 스스로도 처리할 수 있는 일인데 상대가 오지랖이 넓단 생각밖에 들지 않았다.

"쓸데없는 신경을 쓰셨습니다."

-뭔가 큰 착각을 하셨나 본데, 권 사장을 위한 게 아니라 규민이를 위해서 한 일입니다. 규민이에게 갚아야 할 빚이 있거든요. 그리고 규민이 주식은

제가 잘 가지고 있다 우빈이가 성인이 되면 돌려드리지요.

“아니요. 필요 없습니다.”

-그건 권 사장이 결정할 일이 아닐 텐데요?

“…….”

-아이가 크면 스스로 결정하게 두죠. 만년 2위인 헨젤보다 1등인 삼진이 더 마음에 들 수도 있지 않겠습니까?

“하실 말씀 없으시면, 끊겠습니다.”

먼저 끊으려고 했던 세후보다 먼저 성민이 전화를 끊어버렸다. 뚜뚜뚜 하고 전화가 끊겼다는 소리가 들려오자 세후는 분함을 이기지 못했다.

“아오, 내가 먼저 끊었어야 했는데…….”

문이 열리는 소리가 들렸다. 문을 열고 들고 들어오는 이가 보란인가 싶어 세후는 반응부터 했다.

“엄 비서?”

하지만 문을 열고 들어오는 이는 기준이었다.

“회의 들어가실 시간입니다.”

세후에게는 지금 회의가 문제가 아니었다.

“엄 비서는 아직이야?”

“네.”

“법무팀에 가서 할 일이 뭐가 있다고 이리 오래 걸려?”

어제부터 두 사람의 사이가 조금 이상하긴 했다. 너무 꽃길만 걷긴 했지. 기준은 이쯤이면 싸울 때도 됐다 싶었다.

“오호, 연인들의 필수코스라는 사랑싸움?”

“안 싸웠거든!”

세후가 거세게 부정하는 걸 보니 정말인가 보다.

“둘이 연애를 하긴 하나 보네.”

연애라는 건 알면 알수록 풀기 힘든 문제 같다.

"무슨 뜻이야?"

"서로 다른 남녀가 만났는데 안 싸운다면 그게 더 이상한 거지. 형 성질대로 너무 밀어붙이지만 말고 보란 씨도 생각할 시간을 줘."

고민하고 있던 부분을 콕 집어서 이야기하는 기준의 충고를 세후는 받아들이기로 했다.

"회의나 들어가자."

세후가 회의를 위해 자리를 비우고 나서야 보란은 비서실로 돌아왔다.

"후우. 살았다."

비서실에 아무도 없음을 확인한 보란은 크게 한숨을 쉬며 자리에 앉았다.

오늘 오전 내내, 세후와 마주치기라도 할까 봐 없는 일도 만들어 다른 부서들을 순회했던 그녀다.

그러고 보니, 이번이 딱 두 번째이다. 그녀가 그를 피하는 거. 전에 여직원들의 알지 못하는 소리에 빗속을 방황했을 때도, 그녀와의 미래를 이야기하는 그에게 확실한 답을 주지 못한 이번에도, 문제는 보란이었다.

자꾸 주눅이 들고, 도저히 다른 사람들의 시선을 견딜 자신이 없었다.

남들은 이해할 수 없다고 할지 몰라도 보란은 계속 생각할 시간이 필요했고 준비할 시간이 필요할 뿐이었다.

그를 사랑하는 마음은 변하지 않을 자신이 있었다. 하지만 그것도 그녀가 당당히 그의 옆에 설 수 있을 때의 이야기였다.

'참 사랑하기 어렵다.'

보란 역시 세후처럼 복잡하기는 매한가지였다. 그의 얼굴을 보면 또 자신이 없어질까 봐 무작정 피하고 있는 중이었다.

"오늘은 어떻게든 피한다고 치자, 내일은, 그다음 날은 또 어쩌느냔 말이다!"

머리를 쥐어뜯고 있는데 보란의 휴대폰이 울렸다. 화면에 뜬 번호는 딱 한 번, 전화를 받고 난 뒤 이름을 저장해놓은 번호였다.

[우빈이 아버님.]

규민이다. 그와 관련되면 열에 아홉은 안 좋은 일이 있었기에 보란은 불안한 마음으로 전화를 받았다.

"여보세요? 천규민 씨?"

-안녕하세요?

"또 무슨 일이라도 생겼어요?"

-제가 전화하면 꼭 안 좋은 일이 생겨요. 그렇죠?

씁쓸하다 못해 자책하는 듯한 규민의 목소리에 보란은 얼른 말을 바꾸었다.

"아니. 저는 그런 뜻이 아니라."

-괜찮아요. 저도 다 알고 있는 사실이니까요. 이제 걱정하지 않으셔도 될 거예요.

"무슨……."

-이 전화가 마지막 전화가 되겠네요. 저 지금 공항이에요. 오늘 미국으로 떠나는 비행기를 탈 겁니다. 그리고 다시는 안 들어올 겁니다.

지금의 통화가 마지막 인사란 걸 깨달은 보란이 벌떡 의자에서 일어났다.

"우빈이도 안 보고 가신다고요?"

-염치없지만 마지막으로 부탁 하나 해도 될까요? 나중에 우빈이 사진이나 한 장 보내주실 수 있을까 싶어서요.

"잠시만요. 지금 사진이 문제가 아니라 세후 씨한테……."

-아니요. 우빈이랑 세후…… 잘 부탁해요. 고마웠어요.

그대로 전화는 끊겨버렸다.

휴대폰을 들고 한 십 초 정도 머뭇거렸나?

'어쩌지? 시간이 없어.'

보란은 비서실을 박차고 세후가 있는 곳을 찾아 뛰어나갔다.

일 층에 머물고 있는 엘리베이터를 기다리지 못하고 아래층에 위치한 회의실까지 계단으로 달려 내려간 그녀는 두 번 생각할 것도 없이 회의실 문을 벌컥 열었다.

"이번 분기 신제품 출시 시기를 앞당겨도……. 아이고야!"

갑자기 벌컥 열린 문에 놀란 마케팅부 성 부장이 바닥에 주저앉았다. 회의실에 있던 모든 이들의 눈이 커지더니 일제히 그녀를 향한 건 말할 필요도 없었다.

하지만 보란은 지금 황 부장 이하 회의실에 있는 다른 이들을 신경 쓸 겨를 따위는 없었다.

회사 안에서는 절대로 뛰어본 적이 없는 그녀가 세후에게로 달려갔다.

그에게로 돌진해오는 보란을 보는 세후의 눈도 커진 건 마찬가지였다. 자리에 앉아 있는 그의 손목을 잡아채는 게 거부할 수 없을 정도의 박력이었다.

"따라오십시오."

그래서 그곳에 있는 누구도 보란을 말릴 수가 없었다.

무슨 영문인지 모르고 보란에게 이끌리어 가는 회의실을 나가는 세후. 마치 로맨스 드라마의 한 장면 같았다. 다만 드라마에서는 남자가 여자를 끌고 나가는 데 반해, 이 순간은 남자와 여자가 바뀌었을 뿐이었다.

그렇게 그 회의실에 있던 직원들은 엄 비서가 사장을 끌고 나가는 명장면을 구경할 수 있었다.

한편, 보란에게 손목을 잡혀 나온 세후는 저항 없이 순순히 끌려가고 있었지만 딱 한 가지 궁금한 게 있었다. 왜 보란이 회의실을 박차고 들어와 그의 손목을 끌고 가느냐보다 더 궁금한 건 바로.

"우리 싸운 거 아니었어?"

물론 애정 전선에 문제가 생긴 건 맞지만 지금 그녀는 여유롭게 그걸 따지고 있을 시간이 없었다.

“잠시 휴전이에요.”

휴전이든 뭐든 세후는 보란의 얼굴을 보며 대화할 수 있다는 것만으로도 좋았다.

“어디 가는 건데?”

“따라와보면 알아요.”

하긴, 어딜 가면 어떻겠냐. 그녀에게 손목까지 잡힌 채 끌려가고 있는데 어딜 가든 상관없었다.

“나 당신한테 끌려가고 있는 거야?”

혹시라도 세후가 도망가는 건 아닐까 싶어 보란은 더 세게 그의 손목을 감싸 쥐었다.

“네.”

비행기를 놓치는 건 아닐까 하는 보란의 걱정도 모르고 세후는 팔자 좋은 소리를 잘도 해댔다.

“막 설레네?”

간 크게 사장의 손을 덥석 잡고 로비를 가로지르는 그녀를 보는 온 회사 사원들의 눈이 경악으로 물들었지만 보란의 눈에는 뵈는 게 없었다.

“택시!”

미리 불러두었던 콜택시를 잡아타고 보란이 말한 목적지는 우빈의 유치원이었다. 그리고 유치원 놀이터에서 놀고 있던 우빈을 낚아채듯 데리고 향한 마지막 목적지는 당연히 공항이었다.

택시에서 내리자마자 하늘로 날아오르는 비행기가 가장 먼저 눈에 들어온 아이는 천진난만하게 즐거워했다.

"우와! 비행기다. 우리 비행기 타는 거야?"

"아니, 오늘은 비행기를 타는 게 아니라 인사하러 온 거야."

한 손으로는 누구한테 인사하는 건지 궁금해하는 우빈의 손을 잡고 나머지 한 손으로는 멀뚱멀뚱거리고 있는 세후를 잡아끌었다.

"놓치기 전에 얼른 들어가요."

사람들이 붐비는 이 넓은 공항 안에서 규민을 어찌 찾나 싶어 난감했다. 하지만 마치 만나야 할 인연들은 무슨 일이 있어도 만나야 하는 것처럼 우연한 이끌림을 따라간 곳에 그가 서 있었다.

"보란 씨? 세후? 우빈이까지. 여기는 어떻게……."

다시 세 사람을 볼 수 있을 거라 생각하지 못했는지 규민의 눈이 놀람으로 커져 있었다.

"마지막으로 인사는 하고 가셔야 할 것 같아서요. 세후 씨, 오늘 규민 씨 미국으로 들어가신대요."

"……."

보란이 팔꿈치로 말없이 멀리 활주로만 보고 있는 세후를 앞으로 밀어냈다. 마주하고 있는 두 사람은 여전히 어색함이 가득했지만 그래도 전처럼 날을 세우고 있진 않았다.

"고맙다. 이렇게라도 마지막으로 우빈이 얼굴 볼 수 있게 해줘서."

고마움이 가득한 규민을 보는 세후가 멋쩍은 듯 헛기침을 했다.

"흠흠. 누가 마지막이래? 또 보면 되지."

이렇게 아이를 만나게 해준 것만도 고마운데 뜻밖의 말에 규민의 눈이 기대로 부풀어 올랐다.

"진심이야?"

"우선은 누나와 아주 가까운 사람이라고만 이야기할 테니까, 다음에 우빈이한테 누군지는 직접 말해."

그대로 돌아선 세후가 우빈을 손짓으로 불렀다. 아이가 한걸음에 달려와 규민의 앞에 섰다.

"우빈아, 인사해. 우빈이 엄마랑 제일 친했던 친구야."

"나랑 율우처럼?"

"비슷해."

이해가 된다며 똘똘하게 고개를 끄덕인 우빈이 배꼽에 손을 얹고 이마가 땅에 닿을 정도로 인사했다.

"안녕하세요? 초록 나무반, 권우빈입니다."

우빈의 인사에 규민은 아이를 끌어안을 수밖에 없었다. 세진을 닮은 아이가 너무 예쁘고 사랑스러워서. 아이가 예쁜 만큼이나 그의 가슴은 먹먹해져 와서 가만히 손을 흔들며 인사하는 걸로는 부족했다.

"엄마를 정말 많이 닮았구나."

"우리 엄마를 아세요? 아, 맞다. 엄마 친구라고 했지. 헤헤."

"우빈이는 엄마의 예쁜 눈을 똑 닮았어."

"우리 외삼촌도 그랬어요. 내가 엄마 눈이랑 똑같대요."

"그랬어?"

"네."

하고 싶은 말도 많았고 조금이라도 더 같이 있고 싶었지만 규민이 타야 하는 비행기 탑승 안내 방송이 흘러나왔다.

"이제…… 가봐야겠다."

'안녕하세요?'라고 인사한 게 방금 전인데 바로 또 '잘 가세요.'라고 인사해야 한다니. 인사성이 바른 아이는 또 허리를 숙여 배꼽 인사를 했다.

"안녕히 가세요."

인사하는 우빈의 뺨을 쓰다듬는 규민의 손에 아쉬움이 묻어났다.

"다음에 만나면 우빈이 엄마에 대해서 더 많이 이야기해줄게."

"진짜요?"

"진짜."

우빈이 약속하라며 새끼손가락을 내밀었다. 아이와 약속을 하는 규민의 눈에 이슬이 맺히기 시작했다.

"이제 정말 가봐야겠다. 권세후, 정말 고맙다. 보란 씨, 고마워요."

아이의 기억 속에서 우는 모습으로 남지 않고 싶었던 규민이 애써 발을 돌렸다. 뒤돌아선 묵묵히 걸어가는 규민을 세후가 불러 세웠다.

"어이! 내 결혼식에 올 수 있어?"

세후의 부르는 소리에 돌아선 규민이 웃었다.

"네가 매형이라고 부르면 한번 생각해보고."

"……."

규민이 대답이 없는 세후의 뒤에서 서 있는 보란에게 깊게 고개 숙여 부탁했다.

"우리 처남 잘 부탁해요. 그리고…… 우빈이도 부탁드려요."

그러겠다고 보란은 안심하셔도 된다고 고개를 끄덕여줬다.

여전히 완전하게 용서한 것 아닌 것 같아 보이는 세후였지만, 꼬여 있던 매듭을 풀어낸 그는 한결 편안해 보였다.

다시 서로가 가야 할 방향으로 돌아선 규민과 세 사람. 이제 정말 작별이었다. 단, 다시 만날 날을 위한 작별이었다.

떨어지지 않던 발걸음을 겨우 떼며 출구로 나가야 하는 규민이 다시 돌아섰다.

"우빈아!"

보란과 세후의 손을 잡고 가던 우빈이 자신을 부르는 소리에 뒤로 돌아섰다.

찰칵.

규민의 카메라에 세 사람의 모습이 담겼다. 렌즈의 초점이 고여 있다 내려온 그의 눈물로 흐릿했지만 괜찮았다. 그의 카메라에 아이를 담을 수 있다면 상관없었으니까. 이 사진 한 장이면 그는 이제 다시 살 수 있었으니까.

'세진아, 너한테 가는 거 조금 미뤄야겠다. 나 조금만 더 기다려줄래? 너를 너무 많이 닮아 있는 저 아이에게 내가 사랑했던 너에 대해 다 알려주고 나면…… 그때, 너의 곁으로 갈게.'

인사를 마친 규민이 안으로 모습을 감췄다.

* * *

"휴우, 못 만나는 줄 알았네."

하도 급하게 뛰어다녔더니 힘이 풀린 보란이 의자로 털썩 주저앉았다. 그 옆으로 세후가 다가와 앉았다.

"아주 깜찍한 짓을 하셨어?"

"마지막 인사는 해야 되잖아요."

세후의 시선을 피하며 보란은 애꿎은 발만 까닥였다. 오늘이 시작하고 나서 처음으로 보는 얼굴이었다. 그런데 잘 보이지 않으니 세후는 보란의 얼굴을 제 쪽으로 돌려 고정시켰다.

"드디어 당신 얼굴을 보는군."

멋쩍음에 눈만 굴려대던 보란은 새침하게 반응했다.

"우리 아직 화해한 거 아니거든요?"

"그러니까 화해를 한다는 건 우리가 싸웠다는 건데. 대체 왜 싸운 거야? 이유나 좀 알자."

"……."

보란이 대답이 없으니 세후는 계속 물을 수밖에 없었다.

"내가 책임지라고 해서 그러는 거야?"

하지만 보란은 끝까지 질문에 답하길 피하는 길을 택했다.

"아, 맞다. 사장님. 제가 모르는 결혼식이라도 예정되어 있으십니까?"

"말 돌리는 건가?"

여전히 보란은 세후의 눈을 피했다.

말 돌리는 게 맞다는 거군. 사장님이라고 부르면서 계속 이런 식으로 나오시겠다?

그렇다면 그도 다 수가 있었다.

"내 질문에 제대로 대답도 않는 엄 비서가 무슨 상관이지?"

"그야…… 아까 천규민 씨께 말씀하시길 결혼식에 올 수 있냐고 물으시기에."

"나도 언젠가는 하지 않겠어? 날 책임질 수 있는 누군가와."

말을 하는 세후는 그녀를 뚫어져라 쳐다봤다. 마치 그 누군가를 너로 정했다는 눈빛이었다.

"그래서 말인데, 나 책임질 수 있겠어?"

또다시 수면 위로 떠오른 책임론에 보란은 말을 더듬었다.

"제, 제가 왜요? 각자의 인생은 각자가 책임져야죠."

하지만 세후는 기분 나쁜 표정 대신 그녀를 보며 웃었다.

"너무 책임감 없는 거 아니야?"

"모르셨어요? 저 원래 책임감 따윈 없어요."

또다시 언급된 책임감이란 단어 앞에서 보란은 여전히 겁쟁이처럼 열심히 발을 빼고 있었다.

"근데 어쩌지? 벌써 회사에 소문 쫙 났을 텐데?"

회사에 소문이 나다니. 오늘 아침까지만 해도 별 소문은 안 돌았는데. 난데없이 불길한 기운이 스멀스멀 올라왔다.

"무슨 소문요?"

"엄 비서랑 나랑 그렇고 그런 사이라는 거."

"헉!"

그제야 보란은 자신이 어떤 짓을 했는지 떠오르기 시작했다. 겁도 없이 회의실을 박차고 들어가 세후의 손목을 잡아끌고 나왔지. 회의실에 있는 사람은 물론이며 로비에 있던 직원들까지. 지금쯤이면 회사 전체에 소문이 퍼져 있을 거다.

"업무상 아주 급한 일이 있어서 제가 사장님을 끌고 간 걸로 알 수 있지도 않을까요?"

"내가 비련의 남주인공처럼 당신한테 끌려 나왔는데?"

혹시나 남아 있을 행운을 기대했지만 세후의 기가 막힌 비유는 작은 희망마저 버리게 만들었다.

"이젠 어쩔 수 없다고. 설마 내 손목까지 잡고 나왔으면서 책임지지 않겠단 말은 아니겠지?"

보란은 좌절했다. 이제 회사에 얼굴을 어떻게 다닌단 말인가.

'이럴 순 없어. 사람들의 대화 주제에 오르지 않기 위해 노력했던 것들이 한순간에 다 부질없는 것이 되어버렸잖아. 사귀는 걸 들키지 않으려고 별짓을 다 했건만. 이리도 허무하게 제 스스로 고백하게 될 줄이야.'

좌절한 보란은 머리카락을 움켜쥐었다.

"내가…… 왜 그랬을까?"

이제부터 회사에서 그녀의 일거수일투족마다 시선이 따라붙을 거다. 세후와 함께 있는 걸 들키기라도 하면 구설수에 오를 거고. 보란이 세후의 팔에 매달렸다.

"사장님이 아니라고 해명해주시면 안 돼요? 우리 그렇고 그런 사이 아니라고?"

"나 거짓말 못하는 거 알지?"

어찌 됐건, 보란이 스스로 사고를 쳐주는 바람에 세후는 편하게 됐다. 이제부터 회사에서도 숨기는 것 없이 보란과 있을 수 있게 됐으니 더할 나위 없이 좋은 결과가 아닐 수 없다.

"이럴 순 없어! 이건 꿈이야! 나 다시 돌아갈래!"

현실감각을 잃어버렸는지 제정신이 아닌 소리를 늘어놓는 보란의 휴대폰이 진동하기 시작했다. 한 번도 아니고 연달아 계속해서 진동했다.

휴대폰을 열어보니 회사 여직원들로부터 온 메시지들이 파박 하고 나왔다.

[저기, 보란 씨. 내가 회의 시간에 이상한 걸 봐서 말이야. 사장님 손목을 잡아끌고 나가는 거 보란 씨 맞지?]

[엄 비서! 미영 씨가 로비에서 봤다는데 자기랑 사장님이랑 사귀는 것 같다는 거야. 내가 잘못 들은 거지?]

[꺄아악! 엄 비서님! 오늘 회의실에서 '애기야, 가자!' 하면서 사장님 데리고 나가셨다면서요?]

이미 목격담이 와전되어 한 편의 소설로 바뀌어서 퍼져버린 뒤였다. 발 없는 소문은 이미 그녀의 손을 떠나버린 터였다. 수습 불가능해 보였다.

"으아앙! 나 이제 어떡해!"

30화. 여자답게 멋지게

아침부터 대한민국 전역이 들썩였다.

[여배우의 이중 얼굴. 개념 시구로 떠오른 어떤 여배우가 스태프들에게 막말을 하는 동영상이 돌아 파문.]

[유명 엔터테인트먼트사 대표 세금 포탈과 공금 횡령으로 검찰 조사 받아.]

바로 성민의 작품이었다. 워낙 완벽하게 손을 써놓은 바람에 나설 필요가 없어진 세후는 이를 갈았다. 이 빚은 기필코 삼진의 왕좌를 빼어오는 것으로 갚겠다고 다짐도 했다고 한다.

누가 기다렸다가 때마침 터뜨렸다는 듯 한꺼번에 쏟아지는 기사들에 사람들은 너도 나도 한마디씩 했다. 하지만 헨젤 직원들의 출근길은 그들만의 관심사 때문인지 기사에 관한 건 한마디도 나오지 않았다.

그들의 관심사의 중심에 있는 이들은 단연 세후와 보란이었기 때문이었다.

보란은 오늘 아침 떠오르는 해를 보며 출근을 했다. 차라리 새벽 공기를 마시는 게 출근길에 직원들과 마주치는 것보다 낫다는 생각 때문이었다.

아무도 없는 회사에 첫 번째로 출근한 보란은 휑한 책상 위에 멍하니 앉아 있다 일어났다.

"엄보란! 정신 차리라고. 전쟁 같은 하루가 될 건데 정신 놓고 있을 거야?"

오늘 하루 평소보다 더 긴 하루가 될 걸 알기에 그녀는 각오를 다지는 마음으로 잘 마시지도, 좋아하지도 않는 커피를 마시기로 했다.

보란은 탕비실로 들어가 세후가 즐겨 마시는 원두를 내려가지고 나왔다. 그러곤 자리를 잡고 앉았는데 아주 쓴 약 냄새로밖에 느껴지지 않는 커피의 향기에 미간이 찌푸려졌다.

"왜 마시는 줄 모르겠단 말이야."

하지만 이제부터 그녀가 걸어가야 할 길은 가시밭길이었다. 이거라도 먹고 정신을 바짝 차리지 않으면 오늘 하루, 먹잇감을 노리는 하이에나들에게 책잡힐 만한 실수를 할지도 모를 일이었다.

커피가 한약이라도 되는 양, 두 눈을 꼭 감고 들이켜려는데 커피 잔을 잡은 손에 아무리 힘을 줘도 커피는 그녀의 쪽으로 기울어지지 않았다.

"잘 마시지도 못하면서 이건 또 왜 마셔?"

세후가 한 손으로 커피 잔이 기울어지지 않도록 잡고 있었다.

"어?"

아직 출근 시간까지 한참이나 남아 있을 텐데. 넥타이도 매지 않고 항상 젤로 고정한 각이 서 있던 머리가 흐트러진 게, 샴푸 후 바로 말리고만 온 것 같았다. 집에서부터 급하게 온 게 티가 났다. 이 사달을 만들어낸 장본인이었지만 보란은 반가움이 더 컸다.

"이 시간에 여기서 뭐 하세요?"

"그러는 당신은?"

직원들과 마주치지 않으려고 일찍 출근했다고는 차마 말할 수 없었던 보란은 직장인의 교과서와 같은 대답을 했다.

"저야 언제나처럼 일찍 출근했을 뿐입니다."

하지만 세후가 그녀의 말을 그대로 믿어줄 리는 없었다.

지각은 절대로 하지 않지만 출근 시간에 아슬아슬하게 맞춰 오는 그녀를 알고 있다. 아침잠도 많아 알람을 몇 개나 맞춰놔도 겨우 일어나는 그의 여자를 세후는 너무도 잘 알고 있었다.

"다른 사람들 눈 피해서 일찍 나온 건 아니고?"

"절, 절대로 아닙니다."

세후는 의자를 가져와 보란의 옆에 자리 잡고 앉았다.

"이 커피는 또 뭐야?"

식어가는 커피 잔으로 눈을 고정한 보란이 머뭇거리며 대답했다.

"정신을 바짝 차려야 할 것 같아서?"

"뭘 얼마나 더 정신을 차리려고? 충분히 정신 차리고 있는 것 같은데?"

이건 뭘 몰라도 한참 모르고 하는 소리였다. 이제부터 그녀가 하는 일마다 시시콜콜한 시선들이 딸려올 거다. 지금까지 백 가지 일을 잘해냈지만 실수로 한 가지 일을 잘못한다면 직원들은 사장과 함께 묶어서 생각할 거다. 사장 백 믿고 대충 하니, 어쩌니 하는 아니꼬운 말을 들을지도 모른다.

"저는 시험대에 올라 있으니까요."

어쩌면 보란이 하는 말이 맞을지도 몰랐다. 확실히 전에 비해 회사 내에 사람들의 시선이 따라붙겠지. 물론 축하해주는 사람도 있겠지만 질투하는 사람들도 있을 것이고, 그에게 닿기 위해 그녀를 징검다리로 여기는 사람들도 있을 거다.

세후가 조금은 두려운 마음으로 물었다.

"그래서 내 손 잡은 거, 후회돼?"

하지만 그녀의 대답은 두 번도 생각할 것도 없이 빨랐다.

"아니요."

자칫 무거워질 수도 있었지만 두 사람 모두 서로를 향한 마음만큼은 견고했기에 헤어진다는 생각은 하지 않기로 했다.

"대답이 마음에 든다. 내가 어떻게 해주면 되겠어?"

"간단해요. 나를 비서로만 대해주기. 나와 거리를 두기. 나를 위한다거나 편애한다든가 그러지 않기 등등?"

간단하다더니, 한 개도 아니고 연달아 나오는 조건들이 마음에 들지 않는지 세후가 툴툴댔다.

"뭐가 그렇게 많아? 그리고 그건 불가능해. 나도 모르게 무의식적으로 되는 거라서."

낯간지러운 말에 보란은 방긋 웃었다.

"저도 알아요. 워낙 제 매력이 흘러넘치다 보니 거부하실 수 없다는 거요. 절 엄청 좋아하시는 건 알겠는데요. 그래도 노력하겠다고는 해주세요."

남들의 입방아에 오르는 걸 제일 싫어하는 걸 알기에 그녀가 혹시라도 의기소침해하며 암울해하고 있지 않을까 했는데 괜한 우려였나 보다. 우려하는 마음으로 왔던 세후는 편하게 웃음 지었다.

"거리 두는 거? 그까짓 거 충분히 할 수 있을 것 같아. 또 다른 건 없어?"

드르륵. 보란의 앉아 있던 의자가 소리를 냈다. 거리를 두자고 하던 그녀가 그의 옆으로 바짝 다가와 앉았다. 그러곤 그의 팔짱을 꼈다.

"저기…… 있잖아요."

말끝을 흐리는 걸 봐서 무엇을 말하려는지 알 것 같기도 한 세후는 딱 잘라 말했다.

"인형 달라고?"

첫, 또 실패다. 뜨끔 놀란 마음도 잠시, 자존심이 상한 보란은 발끈했다.

"아니거든요!"

"팔짱까지 끼고. 그럼 뭔데?"

"어깨 빌려달라는 거였거든요."

그녀의 얼굴이 그의 어깨에 안착했다. 이리저리 움직이며 편안한 자세를 찾고 있었다.

"얼마든지."

하도 일찍 일어났더니 졸린 눈꺼풀에 추라도 달린 듯 그녀는 눈이 감겨왔다. 모자란 잠을 그의 어깨에 기대어 보충할 생각이었다.

"아아함! 삼십 분만 이렇게 있다가 깨워줘요."

"그래. 눈 붙여."

곧장, 새근새근하는 작은 숨소리가 들려왔다.

그리고 보란이 당부한 삼십 분이 지났지만 세후는 그녀를 깨우질 않았다.

평소 출근 시간에 맞춰 도착한 정은이 사무실로 들어오다 멈칫했다.

"안, 안녕하십……."

"쉿!"

세후가 손을 입에 갖다 대고 하는 소리에 정은이 까치발을 들었다. 그의 어깨에 기댄 그녀가 깨지 않도록 조심히 재킷 안주머니를 뒤진 세후는 정은에게 카드를 건넸다.

"이정은 씨. 미안한데 아침으로 먹을 수 있는 간단한 거 좀 사다 줄 수 있겠습니까?"

정은은 감격이라도 한 듯 고개를 거세게 끄덕였다. 모든 직원들의 로망 사장님과 그녀가 제일 존경하는 엄 비서님이라니. 질투는 둘째치고 두 사람이 너무나도 잘 어울려서 트집을 잡으려고 해도 잡을 수가 없었다.

'오늘부터 나 이 커플, 팬 일 호 할 거임.'

조용히 돌아서서 가던 정은이 돌아서더니 두 주먹을 꼭 쥐고 세후를 향해 말했다.

"파이팅! 끝까지 응원하겠습니다!"

* * *

보란은 오늘따라 급격하게 늘어난 것 같은 방문객들 때문에 비서실은 몸살을 앓고 있었다.

결재 받을 서류가 있는 것도 아닌데 찾아오는 각 부장들은 물론이거니와, 메신저 창을 가득 채운 여직원들의 친한 척하는 메시지들, 부러운 척 은근히 하는 시샘 어린 메시지들까지. 예상했던 바이지만 직접 경험해보니 체감도는 생각했던 것보다 현저히 높았다.

"길에서 마주쳐도 모른 척 하던 사람들이……."

옆에 앉아 있던 정은이 보란을 위로했다.

"다 부러워서 그러는 거예요. 영양가 없는 말 같은 건 다 씹어 뱉어버리세요."

말뿐인 게 아니라 아침에 뭘 봤는지 모르겠으나 이제부터 그들의 전폭적인 지지자가 되겠다며 그녀의 손을 꼭 잡고 다짐하던 정은이었다.

"그래. 고마워."

정은이 계속 눈치만 보고 있다 이 때다 싶었는지 반짝이는 눈을 하곤 물어왔다.

"그런데 엄 비서님, 뭐 하나만 물어봐도 될까요?"

마음 같아서는 일하는 중이니 무조건 안 된다고 하고 싶었지만 정은이니까 보란은 넓은 마음으로 허락했다.

"사장님이 먼저 좋아하신 거죠?"

다른 여직원들은 보란이 세후를 좋아해서 끈질기게 들이댔다는 식으로 이야기하던데.

"왜 그렇게 생각해?"

"처음부터 엄 비서님한테는 특별하셨거든요."

"사장님이?"

"네. 왜, 꽤 오래전에 몸 안 좋으신 것 같아서 제가 들어가라고 한 적 있었잖아요. 그때도 사장님께서 엄 비서님 너무 일 많이 하신다고 저한테 어찌나 화를 내시던지."

"그랬어?"

처음 아는 사실이었다. 그러고 보니 몸이 좋지 않다는 그녀를 억지로 끌고 병원까지 갔던 세후다. 그땐 보란이 그가 찾는 작가라는 걸 몰랐을 때인데…….

새롭게 안 사실로 보란의 가슴은 괜스레 벅차올랐다.

자고 일어났더니 회사 가십거리의 중심이 되어 있었고 피곤했지만 새로운 사실 하나에 이 정도쯤이야 어떻게든 참을 수 있을 것 같은 기분이 들기 시작했다.

'훗, 처음부터 날 점찍어두셨어? 역시 눈은 높아요.'

하지만 그 기분은 오래가지 못했다. 그녀의 책상으로 청탁을 하러 온 사람들로 문전성시를 이루기 시작했기 때문이다.

소소한 캔 음료부터 각종 먹을거리들과, 심지어 꽤 되는 금액의 상품권까지 그녀의 손으로 들어왔다.

그때마다 보란은 좋은 말로 거절하면서 돌려보내느라 애를 먹었다.

마지막으로 회식 자리마다 카드 대신 영수증을 남겨두고 가기로 유명한 짠돌이 회계팀 대표 노총각 이 팀장이 정점을 찍었다. 유명 샌드위치집에서 사온 샌드위치와 생과일주스가 뇌물이었다. 애개, 고작이라고 할지 모르지만 석 부장의 입장에서는 아주 큰 뇌물이었다.

"엄보란 씨, 이번 승진에서 잘 좀 부탁해."

보란은 정중하게 거절했다.

"다른 분들께 얘기 못 들으셨어요? 저한테 이렇게 하셔도 소용이 없다니까요. 저는 사장님의 의사 결정에 아무런 영향을 미치지 못한단 말입니다."

하지만 통할 리가 없었고 석 부장이 그녀의 손을 덥석 잡았다.

"에이, 알면서 그래."

"아무리 이러셔도……."

보란이 석 부장의 손을 떼어내려는데, 갑자기 그의 손이 자동으로 떨어졌다.

"엄 비서 말이 맞습니다."

또다시 들려온 소란을 참지 못하고 밖으로 나온 세후가 석 부장의 손목을 잡고 있었다.

"사, 사장님?"

짠 하고 나타난 등장에 석 부장이 흠칫 떨든 말든 세후는 보란만 살폈다.

"내가 처리해?"

"아닙니다. 제가……."

하지만 세후는 보란의 말을 무시하더니 석 부장이 온 회사 직원이 되기라도 하는 양 경고했다.

"가서 전하십시오. 이 시간 이후로 그 누구든 개인적인 이유로 엄 비서를 찾아오면 나에게 도전하는 걸로 알겠다고."

"네에?"

"내 여자에게 사적으로 관심이 있다고 생각하겠단 말입니다."

말도 안 되는 비약에 석 부장은 물론 그곳에 있던 모든 이들은 경악했다. 하지만 세후는 보란을 보며 눈을 찡긋했다.

"봤지? 거리 유지하고 있는 거?"

대체 어디가? 그녀의 고개가 아래로 떨어졌다.

세후의 경고가 온 회사에 급속 바이러스처럼 퍼지고 난 후, 일주일 정도의 시간의 흘렀다.

찾아오는 사람들은 더 이상 없었으나 보란이 어디를 가나 직원들이 쳐다보고 숙덕이는 건 여전했다. 하지만 보란이 사귀고 있는 대상이 대상이니만큼, 그 대상이 회사 내에서의 절대 권력자이니만큼 대놓고 이야기를 하거나 하진 않았다.

보란도 사람들의 시선을 하도 받았더니 꽤 익숙해진 터였다. 여전히 친하지도 않는 이들이 친한 척하며 그녀에게 달라붙는 건 익숙하지 않았지만 말이다.

그리고 일이 터진 건 화요일 점심시간이었다.

화요일은 세후가 구내식당에서 밥을 먹는 날이기도 해서 보란은 식당으로 내려갈 수가 없다.

"오늘도 점심 먹으러 안 갈 건가?"

"네, 다이어트 중입니다."

보란이 점심을 빼먹는 이유로 생각해낸 거라곤 모든 여자들이 한번은 해봤을 핑계거리였다.

"오늘의 핑계는 다이어트야?"

"네."

이유가 마음에 들지 않는다는 듯 세후의 미간이 좁혀졌지만 그녀가 보내는 눈치에 더는 꼬투리를 잡을 수가 없었다.

'이럴 줄 알았으면 거리를 두겠다고, 상관하지 않겠다고 약속하는 게 아니었는데.'

그 약속이 이렇게 그의 발목을 잡을 줄은 몰랐다.

"맛있게 드시고 오십시오."

얼른 나가보라고 보채는 인사에 세후는 따지지도 못하고 사무실을 나섰다.

발걸음이 떨어지지 않는 듯 천천히 나가던 세후의 뒷모습이 보이질 않자 보란은 가방에서 주섬주섬 무언가를 꺼냈다. 검은 비닐을 거두니 모습을 드러낸 건 은박지에 싸여 있는 김밥이었다. 이유로 들었던 다이어트와는 거리가 있는 메뉴였다.

"명색이 다이어트 중인데 김밥이라니. 닭가슴살 샐러드 이런 걸 싸왔어야 했나?"

하지만 풀 같은 걸 먹고는 힘이 나질 않았을 거다. 좋은 게 좋은 거라고, 김밥을 사서 사무실로 소풍 온 거라고 좋게 생각하기로 했다. 하지만 김밥 한 개를 입에 물고 물을 먹으려는데 영 소풍 기분이 나질 않았다.

"김밥에는 역시 사이다인데."

구내식당은 못 갈지라도 휴게실 정도는 갈 수 있지 않겠냐는 생각에 보란은 자리에서 일어났다. 그리고 캔 사이다를 뽑으러 아래층에 위치한 직원 휴게소로 향했다.

사장실이 있는 꼭대기 층 바로 밑에 위치한 직원 휴게소는 직원들이 잘 찾지 않아 조용할 거라 생각했는데, 보란은 시끄러운 대화 소리에 멈칫했다. 돌아서서 가려고 했지만 간간이 들리는 자신을 칭하는 말에 보란은 저도 모르게 그곳으로 발걸음을 옮겼다.

"너, 이 회사 사장이랑 사귄다는 비서 봤어?"

"지나가다가 어렴풋이 한 번?"

"어때? 예뻐?"

"그냥 귀엽게 생겼던데?"

"그런데 어떻게 여기 사장을 꼬셨을까?"

“뻔하지. 사장이 책임질 만한 일을 만들었겠지.”

얼굴이 눈에 익지 않은 남자 직원과 여직원이 꺄르르 웃으며 뒷담화를 하고 있었다. 직원들이 잘 찾지 않는 곳이라 생각했는지 거리낌이 없었다.

“전에 인터뷰 기사에서 여기 사장, 무슨 잘사는 집 동화 작가랑 사귄다고 안 했어?”

“동화 작가랑은 결혼하고 비서랑은 심심풀이로 만나는 거겠지.”

세후를 우습게 생각하는 말에 보란의 인내심은 한계에 달했다.

‘이것들이!’

예전의 그녀였다면 또 축 처져서 밖으로 나가 비를 맞고 돌아다녀야 했다. 그런데 지금의 보란은 이상하게 달랐다.

목에 두르고 있던 사원증을 벗어 주머니에 넣은 보란은 음료수를 뽑는 척 그들에게로 다가가 은근슬쩍 옆자리에 앉으면서 대화로 끼어들었다.

“그러게 말이에요.”

갑자기 튀어나온 보란을 보며 여직원은 어리둥절한 얼굴을 했다.

“누구세요?”

“저는 그러니까…….”

보란은 재빨리 두 사람이 걸고 있는 명찰부터 확인했다. 차고 있는 사원증이 헨젤 직원이 아니었다. 얼굴이 눈에 안 익다 싶더니. 가끔 회사 외부의 인력들과 함께 일할 기회가 있는데 협력 업체 사람들인가 보다.

“협력 업체에서 오셨나 봐요? 저도요.”

이 회사의 직원이 아닌 같은 처지라는 걸 알았는지 경계심이 크게 누그러졌다.

“저희도 협력 업체에서 나왔습니다.”

“근데 재밌는 이야기 하고 계시는 것 같던데?”

슬쩍 떠보는 보란의 말에 남자 직원은 잘도 대답했다.

"아. 여기 사장이랑 비서랑 사귀는 이야기하고 있었습니다. 요즘 여기서 그 이야기 모르면 간첩이에요."

"어머, 그럼 저는 간첩인가 봐요. 온 지 얼마 안 돼서 그런데 자세히 이야기 해주시면 안 돼요?"

본래 남 뒷이야기만큼 재밌는 게 없다고, 남자 직원과 여자 직원은 신나게 이야기보따리를 풀어놓기 시작했다. 그 긴 이야기를 다 듣고 난 보란이 고개를 갸우뚱했다.

"어? 이상하다. 정말 그 여자 비서가 사장을 꼬셨대요?"

"그렇다니까요. 근데 그게 왜 이상한데요?"

"제가 비서실에 자주 가거든요. 근데 그 비서라는 분 엄청 미인이시고 성격도 완전 좋으시고 일도 엄청 잘하시거든요. 같은 여자가 봐도 괜찮은 분이라는 인상이 딱 드는 게……. 아우, 제가 남자였으면 단번에 잡았다니까요."

보란은 천연덕스러운 얼굴로 자기 칭찬을 늘어놓았다.

"에이, 그래도 사장에 비해선……."

그러자 보란은 또 시작했다.

"뭘 모르시네. 여기 사장 겉보기에는 멀쩡하게 키 크고 잘생겼다뿐이지, 성격이 얼마나 더러운데요? 돈 많으면 뭐해요? 성격이 장난이 아니라니까요. 그래도 그 여비서 정도 되니까 그 사장 만나주는 거라던데?"

보란의 열띤 주장에 두 사람은 왠지 모르게 설득을 당하는 것 같아서 알쏭달쏭해져버렸다.

"그래요?"

"그리고 그 비서라는 분 있잖아요. 비서이기도 하면서 동화 작가이기도 해요. 그러니까 사장이 했던 인터뷰에 나온 작가는 그 여비서라는 거지요."

경청해서 듣고 있던 두 사람은 보란의 말이 계속될수록 이상함에 고개를 갸우뚱했다. 이 회사에서 일하는 사람이라면 누구나 알고 있는 소문도 모른다고 해놓고는 그 소문의 당사자에 대한 건 어쩜 이렇게 자세하게 알고 있는 건가 싶었다.

"누구신데 상세하게 아시는 거죠?"

여직원의 눈초리가 슬슬 의심의 빛을 띠는 게 슬슬 마무리를 해야 할 때였다.

"내가 일 때문에 그 주위에 자주 간다니까요? 그리고 진짜 잘못 알고 있는 게 있는데 말이에요, 사장이 그 여비서를 책임질 만한 일을 한 게 아니라 반대로 그 여비서가 사장을 책임질 일을 했어요."

"무슨 그런 말도 안 되는 소리를."

"뻥이 심하시네. 그쪽이 그 여비서 친구라도 돼요?"

못 믿겠다는 두 사람의 말에 보란은 그녀의 정체를 밝혀야 하나 싶었다. 그리고 주머니에 넣어두었던 사원증을 꺼내 목에 걸었다.

"제가 누구냐 하면요."

두 사람의 얼굴이 점점 흙빛으로 변해갔다.

'이제 슬슬 눈치챈 건가?'

보란은 자신의 사원증을 보고 그들이 자신을 알아본 것이라 생각했다.

하지만 아니었다.

"여기서 뭐 해?"

세후였다. 다이어트한답시고 밥도 안 먹는 그녀가 걱정이 돼서 구내식당 요리사에게 특별히 부탁한 도시락을 들고 올라온 그였다. 하지만 자리에는 먹다 남은 김밥만 보일 뿐 보란은 보이질 않았다.

온 사방을 다 뒤지고 다녀서 찾았더니 여기서 웬 직원들과 앉아서 열띤 토론을 벌이고 있었다.

뒤에 뒷짐을 지고 서 있는 이가 세후라는 걸 확인한 보란은 그의 팔을 끌어다가 옆에 앉혔다.

"오, 잘 왔어요. 이 사람들이 내 이야기를 안 믿네요. 내 말이 다 맞다고 증인 해줘요."

셋이서 대체 무슨 이야기를 했는지는 모르지만 세후는 편을 들고 볼 일이었다.

"이 여자가 한 말이 무조건 맞을 겁니다."

그들이 이야기하고 있던 뒷담화의 주인공들이 하는 말인데. 콩으로 메주를 쑨다고 해도 믿을 일이었다. 망했다는 얼굴의 두 사람은 부리나케 일어나 죄송하다고 꾸벅 사과를 하고 사라졌다.

"밥은 안 먹고 뭐 하고 있는 거야?"

침까지 튀겨가며 말을 했더니 진이 쭉 빠져버린 보란의 세후의 어깨에 기댔다.

"그럴 일이 있었어요."

"증인은 또 뭐고."

"진실을 잘못 알고 있는 이들에게 바른 진실을 알려주었을 뿐이랍니다."

세후의 눈빛이 검어졌다. 말하지 않아도 대충 견적이 나오는 일이었다.

"내가 혼내줄까?"

"혼내긴 뭘 혼내요. 잘못한 것도 없는데."

이 정도 가지고 누굴 탓하고 누굴 혼내겠는가. 마지막에 그들의 얼굴 표정을 보건대 충분히 미안해하고 있다는 걸, 고개 숙여 해준 사과로 충분했다. 오히려 보란은 그들에게 고마웠다. 전과 달라진 그녀의 마음을 깨달았다고나 할까?

화장실에 숨어 있다 여직원들이 하던 말을 들었을 땐, 그녀 자신이 얼마나 작아 보였는지 모른다. 그때는 남들이 하는 말과 시선에 너무 신경을 쓰고 있었다. 그런데 세후와의 열애 사실이 회사에 퍼지고 다음 날, 이른 아침 세후가 물었었다.

'그래서 내 손 잡은 거 후회돼?'

그때, 두 번 생각할 것도 없이 대답할 수 있었다. 후회하지 않는다고. 전혀 후회하지 않는다고. 가끔 버겁기도 했지만 당신의 손을 잡은 게 세상에서 제일 잘한 일이라고 보란은 이제 자신 있게 말할 수 있었다.

세후는 그의 어깨에 기대어 있는 자그마한 머리가 무슨 생각을 하는지 꽤 무거웠다.

아무것도 못 들은 척하고 있었지만 세후는 들었다. 끝에 그녀가 했던 말을 말이다. 장난스럽게 계속 물었던 그의 질문.

'나 책임질 거지?'

기다리겠다고 했지만 조바심이 나던 질문.

그의 어깨에 기대고 있던 보란의 고개가 들어졌다.

"세후 씨."

"왜?"

"내가 전에 책임감 없다고 그랬지만 사실은 완전 책임감 있는 여자인 거 알죠?"

"어, 알아."

보란이 그의 가슴으로 손을 가져갔다. 그 작은 손길에 그의 심장은 또 불규칙으로 뛴다.

"나 가고 있어요."

굳이 목적지가 어딘지 말하지 않아도 알 수 있었다.

그녀가 그에게로 오고 있음을.
그녀가 그를 책임지겠다고 말할 그날이 머지않았음을 알 수 있었다.

* * *

비서실에 난데없는 긴장감이 돌았다. 살얼음을 걷는 것 같은 이 분위기는 마치 아주 옛날, 기억도 나지 않던 시절 틈만 나면 꼬투리를 잡고 날카롭게 굴던 세후 때문에 생겼던 긴장감과 비슷한 것이었다.

다만 차이점이 있다면 이번에 조성된 긴장감은 세후 때문이 아닌 보란 때문이라는 것이다.

무슨 일인지 며칠 내내, 보란의 기분이 잘 간 칼의 끝 날처럼 곤두서 있었다. 때문에 밑에서 일하는 정은만 배가 터지게 눈칫밥을 먹고 있었다.

'사랑하는 사람들끼리는 닮는다더니 지금 엄 비서님, 사장님 따라 하시는 건가?'

화를 낸다거나 큰소리를 내는 건 아니었다. 하지만 전에는 부드럽고 자상하게 가르쳐줬던 그녀가 딱딱하고 사무적으로 변모했다는 거다.

'정은 씨, 이거 다시 해야겠는데?'
'정은 씨, 숫자가 틀렸어. 이 숫자대로 진행하면 우리 회사 부도날지도 모르겠다. 우리는 하루아침에 실직자가 되는 거고? 참 볼만하겠다? 그렇지?'

분위기를 가볍게 띄우던 농담 따먹기도 사라진 지 오래, 가끔 등골이 서늘해지는 말을 간혹 가다 툭툭 던졌다.

정은뿐만 아니라 세후 역시 그녀의 눈치를 보고 있었다.

'내가 또 뭘 잘못했나?'

이리 기분이 상할 정도로 잘못했던 일이 있었나 하고 아무리 생각해봐도 딱히 떠오르는 것이 없었다. 겨우 생각해낸 거라고 해봤자, 보란이 갖고 싶어 하던 인형을 중간에서 가로채 아직도 보관하고 있다는 것 정도?

하지만 그것 때문이라고 하면 삐졌어도 벌써 삐졌어야 했다. 혹시나 인형이 문제인가 싶어 준다고도 해봤다.

'인형 때문에 심기가 불편한 거야? 주면 되잖아.'

하지만 그토록 간절히 원하던 인형도 본체만체했다.

'필요 없어요.'

그래서 세후는 여자들이 기분 좋지 않을 때 단것을 먹으면 기분이 좋아진다는 기준의 말에 유명한 초콜릿이며 케이크, 마카롱 등등 종류별로 사다 바쳤다. 그 많은 것들 중 초콜릿 하나만 먹은 게 다고 보란은 여전히 시큰둥했다.

'먹을 만하네요.'

이러니 세후는 며칠째, 이유도 모른 채 그녀의 기분을 살피느라 죽을 맛이었다.

무슨 걱정이 있는지, 뭣 때문에 화가 났는지 말을 해야 알지. 보통 심각한 일이 아닌지 며칠 새, 밥도 제대로 먹질 않더니 얼굴이 반쪽이 되다 못해 소멸하기 직전이었다.

'계속 이렇게 밥 안 먹을 거야!'

'입맛이 없어요.'

머슐랭에서 별 다섯 개를 받았다는 곳을 데려가도 한 입이 전부였다. 그녀의 건강이 걱정된 세후가 화도 내봤지만 정신을 어디에 갖다놓은 모양새였다.

똑똑.

"들어가겠습니다."

노크 소리가 들리고 보란의 목소리가 들렸다. 세후는 보고 있지도 않는 서류를 보는 척 손에 들었다.

"들어와."

또각또각 걸어온 보란이 로봇처럼 딱딱하게 말했다.

"말씀하신 관련 자료입니다."

사랑스럽던 그의 엄보란은 어디 가고 겉모습만 닮은 인조인간이 서 있는 것 같았다. 정나미라곤 하나도 실려 있지 않은 음성에 세후의 이마가 구겨졌다.

용건을 마치고 인사를 하고 나가려는 보란의 손을 잡아 세웠다.

"대체 왜 이러는 거야?"

그녀는 여전히 무표정한 얼굴로 대꾸했다.

"제가 어떤데요?"

세후의 눈이 굳어갔다.

"계속 성난 망아지처럼 굴 거야? 말을 해야 알지. 말을 해야."

"……."

절대로 말할 수 없다는 듯 고집스럽게 깨물어버린 입술. 더 이상 참을 수 없던 세후는 의자를 박차고 일어났다.

"후우. 얘기 좀 하자."

세후가 가자고 끌어도 보란은 꿈적도 않았다. 망부석처럼 서 있는 그녀를 보다 못한 그는 한숨을 내쉬었다.

"안 되겠다."

세후는 움직이지 않는 보란을 번쩍 들어 둘러멨다.

"내려줘요."

보란이 주먹으로 그의 등을 때렸지만 세후는 오히려 그녀를 더 세게 잡고 밖으로 나갔다.

"내려달라고요!"

"떨어지고 싶지 않으면 가만히 있어."

밖에서 각자의 일을 하고 있던 기준과 정은이 놀라 일어났다. 짐 보따리처럼 보란을 둘러멘 세후가 말했다.

"우리는 긴히 할 얘기가 있어서 자리 좀 비우죠."

회사에서 다른 사람들의 눈을 피해 두 사람이서 이야기할 수 있는 곳이라 해봤자 옥상밖에 없는 터라 세후는 보란을 멘 채로 옥상을 향해 계단을 올라갔다.

아지트에 있는 벤치에 보란을 내려놓은 세후는 후우 하고 가쁜 숨을 내쉬었다. 의자에 앉아 꿈적도 않는 그녀의 앞을 서성이다 못한 세후가 답답함에 소리를 지르고 말았다.

"말 해."

"……."

여전히 입을 다물고 있으니 또 큰 소리가 나와버렸다.

"말 안 할 거야? 침묵 시위 계속 할 거야?"

"……."

다시 다그치려던 세후의 모든 동작이 멈췄다.

고개 숙이고 있는 보란의 앞으로 똑똑 물방울이 떨어져 번져갔기 때문이었다. 화창한 날씨에 비가 내리는 것도 아닌데 한 방울씩 떨어지는 건……. 눈물이었다.

놀란 세후가 얼른 고개 숙인 보란 앞에 한쪽 무릎을 꿇고 앉았다.

"우는 거야?"

조용히 떨어지고 있던 눈물이 존재를 알리듯 소리를 냈다.

"흑흑."

당황한 세후가 그녀를 달래기 시작했다.

"내가 소리 질러서 그러는 거야? 미안. 미안해."

세후의 사과에 그녀의 울음은 더 몸집을 키울 뿐이었다.

"으아앙!"

줄어들지 않고 더 커져버린 울음에 세후는 어쩔 줄 모르고 허둥댔다.

"뭔지는 모르지만 내가 무조건 잘못했어. 그러니까 울지 마? 응? 제발?"

세후는 우빈이 울면 하듯이 보란의 등을 가만히 쓸어줬다. 서글프게 울던 보란이 세후의 품에 쏙하고 들어와 더 크게, 더 서럽게 울기 시작했다.

더 세게 힘주어 안은 세후는 계속해서 우는 그녀를 달랬다.

"그래. 울고 싶은 만큼 울어도 돼. 내가 있잖아."

세후가 입고 있던 와이셔츠가 흠뻑 젖어갈 때까지 울어젖히던 보란이 겨우 울음을 그치기 시작했다. 하늘이 다 울릴 정도로 울더니 빨개진 눈에다 퉁퉁 부은 눈두덩이까지. 눈가를 쓱 닦아준 세후가 조심스럽게 물었다.

"나 때문에 운 거야?"

보란의 고개가 좌우로 흔들렸다. 다시 세후가 이유를 물었다.

"그러면 또 안 좋은 소리라도 들은 거야? 누구야? 내 여자 울린 것들, 내가 가만히 안 둘 테니까. 말해!"

흥분해서 있지도 않는 사람을 찾아간다는 세후를 보란은 말리며 손을 잡았다.

"당신도, 그 누구의 잘못이 아니라……. 내 잘못이에요! 내가 문제라고요."

며칠 내내, 미친년처럼 감정의 기복이 급했던 이유는 바로 보란 자신의 문제였다.

오늘 아침, 보란이 준비했던 동화 공모전의 발표가 있던 날이었다. 이날만 기다리고 있었는데, 꼭 상을 받아 세후를 책임지겠다고 말하기만을 기다리고 있었는데. 수상에만 목적을 뒀기에 하향 지원까지 했던 터라 내심 붙을 수 있다고 자신했었다.

사실, 보란이 넣고 싶었던 공모전은 따로 있었다. 하지만 워낙 크고 유명하다 보니 자신감이 콩알만 해지더니 떨어질 것 같아서 작은 규모의 대회에 지원한 것이다. 그래야 안전하게 붙을 수 있을 것 같아서.

하지만 정작 뚜껑을 열어봤더니 탈락이었다. 수상자들에게 미리 연락이 오는 걸 알기에 며칠 전부터 휴대폰을 손에서 놓은 적이 없었다. 혹시라도 하며 기대를 끝까지 저버리지 않고 있었는데, 오늘 아침 홈페이지에 들어가 확인한 결과 그녀의 이름은 어디에도 없었다.

그러니 기분이 좋을 리가. 붙기만 하면 무조건 결혼하자고, 나와 결혼해 달라고 말하려고 했단 말이다. 그런데 보기 좋게 떨어져버렸으니 울음이 나오는 게 당연했다.

"흐흑, 떨어졌단 말이에요!"

도저히 알아들을 수 없는 그녀의 말에 세후는 되물었다.

"나 몰래 시험이라도 봤어?"

"아뇨. 동화 공모전……. 내가 붙기만 하면."

시험이라면 얼마나 좋을까? 아니, 그깟 공모전에 떨어졌다고 결혼을 못

하는 것도 아니라고 할지도 모르겠다. 하지만 보란이 스스로 자신과 한 약속이었다.

그녀가 제일 좋아하는 동화로 다른 사람에게 정정당당하게 인정을 받는다면, 그의 옆에서 당당하고 멋지게 서 있을 수 있을 것 같았다. 그것이 좌절됐다는 사실이 확인되자 서글픔에 눈물샘이 또 폭발하려고 한다.

"으아앙! 내가 여자답게 멋있게 딱 세후 씨 책임지려고 했는데. 나는 몰라! 망했어!"

눈물 섞인 보란의 말을 듣고 있던 세후의 모든 것이 정지했다. 울음과 함께 정확하게 들려오지 않아도 그는 단번에 알아들을 수 있다. 그가 그토록 기다리고 기다리는 말인데 못 알아들을 수가 없다.

그러니까 그녀의 말을 요약해보면, 공모전이라는 곳에서 수상을 하면 그에게 책임을 지겠다는 말을 하겠다는 계획이었다는 건데.

그의 가슴으로 거대한 파도가 밀려와 그를 가득 채웠다. 감히 어떻게 비유도 할 수 없을 만큼의 벅찬 감정들이었다.

들뜬 마음을 감춘 채, 세후는 그녀의 어깨를 떡하니 잡곤 물었다.

"만약에 수상했다면 어떡할래?"

그랬다면 이러고 있을 일도 없지. 하지만 그건 꿈만 같은 일이었다.

"나 책임질 거였어?"

보란의 고개가 끄덕여졌다.

"어쩔 수 없네. 하는 수 없이 나 책임져야겠네?"

지금껏 무슨 소리를 들은 건지. 세후의 억지에 그녀는 모기만 한 목소리로 대꾸했다.

"이제까지 뭘 들었어요. 나 떨어졌다니까요."

푹 고개를 숙인 그녀의 얼굴을 들어 그에게로 고정시킨 그가 말했다.

"붙었던데?"

떨어진 걸 그녀의 두 눈으로 확인했는데 위로를 해도 너무 터무니없는 위로였다. 아니면 그렇게라도 생각하고 싶은 거든지.

"놀리지 마요. 이럴수록 나만 비참해져요."

"아닌데? 봐봐."

세후가 휴대폰을 뒤져 얼마 전 받은 메시지를 찾아내기 시작했다. 화면에는 수상을 축하하는 문자가 들어와 있었다. 지레 겁먹고 원고를 보내지도 않았던 공모전의 주최 측에서 온 메시지였다.

[엄보란 님, 축하드립니다. 보내주신 '내 남자 친구를 소개합니다.'가 이번 공모전에서 은상에 입상되셨습니다. 정식 발표는 다음 주 월요일에 날 겁니다. 그때 다시 연락드리겠습니다. 궁금한 점이 있으시면 연락 주십시오.]

잘못 보고 있는 건가 싶어 보란은 휴대폰을 빼어 들고 몇 번을 읽었는지 모른다. 눈을 씻고 다시 봐도 맞았다.

"어떻게 된 거예요?"

세후는 회심의 미소를 지었다.

보란이 그의 생일 날, 선물로 줬던 원고였다. 그날 밤, 보란이 진심 반, 장난 반으로 써서 그에게 줬던 글을 읽고 또 읽었다.

'이번에는 악역 조연이 아니라 주인공인 걸 감사하게 생각해야 하나?'

보란에게는 안 된다는 식으로 이야기했지만 읽으면 읽을수록 재밌는 게 혼자만 보긴 아깝다는 생각이 들었다.

그래서 세후가 그녀 몰래 가장 유명하고 권위 있는 대회에 출품을 한 거였다. 그런데 당당히 은상을 받게 됐다고 며칠 전 연락이 왔다. 보란의 기분이 괜찮아질 때까지 말할 좋은 타이밍만 기다리고 있었던 참이었다.

"워낙 수작이라서 내가 대신 지원했지."

그건 개인적인 이야기라 세후만을 위한 이야기였는데. 누구에게 보여주고 들려주기 위해 쓴 이야기가 아니었다. 보란은 얼떨떨한 얼굴을 하곤 물었다.

"하지만 세후 씨 이름도 그대로 쓰고, 무엇보다 다른 사람이 보는 거 싫어한 거 아니었어요?"

세후는 별일 아니라는 듯 어깨를 으쓱했다.

"새삼스럽게, 이제 와서 나 성격 더러운 거 모르는 사람이라도 있을까 봐?"

드디어 그녀의 글이 인정받았다는 사실도 기뻤지만 더 기쁜 것이 있다면 그에게 당당하게 말할 수 있다는 거였다. 기쁨을 주체하지 못한 보란이 그의 목을 끌어안았다.

"꿈꾸는 거 아니죠? 내가 상을 받다니."

세후는 보란이 이리도 기뻐하는 걸 본 적이 없다. 그가 좋아한다고 고백했을 때도 이렇게까지 큰 반응은 아니었던 것 같은데?

"너무 기뻐하는 거 아니야? 상 받은 게 그렇게 좋아?"

좀 전에 서럽게 울던 게 무색하게 그녀는 더 크게 웃었다.

"에이, 우리 애인이 몰라도 너무 모르시네."

"……?"

쪽, 하고 그의 볼에 입을 맞춘 보란이 예쁘게 웃으며 말했다.

"나한테 와요. 내가 책임질게요. 이 회사 망해도 이제 내가 글 써서 먹여 살릴 수 있어요."

세후가 기다리고 또 기다리던 말이었다. 기쁨을 주체할 수 없었던 그가 그녀의 허리를 잡고 높이 들어 올렸다.

"꺄아악!"

행복한 비명소리가 폭죽처럼 터졌다. 그리고 두 사람의 웃음소리는 날개라도 단 풍선처럼 하늘을 타고 올라가고 있었다.

세후에게 안겨 있던 보란이 고개를 빼꼼 들었다.

"아! 내가 했다고 그냥 넘어가는 건 안 돼요."

"뭘?"

"프러포즈요."

"……."

"기대할게요."

드디어 결혼할 수 있다고 생각했더니 아직도 남은 관문이 있단 말에 한껏 취해 있던 그의 어깨가 내려왔다.

* * *

그로부터 다음 주 월요일 아침. 보란이 그리도 바라고 바라던 수상 발표가 났다.

밤새 뜬눈으로 지새우다 출근한 그녀는 결과 발표가 딱 하고 나오는 순간에 광클릭과 함께 홈페이지에 접속했다. 그리고 수상자 명단에 떡하니 올라 있는 이름 석 자를 보며 감개무량했다.

['내 남자 친구를 소개합니다' 심사위원 평.

아이들의 마음을 세심하게 관찰한 작가만이 쓸 수 있는 귀엽고 사랑스런 이야기. 욕심 많고 심술도 있어 친구가 없는 남자 주인공이 여자 주인공을 제 친구로 만들기 위해 고군분투하는 작품은 신선한 이야기였다. 형식적인 스토리에서 벗어남으로써 뻔하지 않은 즐거움을 느낄 수 있었다. 주인공들이 실제로 존재할 것만 같은 느낌은 아마 작가의 글이 그만큼 재밌다는 소리가 아닐까?]

그녀의 글에 대해 정확하게 짚은 평에 보란은 고개를 끄떡였다.

"심사위원께서 보는 눈이 있으시네."

일은 안 하고 아침부터 인터넷 창에서 눈을 떼지 못하는 보란이 아무리 생각해도 이상한 정은이 불쑥 끼어들었다.

"아침부터 계속 뭘 보고 있으신 거예요?"

전 같았으면 아무것도 아니라고 했을 보란. 하지만 너무 기쁜 나머지 온 동네방네 자랑하고 싶은 마음에 저도 모르게 정은에게 입을 열고 말았다.

"사실은 말이야, 내가 상을 받아서……."

"네? 무슨 상이요?"

"내가 동화를 쓰거든?"

그러고 보니 사장님의 인터뷰에 보면 여자 친구분이 동화 작가라고 했다. 정은은 그 여자 친구는 구 여친, 보란 현 여친, 전혀 다른 인물로 생각하고 있었는데.

"그러면 사장님을 악당으로 등장시키셨다는 간 큰 분이 엄 비서님이셨어요?"

"내가 좀 담이 세."

그러면 두 사람이 사귄 지 꽤 오래됐다는 말인데. 정은은 섭섭했다. 그녀는 보란과 꽤 친한 사이라고 생각했는데, 보란에 대해 모르고 있던 것이 너무 많았던 것 같았다.

"섭섭해요. 사장님과 사귀는 거야 제가 워낙 입이 가벼우니까 비밀로 할 수도 있지만, 저한테 한 번도 글 쓰신다는 말 같은 건 안 하셨잖아요."

그러고 보니 또 그렇게 되는 건가? 많이 섭섭했는지 토라지려는 정은을 보란이 살살 달랬다.

"오늘 마치고 맛있는 거 먹으러 갈까? 내가 오늘 기분 좋은 일도 있는데 쏠게."

그제야 정은이 풀어졌다.

"정말이죠? 집에 늦게 들어간다고 연락해야지."

그렇게 갑작스럽게 정은과 약속을 잡은 보란이었다.

-띵.

엘리베이터 문이 열리는 소리가 들렸다. 본래 출근하는 시간보다 조금 늦은 세후였다. 출근하기 전 잠시 들를 곳이 있다더니 이제 출근하는 그의 손에는 특별히 주문한 게 분명한 것처럼 보이는 커다란 꽃다발이 들려 있었다.

"오셨습니까?"

역시 축하에는 꽃다발이 빠질 수 없지. 꽃다발의 주인은 당연히 자신이라고 생각한 보란이 쑥스러움에 얼굴을 붉혔다.

"이러시지 않으셔도 되는데……."

"당신 거 아닌데?"

내밀었던 손이 민망해지는 순간이었다. 당사자인 보란은 그렇다 치고, 구경하고 있던 정은이 못 본 척 먼 산을 봤다.

세후는 쌩하니 그대로 사장실로 들어가버렸다. 따라 들어오라는 소리도 없었건만 보란은 안으로 쫓아 들어갔다.

꽃다발을 조심히 내려놓고 재킷을 벗고 있는 세후에게로 다가간 그녀가 팔짱을 끼곤 그를 추궁했다.

"정말 나 줄 거 아니에요?"

그는 별 반응 없이 자리에 앉았다.

"그래."

자신을 줄 게 아니라면 저렇게 큰 꽃다발이 왜 필요하단 말인가?

"누구 줄 건데요?"

"당신 줄 건 아니니까 걱정하지 마. 그리고 꽃 싫어한다면서?"

"싫어하죠. 싫어하는데, 한 번쯤은 받아보는 것도 나쁘지 않을 것 같단 말이에요."

"참고하도록 하지."

"정말 나 줄 거 아니에요?"

"그렇다니까. 나 일해야 하는데 안 나갈 거야?"

"나가요. 나가는데."

세후는 할 말이 끝났다는 듯 고개를 서류로 돌리자 보란은 마지못한 척 사장실을 나왔다.

일상이 다시 시작됐지만 보란은 집중을 할 수가 없었다. 회사에서는 세후가 로비에서부터 들고 올라간 꽃다발에 대한 소문이 난무했다.

[대박! 오늘 출근할 때 사장님이 들고 온 바구니 봤어? 엄 비서한테 프러포즈라도 하실 건가 봐.]

하지만 보란에게 줄 것도 아니라는데 프러포즈는 무슨. 하루 종일 세후에게 꽃바구니의 주인이 누구냐고 계속 물었지만 그는 묵묵부답이었다.

때문에 일이 손에 잡히지 않는 보란이었다.

'누구? 남자한테 줄 건 아닌 것 같고. 대체 나도 못 받아본 꽃을 받아보는 여자는 누구야!'

질투로 눈에 뵈는 게 없어진 그녀 보란 듯이 세후가 사무실을 나왔다. 퇴근 시간이 한참이나 남았는데 퇴근이라도 할 폼이었다. 꽃다발을 들고 나가려는 세후의 앞을 보란이 막아섰다.

"지금 퇴근하시는 겁니까?"

"그런데?"

"아니, 왜요?"

"내가 퇴근한다는데 엄 비서에게 허락을 받아야 하는 건지 몰랐군요?"

"계속 이러실 겁니까?"

"무슨 소리 하는지 모르겠군요. 난 이만 퇴근합니다."

세후가 앞을 막고 있던 보란을 가볍게 지나쳐선 꽃다발을 들고 유유히 사라졌다. 그의 뒷모습만 황망히 보고 있던 보란이 번쩍 정신이 들었는지 가방을 챙겨 들었다.

"정은 씨, 미안한데 밥은 다음에 하자. 나 지금 저 사람 쫓아가야 할 것 같아서 말이야."

"물론이죠. 어서 가세요, 어서. 저런 나쁜 버릇은 초장에 잡아야 해요."

정은의 응원을 뒤로하고 보란은 세후의 뒤를 밟았다. 내려오자마자 회사를 빠져나가는 세후의 차를 발견한 보란은 택시를 잡아탔다.

"앞에 차 좀 따라가 주세요. 절대로 놓치시면 안 돼요."

다급한 보란의 목소리가 모든 걸 말해줬는지 택시 운전 아저씨는 익숙한 일이라는 듯 말했다.

"아이고, 남자 친구가 첫사랑이라도 만나러 가나 보지?"

그래도 제 남자라고 다른 사람이 싫은 소리 하는 건 그리 유쾌하지 않은 보란은 팩 하고 소리를 질렀다.

"아니거든요!"

"에이, 화내는 거 보니까 맞구먼, 뭐."

그 후 보란은 아예 입을 꾹 다물었고 택시는 조용히 세후의 차를 따라갔다.

세후의 차가 멈춘 곳은 버스 터미널이었다. 택시비를 지불하고 나온 보란은 멀리서도 보이는 커다란 꽃다발을 따라갔다.

많은 인파 속에서 세후가 웬 여자에게로 손을 흔들며 다가가는 게 보였다. 택시 아저씨가 말했던 것처럼 첫사랑이라도 만나러 온 건가 싶기도 하고.

'어쭈, 저렇게 웃을 만큼 반가운 사람이란 말이지?'

보란은 흥분을 주체하지 못하고 헤어지자는 말까지 할 각오로 씩씩거리며 다가갔다. 그런데 한순간 그녀가 그 자리에 멈춰 섰다.

"엄마?"

세후가 만난다는 사람은 혜자였다. 여기까지 따라온 보란을 보며 그는 웃었다.

"기대한 거랑 달라서 실망이라도 한 얼굴인데?"

"어떻게 된 거예요?"

연락도 없이 온 혜자며 꽃바구니와 함께 그녀를 마중 나온 세후까지. 남자 친구와 그의 첫사랑의 재회를 예상했던 보란이 어리둥절한 건 당연했다.

"세후 총각이 중요하게 할 말이 있다고 해서 올라왔다."

"중요한 말?"

세후가 보란의 귀가에다 대고 이야기했다.

"어머니께 결혼 허락부터 받아야지."

세후가 어떻게 말을 꺼내야 할지 긴장한 것에 비하면 허락을 하는 혜자는 쿨했다.

"어머니, 따님과 함께하고 싶습니다. 허락만 해주신다면 결혼하고 싶습니다."

"책임질 일을 해놓고 안 데리고 가려고 했었어?"

사실은 허락을 받을 것도 뭐도 없었다. 아주 오래전부터 혜자는 세후를 딸의 반쪽으로 받아들였으니까.

어쩌면 혜자에게 이렇게 따로 말할 필요가 없었을지도 모른다. 하지만 세후는 아무리 형식적이고 사소한 것이라도 소홀히 하고 싶지 않았다.

정석대로, 하나도 빠짐없이 다 해서 그녀와 함께하고 싶은 게 그의 마음이었다.

* * *

겨울이 다가오는 가을의 어느 끝자락의 밤이었다. 세후는 몰래 보란의 집으로 갔다. 미리 세후의 부탁을 받은 혜자가 자지 않고 기다리고 있었다.

"왔는가? 누가 업어 가도 모를 만큼 잠들었으니까 데리고 가게."

"감사합니다."

프러포즈인가 뭔가를 한다면서 혜자에게 밤에 자고 있는 딸을 데려가도 되냐고 하는데, 안 된다고 할 수가 없었다.

"자네도 참 별나단 말이야."

"칭찬으로 듣겠습니다."

혜자의 도움으로 세후는 밤중에 곤히 잠든 보란은 보쌈해서 그의 집으로 향했다. 집에는 아직 잠들지 않은 우빈이 초롱초롱한 눈을 하고 깨어 있었다. 보란을 그의 침대에 눕히고 나온 세후의 바지를 잡아당겼다.

"외삼촌이 누나 데리고 온 거야?"

"그래."

"누나 또 술 마셨어?"

"아니, 자고 있어서 그런 거야. 근데 너는 왜 아직도 안 자고 이러고 있어?"

"외삼촌한테 중요하게 할 말 있어서. 이리 좀 와봐."

세후가 허리를 숙이자 우빈이 그의 귀를 붙잡고 이야기했다.

"나 이제 할 수 있을 것 같아."

"뭐를?"

"아이참. 그거 있잖아, 그거."

그렇게 연습시킬 때는 언제고 정작 하겠다고 하는데 한 번에 못 알아먹는 세후가 답답한지 우빈이 발을 동동 굴렸다.

"에이, 보란이 누나한테…… 부를 수 있을 것 같단 말이야. 그러니까 외삼촌……."

"정말이지?"

세후가 들고 있던 짐을 바닥으로 내리고는 우빈을 번쩍 하늘로 들어 올렸다.

"짜식. 고맙다."

애도 아니고 이리 안는 건 반칙이라며 내려달라는 우빈의 말에 세후가 우빈을 땅으로 내려줬다.

"언제 누나한테 말할까?"

"당장이지."

참 누구 외삼촌인지, 급하기도 하지. 그래도 마지막으로 준비할 시간 정도는 줄 줄 알았는데.

"당장?"

"그래, 권씨 집안 남자들, 추진력 하나는 끝내주잖아."

다음 날 아침, 폭신한 이불이 몸을 감싸고 있어 도통 일어나기 싫은 날이었다. 하지만 떠오른 해가 보란을 깨우고 있었다. 아침 해는 어느 때보다 강하고 활기찼고, 거기다 코끝을 간질이는 꽃향기까지, 일어나지 않을 수가 없었다.

"으아암! 잘 잤다!"

기지개를 켜며 일어나는 보란의 눈에 딱 하고 들어온 건, 침대 가득 뿌려져 있는 꽃잎들, 그리고 그녀의 옆에 고이 앉아 있는 앤이었다.

"앤? 꺄아! 앤, 정말 너니?"

꿈에서나 만났던 앤이 그녀를 보며 앉아 있었다.

"내가 꿈을 꾸고 있나?"

꿈인가 생시인가 확인하려고 조심스러운 손길로 앤의 팔을 건드렸더니 생생하게 만져진다.

"정말 꿈이 아니네?"

앤이 여기에 있다는 건…….

그제야 보란의 눈이 그녀가 잠들어 있던 방의 내부를 확인했다. 어제 분명 자신의 침대에서 잠들었는데 일어나 보니 자신의 침대도, 자신의 방도 아니었다. 하지만 놀라서 비명을 지르지 않은 건 그녀가 너무도 잘 아는 곳이었기 때문이다.

"어? 나 진짜 꿈꾸고 있는 건가?"

아직도 꿈인가 싶어 볼을 꼬집어봤지만 아픈 데다가 무엇보다 그녀의 품에 안긴 앤이 현실이라고 이야기하고 있었다.

"불안한데?"

보란이 일어나려고 몸을 일으키는데, 방문이 열리고 달려 들어온 우빈이 그녀의 품으로 안겼다.

"외…… 외숙모!"

우빈이 처음으로 그녀를 다르게 불렀다. 그녀의 눈이 놀람으로 커져버렸다. 아직까지 입에 붙지 않은 호칭이 어색해 보였지만 우빈은 웃고 있었다.

"우빈아……."

언젠가는 들을 거라 생각했던 말이고 별것 아닐 것이라 생각했었다. 하지만 그녀를 부르는 우빈의 호칭은 생각보다 묵직해서 그녀의 마음을 뭉클하게 했다. 아마도 우빈이 그녀를 외숙모라 부른다는 건 이제부터 진짜 가족이 된다는 것을 의미하는 것이었을 거니까.

입을 가리며 아무 말도 못 하는 그녀에게서 떨어진 우빈은 한 손에 숨기고 있던 작은 꽃다발을 내밀었다.

"이거. 외숙모 거예요."

분홍 장미 몇 송이로 만들어진 꽃다발은 우빈이 손수 만든 것처럼 한 손으로 잡아도 될 만큼 작은 크기였다.

"고, 고마워. 우빈아. 고마워."

커다랗거나 화려하게 포장이 된 것도 아니었지만 보란에게 이것으로도 충분했다. 보란이 부끄러워 볼을 붉히고 있는 아이를 끌어안았다. 눈물이 나올 것만 같아 그녀는 괜히 웃음 지었다. 그러면 이 눈물을 보는 이가 그녀가 슬퍼서가 아니라 행복해서 흘린다는 것을 알 수 있을 테니까.

"누나가 언제나 우빈이한테 잘할 거라고는 약속 못 하지만 열심히 할 거라고는 약속할 수 있어."

"언제까지 누나라고 할 거야?"

안고 있는 두 사람의 뒤로 세후의 목소리가 들려왔다. 손으로 대충 흐르는 눈물을 훔쳐낸 보란이 뒤를 돌아서자 세후가 그녀의 뒤에 서 있었다.

한 손은 주머니에 넣고 나머지 한 손으로는 그의 품만큼 커다란 꽃다발을 들고 말이다. 세후가 무심한 듯 그녀에게 꽃다발을 내밀었다.

"한 번 정도는 받아보고 싶다며. 그 한 번을 여기에 쓰는군. 받아."

세후가 준 꽃다발은 우빈의 것보다 크기는 열 배나 커 보이는 것이었지만 똑같은 꽃으로 만들어진 것이었다. 두 사람이 직접 만든 꽃다발 속에 그녀의 얼굴이 묻혔다.

"어제 분명 내 방에서 잠든 거 같았는데, 내가 어떻게 여기까지 온 거예요?"

"밤에 내가 데리고 왔어. 이제부터 여기서 함께하게 될 거니까. 함께하자고 청하는 것도 여기에서 하고 싶었어."

그 말은……. 프러포즈다. 장난 삼아 프러포즈 이야기를 한 거였는데 이리 크게 준비했을 줄은 몰랐다. 마음은 벌써 그에게로 넘어간 지 오래지만 이 행복감을 보란은 조금 더 즐기고 싶었다.

"아직 함께하겠다고 허락 안 했는데?"

"소용없어. 이것도 받았으니까 내 마음도 받은 거야."

이렇게 끝내려는 세후를 옆에 서 있던 우빈이 엄하게 툭툭 쳤다.

"외삼촌……. 그렇게 얼렁뚱땅 넘어가는 거 아니야."

우빈의 째려봄에 마지못해 세후가 보란이 안고 있던 앤에게로 손을 뻗었다.

"치사하게 줬다가 뺏어 가는 거예요?"

"말은 바로 하자. 본래 내 거잖아."

이럴 줄 알았다. 보란은 세후가 거저 주지 않을 거란 걸 알고 있던 터라 놀랍지도 않았다.

"정말 이럴 거예요? 내가 어떡해야 얘를 줄 건데요?"

"딱 한 가지 방법이 있긴 해. 얘를 데려가려면 얘 주인도 데려가야 하는데 어때?"

기가 막혀 보란은 쉬이 말도 나오지도 않는다. 참 세후다운 프러포즈였다.

"얘랑 나랑 원 플러스 원이야. 아니다. 우빈이까지 해서 원 플러스 투. 어때? 밑지는 장사 아닌 것 같은데?"

앤도 얻고 그녀가 제일 사랑하는 남자 두 명까지 딸려서 온다는데 보란으로서는 마다할 이유가 없다. 당연히 예스였다.

"할 수 없죠. 분명히 말하지만, 앤도 좋지만 딸려오는 사람들이 마음에 들어서 허락하는 거예요."

보란의 허락에 세후의 눈이 반짝였다. 그렇게 앤이 온전히 자신의 것이 되는가 싶었더니 세후가 다시 앤에게로 손을 뻗는다.

"왜 이래요? 애는 이제 내 거거든요?"

"안심하라고. 잠시 걔한테 맡겨놓은 게 있어서 그래."

인형을 뺏기지 않으려 피하는 보란을 딱 붙잡아 세후는 앤의 가방을 뒤졌다. 거기에는 아주 오래전부터 주인을 찾고 있던 반지가 들어 있었다.

"어머, 얘한테 그런 게 있었어요?"

보란은 또다시 놀랐지만 그녀가 더 놀랄 일은 아직 더 남아 있었다. 끝났다고 생각했었는데, 아직 끝난 게 아니었나 보다. 한쪽 무릎을 꿇은 세후가 그녀를 올려다보며 멋지게 웃음 지었다.

"엄보란 씨, 나와 결혼해주십시오."

세후의 손에는 작은 다이아가 알알이 박힌 은색의 링이 반짝이고 있었다. 겨우 참고 있던 그녀의 눈에서 결국 눈물이 터져 나왔다.

"세, 세후 씨?"

"나는 당신이 함께하지 않는 시간 같은 건 상상해본 적도 없어. 사랑해. 그러니 엄보란 씨, 나와 함께해주십시오."

세후의 고백에 하염없이 흐르기 시작한 눈물에 그녀의 얼굴을 가리고 있던 꽃잎이 촉촉해졌다. 보란이 고개를 끄덕이자 촉촉해진 꽃잎이 아래위로 움직였다.

네 번째 손가락에 끼워진 반지보다 앤을 더 애지중지하는 보란을 보며 세후가 피식 웃었다.

"반지보다 얘를 더 마음에 들어 하는 것 같은데?"

"흑. 어떻게 알았어요? 반지가 너무 화려한 게 내 스타일은 아니네요."

전국 매장을 다 뒤져 고른 그의 성의도 모르고. 그녀의 말이 마음에 들지 않는지 세후의 눈썹이 또 올라갔다.

“어쭈?”

그가 인상을 쓰는데도 보란은 이제 하나도 겁을 먹거나 무서워하지 않았다. 그의 화를 단번에 풀 수 있는 약을 알고 있기에.

“시끄럽고 키스나 해줘요.”

“그 말은 마음에 드네.”

세후가 그녀가 들고 있던 꽃다발을 빼어 우빈에게 건넸다.

“권우빈, 들고 있어. 바닥에 내려놓으면 안 된다?”

커다란 꽃다발에 우빈이 앞이 보이지 않는 순간을 놓치지 않고 그녀에게 입을 맞춰오는 세후. 입을 맞추고 있는 두 사람의 눈이 행복함을 감추지 못하고 웃고 있었다.

“힝. 무거워. 대체 언제까지 들고 있어야 하는 거임?”

키스하는 보란과 세후, 그리고 휘청거리면서도 끝까지 꽃다발을 들고 서 있는 우빈의 주위가 세상에서 찾을 수 있는 모든 행복한 말들로 가득 차기 시작했다.

31화. 그의 프러포즈

헨젤 비서실, 정은은 이상한 낌새를 눈치채고 행동거지를 조심하고 또 조심하고 있었다.

아침부터 시작된 일과. 보란이 정은을 부르는 일이 너무 잦은 탓이었다.

"정은 씨, 잠시 이리 좀 와볼래?"

그녀의 상사는 아주 특별한 일이 아닌 이상 제 선에서 해결했는데 이상한 일이었다. 거기다 그녀를 불러서 시키는 일 역시 고개를 갸우뚱하게 하는 일이었다.

"이번 분기 매출 현황 보고서 한번 만들어 와볼래?"

잘못 들은 줄 알았다. 보고서를 쓰고 서류를 정리하는 일은 대부분, 아니 전부 보란의 일이었다. 보고서가 완성되어지는 데 정은이 하는 일이라고 해봤자 각 부서에서 올리는 서류를 모아서 그녀에게 건네는 것 정도였다.

"네?"

"이번 분기 매출 현황 보고서 말이야."

"사장님께 올리는 거요?"

"당연히 사장님께 올리는 거지, 누구한테 올리겠어?"

"……."

얼마 되지 않는 그녀의 입사 생활을 통틀어 보건대, 정은은 자신의 인생에서 최대의 난관에 봉착했다는 것을 본능적으로 직감했다.

매출 현황 보고서라니. 난이도가 최상에 속하는 일을 마음의 준비를 할 시간도 주지 않고 덜컥 맡기다니.

물론 만들 수는 있다. 하지만 엄 비서님이 하는 것처럼 완벽하게 할 자신이 없었다. 이건 분명히 그녀를 골탕 먹이거나, 아니면 혼내려는 일임에 틀림이 없었다. 혹시……. 그녀가 사장님과 엄 비서님의 러브 스토리를 사내 여직원들에게 퍼트린 게 귀에 들어가신 건가?

제자리로 돌아가지 못하고 정은은 우물쭈물 보란 앞에서 서성였다.

"엄 비서님. 제가 뭐 잘못했어요?"

"왜? 정은 씨 나한테 뭐 잘못한 거 있어?"

변함없는 표정을 보니 그녀가 두 사람의 열혈 팬질을 하고 있는 건 모르시나 보다. 천만다행이긴 한데…….

"아, 아니요."

"싱겁기는, 어서 가서 보고서 작성해 와."

"네? 네, 알겠습니다."

그 이후 정은은 자리에 앉아서 도통 알 수 없는 그래프와 엄청난 수치들과 씨름하다 겨우 보고서를 마무리했다.

마무리한 보고서를 들고 떨리는 마음으로 보란에게로 향했다.

"다 했습니다."

"어? 생각보다 빨리 했네? 한번 볼까?"

보란은 정은이 정리한 보고서를 한 자도 빠짐없이 체크했다. 그러더니 빨간 펜으로 정은이 잘못한 부분들을 콕 짚어서 체크했다.

"정은 씨, 잘했는데. 여기 봐봐. 수치가 틀렸어. 그리고 글자 포인트랑 색

깔이랑 이렇게 중구난방으로 섞이는 것보다는 중요한 부분에만 눈에 띌 수 있을 만큼 포인트를 주는 게 좋아."

"네."

"그리고 여기 분기별로 나누어서 정리해야 할 서류에서는 말이야."

그 후로도 보란의 완벽한 보고서 쓰기에 대한 특강이 계속됐다. 곧이어 사장님이 좋아하시는 음식부터 사장님이 선호하시는 약속 장소까지. 마치 정은은 보란이 가지고 있는 모든 지식들을 전수받고 있는 수제자가 된 것 같은 느낌을 지울 수가 없었다.

"다음은 사장님께서 가끔 갑자기 요구하시는 자료들이 있는데 그건 내가 따로 저장해놓은 폴더가 있거든? 비번은 내 생일인데……."

비번? 비번까지 가르쳐준다는 소리는……. 정은은 보란의 말을 잘랐다.

"잠, 잠시만요. 엄 비서님!"

"어? 왜?"

"일 그만두시기라도 하시는 거세요?"

"아니, 당장은 아니고."

당장은 아니라고 하지만 그만두긴 둔다는 거였다. 그녀가 없는 비서실은 생각해본 적이 없기에 정은은 다급하게 보란에게 물었다.

"언제요?"

"확실한 건 아니라니까 그러네. 나도 언젠가는 그만둘 날이 오지 않겠어?"

보란은 두루뭉술한 대답으로 넘어가려 하지만 정은은 내일이라도 그녀가 그만둘 수 있다는 걸 직감적으로 느낄 수 있었다.

"대체 왜 그만두시는데요?"

"개인적인 이유라는 것만 말할게. 확실해지면 또 자세히 이야기하자고."

개인적인 이유라……. 정은의 비상한 머리는 또 굴러가기 시작했다. 여자가 일을 가장 많이 그만두는 이유는 아마도…… 결혼이겠지? 하지만 비서계의 능력자라 불리는 그녀가 겨우 결혼 때문에 일을 그만두다니 이유가 너무 약했다.

사장님의 입장에서도 결혼했다고 엄 비서님을 집에서만 놀리는 건 고급 인력 낭비라는 걸 인지하고 계실 거다.

그렇다면 결혼 말고 더 개인적인 이유이면서 아직은 확실하지 않지만 나중에 더 확실해지고 일을 그만둬야 하는 이유라.

"아!"

설마하니…….

정은의 머리가 또 이상한 쪽으로 빠르게 돌아가기 시작했다.

* * *

며칠 후, 점심을 먹고 쉬는 시간이었다. 세후가 보란을 데리고 옥상으로 올라갔다. 사장실에서 옥상으로 올라가는 곳은 계단을 이용해야 하는데 오늘따라 세후가 유난을 떨었다.

"조심, 조심해."

한 계단 오를 때마다 넘어질까 안절부절못하는 게 오늘따라 보란은 자신이 틈만 나면 넘어지는 덜렁이처럼 느껴질 정도였다.

"그만해요. 누가 보면 칠칠치 못한 여자라고 생각하겠어요."

"어허, 조심해서 나쁠 것도 없잖아."

결국 세후의 에스코트를 받으며 옥상에 도착한 두 사람은 그들의 아지트로 향했다. 벤치에 앉으려는데 세후가 또 안 하던 짓을 했다. 제 재킷을 벗어 의자 위에 까는 거였다. 아까도 그렇고 그녀를 너무 과잉보호 하고 있었다.

"왜 이래요? 적응 안 되게."

"적응이 안 되어도 할 수 없어. 이제부터 조심, 또 조심해야 한다고."

그러고 보니 세후가 이렇게 이상해진 건 며칠 전부터였다. 잠도 안 오는데 자라고 억지로 재우질 않나. 밤늦게 전화해선 먹고 싶은 건 없냐고 하질 않나. 혹시라도 그녀의 얼굴이 영 안 좋아 보이기라도 한가 싶어 거울을 봤지만 멀쩡하다 못해 건강해 보였단 말이다.

"어떻게 더 조심해요?"

"조심해서 나쁠 건 없잖아."

"알았어요."

어딘가 서로의 말의 초점이 조금 빗나간 것 같지만 그의 말처럼 어쨌든 조심해서 나쁠 건 없으니까. 보란은 더 따지지 않고 넘어갔다.

그나저나 점심이 하도 맛있어 너무 많이 먹었더니 졸음이 몰려왔다. 이대로라면 오후 일의 효율이 떨어질 것 같았다.

"으아함! 조금 졸리네요. 커피 한잔해야겠어요."

옥상에 있는 자판기 커피나 한잔할까 싶어 그녀가 일어나는데 세후가 벌컥 큰 소리를 냈다.

"안 돼!"

"아! 깜짝이야!"

저도 큰 소리를 냈다는 걸 인정하는지 세후는 생각보다 더 많이 미안해했다.

"어. 미안. 미안. 괜찮아? 놀라지는 않았어?"

"당연히 놀랐죠. 갑자기 소리는 왜 쳐요?"

세후가 그답지 않게 그녀의 시선을 피하며 말을 얼버무린다.

"어? 어. 당신이 커피를 마신다고 하니까 그렇지. 본래 커피 안 마시잖아?"

"물론 그랬죠. 그런데 너무 졸리거나 하면 잠을 깨려고 한 잔 정도는 마셔요."

"졸려? 졸리면 그냥 자."

십 분 후면 업무가 시작되는데 자라고? 지금까지 세후의 행동을 미루어 짐작해봤을 때 수상한 점이 한두 가지가 아니다.

팔짱을 낀 보란이 세후를 다그쳤다.

"뭐예요? 뭔데 이러는 건데요?"

하지만 세후는 여전히 그녀의 시선을 피했다. 절대로 그의 입으로 말할 수는 없었다. 기준이 그러길 말할 때까지 모른 척해주는 게 예의라고 그랬다.

처음 기준에게서 그 사실을 들었을 때, 세후는 순간 당황했다. 너무 갑작스런 소식이 당황스러운 건 어쩌면 당연한 일이었다. 하지만 그건 아주 잠시뿐, 세후는 기쁨을 주체할 수가 없었다. 감격스러웠고 동시에 묵직한 책임감마저 느꼈다.

그 사실을 안 순간, 당장이라도 달려가서 보란을 안아주고 싶었지만 기준이 말렸다. 그녀가 이야기할 때까지 모른 척해주라고. 아직 식을 올린 것도 아닌데 일이 그렇게 돼서 얼마나 당황스럽겠냐며.

그래서 세후는 며칠 내내 모른 척하느라 입에 가시가 돋을 지경이었다.

"아, 아니야. 아무것도 아니야."

"수상해."

세후는 자연스럽게 화제를 돌렸다.

"수상하긴. 커피 말고 오렌지 주스 마셔. 오렌지 주스가 몸에 좋아."

"커피 마시고 싶은데."

"안 된다니까. 기다려. 내가 뽑아 올게."

하도 못 마시게 하니 커피가 건강에 미치는 악영향이라는 기사라도 봤나 싶었다.

"알겠어요."

세후가 자판기가 있는 곳으로 뛰어갔다.

아직 햇살은 따뜻했지만 이제 겨울이 오려는지 바람이 차가웠다. 눈을 감고 여유를 즐기던 보란은 멀리서 들려오는 소란에 벌떡 눈을 떴다.

아무리 들어도 세후의 목소리 같은 게 보란은 그대로 앉아 있을 수만은 없었다. 자리에서 일어나 자판기가 있는 곳으로 다가갔다.

세후가 남자 직원들을 나무라고 있었다.
“담배가 얼마나 유해한 것인지 알고 있습니까?”
“알고 있지만…….”
“담배 연기가 피우는 사람보다 주위 사람에게 더 큰 피해를 입힌다는 것도 알고 있습니까?”
“네, 그것도 알고 있지만…….”
“더군다나 임산부나 태아에게 얼마나 큰 악영향을 미치는지도 알고 있습니까?”
“네, 그렇습니다.”
“그러면 조심해주십시오.”
“그럼, 이만 가보겠습니다.”
고개를 푹 숙인 직원들이 그녀를 흘끔 보더니 옥상을 바삐 빠져나갔다.
그녀를 보는 눈빛이 마치, 세후가 유난을 떠는 것도 이해가 된다는 표정? 세후가 저 난리인 건 전부 그녀 탓이라는 표정?
담배꽁초를 주워 휴지통에 버린 세후가 보란을 보더니 부리나케 달려왔다.
“왜 왔어? 거기 있지. 이쪽은 공기가 안 좋아.”
이건 수상한 정도가 아니다. 자신만 모르는 자신에 대한 중요한 일이 있는 게 분명했다.
“나한테 뭐 할 말 없어요?”
“그러는 당신은 나한테 뭐 할 말 없어?”
분명 세후는 그녀에게서 듣고 싶어 하는 말이 있는 게 분명한데 보란은 딱히 할 말이 없었다. 그러니 더 답답할 지경이었다.
“그러니까 세후 씨가 듣고 싶은 말이 대체 뭔데요?”
“음. 나 다 알고 있어.”
“다 알고 있는 말이 대체 뭐냐고요. 당장 말해요.”

보란의 말에 세후가 진정하라며 흥분하지 말라며 그녀를 말리더니 겨우 말했다.

"당신…… 임신했잖아."

"뭐라고요? 내가 뭘 해요?"

전혀 예상하지 못했던 소리에 보란의 놀란 음성이 하늘을 찔렀다.

이건 예상한 반응이 아닌데? 세후는 일이 이상하게 돌아가고 있음을 알아차렸다.

"아니야?"

"아니거든요! 대체 누가 그래요?"

"기준이가."

"내가 임신한 걸 당신보다 최 실장님이 먼저 안다는 게 말이 돼요?"

너무 기쁜 소식이라 세후는 그 소식을 확인도 안 해보고 덜컥 믿기부터 했다. 이제 와서 생각해보니 그리 친하지도 않은 기준이 보란의 임신 사실을 어떻게 자신보다 먼저 안 걸까?

그러고 보니 의심스러운 게 한두 가지가 아니다.

"이수아 씨한테 들은 줄 알았지. 정말 아니야?"

"아니거든요! 대체 이 근거 없는 소문을 퍼뜨린 사람이 누구야! 내가 가만히 두나 봐라."

그 시각, 헨젤 비서실에서는 정은은 알 수 없는 오한에 떨고 있었다.

결국 소문의 처음 근원지는 정은으로 밝혀졌다.

"그러니까 정은 씨가 멀쩡한 날 임산부로 만든 거란 말이야?"

그것도 어떻게 밝혀졌나 하니 정은이 보란에게 태교에 좋다는 클래식 음악 시디를 예쁘게 포장해서 주는 바람에 밝혀졌다.

보란은 굳이 소문의 출처를 찾아내 응징할 생각이 없었는데 정은이 자진

출두해서 자신이 했다고 밝히는 꼴이었다.

"아니, 갑자기 일이란 일은 전부 가르쳐주시고 회사를 그만두신다고 하시니까 제가 오해할 만도 하죠. 회사를 그만두는 이유라고 해봐야 임신밖에 더 있겠어요?"

"꼭 임신해야 그만두는 건 아니잖아."

"왜 그만두시는데요?"

여전히 못 믿겠다는 정은의 눈빛에 보란은 한숨을 쉬고 말았다.

"당장 그만둔다고 안 했어. 조금 있으면 내가 내 일을 다 할 수가 없을 것 같아서 정은 씨하고 나누려고 한 거야."

"그러니까 왜 일을 다 못 하시냐고요?"

"이제 결혼도 하게 될 건데…… 준비고 뭐고 바빠질 거니까. 거기다 신혼여행 기간에도 자리를 비우게 되잖아. 그땐, 정은 씨가 내 일을 대신해야지."

하지만 정은에게는 다른 소리는 하나도 안 들리고 '결혼'이라는 단어만 또렷하게 들렸나 보다.

"헉! 그러니까 사장님과 결혼하시는 거세요?"

보란은 이상하게 앞으로 한 시간도 되지 않아서 회사 모든 사람들에게서 결혼 축하 인사를 받게 될 것 같단 느낌이 강하게 들기 시작했다.

괜히 말했나 후회해봤자 이미 늦은 터였다.

"어, 그렇게 됐어."

결혼하는 사람은 자신인데 정작 흥분한 사람은 정은이었다.

"언제 하시는데요? 어디서 하시는데요? 어떤 드레스 입으실 건데요? 부케는요? 네? 네? 네?"

쏟아지는 질문에 보란은 어지럼증까지 느낄 정도였다. 아직 하나도 정해진 것이 없어 대답할 수 없는 것도 있었지만 요란을 떨고 싶은 생각도 없었다.

"몰라."

"네에? 그게 말이 돼요?"

"어. 아직 결혼한다는 사실 빼고 정해진 건 하나도 없거든. 사실 결혼 날짜도 안 정했어."

"들러리는요? 정하셨어요?"

"아니, 그것도 아직."

"혹시 마음에 두신 분 있으세요?"

"글쎄……."

정은이 보란에게로 바짝 다가왔다. 그녀를 보는 눈이 그 어느 때보다도 초롱초롱했다.

'Pick me.'

이건 마치 뽑히고 싶다고 서바이벌 노래를 부르는 것 같은 착각마저 들게 했다. 정은의 열정적인 마음은 고마웠지만 사실 보란은 아예 들러리 같은 것도 안 세울 계획이었다. 보란이 원하는 결혼식은 아주 작게, 가까운 가족들만 모여서 하는 소규모의 웨딩이었으니까.

"사실은 정은 씨, 들러리는 아마 없을 거야. 내가 생각하는 결혼식은 스몰 웨딩이거든."

정은의 눈이 실망으로 물들어 갔다. 다른 사람도 아니고 엄 비서님과 사장님의 사랑을 응원하던 일 호 팬으로서 들러리가 될 수 있다면 더할 나위 없는 영광이라고 생각했건만.

"저도 결혼식에 초대는 해주실 거죠?"

아, 보란은 난감했다. 정은을 초대하게 되면 친한 회사 여직원들도 다 초대해야 하고. 그러면 규모가 커질 것이 분명했다. 친척이 없는 세후를 생각해서 먼 친척들에게도 안 알리고 가족들만 모여서, 아마 정은은 초대 손님 목록에 들지 못할 확률이 높았다.

"사실 손님들도 거의 안 부를 거라서. 제일 친한 친구 한두 명 정도만 초대할 생각이었거든."

"정말요? 너무하세요."

"미안해, 정은 씨."

꽤 많이 실망했는지 고개를 숙인 정은의 얼굴이 풀이 죽어 있었다. 그러길 한참, 정은이 난데없이 벌떡 고개를 들었다.

"그러면 혹시 결혼식 준비하는 데 도움이 필요하진 않으세요? 제가 엉뚱한 소문도 퍼뜨렸고 지금껏 엄 비서님께 도움도 많이 받았으니 도와드릴게요."

"고맙긴 한데, 귀찮지 않겠어?"

"아니요. 사실 저 대학생 때 웨딩 업체에서 아르바이트도 했거든요."

경험도 있다고 하니 솔깃했다. 전문 웨딩업체에 의뢰할까도 생각했었지만 그러면 진정한 스몰 웨딩이 아닐 것 같아 보란은 혼자서 준비할 생각이었다.

사실 막연하게 스몰 웨딩이면 좋겠다고 생각만 하고 있었지 하나도 준비된 건 없었기 때문에 정은의 도움이 큰 도움이 될 거란 건 사실이었다.

"그래? 그래도 되겠어?"

"당연하죠. 제가 스크랩북 같은 걸 준비해드릴 테니까 그중에 원하는 걸 골라보는 건 어떠세요?"

"괜찮네. 고마워, 정은 씨."

"에이, 뭘 이런 걸로요. 두 분께 드리는 제 결혼 선물이라고 생각해주시면 감사하겠습니다."

* * *

두 사람의 결혼 날짜를 잡기 위해 혜자와 우빈이까지, 이제 진짜 한 가족이 된 이들이 한자리에 모였다.

"올해도 얼마 남지 않았고 아무래도 내년 봄에 식을 올리는 게 좋지 않겠나?"

혜자의 말이라면 무조건 찬성하던 세후가 무슨 일로 반기를 들었다.

"안 됩니다. 봄까지 너무 많이 남지 않았습니까?"

올해가 다 가기까지 한 달 정도밖에 안 남았을 뿐인데 혜자는 순간 잘못 들은 줄 알았다. 결혼식이라는 게 준비할 게 얼마나 많은데.

"아니, 자네 오늘이 며칠인 줄 알긴 아나?"

"당연히 압니다."

대답을 보니 정신은 제대로 박혀 있는 것 같은데. 혜자는 세상 물정을 몰라도 너무 모르는 세후를 나무랐다.

"아니. 혼수도 장만해야 하고, 결혼식장도 잡아야 하고. 할 게 얼마나 많은데 번갯불에 콩 구워 먹는 것도 아니고."

"혼수 같은 건 필요 없습니다. 그리고 결혼식장도 잡을 필요 없을 것 같습니다."

"아니, 다 필요 없다고? 왜, 흰 사발에 물만 떠놓고 식 올릴 건가?"

하나밖에 없는 딸이 시집을 간다는데 식도 안 올리나 싶어 식겁하는 혜자였다. 그러자 옆에 앉아 있던 보란이 나섰다.

"그게 아니라 엄마, 예식장이 필요가 없다는 말이에요. 요즘 유명 연예인들도 작게 올리곤 해요. 가족들만 초대해서 보리밭에서 결혼식 올리고 가마솥에다가 국수 삶아 먹고 그런다고요."

"그래? 소박한 점은 본받을 만하다마는……. 그러니까 너도 보리밭에서 식 올리고 국수 삶아 먹겠다는 말이냐?"

"꼭 그렇게 하겠다는 말이 아니라 그냥 작은 식당 같은 데서 최소한의 하객만 불러서 간소하게 하고 싶어요."

그래도 식을 올린다고 하니 혜자는 놀란 가슴을 쓸어내렸다. 혜자도 거창한 호텔 같은 데서 결혼식 올리고 이런 건 반대였다. 그냥 작은 식장 정도면 만족했다.

"간소하게? 나도 크게 하고 그런 건 시끄러워서 싫다."

"네, 엄마. 그러니까 올해 넘기지 않고 해도 될 것 같아요."

혜자의 눈으로 앞에 꼭 잡은 두 손이 들어왔다.

'아주 같이 못 살아서 난리군.'

그동안을 어떻게 참았는지 모를 일이다. 그래, 두 사람이 원하는 대로 두는 게 순리겠지.

"그래. 너희 둘이서 올리는 거니까 너희가 알아서 해라. 처음부터 둘이서 정할 거면 뭐하러 나한테 물었대?"

보란이 토라진 듯한 혜자에게로 다가가 안겼다.

"에이, 그래도 날짜는 어른인 엄마가 정해주셔야죠."

"흐음, 그래? 날짜는 내가 정해야지. 그럼 올해 마지막으로 하자."

그렇게 결혼 날짜가 정해졌다.

날짜가 정해지니 준비가 일사천리로 이루어지기 시작했다.

"정말 괜찮겠어?"

"뭐가요?"

"이렇게 하는 거 말이야."

처음에 보란의 말을 들었을 때 세후는 반대했었다. 최고로 좋은 곳에서 많은 사람들의 축복을 받으며 성대하고 크게 할 수 있었다. 하지만 보란은 전혀 원하지 않았다. 이런 결정을 하게 된 데는 아마 가족이 없는 세후를 배려한 측면도 없지 않아 있을 거다. 그래서 더 미안하고 많이 고마웠다.

"말했잖아요. 나는 처음부터 이런 결혼식을 원했다고요."

"보리밭에 국수?"

"네. 너무 아름답지 않아요? 겨울에 보리밭을 찾을 순 없을 거니까 갈대밭이라도 걸을까요?"

"얼어 죽어."

그놈의 보리밭에 국수.

얼마 전, 결혼한 유명 연예인의 기사를 보더니 계속 멋있다고 난리였다. 그 이유에 대해 보란은 너무 낭만적이라고 했지만 그건 핑계라는 걸 알 수 있었다. 사실은 그녀가 그 남자 배우의 열혈 팬이라는 게 이유가 분명하다고 세후는 짐작하고 있을 뿐이었다.

"따뜻하게 입으면 되죠."

아무리 좋아한다고 해도 아닌 건 아니라고 정확하게 말해줄 필요가 있었다.

"그 두 사람이 멋지고 예뻐서 아름다웠다는 생각은 안 해봤어?"

"그런 측면이 있긴 하지만 그래도 뭐, 어때요. 우리 둘만 좋으면 된 거 아니겠어요?"

"그래. 당신이 좋으면 나는 어찌 되든 상관없지만 갈대밭을 찾을 수나 있겠어?"

"찾으면 하는 걸로 해요."

그렇게 갈대밭과 국수에 대한 의논은 일단락이 됐다.

날짜가 정해지자 두 사람은 매일 퇴근 후, 함께 결혼식에 대한 모든 것을 의논하고 함께 결정했다.

"장소는 그냥 엄마 펜션으로 하는 건 어때요?"

"나는 당연히 좋지. 우빈이도 좋아할 거고."

"당장 엄마한테 이야기할게요."

장소가 정해지고 다른 결정 사항들도 하나둘씩 정해져 갔다. 그리고 거기에 큰 도움을 준 건 정은의 스크랩북이었다.

웨딩드레스부터 부케, 웨딩 케이크. 그리고 케이터링 서비스 업체까지.

괜찮은 곳을 비교 분석한 요약과 함께 연락처 명함까지 첨부된 스크랩북은 보통 정성이 아니면 불가능한 것이었다.

정은이 스크랩북을 준비한다는 말에 별 감흥이 없던 세후도 놀란 건 마찬가지였다.

"이게 정말 이정은 씨가 준비한 거란 말이야?"

"네, 그렇다니까요."

"일은 못하더니, 이런 쪽으론 소질이 있나 본데. 이번 기회에 직업을 전향하는 것도 괜찮을 것 같은데?"

"세후 씨!"

"말이 그렇단 말이야."

"그래서 말인데요, 우리가 간소하게 하기로 약속한 건 알겠는데 들러리는 한 명 정도 둬도 괜찮겠지요?"

"들러리?"

"네. 들러리가 되고 싶은 누군가가 끊임없이 뽑아달라고 암묵적으로 강요하는데 어쩔 수가 없네요."

정은에게 회사 직원들은 초대하지 않겠다고 했지만 예외를 둬야 할 것 같았다. 보란은 요 며칠 동안 계속 들었던 노래에 중독이 되어버렸다.

'pick me. pi, pic, pick me.'

하루 종일 정은이 흥얼거리는 노래였다. 책상에 앉아 일을 할 때고, 밥을 먹을 때도, 화장실에 갈 때마저도 부르는 노래였다.

처음에는 잘못 들은 줄 알았다. 하지만 갈수록 되돌이표 노래처럼 그 구절만 반복해서 부르는데 더는 거절할 수가 없었다.

꼭 자신을 들러리로 뽑아달라고 어필하는 정은의 간절함에 딱 맞아떨어지는 노래였다. 스크랩북의 도움을 받았고 들러리 한 명 정도의 예외는 둬도 될 것 같았다.

"그 누군가가 누군데?"

"정은 씨요. 정은 씨라면 진심으로 우리를 축하해줄 것 같기도 하고요."

세후는 보란의 어깨를 끌어안았다.

"당신이 원하면 난 아무래도 상관없어. 근데 괜찮겠어?"

"왜요?"

"정은 씨가 무슨 짓을 할지 모르는데?"

"살짝 불안하긴 한데……."

과연 정은을 들러리로 선택한 두 사람의 결혼은 무사하게 치러질 수 있을까?

* * *

오늘은 결혼식 때 입을 드레스와 턱시도 피팅이 있는 날이었다.

보란은 정은이 골라둔 숍 중 적당한 가격과 그녀에게 어울릴 만한 디자인이 있는 숍 하나를 선택했다.

퇴근 후, 예약 시간에 맞춰 함께 가려는데 난데없이 세후의 휴대폰으로 전화가 걸려왔다.

"네. 여보세요? 말씀 드린 건 그게 아니었을 텐데요. 알겠습니다. 아뇨. 제가 지금 그리로 가겠습니다."

옆에서 듣기에도 심각해 보이는 분위기에 보란도 덩달아 긴장했다.

"무슨 일이에요? 중국 공장에 무슨 일이라도 생겼어요?"

"아니."

"무슨 일인데요?"

"아니야. 당신은 걱정할 것 없어. 나 잠깐 급하게 들렀다 갈 곳이 있는데 숍에 먼저 가 있을래?"

어차피 일에 관련된 일이라면 보란도 알아야 하고 함께해도 될 것 같았다.

"나도 같이 가면 안 돼요?"

하지만 세후는 섭섭할 정도로 딱 잘라 말했다.

"어. 안 돼."

"대체 무슨 일인데 그래요?"

"나중에 알려줄게. 지금 당장 가봐야 할 것 같은데 괜찮겠어?"

전혀 괜찮지 않으면서 보란은 애써 괜찮은 척했다. 세후에게 일이 얼마나 중요한지 알기에 아이처럼 투정부릴 순 없었다.

"당연히 괜찮죠. 일이 중요하잖아요."

"우선은 당신 먼저 가서 맞추고 있어. 나도 이 일 마치면 바로 갈게."

"네. 알겠어요."

상대가 하는 모든 일에 꼬치꼬치 캐묻는 여자는 되기 싫어 보란은 끝까지 애써 괜찮은 척, 세상 둘도 없는 대인배인 것처럼 세후를 보내줄 수밖에 없었다.

결국 보란 혼자 드레스 숍으로 향했다. 숍 앞에는 정은의 예약 전화를 미리 받았던 담당자가 미리 나와 기다리고 있었다.

"어서 오세요. 엄보란 신부님 맞으시죠? 박민선 실장이라고 합니다. 기다리고 있었습니다."

대체 세후가 무슨 일로, 어디로 간 건지 그 생각으로만 가득한 보란의 표정은 생애 한 번 입을 드레스를 맞추러 온 신부처럼 보이질 않은 건 당연한 일.

"아, 안녕하세요."

보통 다정하게 손을 잡고 오는 예비부부가 익숙한 실장은 보란의 안 좋은 표정을 보고 조심스럽게 물었다.

"근데 신랑님은?"

"급한 일이 있어서 늦게 올 것 같다 네요."

전혀 상관없다 대답하는 신부를 보는데 실장은 비즈니스 관계의 결혼 같은 건가 싶었다. 예약 전화를 건 사람이 비서라고 했고 우리 사장님 좀 잘 부탁한다고 했으니, 드물긴 하지만 이런 커플도 있으니.

"괜한 걸 물어 죄송합니다."

"아니에요. 우선 저부터 해주세요."

"따라오십시오."

실장을 따라 보란이 웨딩드레스가 정렬된 곳으로 향했다. 짧은 것부터 긴 드레스. 레이스 장식부터 진주 장식, 흰색부터 분홍색까지 어떤 것을 골라야 할지 모를 정도로 다양했다.

진열된 웨딩드레스를 하나씩 보여주며 실장이 물었다.

"특별히 원하시는 디자인이라도 있으십니까?"

"그냥 심플했으면 좋겠는데……."

확실히 다른 신부들과 다르다고 실장은 생각했다. 보통의 신부들은 원하는 디자인에 대해 브랜드까지 자세히 알아오기도 하고 이것저것 많이 입어보기도 하는데 이 신부님은 확실한 취향이 없어 보였다. 하긴 사랑이 없는 결혼을 하는데 즐겁게 드레스를 고를 마음이라도 있겠나 싶었다.

실장은 화려한 레이스가 수놓아진 드레스보단 심플하고 깔끔하게 떨어지는 실크 웨딩드레스를 추천했다.

"이건 어떠세요?"

"괜찮네요."

"한번 입어보시겠어요?"

"네. 그럴게요."

보란은 커튼이 쳐진 안으로 들어가 드레스를 갈아입었다. 드레스란 게 생각보다 입는 시간이 꽤 오래 걸렸다.

드레스를 갈아입는 동안에도 보란은 세후가 그녀에게 알리지 않고 그리

급하게 어딜 갔는가 하는 생각만 하고 있었다.

실장은 괜한 오지랖에 신부를 걱정했다. 서로 죽고 못 살 듯 하다 결혼해도 헤어지는 게 결혼인데 처음부터 사랑 없는 결혼이라니. 괜히 안쓰러운 생각이 들어서 응원이라도 해주고 싶은 심정이었다.

"힘내세요!"

"네에?"

저도 모르게 속마음이 나와버렸다. 실장은 당황하듯 손사래를 했다.

"아, 아닙니다."

드디어, 오프 숄더의 롱 드레스로 다 갈아입은 보란이 밖으로 나갔다. 웨이팅 룸에는 아무도 없을 줄 알았더니 누군가 앉아 있었다. 신랑들이 신부들을 기다리며 있는 소파에 누군가 다리를 꼬고 앉아 있었다.

"어! 누구신지?"

실장의 말에 돌아서 있던 보란이 돌아섰고 그곳에 있는 세후를 발견했다.

"세후 씨! 어떻게 된 거예요?"

다리를 꼬고 앉아 있던 세후가 소파에서 일어났다.

"아무리 생각해도 당신 웨딩드레스 입은 모습은 봐야 할 것 같아서 말이야. 나 대신 기준이 보냈어."

우중충하던 얼굴이 만개한 복사꽃처럼 피어났다. 괜찮다고 했지만 내심 조금 섭섭했던 건지 보란의 눈으로 이슬이 맺혔다.

"잘 생각했어요. 나 진짜로 삐질 뻔했거든요."

작게 토라지는 보란에게로 다가온 세후가 그녀의 손을 잡았다.

"그러니까. 내가 생각 잘했네."

그녀의 마음은 이미 다 알고 있었다고. 미안하다고. 세후가 다정한 손길로 그녀의 눈물 맺힌 눈을 매만졌다. 보란은 금세 눈물을 거두고 행복하게 웃으면서 드레스 자락을 잡고 한 바퀴 빙그르 돌았다.

"어때요?"

"봐줄 만하네."

그가 봐줄 만하다는 건 정말 예쁘다는 뜻이었다.

"예쁘다는 소리죠?"

'그래'라는 대답 대신 세후는 쪽하고 보란의 이마에 입을 맞췄다.

세후의 대답을 들은 보란은 다른 건 입어볼 필요도 없이 입고 있는 드레스를 결정했다.

"이걸로 해주세요."

두 사람의 애정 행각을 멍하니 구경하고 있던 실장은 화들짝 놀랐다. 잘 알지도 못하면서 괜히 설레발을 쳐서는. 이렇게 사랑이 넘치는 커플을 두고 계약 관계니, 뭐니, 그런 생각을 했으니.

"다, 다른 건 안 입어보시고요?"

"네. 어차피 다른 걸 입어봐도 이 사람은 다 비슷비슷하다고 할 거거든요."

한 번에 결정하는 신부라니, 이 일을 한 지 십 년이 다 되어가는데 이런 경우는 처음 있는 일이었다.

거기다 웨딩드레스를 입고 나온 신부에게 봐줄 만하다고 말하는 신랑이라니. 오늘 같은 예비 신혼부부만 있으면 죽을 때까지 이 일을 할 수 있겠다고 생각하는 실장이었다.

"네. 그럼, 이걸로 하겠습니다. 가슴이랑 허리 부분 사이즈만 살짝 조정할게요."

워낙 맞춤옷처럼 딱 맞았기에 보란의 몸에 맞춰 드레스를 피팅하는 작업은 금방 끝이 났다.

입고 온 옷으로 갈아입은 보란은 기대에 찬 눈으로 실장에게 물었다.

"이제 이 남자 차례인 거죠?"

"네. 신랑 되시는 분 따라 들어오시겠습니까?"

"얼른요. 얼른 들어가서 갈아입고 나와봐요."

보란이 세후의 등을 떠밀었고 마지 못하는 듯 세후가 실장을 따라 안으로 들어갔다. 보란은 세후가 앉아서 기다리던 자리에 앉아 잡지를 펼쳐 들었다.

잠시 후, 실장의 소리가 들려왔다.

"신랑 되시는 분 나가십니다."

커튼이 걷히고 짠하고 갑자기 켜진 밝은 조명과 함께 세후가 모습을 드러냈다. 중앙 동그란 단상 위에 서서 검정 턱시도를 입은 세후는 보고 있던 웨딩 잡지를 찢고 나온 모습이었다. 아까 신부가 드레스를 입고 나올 때는 하도 경황이 없어 립서비스를 못 했던 실장이 박수까지 치며 칭찬했다.

"신랑분께서 워낙 옷걸이가 좋으셔서 턱시도가 잘 어울리세요!"

자리에서 일어난 보란도 박수를 치며 동의했다.

"그러게요, 너무 잘생겼다!"

커프스단추를 매만지며 옷매무새를 다듬고 있던 세후의 미간이 좁아졌다. 마치 보란과 그의 자리가 바뀐 듯한 느낌이 들어서. 이 자리에 서서 온갖 찬사와 칭찬을 받고 있어야 하는 건 신부인 보란인 것 같은데…….

빨리 이 무대 같은 단상에서 내려가고 싶은 세후는 보란이 했던 것처럼 입고 있는 턱시도로 결정하려고 했다.

"이걸로 정한다?"

보통 신부들이야 열 번도 넘게 입어보지만 신랑의 경우 대부분 한 번에 끝나기에 실장은 오늘은 평소보다 빨리 퇴근할 수 있을 것이라고 예상했다.

그런데 웬걸. 신부가 검지를 좌우로 흔든다.

"으음, 아니죠."

예상 못한 보란의 반대에 세후와 함께 실장은 동시에 반문했다.

"네에?"

"뭐라고?"

"다른 것도 한번 입어봐요. 나는 아직 못 정하겠네? 실장님, 다른 것도 입어볼 수 있죠?"

"그럼요. 신랑분 다시 안으로 들어가실까요?"

또 다시 커튼 안으로 들어가 옷을 갈아입어야 한다는 것에 세후의 얼굴이 굳어갔다. 조명이 비추는 단상에서 내려온 세후가 보란에게로 다가가 조용하게 속삭였다.

"이유나 좀 알자."

"나 혼자 여기 오게 만들고 어디 가려고 했어요?"

"……."

"말 안 할 거예요?"

일이 쉽게 풀릴 것 같지 않은 세후는 깊게 한숨을 내쉬었다.

"말 안 하는 게 아니라 못 하는 거야."

"그래요? 결혼하기도 전에 비밀을 만든다 이거죠. 할 수 없죠. 어서 들어가서 다른 걸로 갈아입고 나와요."

끝까지 말을 할 수 없는 세후는 다시 턱시도를 갈아입으러 실장을 따라 안으로 들어갔다. 세후가 옷을 갈아입는 동안 소파에 앉은 보란은 다시 여유롭게 잡지를 읽기 시작했다.

'훗, 그래. 말해줄 때까지 계속 해보자고요.'

드레스보다는 턱시도가 갈아입는 속도가 빠른지 아님 성격이 급한 세후가 빠르게 갈아입었는지는 모르지만 또다시 신랑의 등장을 알리는 소리가 들려왔다.

"신랑님 나가십니다."

커튼이 걷히고 이번에는 하얀 턱시도를 입은 세후가 모습을 드러냈다. 눈치가 빠른 실장은 또 입이 마르게 칭찬을 늘어놓았다.

"하얀 턱시도가 어울리는 남자분들이 별로 없으신데 신랑 되시는 분께선 너무 잘 어울리세요!"

소파에 앉아 있던 보란이 한 바퀴 돌아보라는 식으로 손을 돌리자 인상을 쓴 세후가 단상 위를 한 바퀴 돌았다.

"다른 걸로 한 번 더 입어봐야 할 것 같아요. 결정하기 너무 힘들다!"

"또 갈아입으라고?"

"네. 싫으면 대답하시든가요."

"그냥 갈아입지."

세후는 다시 별 차이도 없는, 어떤 걸 입어도 크게 다르지 않을 턱시도를 갈아입으러 안으로 들어갔다.

그리고 다섯 번째, 네이비 슈트로 갈아입고 나온 세후의 인내심은 바닥을 드러냈다.

"제발 이걸로 하지."

하지만 보란은 끝까지 물러설 생각이 없었다. 인생의 선배들이 조언하길 처음부터 기 싸움에서 지면 계속 지는 거라 했다.

"내가 원하는 걸 말해줄 건가 봐요?"

두 사람의 관계에서 영원한 약자일 수밖에 없는 세후가 결국 져주었다.

"아! 모르겠다. 그래. 가자. 가"

턱시도를 갈아입고 숍에서 나온 세후는 대답 대신 보란을 차에 태웠다.

"어어? 말은 안 해주고 은근슬쩍 넘어가려는 거예요? 다시 숍으로 들어가야 할라나?"

차 문을 열고 나가려는 그녀를 붙잡아 안전벨트까지 단단히 채운 세후가 보란의 이마에 딱밤을 놓았다.

"아야! 아파요."

"아파라고 때렸거든?"

"폭력까지 행사하는 거예요?"

별로 세게 때리지도 않았는데 아픈 척 엄살을 피우는 보란이 귀여워 세후는 미소 지었다.

"직접 말하는 것보다 데려다주려고 한다. 왜?"

"정말요?"

"그래."

보란이 잠잠해지자 세후는 차를 출발시켰다. 그녀와 드레스를 보러 가는 대신 가려고 했던 곳으로. 그녀가 그리도 알고 싶어 하는 곳으로.

세후의 차가 향하는 길은 보란에게 너무도 익숙한 곳이었다. 얼마 전까지만 해도 먹고 자고 생활했던 곳. 보란의 집이었다. 때마침 계약 기간이 끝나 오피스텔을 비우고 지금은 세후의 집에서 지내고 있는 보란이었다.

"어? 내 오피스텔 아니에요?"

"맞아."

"여기는 왜요?"

"왜인지는 올라가서 보자."

얼떨떨한 얼굴로 차에서 내린 보란이 세후의 손을 잡고 위로 올라갔다.

그녀의 집 앞으로 가더니 비밀번호를 누르는 세후 손이 거침없었다.

분명히 계약을 마무리하면서 집 주인이 말하길 사고 싶다는 사람이 나타나서 팔았다고 했다.

그럼 새 집주인이 세후 씨?

세후를 따라 들어간 보란은 내부 공사 흔적이 고스란히 남아있는 집의 모습에 눈을 동그랗게 떴다.

"이, 이게 대체……."

"다 완성되면 말해주려고 했는데 하도 닦달을 하니까. 완성도 안 된 모습을 보여주게 됐네."

"세후 씨가 여길 산 거예요?"

"어."

이제 세후의 집에서 살게 될 텐데. 아파트도 아니고 이 조그마한 오피스텔을 뭐하러 산단 말인가? 대체 무슨 목적으로?

"왜요?"

"이리 와봐."

세후가 보란의 손을 잡고 옷장도 두고 했던 예전의 작은 방으로 향했다.

"이제부터 이 곳은 당신 작업실이 될 곳이야."

"네에?"

"계속 글 쓰고 그림 그릴 거잖아. 본래는 우리가 사는 집에다가 작업실 만들어주고 싶었는데 아무래도 집에서는 우빈이도 있고 나도 있고 집중이 안 될 것 같아서. 특히 내가 당신을 괴롭힐 것 같아서."

작업실이라니. 생각도 못한 선물에 보란은 터져 나오려는 감격에 입을 손으로 가렸다.

"세, 세후 씨."

"아직 이 정도로 감격하기는 일러."

보란의 눈을 가린 채 조심히 이끈 세후는 예전에 그녀가 잠들던 침실로 향했다.

세후가 눈을 가리고 있던 손을 떼어냈다.

"짠!"

"이, 이건……."

한쪽 벽에는 엄청나게 큰 책장이 들어가 있었고 다른 한쪽 벽에는 텅 빈 하얀 유리 진열장이 세워져 있었다. 예전에 그녀가 가지고 있던 진열장보다 더 크고 더 좋았다.

그리고 그 진열장에 첫 번째로 자리를 잡고 있는 건 세후가 그녀에게 프러포즈할 때 이용한 앤 인형이었다. 그 말은 이 진열장은 그녀가 가지고 있는 인형들과 피규어들을 진열하기 위한 장이라는 말이었다.

"어때? 마음에 들어?"

"그냥 집에 둬도 되는데……."

"알아, 그래도 되지만 당신한테 소중한 거잖아. 또 우빈이가 가지고 놀다가 망가뜨릴 수도 있고."

얼마 전, 우빈이가 보란의 컬렉션 중 마음에 드는 인형을 가지고 놀다가 떨어뜨리는 바람에 팔을 부순 걸 이야기하는 것이었다.

"괜찮은데……."

"마음에 들어?"

물론 진열장도 마음에 들었지만 보란은 매번 그녀의 취미를 놀리기만 하던 세후가 그녀의 취미를 인정하고 이해해준 것 같아 그게 더 마음에 들었다.

보란이 달려가 세후의 목을 껴안았다.

"당연하죠! 완전 마음에 들어요."

영화 섹스 앤 더 시티에서 빅이 구두 매니아인 캐리에게 구두 진열대와 함께 구두로 프러포즈한 것처럼, 보란은 세후에게서 다시 한 번, 프러포즈를 받았다.

32화. 그들의 결혼식

결혼식이 얼마 남지 않은 어느 날이었다.

이제 세후와 보란은 회사에서도 손을 잡고 다니는 걸 꺼려하지 않았다. 두 사람의 애정행각이 보일 때마다 기준은 꼴불견이라고 혀를 찼다.

"사내 연애 안 하는 사람은 서러워서 살겠나! 나도 이 참에 우리 수아 씨를 스카웃해?"

"수아 씨가 우리 회사에서 할 수 있는 일이 뭐가 있다고?"

"한 번 해본 소리였어. 말도 못 하냐? 그리고 수아 씨 우리 회사 싫어해."

"우리 회사가 어때서?"

"몰라. 그냥 대기업은 무조건 싫대."

"별난 거 알지?"

"어쩌겠어? 그런 점도 매력인 걸?"

남자들끼리 무슨 할 말이 그리 많은지 이리 두면 하루 종일 대화를 하고도 계속할 것 같아 보란이 끼어들었다.

"세후 씨, 우리 늦겠어요."

"맞다. 그만 가야지."

시간을 확인한 세후가 기준에게 부탁했다.

"최 실장. 우리 오늘 일찍 퇴근하니까 오늘 하루도 잘 부탁해."

"네네. 어서 가보십시오."

오후 스케줄을 빼고 두 사람이 찾아간 곳은 언덕 중턱에 위치한 공동 묘지였다. 이곳에 세후의 부모님과 누나가 잠들어 있었다. 보란의 아버지께는 벌써 갔다 왔고, 오늘은 세후네 가족을 만나는 날이었다.

언덕 아래에 빈 공터에 주차한 차에서 내리는 보란의 손에는 하얀 국화꽃이 들려 있었다.

"나 괜찮아요?"

인사드리러 간다고 혜자가 장만해준 하얀 투피스 치마 정장에 평소보다 더 단정해 보이는 보란의 단발머리가 안 예쁠 수가 없었다.

"완벽해."

옷매무새를 가다듬으며 쉴 새 없이 움직이고 있는 그녀의 손을 잡은 세후가 언덕을 올라가기 시작했다. 볕이 잘 드는 곳에 위치한 무덤 앞에서 세후가 멈춰 섰다. 보란이 준비한 꽃을 그의 부모님께 선물했다.

"어머니, 아버지, 누나. 내가 사랑하는 여자예요. 벌써 알고 있었다고? 그럼 우빈이가 소개시켜준 사람이라는 것도 알겠네요? 네. 잘 할게요. 어렸을 적 아버지가 어머니께 하셨던 것처럼 이 사람을 위하고 사랑하고 죽을 때까지 돌볼게요."

콱 하고 목이 메어온 세후는 말을 잇지 못했다. 대신 보란이 세후의 말을 이어갔다.

"아버님, 어머님. 처음 뵙겠습니다. 엄보란이라고 합니다. 저도 잘 하겠다고, 최선을 다하겠다고 약속드릴게요. 세후 씨를 아끼고 사랑하고 평생 돌보겠다고. 그리고 형님. 우빈이 걱정도 안 하셔도 돼요. 제가 지금처럼 예쁘게 웃을 수 있게 지킬 테니까요."

세후가 가만히 보란의 손을 잡아 왔다. 가족 하나 없이 하나 남은 조카를 지켜야 했던 세후는 이제부터 또 다른 사람을 지키려 한다. 하지만 이번에는 도리어 그 사람이 그를 지켜주겠다고 말하는 사람이었다.

보란이 먹먹한 가슴으로 말을 잇지 못하는 세후의 뺨을 매만졌다. 어루만지는 그녀의 손길이 너무 따뜻해 세후는 이상하게 안심이 됐다.

"이제 돌아갈까?"

"네."

아무 말 없이 그곳에서 한참을 서 있던 두 사람은 바람이 더 차가워지자 발길을 돌렸다.

뚝뚝.

맑던 하늘이 갑자기 물을 뱉어냈다. 한 방울씩 떨어지던 비가 갑자기 커지더니 장대비로 쏟아졌다.

"갑자기 비?"

세후가 입고 있던 재킷을 벗어 보란의 위를 덮었다. 하지만 하늘이 고장이라도 난 듯 내리는 비를 막기에는 역부족이었다.

"금방 그칠 비는 아닌 것 같은데? 뛰자."

내리는 비를 맞으며 언덕을 뛰어 내려와 차에 탄 두 사람에게서 물기가 떨어졌다. 열심히 뛰었는데도 홀딱 젖은 터였다.

"안 되겠다. 가다가 옷이라도 말리고 가야지. 이대로 가면 감기 걸리겠어."

따뜻한 물에 몸도 녹이고 옷도 말리기 위해 세후가 차를 세운 곳은 근처에 보이는 호텔이었다.

누가 먼저 씻을 것인지 싸울 필요 없이 두 개의 욕실로 각자 들어간 두 사람은 샤워를 마치고 가운으로 갈아입고 나왔다. 보란이 감기라도 들 세라 세후는 객실에 준비되어 있는 컵에다가 티백을 넣고 끓는 물을 부었다. 보란이 컵으로 손을 뻗는데 그가 저지했다.

"잠깐만."

잘 우려 나온 물에 차가운 물을 섞어 마시기 적당한 온도로 만들고 나서야 보란에게 컵을 건넸다.

"입천장 다칠 수도 있잖아. 이제 마셔도 돼."

"고마워요."

그의 세심한 배려가 담긴 차로 몸을 녹인 보란이 물었다.

"옷은요?"

"드라이 맡겼어. 빨리 해달라고 특별히 부탁해놨으니까 얼마 안 걸릴 거야."

컵을 내려놓은 보란이 객실을 둘러보며 말했다.

"에이, 돈 아깝다."

"으응?"

작은 룸이었으면 좋았을 텐데, 예약이 꽉 차 있는 바람에 하나 남아있는 방은 제일 비싼 룸이었다. 샤워하고 옷 갈아입는데 큰돈을 썼으니 낭비도 이런 낭비가 없었다.

"고작 한 시간밖에 안 머물다 갈 건데 하루치를 다 지불했잖아요. 호텔도 피씨방처럼 시간당 결제가 되면 좋겠다. 그죠?"

"전적으로 동의해."

그녀의 말이라면 무조건 맞다고 하는 세후가 이번에는 그 어느 때보다 동감하면서 보란이 입고 있는 가운으로 손을 뻗었다. 목적지는 그녀의 허리에 감겨 있는 가운의 끈이었다.

"왜 이래요?"

"왜 이러긴."

막아내려는 그녀의 두 손을 한 손으로 잡아 위로 고정시킨 세후는 나머지 손으로 끈을 풀어버렸다. 스륵 가운이 벌어졌고 뽀얀 살결이 오롯이 드러났다.

"돈 낸 만큼 있다가 가려고."

"잘 생각했어요."

세후가 먼저였던 적이 대부분이었지만 오늘은 아니었다.

갑자기 적극적으로 나오는 보란이 낯설었는지 그는 주춤하며 손에 힘을 뺐다. 이 틈을 기다렸다는 듯 보란이 그의 어깨를 밀었고 세후는 침대로 쓰러졌다. 곧장 보란은 얼떨떨해하는 세후의 장골 위로 올라앉았다. 그리고 그의 가운을 풀어헤쳤다.

매번 그녀를 안아주던 매끈하고 단단한 상체가 나타났다. 더 이상 소심하고 소극적이던 그녀는 없었다. 열정적이고 사랑 앞에서는 당당한 그녀만 있을 뿐이었다.

"누구세요?"

세후가 보란을 향해 장난스럽게 물었다.

"누구긴요. 당신 여자요."

매혹적으로 웃은 보란이 곧장 그의 가슴으로 손을 내렸다. 슬쩍 닿았을 뿐이었지만 너무나도 자극적이어서 그는 신음했다. 그녀의 작은 행동 하나에도 크게 반응하는 그가 신기해 보란은 더 대담하게 굴었다.

"윽!"

가슴에 닿는 촉촉한 입술에 세후는 입술을 깨물었지만, 터져 나오는 신음소리를 막을 순 없었다. 세상에 둘도 없을 팜므파탈이 된 것처럼 보란은 맘껏 그를 희롱했다.

그녀의 입술에, 그녀의 손짓 하나에 속수무책으로 당하기만 하던 세후가 결국에는 폭발하고 말았다.

"젠장!"

"꺄아악!"

그를 미치게 만든 손을 잡아 침대 위로 쓰러뜨린 세후는 빙그르 몸을 돌려 앉았다. 이번에는 두 사람의 위치가 바뀌어 있었다. 보란이 했던 것처럼 세후는 그녀의 봉긋한 가슴을 움켜쥐었다.

"이럴 줄 알았으면……."

"으음."

보란의 입에서 달뜬 열기가 튀어나왔다. 만족한다는 듯 말려 올라간 세후의 입술이 분홍의 정점을 삼켰다.

"하아, 알았으면요?"

집요하게 떨어질 줄 모르던 그의 입술이 겨우 떨어지더니 대답했다.

"더 길게 묵었을 거야."

말이 끝나기가 무섭게 보란의 입술에서는 단발의 비명이 나왔다.

"앗!"

그가 그대로 그녀를 파고든 것이었다. 놀란 것도 잠시, 보란은 세후의 등을 끌어안았다. 보란이 솔직해진 만큼 뜨거운 사랑으로 화답하는 세후였다. 한 번 달아오른 열기는 쉬이 식지 않을 만큼 강력했다.

그날, 두 사람이 호텔을 나온 시각은 다음 날 체크아웃을 할 시각이었다. 다른 건 몰라도 지불한 돈이 아깝지 않게 머물다 나온 것만은 분명했다.

* * *

보란과 세후의 결혼식이 열리는 곳은 혜자의 펜션의 근처 강가에 우거진 갈대밭이었다.

갈대밭 갈대밭 노래를 부르더니, 보란의 소원대로 된 것에 대해 세후는 혀를 내둘렀다.

"결국 갈대밭에서 하는군."

"왜요? 우리의 추억이 가득한 곳이잖아요. 좋지 않아요? 여기 강에서 내가 빠지기도 했고, 세후 씨가 구해주기고 했잖아요."

"하여튼 포장은 잘하지. 드레스만 입고 안 춥겠어?"

"금방 끝날 텐데요, 뭐. 그리고 추울 까 봐 정은 씨가 하얀 코트도 따로 준비했더라고요."

"대단한 준비성이군."

"그러니까요. 아마도 제가 일을 그만두게 되면 저보다 더 사장님을 잘 모실 거예요."

당장은 아니지만 보란은 적당한 시기에 비서 일을 그만두기로 했다. 당분간은 후임으로 정은을 훈련시키기 위해 계속 회사를 나갈 거지만, 결국에는 그만두고 글을 계속 쓰기로 세후와 이야기가 끝난 상태였다. 물론 그 결론에 대해 세후는 끝까지 만족하지 못하고 기하급수적인 연봉을 불렀다는 건 업계의 비밀이었다.

"당신보다 더? 가능할 리가 없지."

"아니요. 충분히 가능성이 있다고요. 나도 처음에는 정은 씨와 비슷한 과였다고요. 당신이 하도 날 괴롭혀서 내 능력이 비정상적으로 발전한 거지, 처음부터 잘한 건 아니었다고요."

하지만 세후의 아름다운 기억 속에는 보란이 잘하던 것밖에 기억이 나질 않는다.

"아니야. 당신은 처음부터 잘했어."

결혼식을 앞둔 이 시점에서 할 말은 아니었지만 보란은 집고 갈 건 확실하게 집고 넘어갈 필요가 있다고 생각했다.

"기억 안 나요? 당신이 날 얼마나 괴롭혔는데요? 혹시라도 기억이 안 난다면 내 동화책 알죠? 거기 상세하게, 비유적으로 적혀 있으니까 참고하면 돼요."

"내가 화나게 만들 때마다 꺼낼 카드가 있어서 좋겠어?"

“당연하죠.”

“동화 마지막이 어떻게 끝났더라? 현실에서처럼 후세와 퍼플이 결혼하나?”

“아닐걸요?”

가면 쓴 아이의 마지막은 아마도…….

후세의 약점을 알아낸 퍼플은 언제고 후세에게 복수할 날만 기다리고 있었습니다.

오늘은 꼭 후세를 놀려주려고 가면을 쓰고 집을 나선 퍼플은 놀이터에서 후세를 발견했습니다.

이번엔 또 무슨 심술을 부리고 있는 걸까?

살금살금 다가가던 퍼플은 문득 들리는 소리에 발걸음을 멈췄습니다.

“흑흑. 흐으윽.”

아니, 후세가 울고 있었습니다.

아직 가면 쓴 퍼플의 모습을 보여주지도 않았는데 말이에요.

대체 무슨 일로 우는 거지?

너무 궁금해서 가까이 가려는데 우리 동네 말썽왕 중학교 오빠가 털레털레 걸어오는 게 아니겠어요?

퍼플은 무서워 미끄럼틀 뒤로 숨었어요.

저 오빠로 말할 것 같으면 후세보다 더 힘이 세고 더 못된 오빠였어요.

퍼플보고 썩은 호박같이 생겼다고 놀려서 그녀를 울린 전적이 있는 오빠이죠.

그런데 그 오빠가 이번에는 후세를 괴롭히는 게 아니겠어요?

퍼플은 도와줘야 할지 말아야 할지 망설이기 시작했어요.

아무리 후세가 퍼플을 괴롭혔어도 후세는 퍼플의 친구였거든요.

하지만 퍼플이 할 수 있는 거라곤 숨어서 지켜보는 것밖엔 없었어요.

아무것도 하지 못하고 돌아온 그날 밤, 집으로 돌아온 퍼플은 잠을 이룰 수가 없었어요.

후세를 돕지 않고 겁쟁이처럼 도망 온 게 너무 후회가 됐어요.

아무래도 가면에게 부탁해야 할 것 같아요.

"음, 나는 이제 괜찮으니까 후세한테 가주면 안 될까?"

가면은 퍼플의 소원이 그거라면 그러겠다고 했습니다.

퍼플은 이제 가면이 없어도 후세가 무섭지 않았습니다.

그녀보다 더 가면이 필요한 아이에게 가면을 보내준 게 정말 잘한 일이라고 속으로 몇 번을 생각했습니다.

그런데 가끔 가면이 보고 싶어지는 건 어쩔 수가 없었습니다.

어쩌면 동화처럼 이루어진 걸지도 모른다.

세후가 곧 그의 인생에 걸어 들어온 보란을 보며 말했다.

"나한테 당신을 보내줘서 고마워."

"알면 됐어요."

* * *

한 해가 저물고 새해를 기다리는 날, 세후와 보란에게 많은 추억이 가득한 곳에는 그들의 인생에서 가장 소중한 사람들이 자리를 꽉 채우고 있었다.

신부 들러리라는 직책을 자력으로 따낸 정은이 자랑스러운 듯 이리저리 뛰어다니며 바삐 움직이고 있었다.

"화동 아이님! 사장님 조카분! 그렇게 뛰면 머리랑 옷 망가져요!"

"히히. 이 누나 진짜 웃겨! 나보고 아이님이래!"

"거기 서라니까, 참 누굴 닮았는지 말 안 들으시네요?"

"웃긴 누나! 나 잡아봐라?"

"너 거기 서. 잡히면 진짜 죽는다! 아니지, 훗날 내 상사가 될지도 모르는데 존대해야지. 뛰지 마세요! 그러다가 넘어져서 옷이라도 망가지면…….
안 된다고요!"

퍼플이 외삼촌의 여자 친구가 됐으면 좋겠다는 엉뚱한 상상으로 두 사람을 이어준 우빈이 오늘의 화동이었다.

거창한 주례사 대신 가장 어른인 혜자가 덕담을 하는 것으로 했다. 그리고 아름다운 결혼식의 추억을 담을 사진은 두 사람의 부탁에 한걸음에 미국에서 날아온 규민이 찍기로 했다.

서울에서 여기까지 결혼식 시간에 딱 맞춰 도착한 규민은 도착하자마자 보란부터 찾아왔다.

새하얀 오프 숄더 실크 드레스에 하얀 카라 부케를 든 신부가 규민에게 수줍은 얼굴로 인사를 건넸다.

"와주셔서 정말 고마워요."

"아니요. 초대해주셔서 제가 더 고맙습니다. 축하드려요."

"감사합니다. 사진빨 잘 안 받는 저보다 우빈이 사진 좀 많이 찍어주세요."

일부러 그가 편할 수 있게 이리 말해주는 것일 거다. 그래서 규민은 더 고마웠다.

"우빈이도 보란 씨도 다 최선을 다 해서 찍을 테니까 걱정하지 마요."

말이 끝나기 무섭게 규민은 턱시도를 맞춰 입고서 강가를 뛰어다니며 정은을 골탕 먹이고 있는 우빈을 찍기 시작했다.

결혼하는 주인공은 신랑인 저인데 정작 카메라가 따라다니는 건 화동인 우빈인 게 불만인지 세후가 괜히 툴툴거렸다.

"너무 우빈이만 찍지 말고 나도 잘 부탁해."

"걱정하지 마. 잘 찍어줄 테니까. 그때 그냥 한 소리인 줄 알았는데. 이렇게 불러줘서 고맙다."

멋쩍은 듯 세후가 규민의 시선을 피했다.

"흠흠. 저 사람이 결혼할 때, 형이 찍어주는 사진 아니면 결혼 안 한다고 하잖아. 그래서 부른 거야."

두 남자의 시선이 흰 장미로 만들어진 아치 밑에 앉아 하객들의 인사를 받고 있는 보란에게로 향했다.

찰칵.

부케로 입을 가리며 웃고 있는 신부가 규민의 카메라에 담겼다.

규민이 몇 번 말해도 모자란 고마운 마음을 담아 아름다운 신부의 사진을 찍고 있는데 불쑥 누군가 그의 카메라 앵글 앞으로 끼어들어 왔다.

"거기 사진사 아저씨."

아까 우빈이를 잡으러 쫓아다니던 여자였다. 결국 우빈이 팔목에 끈을 묶어서 데리고 다니는 이 여자도 덩달아 찍게 됐다.

"아저씨, 저희 엄 비서님 예쁘게 찍어주세요."

아저씨? 규민은 들러리가 작업반장이라도 되는 양 온 데를 돌아다니며 참견하고 다니는 여자를 어이가 없는 듯 쳐다봤다.

"실력 있다고 해서 믿고 맡기는 거니까 나중에 찍고 나서 저한테 검사 맡으시라고요."

인물 사진을 안 찍은 지 오래되긴 했지만 개인전까지 하는 사진작가에게 검사를 맡으라니.

"제가 왜 그쪽한테 검사를 받아야 합니까?"

"이 아저씨가 눈치가 너무 없으시네. 당연히 제가 신부 들러리니까요. 여기 있는 모든 것 중에 제 손을 안 거쳐간 건 아저씨밖에 없다고요. 그러니까 아시겠죠?"

자기 할 말만 해버리고 가버리는 정은의 뒷모습을 규민은 황망하게 쳐다보고만 있었다.

신랑 측 하객은 최 실장이 전부였고 신부 측 하객으로는 들러리 정은과

가면 쓴 아이의 편집자이자 둘을 이어주는 데도 어느 정도의 공을 세운 수아가 전부였다.

가족이 없는 세후를 배려해 혜자 역시 나중에 따로 먼 친척들이나 마을 사람들에게 식사를 대접하기로 하고 아무도 부르지 않았다.

그때, 시작하는 두 사람을 축하하기라도 하듯 하늘에서는 첫 눈이 내리기 시작했다. 결혼식에 참석한 사람들 모두 눈이 오는 걸 걱정하기보단 결혼식에서 눈을 보는 신기한 광경에 저마다 한마디씩 했다.

"눈이 오는 야외 결혼식은 또 처음이네."

"기준 씨, 너무 낭만적이지 않아요?"

"춥긴 한데 뭐 운치 있고 좋네요."

"잘한다! 이노무 가시나, 기어이 추운데 밖에서 결혼식 한다고 하더니. 내가 못 살아. 그놈의 연예인 따라 하다가 감기나 옴팡 걸리겠다!"

"우와아! 히히. 눈이다! 눈이 와요!"

예상에 없던 눈 소식에 오늘 결혼식의 사회를 맡은 기준은 서둘러 식을 시작했다.

"눈이 오는 관계로 신속하게 결혼식을 시작하겠습니다. 자, 화동 입장!"

하늘에서는 작은 눈을 뿌리고, 땅에서는 우거진 갈대밭 중간에 난 길로 우빈이 하얀 꽃잎을 뿌리며 입장 중이었다.

바이올린과 첼로가 신부 행진곡을 연주했다.

"두 사람을 축하라도 하듯 하늘에서 눈이 내리고 있는 가운데 연이어 신랑 신부가 함께 입장하겠습니다."

세후가 보란에게 손을 내밀었다.

"이제 갈까?"

"네. 가요."

서로의 손을 꼭 잡은 두 사람은 이제 영원히 같이 가야 할 길을 걸어가기 시작했다.

보란은 티아라나 면사포 대신 은방울 화관을 썼고 네이비 슈트를 입은 세후의 포켓에는 신부가 쓴 화관과 같은 부토니에가 꽂혀 있었다.

함께 손을 잡고 입장하는 두 사람은 그 무엇보다 아름다웠다.

찰칵찰칵-

손을 잡고 입장하는 두 사람을 담는 규민의 카메라 셔터소리가 연이어 들려왔다.

"축하해요!"

"두 사람 너무 잘 어울려요!"

초대 받은 이들의 수는 적었지만 진심을 다해 치는 박수는 어떤 것에 비교할 수 없을 만큼 크고 웅장했다.

우거진 갈대밭을 배경으로 두 사람의 모습이 렌즈에 연신 박혀들었다. 카메라 렌즈를 통해 보는 세상은 생각보다 정확하다.

규민은 그리고 거기에 있는 모든 이들은 두 손을 꼭 잡고 들어오는 두 사람이 서로를 사랑하고 있다는 것을, 그 모습이 더할 나위 없이 진심이라는 것을 단번에 확인할 수 있었다.

두 사람이 걸어온 갈대밭이 끝나는 곳에 곱게 한복을 차려입은 혜자가 서 있었다.

"오늘 주례가 없는 대신에 가장 큰어른이신 신부 어머님의 한 말씀이 있겠습니다."

싫다고 빼던 혜자가 나머지 사람들의 박수에 할 수 없이 한마디를 꺼냈다.

"내가 다른 건 할 말이 없고. 둘이 절대로 그 잡고 있는 손을 놓지 마시게나. 살다 보면 후회하는 날도 있겠지. 그때마다 오늘을 생각했으면 좋겠어. 이렇게 좋은 오늘을 기억하면 조금은 참아지지 않겠나. 됐네. 나는 그것뿐이네."

혜자는 그것을 끝으로 말을 끝냈다. 담담한 척, 드디어 하나 있는 딸을 시집보낸다고 후련한 척하고 있었지만 그녀의 말끝이 떨리고 있음을 세후도, 보란도 잘 알고 있었다.

두 사람 모두 잘 사는 것으로 보답하겠다고 속으로 다짐하며 잡고 있는 손을 더 힘주어 잡았다.

"마지막으로 반지 교환이 있겠습니다."

준비한 반지를 나누어 끼고 부러 시간을 내서 먼 곳까지 와준 사람들에게 보란과 세후는 서로 위하며 세상이 끝날 때까지 함께하겠다고 맹세했다.

"세상이 끝날 때까지 함께 살아가는 동안 여러분의 축복이 아깝지 않도록 잘 살겠습니다."

어느새, 오늘의 행복한 식을 더 행복하게 만들어줄 식의 마지막 순서만 남아있었다.

"자, 이제 신랑은 신부에게 키스하셔도 됩니다!"

이때만을 기다렸다는 듯 신랑은 수줍은 듯 미소 짓는 신부에게 입을 맞췄다. 그리고 이때만 기다렸다는 듯 하늘에선 두 사람의 결혼을 축하하기라도 하며 내리던 진눈깨비 같던 눈이 함박눈으로 바뀌어 내리기 시작했다.

식이 마무리되고 참석한 이들은 혜자의 펜션으로 모였다. 그곳에는 두 사람이 식을 준비하면서 가장 공을 들여 준비한 캐이터링 서비스와 바비큐가 준비되어 있었다.

입고 있던 턱시도가 불편했던지 우빈은 벌써 재킷을 벗어버리고 고기가 익는 그릴 앞에 자리 잡고 앉아 있었다.

안으로 들어갔던 신부는 하얀 플레어 원피스로, 신랑은 블루 정장으로 갈아입고 나왔다.

기준이 결혼 선물로 준비했다는 샴페인을 들었다.

"자, 신부와 신랑의 앞날에 행복한 일만 가득하길……."

뻥!

폭죽처럼 샴페인이 거품을 내며 터졌다. 채워진 샴페인 잔을 든 세후가 모두에게 감사를 전했다.

"오늘 저희들의 약속에 증인이 되어주시기 위해 먼 곳까지 와주셔서 감사합니다. 준비한 건 없지만 즐기다 가셨으면 좋겠습니다."

기다란 테이블에 둘러앉은 하객들 모두 오늘의 아름다운 신부와 신랑을 축복했다. 맛있는 음식과 편안한 분위기 덕에 사람들은 먹고 마시며 식사를 즐기고 있었다.

"할머니, 이것 봐요. 내가 찍었어요."

밥 먹다 말고 규민이 들고 있는 카메라가 신기했던 우빈이 나도 한 번 해보면 안 되냐는 말에 카메라를 만지게 해줬더니, 어쩌다 찍힌 사진을 혜자에게 자랑하고 있는 거였다.

"노래만 잘하는 줄 알았더니, 우리 우빈이 사진도 잘 찍네? 안 그런가?"

자랑하는 우빈의 엉덩이를 토닥이며 칭찬해준 혜자가 뒤에 서 있는 규민에게 시선을 줬다. 식이 시작할 때 잠깐 인사한 것 말고는 혜자와 처음 대화를 나는 규민이었다.

"네? 네."

"자네도 밥만 먹고 바로 갈 건가?"

하객으로 참석한 기준과 수아는 밥만 먹고 저녁에 올라가야 한다고 했다.

규민도 그들처럼 가야 하는 게 맞는 거지만. 먼 길을 달려와 우빈을 다시 만난 그는 아직은 아이와 헤어지고 싶지 않았다.

규민이 쉬이 결정하지 못하고 망설였다.

"글쎄요."

"먼 미국에서 여기까지 왔는데 여기서 며칠 묵고 가게."

예상도 못한 제안이었다. 잘못 들은 환청이라 생각한 규민은 다시 되물었다.

"네? 지금 여기서 묵다 가라고 하신 겁니까?"

"그래. 보시다시피 펜션이니 방은 남아돌고. 어차피 신랑 신부도 조금 있다 신혼여행 갈 거고, 나 혼자 우빈이 보기가 힘들어서 그러네. 왜? 싫은가?"

당연히 싫을 리가 없었다. 처음 만난 그에게 보내는 그녀의 따스한 배려에 규민이 일어나 꾸벅하고 인사를 했다.

"아, 아닙니다. 감사합니다."

흐르는 눈물을 들키지 않으려 규민은 급하지도 않은 화장실을 핑계로 자리를 피했다.

보란이 이때다 싶어 끼어들었다.

"정은 씨도 여기서 하룻밤 자고 올라가."

정은이 피곤에 절어 있다 뜬금없는 소리에 의자에 기대어 있던 몸을 일으켰다.

"네에?"

"어차피 휴가 받았다고 하지 않았어? 너무 고생한 것 같아서 그래. 여기서 푹 쉬다가 가. 엄마, 그래도 되지?"

혜자는 당연하다며 흔쾌히 승낙했다.

"혼자 있는 것보단 사람은 많으면 많을수록 좋지. 그리고 붙어 있다 보면 또 다른 인연도 만들어지고 하는 것이 아니겠어?"

딸의 어설픈 의도쯤은 애초에 다 파악한 혜자였다.

세후와 보란의 고마움이 가득한 눈이 혜자를 향했다. 하지만 그녀는 무슨 일이 있었냐는 듯 묵묵히 식사를 할 뿐이었다. 보란이 어쩌다 눈이 마주친 혜자에게 입모양으로 한 글자 한 글자 말했다.

'고. 마. 워. 엄. 마. 딸. 로. 태. 어. 나. 게 .해 .줘. 서. 고. 마. 워.'

별짓을 다한다며 눈을 흘긴 혜자였지만 딸의 고마운 말에 그녀는 몰래 손수건으로 눈가를 훔치고 있었다.

식사가 끝나고 서울로 올라가야 하는 수아가 선물이라며 리본으로 포장된 상자를 들고 왔다.

"결혼 선물이야. 열어봐."

포장된 상자 안에 들어 있는 건 동화책이었다. 다른 동화책도 아니고 두 사람을 만나게 해준 『가면 쓴 아이』였다.

"내가 처음으로 찍혀 나오는 책은 항상 따로 빼서 보관하거든. 그러니까 이 책이 세상에 처음으로 나온 책이란 말이지."

전혀 예상 못한 수아의 선물에 세후도, 보란도 놀란 눈치였다.

"언니, 정말 고마워요."

"고맙습니다."

그 어떤 선물보다 두 사람에게 뜻이 있는 선물이었다. 보란이 동화책을 소중하게 품에 껴안았다.

"결혼 진심으로 축하해."

신혼여행 잘 갔다 오라며 수아와 기준이 떠나고 두 사람만 남았다. 생각이 많아 보이는 그녀의 어깨를 감싼 세후가 그녀의 머리로 입술을 내렸다.

"무슨 생각 해?"

"나 계속 이야기를 써볼까 해요."

"좋은 생각이야. 이번에는 어떤 이야기를 쓸 건데?"

보란이 세후의 귀에 속삭였다.

"나에게 소재라면 하나밖에 없죠. 당연히 당신을 모티브로 한 이야기예요."

"이번에도 내가 주인공이야?"

"아마도요."

"영광이군."

"세후 씨 하는 거 봐서 왕자님이 악당으로 바뀔 수도 있으니 나한테 잘해요."

"여부가 있겠습니까!"

세후가 여왕을 모시는 충직한 신하처럼 고개를 숙였다. 그 모습에 보란이 까르르 웃음을 터뜨렸다.

아무도 없었던 세후의 가슴에 보란이 자리했다. 텅 비어서 허망하기만 하던 그의 마음에 그녀가 가득 차서 더 이상 그는 외롭지 않았다.

보란은 더 세게 동화책을 품었다. 그 어떤 것보다 소중하게 말이다.

『가면 쓴 아이』

우연찮게 적은 동화. 그 동화가 그녀에게 세후를 만나게 했다.

이번에 그녀가 적을 동화는 그 악당도 없는 사랑이 가득한 이야기가 될 것이라고 장담할 수 있었다. 세후의 이야기이니까. 그녀와 세후가 그려갈 앞으로의 사랑과 행복이 가득한 일들이 담긴 이야기일 테니까.

* * *

두 사람의 신혼 여행지는 신의 영혼이라 불리는 오로라를 볼 수 있는 아이슬란드였다. 세후는 어디 따뜻한 곳으로 가고 싶었지만 보란은 굳이 추운 아이슬란드를 고집했다.

'오로라 보고 싶어요! 오로라!'

결국 세후는 보란이 원하는 대로 아이슬란드로 여행지를 정했다.

하지만 문제는 아이슬란드에 도착하고서부터 시작됐다.

비행기에 타기 전부터 컨디션이 안 좋아 보이던 보란이 아프기 시작한 것이었다. 아마도 결혼식이 끝나고 긴장이 풀린 탓도 있겠지만 눈까지 내리는데 야외 결혼식을 한 탓도 없지 않아 있을 거였다.

"거봐. 내가 얼어 죽는다고 했잖아."

열에 올라 식은땀을 흘리면서도 보란은 꼬박꼬박 말대답을 했다.

"아직 죽진 않았네요."

"그러게, 아직 입은 살아 있네."

안 그래도 감기 몸살이라 걱정되어 죽겠는데 막상 도착한 곳이 추운 나라다. 어디 따뜻한 곳으로 가자고 끝까지 고집을 부리는 건데, 그때 져준 게 이렇게 후회될 줄이야.

"그냥 한국으로 돌아가자."

"안 돼요."

"나중에 다시 와도 되잖아."

하지만 보란은 끝까지 고집을 꺾지 않았다.

"우리 일생에 단 한 번뿐이라는 신혼여행 중인 건 알죠? 한국까지 가는 비행기 타다가 더 아플 거라고요. 거기다 여기까지 왔는데 오로라도 안 보고 가는 게 말이 돼요?"

"그러면 병원이라도 가자."

"무슨 병원까지. 가벼운 몸살감기예요. 하루만 따뜻한 데서 자면 말짱해질 거라고요."

"후우, 진짜 말 안 듣는다."

보란이 걱정이 가득한 세후의 팔짱을 꼈다.

"가요. 나 추워요. 숙소에 가서 따뜻한 차나 한 잔 마시게 해줘요."

언제부터인가 그녀에게는 무조건 져줄 수밖에 없는 세후였다.

그날 밤, 괜찮을 거라고 장담하던 보란은 밤새 끙끙 앓았다.

"많이 아파?"

"아뇨. 자고 나면 괜찮아질 거예요. 세후 씨도 그만 자요."

"내가 알아서 할게."

세후는 밤새도록 열이 오른 이마에 찬 수건을 올리며 그녀의 곁을 지켰다.

다음 날 아침, 한결 가벼워진 몸으로 보란은 눈을 떴다. 침대 맡에 세후가 엎드려 불편하게 잠을 자고 있었다.

'이제 진짜 이 남자가 내 편이네.'

미안한 마음에 보란은 세후를 흔들어 깨웠다.

"세후 씨."

선잠에 들었던 세후가 허둥지둥 일어났다. 불편한 잠자리가 힘들었을 텐데도 일어나자마자 세후는 그녀 걱정부터 했다.

"언제 깼어? 열은? 머리는? 괜찮아?"

"네. 열도 내렸고 머리도 안 아프고 쌩쌩해졌어요. 밤새 특급 간호를 받아서 그런가?"

"까분다. 이리 와봐."

세후가 손을 들어 그녀 이마의 열을 재더니 내려간 온도에 크게 안도했다.

"어디 다른 아픈 곳은 없어?"

"없어요. 그나저나 미안해요."

보란이 괜찮다는 걸 확인한 세후는 그제야 그녀를 밉지 않게 나무랐다.

"미안한 건 아는가 보지?"

보란이 이불을 뒤집어쓰고 얼굴만 빼꼼 내밀더니 쑥스러운 듯 말했다.

"당연하죠. 신혼 첫날밤에 간호나 하게 만들다니……."

"알긴 아는군. 그래서 어떻게 만회할 건데?"

이불에 쏙 들어가 있는 보란이 이리 와보라며 그를 쑥스러운 손짓으로 불렀다.

"오늘 밤……. 기대해도 좋을 거예요."

"믿어도 되는 거야?"

"당연하죠. 엄청 기대해도 좋을 거예요."

적극적인 속삭임에 부푼 기대를 안고 기다리고 기다리던 아이슬란드에서의 두 번째 밤이 시작되고 있었다.

웬일로 장담한다 싶었더니 보란이 세후를 끌고 간 곳은 침대가 있는 방이 아니라 밖에 세워진 차였다.

"장소가 바뀐 거 아니야?"

"아닌데?"

엄청난 첫날밤을 기대하고 있던 세후와 달리 보란은 다른 엄청난 걸 생각하고 있었나 보다.

"엄청 기대하라던 게 그럼?"

"당연히…… 오로라죠. 아직 보지도 않았는데 벌써부터 엄청나지 않아요? 이러다 놓칠지도 모르니까 빨리 출발해요."

"이게 아닌데……."

살짝 빗나가 있었던 기대의 초점이었다. 하지만 너무나 기대에 찬 보란의 눈을 보는데 세후가 할 수 있는 거라곤 군말 없이 운전하는 것뿐이었다.

컴컴한 하늘에 나타날 초록빛을 찾으러 두 사람은 어두움을 헤치고 무작정 달리기 시작했다. 아무리 철저히 계획하고 가도 행운이 따라야 볼 수 있는 게 오로라라고 한다. 그 행운을 찾아 떠난 두 사람 앞에 기적적으로 오로라가 모습을 드러냈다.

"스토옵! 오로라예요!"

보란이 창문으로 하늘에서 오로라를 찾아냈고 세후는 차를 멈췄다. 세후가 붙잡기도 전에 보란은 차 밖으로 뛰어 나갔다.

하늘에서 넘실거리는 찬란한 빛의 오로라가 쏟아 내려왔다.

"세후 씨, 저것 좀 봐요. 진짜 오로라예요!"

차에서 담요를 꺼내온 세후는 뒤에서 그녀를 안으며 온기를 덮었다.

"몸도 안 좋으면서 그냥 뛰쳐나가면 어떡해?"

"지금 감기 따위가 문제예요? 오로라라고요."

"나는 오로라보다 당신 몸이 더 걱정이거든?"

세후에게 안겨 있던 보란이 그에게로 고개를 돌렸다. 꿈에 그리던, 신의 영혼이라 불리는 오로라를 사랑하는 세후와 함께 볼 수 있음에 그녀의 가슴은 벅찬 감동이 수를 놓았다.

밤하늘을 수놓는 몽환적인 빛들. 존재하는 그 어떤 언어로도 표현할 수 없는 아름다운 신비로움. 그녀가 살아온 인생에서 이것보다 더 엄청난 건 없었다.

"봐요. 엄청나죠?"

"이것보다 엄청날까?"

"으응?"

그녀의 고개를 돌린 세후가 보란의 입술을 삼켰다.

셀 수 없을 만큼 많은 사람 중에 단 두 사람이 만나 서로를 마음에 담고 사랑하는 것만큼 엄청난 일이 또 있을까?

오로라처럼 엄청났던 두 사람의 사랑이었다.

하늘에서 촤르륵 내려온 초록 커튼 아래, 두 사람의 뜨거운 키스는 계속되고 있었다.

그리고 그들의 엄청난 사랑도 계속되겠지?

외전 1. 그래서 그들은

포근한 이불에 파 묻혀 있던 보란은 떠지지 않는 눈을 겨우 떴다.

"어? 허전한데?"

일어나기가 무섭게 목덜미에 붉은 자국을 남기는 뜨거운 입술도 없었고, 허리를 감고 있다가 점점 위로 올라오는 팔도 없었기 때문이다.

"세후 씨?"

바야흐로 누군가와 함께 나란히 눕는다는 것이, 눈을 뜨면 항상 자신을 껴안고 있는 단단한 팔과 커다란 품이, 익숙해지기 시작한 지 벌써 삼 개월이 지나고 있었다.

세후가 없다는 자각도 잠시, 그녀의 몸은 침대 옆 탁자 위에 놓여 있던 시계를 확인하기가 무섭게 튀어 올랐다.

"여덟 시? 내가 미쳐!"

욕실로 뛰어 들어가 칫솔부터 집어 든 보란은 분노의 양치질을 하기 시작했다.

"알람을 다섯 개나 맞춰놓으면 뭐하나? 다 꺼버리는데. 일어났으면 좀 깨워주지, 안 깨워주고 또 치사하게 자기만."

긴장이 풀렸는지 요즘 들어 이상하게 잠이 쏟아지는 게 아침에 일어나는 게 보통 힘든 게 아니었다. 그래서 기본으로 알람을 다섯 개는 맞춰놓고 잤지만 하루 만에 알람은 제 기능을 상실했다.

'거참, 사장님, 같이 좀 일어납시다!'
'잠이 오면 그냥 자. 엄한 귀 괴롭히지 말고.'

보란이 맞춰놓은 알람들을 세후가 모두 꺼버린 거다. 몰래 맞춰서 방 여기저기 숨겨놓아도 어떻게 귀신같이 찾아서 꺼버리는지.

여전히 마땅한 후임을 구하지 못한 보란은 회사를 다니고 있었다. 예전이나 지금이나, 어김없이 월급날이면 다달이 따박따박 월급을 받는 입장에서 그녀에겐 아침 일찍 일어나 회사로 출근해야 하는 의무가 있었다.

회사의 오너와 결혼했다는 이유만으로 특혜를 받는다는 소리는 듣고 싶지 않아 오히려 결혼 전보다 더 바짝 긴장하며 하루하루를 보내고 있었는데.

몸이 아파 병원에 실려 간 것도 아니면서 저번 주에 이어 지각이란 걸 또 하게 생겼다. 머리도 말리지 않은 채 허둥지둥 준비를 마치고 나온 보란이 거실을 운동장 횡단하듯 가로지르고 있을 때였다.

"동작 그만."

현관을 향해 달려가던 보란은 중간에 들려오는 소리에 끽, 하고 멈췄다. 소리는 중간에 위치한 주방에서 들려오는 소리였다.

눈을 돌리기가 무섭게 두 남자가 보였다. 둘은 혜자가 결혼 선물로 사준 회색 대리석 식탁에 나란히 앉아 있었다.

아침마다 두 사람이 나란히 앉아 있는 것을 보면 보란의 가슴은 이내, 한 치의 빈틈도 없이 가득 들어찬다. 한 명도 모자라 두 명이나 되는 남자의 사랑을 받고 있다는 사실이 벅차기만 해서.

후드 티에 멜빵 청바지를 받쳐 입은 보란의 첫 번째 남자가 밥과 반찬이 가득한 입을 우물거리며 일어나 보란을 반겼다.

"외숙모, 안녕히 잤어요?"

유치원에서 높이는 말을 배웠다며 모든 말에 '요'를 붙이기 시작한 우빈이 귀여워 달려가 아이의 볼에 뽀뽀를 했다.

"우리 우빈이 일찍 일어났네?"

"일찍 아닌데? 외숙모 우빈이보다 늦잠 잤어요?"

"하하. 그러게."

항상 우빈이에게만은 모범이 되는 어른이 되고 싶었던 보란이었는데. 그녀가 세후를 향해 눈을 흘겼다.

"누가 치사하게 안 깨워주더라고."

하지만 하늘색 셔츠에 코발트블루 정장을 받쳐 입은 그녀의 두 번째 남자는 마시던 커피 잔을 내려놓으며 여유롭게 보란의 말을 받아쳤다.

"이런 말까진 안 하려고 했는데, 우빈이는 누가 안 깨워줘도 혼자서 일어났어."

"……."

결혼하기 전이나 결혼 후나, 할 말 없게 만드는 세후의 반격은 여전했다.

보란은 일찌감치 전의를 상실할 수밖에 없었다.

망연자실 서 있는 그녀를 병풍으로 둔 채, 세후는 손목에 찬 시간을 확인하고 우빈을 향해 말했다.

"권우빈. 유치원 차 올 시간 다 됐어. 양치하고 와."

"네에."

의자에서 깡충 뛰어내린 우빈이 욕실로 사라지자, 이때다 싶은 보란은 단단히 따질 작정으로 팔짱을 꼈다.

"저번 주에 나는 버리고 혼자만 출근해서 오늘도 혼자 출근해야 하나 했는데, 안 잊어버렸나 봐요?"

내심 속으로 찔려보라고 의미심장하게 한 말인데, 오히려 세후는 입꼬리를 올리며 미소를 지었다.

"당신이야말로 중요한 걸 잊어버렸을 텐데?"

세후가 아닌 그녀가 잊어버린 거라고?

곰곰이 고민하던 보란은 번뜩 드는 생각에 자신만만한 눈으로 그를 응시했다.

"에이, 3분기 실적 보고서 말하는 거죠? 다 해놨네요."

"지금 그걸 말하는 게 아닐 텐데?"

실적 보고서 말고 또 다른 중요한 일이라니?

설마 오늘까지 해야 할 일 중에 빠뜨린 일이 있는 건 아닌지 보란은 가슴이 철렁했다.

비서계의 능력자라는 타이틀이 무색하게 요즘, 간혹 실수를 한 번씩 해서 세후가 박 대리 대신 밧데리를 가져오던 초창기로 돌아갔다며 놀리는 일이 허다했다.

하지만 이내, 보란은 놀란 가슴을 쓸어내렸다.

시간이 없어 대충 말리고 나온 젖은 머릿결을 건드리는 척, 목덜미를 건드리는 손길 때문이었다. 그녀를 만지는 세후의 눈에 장난기가 가득했기에 보란은 피식 웃어버렸다.

"그럼 뭣이 중한데요?"

전에는 웃어도 소리 없이 웃는다든가, 눈만 겨우 웃는다든가, 입술만 겨우 올려 웃던 세후였는데, 지금은 주위가 환해질 정도로 미소를 한껏 지었다.

"아침 인사를 잊었잖아."

"아!"

보란의 짧은 감탄사가 끝나기가 무섭게 세후의 손이 목을 아래로 끌어당겼다.

"앗!"

방심하고 있던 보란의 허리는 앞으로 숙여졌고 목표물인 입술로 그의 입술이 닿았다.

쪽.

가볍게 닿았다 떨어지는 입맞춤이었다.

하지만 가볍든 짧았든 상관없이 보란의 가슴은 콩닥콩닥 뛰었다.

"잘 잤어?"

더군다나 이리 완벽한 얼굴로 백만 불짜리 미소를 날리며 아침 인사를 하는 남자라니. 가슴이 두근거리지 않는다면 심장에 문제가 있는 거였다.

"네. 굿모닝이에요."

"나도 굿모닝이긴 한데……."

말끝을 흐리던 세후가 보란의 손을 잡아당겼다.

"맞다는 거예요? 아니라는 거. 앗!"

짧은 비명과 함께 중심을 잃은 보란의 몸은 단단한 허벅지 위로 안착했다.

"부족해."

아직 더 원한다고. 아직 더 갈증이 난다고. 매일 밤마다 아침마다 듣는 소리였지만, 매번 거부할 수 없는 소리였다.

주위에 남아도는 의자가 아닌 사람 의자에 앉게 된 보란의 눈이 동그래지는 건 잠깐, 그녀는 손을 들어 세후의 목을 감쌌다.

"그러면 제대로 인사할까요?"

"듣던 중 반가운 소리군."

아닌 척, 여유로운 척하고 있었지만 타는 듯한 갈증에 세후는 그녀가 깨기만을 기다리고 있었던 참이었다. 그가 말이 끝나기가 무섭게 여린 목덜미를 자신의 가까이로 데려왔다.

그리고 다급하게 붉은 입술을 삼켰다.

둘만의, 본격적인, 아침 인사가 계속되었다.

* * *

세후가 운전하는 차에 나란히 앉은 보란이 볼멘소리를 냈다. 이미 출근 시간을 놓쳐버린 지 오래였기 때문이다.

"몰라, 몰라. 저번 주에 이어서 이번 주에도 또 지각이에요. 전부 당신 탓이에요."

웃기만 해도 모자랄 판에 울상인 보란의 얼굴에 마음에 들지 않는다는 듯 세후의 눈썹이 올라갔다 내려왔다.

"지각 좀 하면 어때?"

"사장님이랑 결혼했다고 특별대우 받는 것 같아서 불편하단 말이에요."

"특별대우? 당연한 거 아니야? 내가 내 거를 특별대우 안 하면 누굴 특별대우 하겠어."

"눈치 보인단 말이에요."

"누가 눈치를 주는데?"

상황 파악 같은 건 아예 할 생각도 없어 보이는 소리에 보란의 한숨만 깊어졌다.

"아니에요. 누가 겁을 상실하고 회사 오너 아내에게 눈치를 주겠어요. 내가 눈치가 보인다는 거죠."

"당신이? 못 믿겠는데?"

언젠가 옥상에서 변태 부장이 여직원을 괴롭혔을 때, 뭣 모르고 욱한 걸 가지고 세후는 보란이 꽤 용감한 줄 알고 있었지만 아니었다.

안 그래도 온 회사 사람들의 시선이 그녀에게로 집중된 것도 모자라, 그녀만 보면 혹여나 실수라도 해서 사장의 귀에 들어갈까 조심하는 게 너무 티가 나서 불편해 죽을 지경이었다.

하루라도 빨리 보란이 일을 그만두는 게 모두를 위한 길이었다.

그래서 정은에게 보란의 자리를 내어주기 위해 인수인계 중이었다.

그런데 문제는 인수인계가 끝날 기미가 보이지 않는다는 것이다.

이런 상태면 평생 인수인계를 하면서 회사를 다녀야 할지도 모를 일이었다.

"정은 씨한테 상냥하게 대해주면 안 돼요?"

"남편한테 다른 여자한테 잘해주라는 소리가 잘도 나온다."

"에이, 남자로서가 아니라 상사로서 하는 말이었어요. 어제 정은 씨가 정리한 파일 잘되어 있지 않았어요?"

"당신이 도와준 거 내가 모를까 봐?"

족집게 같기는.

그래도 전체적으로 틀을 잡아주긴 했지만, 세부 사항은 정은이 전부 다 한 거였다.

"누, 누가요? 난 봐주기만 했어요. 그리고 칭찬은 고래도 춤추게 한다는 말도 몰라요?"

"잘한 것에 대한 칭찬은 마땅하지만, 못한 것에 칭찬은 상대를 안주하게 할지도 모른다는 생각은 안 해봤나 보지?"

보란이 생각하기에는 정은 정도면 충분히 잘하고 있었다. 조금만 여유를 갖고 봐주면 훗날 그녀의 자리를 메우는 데 부족함이 없을 거라고 장담할 수 있었다.

하지만 세후가 아직 준비도 안 된 정은에게 완벽을 추구하는 이 상태라면 정은이 잘하기도 전에 사표를 던져버리고 나가버릴 게 불 보듯 뻔했다.

오죽했으면 다른 의미로 세후가 지능적으로 행동하는 건 아닌가 싶었다.

"사실은 나 회사 못 그만두게 하려고 이러는 거죠? 날 너무 사랑해서 한시라도 안 떨어져서 있으려고?"

"훗, 정답. 역시 당신은 날 너무 잘 알아."

세후도 당황이란 걸 한번 해보라고 한 소리였겠지만, 오히려 붉게 얼굴이 달아오르기 시작한 건 보란이었다.

결국, 세후가 제일 듣기 좋아라 하는 호칭이자 아주 중요한 순간이거나 극도로 화가 나지 않는 이상 보란이 웬만해서는 사용하지 않는 호칭이 튀어나왔다.

"남편! 자꾸 이럴 거예요!"

"풋."

뚜껑이라도 열릴 것 같은 보란의 모습에 세후는 소리 내서 웃고 말았다.

"나도 처음에는 완벽하지 않았던 거 알잖아요. 울기도 많이 울었단 말이에요."

움찔.

"……."

폭탄이 날아와도 꿈쩍도 않을 것 같던 세후의 어깨가 딱딱하게 경직됐다.

그 옛날, 이야기만 나왔다 하면 세후는 미안함에 할 말을 잃곤 했다.

그의 심장을 울렸다는 사실이 너무나도 미안해서.

시간을 되돌리고만 싶어서.

"남편, 제발요~"

거기다 보란이 그의 팔에 매달려 초롱초롱한 눈으로 사정하면 세후는 들어줄 수밖에 없었다.

"후우. 알았어. 까짓것 칭찬해주면 되잖아."

두 사람 사이에서 결국 지는 건 더 많이 사랑한다고 자부하는 세후였다.

만족스런 대답을 얻어낸 보란은 뿌듯하게 웃었다.

"회사 그만두면 이제 본격적으로 『가면 쓴 아이』 후속을 쓸 수 있겠어요."

"드디어 후속편을 쓰는 거야?"

"네."

"그래서 그들은 어떻게 되는데?"

생각만으로도 행복하고 즐거운 보란은 눈을 반짝였다.

"글쎄요."

대부분의 동화는 '그래서 그들은 오래오래 행복하게 살았습니다.'라고 끝난다. 어떻게 행복하게 살았는지에 대한 뒷이야기는 모두의 상상에 맡기곤 한다.

하지만 '그들이 어떻게 행복하게 살았는지에 대한 이야기'가 가끔은 궁금한 법. 지금, 그 뒷이야기가 시작되고 있었다.

* * *

헐레벌떡 비서실 문을 열고 들어가니 정은이 보란을 맞이했다.

"오셨어요?"

"미안해. 내가 또 늦었지?"

저번 주에 다시는 지각하지 않겠다고, 정은의 앞에서 하늘에다 대고 다짐까지 했었는데…….

하지만 정은은 대수롭지 않다며 고개를 흔들었다.

"겨우 삼십 분 늦은 걸 가지고 뭘요. 안 그래도 사장님께서 미리 연락 주셨어요."

처음 듣는 소리에 보란이 가방을 내려놓다 말고 놀라 물었다.
"세후 씨. 아니, 사장님께서?"
"네. 사장님 컨디션이 별로여서 엄 비서님도 늦으신다고."
"그랬어?"
그녀의 남자는 이렇게 불쑥 감동시키는 재주가 있었다.
안 그래 보여도 사소한 것에도 신경 쓰는 세심한 세후의 정성에 보란은 작게 미소를 지었다. 나중에 꼭 고맙다고 말해야겠다고 다짐하며 의자에 앉으려는데, 정은이 눈치를 보며 조심스럽게 물어왔다.
"근데 사장님 컨디션 많이 안 좋으신 거예요?"
"어?"
"아니. 컨디션이 안 좋으시면 사장님 전매특허 불꽃 지적이 더 강해지는 건 아닌가 싶어서요. 오늘은 마음의 준비를 얼마나 해야 되나 해서요. 1에서 10까지에서 점수를 매긴다면 어느 정도예요?"
보란은 대답을 못 하고 망설였다.
굳이 대답을 한다면 한 1점 정도? 인데…….
그 1점도 세후가 주차를 하는 동안 보란만 먼저 올라간다고 투덜거렸던 걸 반영한 점수였다. 하지만 이건 지극히 주관적이며 사심이 가득 담긴 점수다 보니, 신빙성이 없을 게 분명했다.
아무리 불꽃 지적을 해봐라, 현재 보란의 눈에는 콩깍지가 씌어서 세후가 화를 내는 모습도 멋있게 보이는 경지에 도달해 있었으니까.
보란은 불안감으로 떠는 정은을 안심시키며 말했다.
"해야 할 일만 실수 없이 잘하면 걱정 안 해도 되는 거 알지?"
"그렇긴 한데……."
"혹시 알아? 오늘은 칭찬받을지도 모르잖아."
괜한 위로 삼아 한 말이 아닌 게, 오면서 세후에게서 정은에게 잘해주겠다는 억지 약속까지 받아내지 않았던가.

마침 엘리베이터 소리가 들리더니 세후가 안으로 들어오고 있었다.

세후를 발견한 정은이 벌떡 일어나 꾸벅 인사를 했다.

“오, 오셨습니까! 좋은 아침입니다!”

고개를 한 번 작게 끄떡이는 걸로 인사를 받은 세후는, 바늘에 실이 가는 것처럼 정은의 뒤로 있는 보란에게로 시선을 고정했다.

외국에서는 길 가는 모르는 사람을 보고도 반갑게 인사를 한다는데.

그래, 하루아침에 버릇을 고칠 순 없는 거겠지.

보란은 세후에게 눈치를 주며 입 모양으로 말했다.

‘인사 좀 다정하게 받아주면 안 돼요?’

그러나 여전히 보란의 의도를 알아차리지 못한 세후는 어깨를 으쓱하며 도통 무슨 소린지 모르겠다는 눈을 했다.

보란은 재빨리 손짓이란 손짓은 다 동원해서 ‘몸으로 말해요’를 펼쳐 보였지만, 세후가 못 알아듣긴 마찬가지였다.

답답한 마음에 다시 한 번 앞에 있는 정은을 가리키며 인사 좀 상냥하게 받아주면 안 되냐고 행동으로 말하는데, 이상한 낌새를 느낀 정은이 획 하고 뒤로 고개를 돌렸다.

멋쩍어진 보란은 설명을 하던 손을 올려 괜한 머리를 만지작거렸다.

그때였다. 세후가 정은을 불렀다.

“이정은 비서.”

“네? 네.”

부르는 소리에 정은이 세후를 응시했다.

보란은 드디어 세후가 그녀가 낸 퀴즈를 알아맞히는 줄 알았다. 그녀는 뿌듯한 마음 반, 기대하는 마음 반으로 세후의 입만을 응시했다.

“머리 스타일 바꿨습니까?”

"네에? 바꾼 건 맞는데……."

"썩 어울리는군요."

잘 어울리면 잘 어울리는 거지, 썩 어울리는 건 또 뭔가.

'어때? 나 잘했지?'

말을 마친 세후는 뒤에 서 있는 보란을 향해 칭찬을 바라는 듯한 눈을 하고 쳐다봤다.

하지만 보란은 급 당겨오는 이마를 만지며 눈을 감아버리고 말았다.

누굴 탓하랴, 바랄 사람한테 바랐어야지.

정은이 허리까지 내려오던 긴 생머리를 어깨까지 오는 웨이브 스타일을 바꾼 건 맞지만, 그리 바꾼 건 한 달도 더 된 일이었기 때문이었다.

* * *

보란은 오랜만에 세후가 아닌 정은과 점심을 먹었다.

"저희 둘이서 점심 먹은 거 진짜 오랜만이에요."

"그러게, 오랜만에 우리끼리 먹으니까 나도 좋다."

세후는 웬만하면 점심을 보란과 함께하기 위해 약속은 잡지 않는데, 오늘은 상대방이 거절할 수 없는 위치의 상대라 어쩔 수 없이 나간 참이었다.

약속 시간이 다가올 때까지, 세후는 같이 가지 않겠냐고 열 번도 더 물어봤다. 하지만 보란은 아무리 사랑하는 사람이 함께한다고 해도, 산해진미가 나온다고 해도 불편한 자리에서 밥을 먹고 싶지 않았다.

"옛날 생각도 나고 기분이 좋았나 봐. 밥 한 그릇을 뚝딱 해치웠더니 배가 터질 것 같아."

보란이 나오지도 않은 배를 톡톡 두드렸다.

얼마 전부터 속이 안 좋아서 계속 먹는 둥 마는 둥 해서 세후가 걱정까지 할 정도였는데. 오늘은 또 입맛이 돌았다.

"정은 씨, 우리 후식 먹을까?"

아무리 밥을 배불리 먹어도 후식 배는 따로 있는 법. 정은이 사양할 이유가 없었다.

"좋죠. 어떤 걸로 먹을까요?"

"후식으로 거기 티라미수가 먹고 싶네. 왜, 며칠 전에 정은 씨가 사다줬던 거 있잖아."

"아, 베리네 카페 티라미수요? 근데 거긴 좀 멀어요. 십 분 정도 걸어야 하는데요?"

그때 워낙 맛있게 먹어서 그런지 보란은 이상하게 꼭 베리네 티라미수가 먹고 싶었다.

"아직 시간도 남았는데 소화도 시킬 겸 갔다 오면 안 될까? 내가 살게."

얼마나 먹고 싶으면서 이러실까 싶어 정은은 보란의 팔짱을 끼며 웃었다.

"먹고 싶으면 먹어야죠. 가요."

회사에서 나온 두 사람은 큰 길이 아닌 골목으로 들어갔다. 좁은 골목을 돌고 돌아가니 아담한 카페가 하나가 보였다. '베리네'라고 노란 간판을 보니 제대로 찾아온 것 같았다. 아주 먼 거리는 아니었지만, 힐을 신고 다시 왕복해서 걸어갈 만한 거리는 아니었다.

돌아갈 때는 택시를 타야겠다고 생각하고 있는데, 카페를 나오는 남자가 눈에 익었다.

"정은 씨, 저기 김 본부장님 아니야?"

"어디요? 어? 진짜네?"

얼마 전, 외국계 유명 마케팅 회사에서 헨젤로 스카우트된 김섭중 본부장이었다.

한 손에 커다란 테이크아웃 커피를 든 그는 갓길에 세워두었던 차에 오르고 있었다.

"전에 회의 때도 그렇고 여기까지 커피 사러 오신 걸 보니까 커피를 엄청 좋아하시나 보네?"

지나가는 듯 하는 보란의 말에 정은은 속으로 웃음을 삼켰다.

전에 일이라 함은 보란만 모르고 전 사원이 다 아는 굉장한 에피소드가 하나 있었다.

김 본부장이 자리를 맡고 처음으로 회의가 열리던 날이었다.

임원들 다섯 명 정도 모이는 회의였나? 소규모의 회의였을 거다.

릴레이같이 이어지는 회의 중, 잠시의 휴식 시간이었다.

그 틈을 타, 아무것도 모르는 김 본부장은 보란에게 커피를 부탁했다.

'커피 한 잔, 원두로 부탁해요.'

그 옛날 옛적에 커피든, 차든, 모든 게 준비되어 있었던 때가 있더랬다.

하지만 언제부터였던가? 사장님께서 회의를 하자는 건지 티파티를 하자는 건지 모르겠다며 역정을 낸 후부터는 회의실에 놓일 수 있는 건 물병뿐이었다.

회사 오너와 결혼을 했든 말든 전처럼 제 일을 완벽히 수행하는 그녀는 위층으로 달려갔다.

잠시 후, 컵과 갓 내린 커피가 담긴 주전자를 가지고 왔다.

보란이 가져온 커피를 김 본부장님 앞에 내려놓기도 전에 사장님이 끼어들었다.

'엄 비서, 내가 책상 위에 중요한 서류를 깜빡하고 안 들고 왔는데 가서 좀 가져다주지.'

'알겠습니다. 정은 씨, 커피 부탁해.'

보란이 급하게 서류를 가지러 간 사이, 정은이 커피를 서빙하려는데 사장님이 획하고 커피 잔과 커피가 담긴 주전자를 뺏어 가셨다.

그러곤 김 본부장님 앞에 커피 잔을 탁 소리 나게 내려놓곤 쪼르르 커피를 따르는 거였다.

'크림? 아니면 설탕?'

사장님께서 손수 서빙해서 그럴까? 커피는 유독 시커멨다.

아직도 그때의 기억이 선명하건대, 김 본부장님의 얼굴은 커피가 아닌 사약을 받는 얼굴이었다.

그 후, 들리는 소문에 의하면 김 본부장님이 커피를 끊었다는 소리가 들렸는데, 커피라는 게 쉽게 끊어지는 게 아니지. 오죽했으면 회사 근처의 커피숍들을 두고 이 멀리까지 커피를 마시러 올까.

엄 비서님을 향한 사장님의 애정을 경험해본 정은의 입장에선 김 본부장만 보면 묘한 동지애와 전우애가 생겼다.

정은은 온 감각으로 실감하고 있었다.

아마 보란에게 말한다면 말도 안 되는 소리라며 웃어버리겠지만…….

전에는 사장님이 태양인 줄 알았는데, 이제 보니 엄 비서님이 태양일지도 모르겠다고.

* * *

약속을 마치고 회사로 들어온 세후의 손에는 유명 일식집 종이 백이 들려 있었다.

점심을 먹다 말고 기준을 시켜 특별히 포장을 부탁한 거였다. 기준이 자신이 들겠다고 손을 내밀었지만 세후는 손을 쳐냈다.

"됐어."

"아주 열부가 나셨어요."

기준이 꼴불견이라며 혀를 찼지만 세후는 먼지만큼도 신경 쓰지 않았다. 며칠 전부터 보란이 먹는 게 영 신통찮아서 걱정이 이만저만이 아니었다.

오늘 아침에도 죽은 듯이 자는데, 지난밤 늦게까지 품에서 안 놓은 게 너무했나 싶어 죄책감까지 들었다.

하지만 너무 예뻐서, 너무 사랑스러워서 멈출 수가 없는데 어찌하리요.

점심도 입맛이 없다고 거의 안 먹었을 텐데. 맛있는 걸 먹일 생각에 엘리베이터가 올라가는 층수를 확인하는 세후의 눈에서 초조함마저 보일 지경이었다.

"어이, 사장님. 거 천천히 좀 갑시다."

여전히 뒤에서 기준이 놀리는 소리가 들렸지만 오히려 세후는 속도를 높여 사무실 문을 열고 들어갔다.

그런데 빠른 걸음으로 사무실로 들어왔던 그의 발걸음이 갑자기 느려졌다. 그를 알아본 정은이 일어나 인사하려는 걸 본 세후는 검지를 입으로 가져갔다.

"쉿!"

보란이 의자에 앉아 졸고 있었다.

"이 사람, 뭐 좀 먹었습니까?"

조용히 세후가 묻는 소리에 정은은 고개를 세차게 끄덕이며 대답했다.

"밥 한 그릇 뚝딱하시고 후식도 클리어하셨는데요?"

"그래요?"

듣던 중 반가운 소리에 세후의 입가가 올라갔다 내려왔다.

좌우로 상투를 돌리며 꾸벅꾸벅 조는 보란은 마냥 사랑스럽게 보던 순간,

원을 그리던 머리가 아래로 하강하려 했다.

그리고 재빠르게 세후의 큰 손이 보란의 머리를 받아냈다.

조심스럽게 동그란 머리를 받친 세후는 다른 한 손으로 옆에 있던 의자를 끌어와서 옆에 자리 잡고 앉았다. 그리고 조심스러운 손길로 그의 어깨 위로 머리를 가져다놓았다.

보란의 머리는 이음 부분이 맞는 하나의 블록처럼 세후의 어깨 위에 꼭 맞아들었다.

스케줄대로라면 곧장 회의로 들어가야 했다. 시간을 확인한 세후는 꼴불견이라는 티를 팍팍 내고 있는 기준을 향해 들릴까 말까 한 목소리로 지시를 내렸다.

"회의 시간, 삼십 분만 늦추지."

햇살이 잠이라도 깨울까 커다란 손으로 여자 주인공의 얼굴에 그늘을 만드는 남자 주인공. 순정 만화에나 나올 법한 장면을 실제로 목격한 정은은 자신의 짐작을 확신했다.

엄 비서님은 태양이었다.

지구가 태양의 주위를 돈다는 변하지 않는 법칙처럼, 지구인 세후가 태양인 보란의 주위를 돈다.

거기에 덩달아 회사도 그녀를 중심으로 돌고 있었다.

* * *

시곗바늘이 다섯 시를 가리켰다. 땡, 하고 퇴근 시간을 가장 기다리고 있던 이는 그 누구도 아닌 세후였다.

"이만 퇴근하지."

결재 서류를 건네다 말고 기준은 책상에서 일어난 세후를 어이없게 쳐다봤다.

서류에 사인하는 데 일 분이 걸리나, 십 분이 걸리나? 그는 얼마가 걸린다고 결재도 하지 않고 당장이라도 밖으로 뛰쳐나갈 기세였다.

"이것만 사인하시고 가시죠."

하지만 세후는 아예 재킷까지 걸치고 있었다.

"회사가 망하는 거 아니면 내일 해. 중요한 일 있어."

더 이상은 놀랄 일은 없다고 생각했던 기준의 입은 저절로 벌어졌다. 다른 건 몰라도 사랑이란 참 위대하다는 걸 느끼는 게, 결혼 후, 자신이 알던 일중독자인 세후는 더 이상 존재하지 않았다.

"중요한 일요? 무슨 일인데요?"

"보란이가 내내 피곤해하기도 하고, 갈 데도 있고."

이제는 적응이 될 법도 한데, 기준은 여전히 적응이 되지 않았다.

"죄송한데……. 혹시."

멍한 얼굴의 기준이 뭐에 홀린 듯 겁도 없이 세후의 볼을 쭉 하고 늘어뜨렸다가 놓았다. 혹시라도 전혀 다른 사람이 세후의 얼굴과 똑같은 가면이라도 쓰고 세후 흉내를 내고 있는 건 아닌가 싶어서였다.

"이참에 수의 맞추고 싶지?"

하지만 '당장 장례식장으로 가는 티켓 끊어주랴?'라고 써 붙인 살벌한 얼굴을 보건대, 기준 자신이 아는 세후가 맞았다.

"내가 아는 그 무서운 형 맞는데?"

"네가 아는 형 다시 불러와?"

세후의 주위로 스멀스멀 시커먼 기운이 생겨나고 있었다. 그야말로 잠자던 사자, 아니 사장을 건드렸다는 생각은 기준은 저도 모르게 뒷걸음질 치고 있을 때였다.

"세후 씨, 우리 늦겠……. 어? 중요한 대화 중이었어요?"

조심스럽게 문이 열리고 이 상황을 수습할 수 있는 유일한 이가 빼꼼 얼굴을 내밀고 있었다.

기준을 구할 유일한 구세주! 보란이었다.

역시나 기준을 떨게 하던 검은 기운은 언제 있었냐는 듯 사그라들었다.

"보란이 때문에 넘어가는 줄 알아. 이제부터 불필요한 신체 접촉 따위는 어림도 없어. 알겠어?"

기준의 어깨를 밀어낸 세후는 성큼성큼 걸어가, 보고 싶은 이를 가리고 있던 문을 활짝 열어젖혔다.

"아무것도 아니야."

"최 실장님이랑 중요한 얘기 하고 있었던 거 아니었어요? 나 혼자 가도 되는데……."

"중요한 대화는 무슨. 나한테 당신보다 중요한 게 어디 있다고."

세후는 아니라며 보란의 어깨를 감싼 후 정수리에 입을 맞추며 말했다.

"당신 혼자는 절대로 못 보내지."

회사에서의 갑작스런 애정행각에 놀란 보란은 얼굴을 붉혔고, 기준은 두 사람의 꼴불견에 얼굴을 붉혔다.

"나도 우리 수아 씨한테 전화해서……. 아, 마감으로 바쁘다고 했지."

기준이 느끼고 있는 이 서러움을 똑같이 이해해줄 것 같은 수아에게 전화해서 하소연을 하고 싶었지만, 마감을 맞춰 며칠째 야근 중인 제 임의 얼굴을 보긴 당분간은 하늘에 별 따기였다.

분명히 저를 대신해 맛깔나게 세후를 씹어줄 텐데.

"둘이서 어디 가는데요?"

"우빈이 데리러."

"우빈이요? 유치원은 벌써 마쳤을 시간이고……. 아, 얼마 전부터 태권도 다닌다고 했지? 안 그래도 우리 우빈이 본 지도 오래됐는데. 저도 같이……."

기준도 따라가겠다며 한 바퀴 빙 돌아서 뒤로 돌았을 땐, 세후와 보란은 감쪽같이 모습을 감춘 뒤였다.

퇴근 준비를 하고 있던 정은이 혼잣말을 중얼거리고 있는 기준을 한심한 눈으로 쳐다보고 있었다.

“최 실장님은 가끔 보면 참 용감하신 것 같아요. 어떻게 저 사이에 낄 생각을 다 하세요?”

“…….”

너무도 정확히 정곡을 찌르는 바른말에 기준은 딱히 대꾸할 말을 찾지 못했다.

우빈이 다니는 태권도 앞 갓길에 세후의 차가 정차해 있었다.

“맛있어?”

보란의 손에는 오는 길에 우연히 발견한 유명 빵집 생크림 카스텔라가 들려 있었다.

“네. 안 그래도 텔레비전에서 보고 엄청 먹고 싶었거든요.”

“하나만 더 먹고 그만 먹는 게 좋겠어.”

달콤한 생크림이 가득 든 폭신한 카스텔라를 한입 크게 베어 물었던 그대로 정지했다.

“왜, 왜요? 나 살쪘어요?”

한입 가득 빵을 넣고 우물거리며 하는 보란의 물음에 세후는 피식 웃고 말았다.

“아니, 오히려 결혼하고 나서 더 마른 건 알아? 군것질만 하고 밥은 입도 안 대니까 그러지. 그리고 살 좀 찌면 어때?”

세후가 입가에 묻어 있던 생크림을 손으로 훔쳐 먹으며 말했다.

“당신이 잘 먹기만 하면 난 사이즈는 상관없는 거 알잖아?”

세후가 워낙 자주 달콤한 말을 해서 달달한 게 안 당길 줄 알았는데, 틈만

나면 군것질거리를 찾았다. 그래서인지 밥은 한 숟갈 뜨는 게 다였다.

행여 살이 쪘다고 하면 안 먹으려고 했는데, 아니라고 하니 보란은 안심하고 즐기기로 했다.

"사양 않고 먹을게요."

다시 입에서 사르륵 녹는 카스텔라가 주는 행복감에 취해 있던 보란이 그 크던 빵을 겨우 한 조각을 남기고서야 손을 털었다.

"바쁘면 나 혼자 와도 되는데……."

"그건 안 되지."

세후는 속으로 '그 관장이라는 남자 때문에라도.'라는 말을 삼켰다.

보란도 세후도 어려서부터 미리 학원을 보내고 싶지 않았지만, 태권도에는 우빈이 강한 의지를 내보였다.

저번 주, 유치원에 다녀온 후 난데없이 태권도를 다니고 싶다고 했을 땐, 허락할 수밖에 없었다. 함께 상담을 받으러 갔던 날, 흰 도복을 입고 검은 띠를 허리에 두른 관장이 말했다.

'태권도는 단순한 운동을 넘어서 몸과 정신을 건강하게 만들어줄 뿐만 아니라, 친구들과의 관계는 물론, 어른을 향한 예절까지도 배울 수 있는 멋있는 스포츠입니다.'

태권도가 만병통치약이라도 되는 것처럼 설명하며 젊은 남자 관장은 멋지게 이단옆차기를 하는 시범을 보였다고 한다. 그리고 다른 곳은 알아보지도 않고 단번에 우빈을 등록시키던 보란을 세후는 잊을 수 없었다.

우빈이 처음으로 태권도를 배우는 날인데 데려다주진 못해도 데리러 가고는 싶다고 보란이 말했을 때, 세후는 고민할 것도 없이 따라나서야 했다.

“다른 태권도 학원을 알아보는 건 어때? 아무리 생각해도 관장이 영 별로였어.”

“왜요? 우빈이는 마음에 든다고 했어요.”

“관장이 너무 젊잖아.”

“그래서 난 더 좋던데요? 젊으니까 체력적으로도 더 유리할 거고 애들이랑 형처럼 잘 어울릴 수 있잖아요.”

“…….”

시후가 딱히 눈에 띄는 단점을 찾지 못하고 입술만 씰룩거리고 있는데 보란이 옆구리를 찌르며 말했다.

“설마……. 천하의 권세후 사장님께서 이제 대학을 갓 졸업한 새파란 관장님을 상대로 질투라도 하시는 건 아니죠?”

“무, 무슨. 나는 우빈이에게 더 좋은 교육 환경을 조성해주기 위해서.”

구구절절 길게 늘어져 가는 변명 아닌 변명을 향해 건성으로 보란은 대답했다.

“네에~ 네에~ 어? 마쳤나 보다.”

마침 학원을 마치고 하얀 도복을 입은 아이들이 우루르 쏟아져 나왔다. 그 무리 속에 우빈을 발견한 보란이 대답하다 말고 그는 홀로 둔 채, 차 문을 열고 뛰쳐나갔다.

보란에게 첫 번째 남자는 무조건적으로 우빈이라는 걸 알고 있으면서도, 조카를 상대로 질투하는 꼴이 자신이 생각해도 우스웠다. 카리스마 폭발, 시크함으로 진동하던 천하의 권세후는 어디로 갔는지 모를 일이었다.

크게 한숨을 쉰 세후는 차 문을 열고 밖으로 나갔다.

보란이 우빈을 중간에 두고 하하 호호 웃으며 그 새파란 관장과 대화 중이었다. 한걸음에 다가간 세후가 휙 하고 보란의 허리를 확 잡아채서는 제 쪽으로 끌어당겼다.

"무슨 이야기 중이야?"

교육 환경은 허울만 좋은 핑계고, 남편은 필히 질투하고 있는 게 분명했다. 세후의 근거 없는 질투를 조금 더 즐기고 싶었지만, 그리되면 힘들어지는 건 우리 모두라는 걸 알기에 보란은 편함을 택하기로 했다.

"관장님이 신혼여행 때문에 다음 주에 자리를 비우셔서 다른 분이 대신 하신다네요."

그 말에 보란의 허리를 개미허리로 만들 작정인지 꽉 끌어안고 있던 팔이 스르륵 풀리더니, 앞으로 뻗어 악수를 청했다.

"축하드립니다."

"하하, 축하해주시니 감사합니다."

"두 사람이 하나가 되는 결혼이란 건 참 좋은 겁니다. 평생 행복하시기를……."

그 자리에서 관장을 상대로 주례사라도 할 것 같은 세후를 두고 보란과 우빈은 재빨리 자리를 피했다.

"우빈아, 우리는 그만 가자."

"네에."

먼저 우빈을 뒷좌석에 시트에 앉히고 안전벨트를 메준 보란이 앞 좌석에 올랐다.

잠시 후, 뒤따라온 세후가 차에 타더니 활기찬 목소리로 제안했다.

"기분도 좋은데 우리 외식이라도 할까?"

뒷좌석에 앉아 있던 보란이 이제는 그러려니 하며 고개를 흔들며 말했다.

"라이벌이 아니라고 판명 나니 기분이 좋은가 보죠?"

"아니거든? 우리 우빈이 태권도 학원 다닌 첫 날이기도 하고, 특별한 날이니까 밖에서 맛있는 거 먹고 가자는 거지. 다른 뜻은 없어. 그리고 처음부터 내 상대가 안 됐어."

얼렁뚱땅 넘어가려는 세후를 향해 눈을 한 번 흘겨준 보란은 우빈을 향해 물었다.

"어떻게 할까? 우리 저녁 먹고 들어갈까?"

"모르겠어요."

외식이라면 엉덩이로 방방 뛰며 가장 먼저 메뉴부터 골라야 정상인데 아이의 반응이 영 미적지근했다.

보란과 세후는 백미러로 눈빛을 교환했다. 무슨 일인지 모르지만 일이 생긴 것이 분명하다고.

차를 출발시키려던 세후는 시동을 껐고, 보란은 턱에 손을 괴고 밖으로 시선을 두고 있는 아이를 향해 조심스레 물었다.

"우리 맥도리아 가서 우빈이 좋아하는 햄버거 먹을까?"

"그러든가요."

평소 집에서 건강식 햄버거는 자주 만들어주지만, 아이 입맛뿐 아니라 어른 입맛까지 저격하는 맥도리아에 파는 햄버거에 비할 게 아니었다. 거기 햄버거라면 자다가도 벌떡 일어나는 게 우빈이었다.

세후와 보란의 눈빛은 사태의 심각성을 파악하고 굳어갔다.

"왜 그러는데?

"……."

"그래, 우빈이가 무슨 일인지 말하고 싶을 때까지 외삼촌이랑 외숙모는 기다릴게. 우빈이가 정말로 말하고 싶을 때 이야기해도 돼."

아이의 눈치를 보고 있던 둘은 약속대로 조용히 기다렸다.

한참을 말이 없던 우빈의 입이 마침내 열렸다.

"아기는 어떻게 생겨요?"

"……."

"……."

우빈이 날린 질문 한 방에 세후와 보란은 약속이라도 한 듯 벙어리가 되어버렸다.

언젠가 이런 질문을 받을 줄은 알고 있었지만……. 두 사람 모두 그건 아주 먼 미래라고 생각하고 있었으니까.

이제 초등학생이 될 아이에게서 들을 줄은 상상조차 못 하고 있었다.

'세후 씨는 우빈이 외삼촌이잖아요. 정식 외숙모가 된 지 삼 개월밖에 안 된 나보다 경력이 높잖아요!'

'왜 이래? 이런 대답은 감정적으로 더 발달된 여자인 당신이 해야 되는 거 아님?'

두 사람은 서로 눈치를 살피며 대답할 권리를 서로에게 미루고 있었다.

우빈이 또랑또랑한 얼굴로 두 사람에게 나올 답을 재촉하고 있었다.

결국 먼저 입을 뗀 건 세후였다.

"아마도……. 황새가 물어다 줄걸?"

코웃음이 절로 나오는 대답에 보란은 시후를 응시했다.

'시도는 좋았네요.'

역시나 아무리 순진한 아이라도 떡하니 믿기에는 이상한 점이 한두 가지가 아니었다.

"황새가? 지붕에 굴뚝이 있는 집이라면 몰라도 우린 아파트 살잖아."

"그, 그렇지."

"창문 열어두면 황새가 몰래 물어다 주고 가는 거야?"

"……."

총명한 눈으로 아이가 나름 논리적으로 따지고 들어오는데, 세후는 다시 벙어리가 되어버리고 말았다.

고~ 요.

차 안은 과장하지 않고 시베리아 저리 가라 할 정도로 싸한 정적이 흘렀다.

그래도 당황이라는 물결 속에서 세후보다 먼저 빠져나온 보란의 입이 조심스레 열렸다.

"우리 우빈이가 갑자기 아기가 어디서 나오는지 궁금한 이유는 뭘까?"

그러자 우빈이 손을 배배 꼬며 망설이더니 겨우 말을 이어갔다.

"율우가…… 동생이 생겼는데."

그러고 보니 틈만 나면 같이 놀러 다니기 바빴던 친구 사이인 율우가 뜸하기에 물었더니, 우빈이 지나가는 말로 남동생이 생겼다고 하는 말을 들었던 기억이 있었다.

"생겼는데?"

"이제 자기 동생이랑 논다고 나랑 안 놀아줘."

보란을 보며 묻는 우빈의 말 속에 울음이 묻어났다.

"흑. 태, 태권도도 율우 때문에 다니는 건데. 동생 본다고 태권도도 안 한대."

운동보다는 책 읽는 걸 좋아하던 우빈이 태권도를 다닌다고 했을 때 특별한 이유가 있을 거라고 예상했어야 했다.

"허어엉. 이제 나랑 친구도 안 한다고 하면 어떡해?"

우빈이 울먹이며 인생 최대의 난관에 부딪힌 듯 서럽게 말하자, 보란은 작게 웃으며 밤톨 같은 아이의 머리를 쓰다듬었다.

"우빈이는 아직 어려서 모르는가 본데, 한번 친구는 영원한 친구야."

세후도 기다렸다는 듯 보란의 말에 맞장구를 쳤다.

"그래. 지금은 동생이 귀엽고 신기하고 해서 그러지만, 조금 있으면 아기보다 너랑 더 놀고 싶다고 연락 올걸?"

우빈이 뚝뚝 떨어지던 눈물을 손으로 훔치더니 세후를 보며 물었다.

"흐흑, 연락 안 오면?"

어느새, 차 뒷좌석으로 옮겨 온 세후가 울먹이는 우빈을 안아 제 무릎에 앉혔다.

"그러면 율우 말고 새로운 친구를 사귀면 되지."

하지만 그 말은 우빈에겐 사탕 발린 말 같은 거였다.

나름 이런저런 친구들이 많았지만, 아무리 새로운 친구를 사귄다고 해도 율우만 한 애는 없을 거라고 우빈은 확신할 수 있었다.

"율우만큼 웃긴 애는 없단 말이야. 그래서 말인데……."

울음을 뚝 그친 우빈이 세후를 쳐다보며 똑똑 부러지는 소리로 물었다.

"아기는 진짜 황새가 물어다 주는 거야?"

다시 질문이 되돌이표처럼 돌아왔다. 세후가 이제 와서 '남자와 여자가 어쩌고, 난자와 정자가 어쩌고.' 하며 답을 고치기에는 이미 엎질러진 물이었다.

"아마도?"

"그러면 황새한테 말해."

"어?"

"우리 집에도 아기 물어다 주라고."

"갑자기 아기는 왜?"

"아기는 아기끼리 친구 해서 놀라 하고 나는 율우랑 놀게."

결국 아기가 필요한 이유가 친구를 되찾기 위해서라니.

너무나도 아이다운 생각에 세후와 보란은 웃어버리고 말았다.

동생만 생기면 모든 것이 해결될 거라 생각하는 아이는 간절한 눈을 하고 세후에게 부탁했다.

"외삼촌이 힘을 내봐. 응?"

세상 그 어떤 이도 둘도 없을 저 간절한 눈을 마주한 채, 거절할 수 있는 이는 없을 거다. 아니, 우빈이 바라는 게 세후가 바라는 것일지도 모를 일이었다.

"그래. 이 외삼촌이 밤마다 최선을 다해보마."

아이의 말 정도는 귀엽게 넘어가도 될 말이었을 텐데, 우빈에게 답하는 세후의 음성은 더할 나위 없이 진지했다.

"약속해."

"그래. 약속하마."

무슨 정상 회담이라도 하는 듯 서로의 손가락을 걸고 맹세하는 두 사람이었다. 정작 보란은 그들의 모습에 어이가 없었다. 아기를 품어야 하는 가장 중요한 자신은 왜 빼는 건지 싶어서.

금세 기분이 나아진 우빈과 햄버거 세트로 저녁을 때우고 돌아와서도 좀 전의 대화는 계속되고 있었다.

우빈이 잠자리에 들기 전, 보란의 볼에 뽀뽀를 해주며 이렇게 외쳤다.

"외숙모 파이팅!"

"그, 그래. 파이팅?"

덩달아 우빈의 힘찬 구호를 따라 주먹까지 쥐며 파이팅을 외친 보란이었다.

이러다가 우리의 소원은 통일이 아닌 황새가 물어다 주는 아기가 될 기세였다.

우스운 생각에 머리를 흔들며 그 자리에 서 있던 보란이 반뜩 정신을 차리고 욕실로 향했다.

"정신적으로 충격이 컸나, 피곤하네. 얼른 씻고 자야겠다."

보란이 간단하게 따뜻한 물로 샤워를 하고 나왔을 때, 벽에 비스듬히 기댄 세후가 그녀를 기다리고 있었다.

이내, 세후의 입술이 아직 물기가 촉촉이 남아 있는 그녀의 어깨 위로 닿았다.

"나 약속 잘 지키는 거 알지?"

한 마디 한 마디 나지막이 뱉는 짙은 숨이 목덜미를 간질이자, 찌릿, 온몸으로 전기라도 통한 듯 보란의 몸이 떨려왔다.

"우빈이랑 약속한 것처럼 최선을 다해볼까 해."

굳이 말하지 않아도 그의 말에 담긴 깊은 뜻을 충분히 이해하고도 남을 그녀의 얼굴은 홍시라도 된 듯 빨개졌다.

"아이 참!"

보란의 몸이 공중으로 떠올랐다.

그녀를 안아 들고 방으로 향하는 내내 세후의 입술은 보란의 입술의 훔치는 걸 멈추지 않았다.

* * *

토요일의 늦은 오후, 커피숍으로 좋은 햇살이 비스듬히 들어오고 있었다. 햇살 때문인지 보란은 녹록한 기운을 이기지 못하고 나오는 하품을 어쩔 줄 모르고 있었다.

"하암!"

"내가 늦은 거 아니지?"

깜빡 졸았는지 눈을 떠보니 맞은편 자리에 수아가 앉아 있었다.

"언제 왔어요?"

"방금 왔지. 진짜 오랜만이네."

전화 통화는 자주 했지만 이리 만나는 건 결혼하고 나서 처음이었다. 수아는 수아대로 기준과 연애하느라 바빴고, 보란은 보란대로 결혼 생활 때문에 바빠 만날 짬이 잘 나지 않았다.

"어찌 오늘은 우리의 후세 님께서 넓으신 아량으로 놓아주셨나 보지?"

"언니도 참."

수아의 말에 보란이 웃었지만, 사실 같이 있자며 붙잡던 세후를 뿌리치고 나오느라 애를 먹은 참이었다.

마실 걸 주문한 수아가 보란의 얼굴을 빤히 쳐다보더니 한마디를 했다.

"새색시 얼굴이 왜 이리 핼쑥하냐? 안 그래도 작은 얼굴 소멸하겠다."

"아닌데? 나 요즘 완전 잘 먹는데?"

"그럼 잘 먹는데 살은 쫙쫙 빠진다는 말씀? 오올~ 새신랑이 얼마나 절륜하시기에?"

대낮에 눈 하나 깜짝하지 않고 빨간 딱지가 붙은 말을 잘도 내뱉는 수아의 말에, 보란의 귀는 빨갛게 달아올랐다.

"언니!"

"내가, 부러워서 그런다. 부러워서."

수아의 말투에는 전혀 악의가 없었고 진심 부러워하는 티가 팍팍 났다.

"언니는 최 실장님이 잘해주시잖아요."

"싸웠어. 아주 크게."

왜요? 라고 물으려다, 남녀관계에 대해 당사자가 아니면 왈가왈부할 게 아니라는 걸 알기에 보란은 고개만 끄덕하고 말았다.

싸해진 분위기에 눈치만 보고 있는데 수아가 보란을 끌고 일어났다.

"기분도 꿀꿀한데 맛있는 거나 먹으러 가자. 간만에 할머니네 곱창 어때?"

보란은 한식보다는 양식이었고 수아는 한식이 더 입에 맞았는데, 식성이 정 반대인 두 사람이 공통적으로 좋아하는 음식이 있다면 바로 곱창이었다.

그중에서도 여기 근처의 할머니네 곱창은 맛이면 맛, 가격이면 가격, 모든 면에서 예술이었다.

마침 어젯밤부터 눈앞에 아른거렸던 메뉴였는데, 수아의 탁월한 메뉴 선택에 보란의 입으로 군침이 가득 몰려 돌았다.

"완전 좋아요."

소파에서 벌떡 일어난 보란이 수아의 팔을 잡고 보챘다.
“얼른 가요. 네에? 얼른요.”
“알겠어.”
방금까지 졸고 있었던 게 맞는지 의심될 만큼 초롱초롱한 눈빛이었다. 두 사람은 빠른 걸음으로 카페를 나와 두 블록 정도 되는 거리를 걸어갔다.
삐꺼덕거리는 낡은 쇠문을 열고 들어가자 고소한 냄새가 두 사람을 반겼다.
“어서 오슈.”
주인할머니가 테이블을 치우다 말고 반갑게 두 사람을 맞이했다.
“아니. 왜 이렇게 오랜만에 왔어.”
올 때마다 자주 앉던 구석 테이블에 자리를 잡으면서 수아가 넉살 좋게 대답했다.
“할매, 의리 없이 나만 두고 얘가 시집을 갔잖아요. 그러다 보니 뜸했어요.”
“보란이가? 아이고, 축하한대. 그래서 그런가 얼굴이 활짝 폈다.”
할머니의 칭찬에 보란은 쑥스러운지 볼을 붉혔다.
“감사합니다.”
“내 얼른 준비해가지고 나올 테니까 쪼매만 기다리라.”
주인 할머니는 얼른 들어가서 각종 반찬이며 곱창을 한가득 담아 나오셨다.
“넉넉하게 줬으니까 많이 먹거라.”
“잘 먹겠습니다.”
불이 오른 불판에서 곱창이 지글지글 익어갔다. 코끝을 자극하는 고소한 냄새가 진동하기 시작했다. 곱창이 노릇노릇하게 다 구워졌을 때, 수아는 군침을 흘리며 젓가락을 들었다.
“맛있겠다. 어서 먹자.”
수아를 따라 보란도 젓가락을 들려고 했다. 그런데 아까까지만 해도 멀쩡하던 속이 갑자기 여의치가 않았다.

사실 곱창이 나왔을 때, 곱창 냄새를 맡기가 무섭게 속이 뒤집어지는 것처럼 미식거리고 있었다. 그래도 좀 아까까지만 해도 그토록 먹고 싶던 음식이었기에 보란은 잘 익은 곱창 한 점을 억지로라도 입으로 가져갔다.

"우욱."

헛구역질이 튀어나왔다.

제 의지와는 상관없이 튀어나온 현상에 보란은 물론이고, 놀란 수아 역시 먹으려고 집었던 곱창을 땅에 떨어뜨렸다.

"왜 그래?"

"아니. 너무 역해서……. 우웩."

"너, 너도 곱창 먹고 싶다며."

곱창이라는 말만 들어도 올라오는지 보란이 또 헛구역질을 했다. 더는 냄새를 참지 못하고 보란이 가게 밖으로 뛰쳐나가는데, 주인할머니의 목소리가 따라붙었다.

"아이고, 애 들어섰네."

보란이네 집 남자들의 소원대로, 간밤에 진짜 황새가 창문에다가 아기를 물어다 주기라도 했나?

* * *

보란이 곱창 냄새에 고군분투하고 있던 그 시각, 조용한 주말의 서재에 나는 소리라곤 똑딱거리는 시계 소리뿐이었다.

책상에 앉아 있는 폼만 봐선, 내일 시험을 치르는 수험생 저리 가라였지만, 결국 십 분을 넘기지 못하고 폼이 흐트러졌다.

"미치겠네."

한번 앉아서 서류를 볼 때면 앉은 자세로 기본 세 시간을 할애하던 세후가 도통 집중을 하지 못하고 있었다. 이유는 서류를 검토해야 할 눈이 계속 휴대폰을 향하고 있었기 때문이었다.

보란이 나간 지 겨우 한 시간밖에 되질 않았는데 느끼기로는 반나절은 훨씬 지난 것만 같았다.

결혼 전에는 어떻게 혼자 살았을까 싶을 정도로 누군가와 함께 시간을 보내고 함께하는 지금이 많이 좋았다.

휴대폰에 걸려 있던 잠금 화면을 풀자 환하게 웃고 있는 보란의 사진이 나타났다.

[내 반쪽♥]

이 닭살 돋는 이름은 전에 '엄 비서'라고 저장되어 있던 것을 보란이 발견하곤 저 몰래 바꾸어 저장한 것이었다. 그래놓고는 자신은 어떻게 저장이 되어 있나 싶어 휴대폰을 뺏어보니 아직도 '후세'라고 되어 있었지.

"방해되겠지?"

언제 오냐고, 데리러 갈까? 하고 당장이라도 전화해서 물어보고 싶었다. 목소리라도 들으려고 번호까지 다 눌렀던 세후는 차마 통화 버튼을 누르지 못했다.

모처럼 한 외출인데 속 좁은 남자인 양 신경 쓰이게 하고 싶진 않았다.

우빈이라도 있으면 이리 외롭진 않을 텐데, 아침 일찍, 우빈은 이번에 아예 미국 생활을 접고 한국으로 들어온 규민과 시간을 보내러 갔다.

보란이 나가면서 혼자라도 꼭 저녁을 챙겨 먹으라고 당부하고 나갔지만 입맛이 없었다.

정신이나 바짝 차리자 싶어 진하게 내린 커피를 가지고 다시 서재로 향하는데 현관 비밀 번호를 누르는 소리가 들려왔다. 안으로 들어오는 가녀린 형상에 기대도 않고 있던 세후는 한걸음에 달려갔다.

외출한 주인을 반기는 강아지처럼 반가운 목소리로 보란을 맞이했다.

"늦게 온다고 안 했어?"

"그랬죠. 늦게 오려고 했는데, 어떻게 된 거냐면요. 수아 언니랑 커피 한 잔하고 곱창을 먹으려고 갔는데, 속이 많이 안 좋아서, 그래서……."

보란이 횡설수설하며 상황을 길게 늘어놓기 시작하는데, 마치 혼이라도 나간 것처럼 보였다.

세후가 정신이 없어 보이는 보란의 어깨를 힘주어 잡았다.

"진정하고 천천히 말해봐."

초점을 잃었던 눈동자가 다시 또렷해지더니 그녀가 세후에게 말했다.

"아무래도 병원에 가봐야겠어요."

쿵.

정확한 사정은 다 듣지도 않았는데 세후의 심장이 추락했다.

"어디가, 어디가 아픈데?"

"아픈 건 아닌 건 같고."

속닥속닥.

보란이 세후의 귀에다가 대고 짐작하고 있던 바를 속삭였다. 그때부터 제 정신이 아닌 건 세후였다.

"잠시만, 옷부터 갈아입어야 하는데."

허둥지둥 점퍼를 입는 둥 마는 둥 나오던 세후는 현관까지 나왔다 다시 돌아섰다.

"아! 차 키!"

그 후로도 세후는 몇 번을 더 거실을 왔다 갔다 했다.

'허둥대는 모습이라니. 돈 주고도 못 볼 광경이다.'

보란은 자리 잡고 앉아 살면서 다시는 없을 그 광경을 여유롭게 구경했다.

* * *

세후가 서울 병원으로 가는 동안, 김 박사님께 연락을 넣었고 김 박사님은 산부인과에 연락을 해서 도착하자마자 진료를 받을 수 있었다.

어떻게 병원까지 갔는지, 어떻게 진료실 앞까지 갔는지, 무슨 정신으로 진료를 받고 나왔는지 모르겠다.

모든 일이 파노라마처럼 순식간에 지나갔다.

정신을 차려보니 세후가 보란을 부축하고 있었다.

"조심, 조심."

보란이 손대면 깨질 유리라도 되는 듯 감싼 채 유난을 떠는 세후를 보던 김 박사가 혀를 찼다.

"이 녀석아, 너무 조심하는 것도 안 좋아."

"아니요."

세후가 하는 양을 봐선 땅에 발에 닿지도 않게 할 것 같기에 김 박사는 웃자고 가볍게 한 말이었는데, 대답하는 세후는 너무나 진지했다.

'축하드립니다. 임신 5주차입니다. 아무래도 초기니까 조심하셔야 합니다.'

세후에게는 여기 진료실에서부터 수술실까지 이어지는 이 복도가 다시는 떠올리고 싶지 않은 아픈 기억의 장소였다.

누나인 세진을 잃었던 곳이었으니까.

세후가 무엇을 염려하는지 알면서도 좋은 소식은 마음껏 기뻐할 수 있으면 했기에 김 박사는 세후의 어깨를 한 번 두드려주었다.

“걱정부터 하는 것도 안 좋아.”

“하지만.”

세후의 말이 멈췄다. 그의 옆에 나란히 서 있던 보란이 세후의 손을 따뜻하게 잡아왔기에. 보란은 쉬는 날임에도 부러 병원을 나와준 김 박사에게 꾸벅하고 인사를 했다.

“괜히 저희 때문에 쉬지도 못하고 죄송해요.”

“아니야. 공과 사는 구분해서 특별히 진료비 청구할 테니까 죄송할 필요는 없지. 이 녀석한테 맛있는 거 많이 사달라고 해서 많이 먹고, 좋은 것만 보고 좋은 것만 생각하고 너무 무리하는 건 안 돼. 알겠지?”

“네, 그럴게요. 고맙습니다.”

“나는 다시 낚시터로 가봐야겠어. 연락받고 놀라서 뛰어온다고 월척도 마다하고 왔거든.”

인사도 하는 둥 마는 둥 하며 서둘러 자리를 뜨는 김 박사였다.

두 사람도 김 박사를 따라서 병원을 나와 차에 올랐다.

보란의 손에는 초음파 사진이 들려 있었다. 이상하게 틈만 나면 졸음을 이기지 못하고 잠이 들고 했는데, 그 이유가 이리 좋은 선물이 찾아왔기 때문이었다니.

벌써 와 있는 줄도 모르고 계속 오길 기대하고 있었다니.

아직도 얼떨떨해서 실감이 나지 않았다. 그건 세후도 마찬가지인 듯했다.

안전벨트까지 맸지만 차는 좀처럼 출발할 생각을 하지 못했다.

보란도 세후도 새롭게 찾아온 생명을 받아들이는 데는 아직 시간이 더 필요해 보였다.

아직은 티도 나지 않는 납작한 배로 손을 가져간 보란이 옆으로 고개를 돌렸다. 도통 생각을 읽을 수 없는 세후의 얼굴이 보였다.

세진이 우빈을 낳다가 죽은 걸 알기에 세후가 이리 걱정하는 걸 충분히 이해할 수 있었다. 어쩌면 많이 두렵고 무서울지도 몰랐다.

"무슨 생각 해요? 걱정하는 거 아니죠? 나랑 아기랑은 아무 일도 없이 괜찮을 거예요."

하지만 그녀를 향해 고개를 돌린 세후는 미소를 지었다.

"아니, 행복해."

진짜냐고 물을 필요도 없었다. 그녀를 보는 세후의 진심 어린 눈빛이 다 말하고 있었으니까.

"당신은?"

그리고 세후가 그녀에게 물어왔을 때, 보란은 말로 하지 않고 그가 웃었던 것보다 더 환하게 웃었다.

두 사람 모두 굳이 말하지 않아도 서로의 생각을 알 수 있었다.

뱉어버리면 잊어버리고 마는 말들로는 차마 표현할 수 없을 만큼 행복하다고.

* * *

병원에 다녀온 뒤, 세후는 억지로 보란을 침대 위에 눕히고 강제 휴식을 명했다.

"좀 자."

"잠 안 오는데……."

말은 그렇게 했지만 세후의 팔을 베고 그의 품에 안기니 얼마 되지 않아 보란은 고른 숨소리를 내며 잠에 들었다.

그리고 세후는 잠이 든 보란을 하염없이 바라보고만 있었다.

이대로 밤이 다 가도록 보라고 하면 볼 수도 있었다.

그의 아내는 세상 그 어떤 영화의 장면보다 아름다웠고 반짝반짝 빛이 났다.

아직 티도 나지 않은 보란의 배에다가 작게 입을 맞춘 세후가 어색한 듯 헛기침을 하며 쑥스러운 듯 운을 뗐다.

"흠흠, 반가워."

피식 웃은 세후는 계속 말을 이었다.

"널 기다리고 있어. 다른 건 아무것도 안 바라. 거기서 잘 지내다가 건강하게만 와줘."

한참이나 가만히 멈춰서 그의 분신 품고 있는 이를 바라보고 있던 세후는 보란이 깨지 않게 조심스럽게 몸을 일으켰다.

"특별한 날인데 이대로 지나갈 순 없지."

갑자기 번뜩 떠오른 생각에 세후는 조용히 외투를 꺼내 들고 집을 나섰다.

세후가 나간 지 얼마 후, 보란은 온몸을 둘러싼 향기에 눈을 떴다.

"세후 씨?"

분명히 세후의 품에서 잠이 들었는데 깨어보니 옆자리는 비워져 있었다.

살짝 열린 문틈 사이로 향기가 밀려 들어오고 있었다. 졸린 눈을 비비며 보란은 그녀를 잠에서 깨운 향기로움을 찾아 침대에서 벗어났다.

"어디서 꽃향기가 나는데……."

한두 송이로는 어림도 없는 진한 향기였다. 이상하게 여긴 보란이 작은 불빛이 새어 들어오고 있는 문을 열었다.

"……!"

그리고 거실에는 꽃밭이 있었다.

색색의 장미, 은은한 향이 매력적인 라벤더. 눈처럼 순수한 카라와 백합. 노란 해바라기 등등 발 디딜 틈도 없이 가득한 꽃들에 보란은 말을 잃어버렸다.

방금 커다란 목화 나무에 하얀 목화가 하늘을 덮을 정도로 피어 있던 꿈을 꾸어서일까? 꽃이란 꽃들은 다 모여 있는데 아직도 꿈 속에 있는 줄 착각할 뻔했다.

"마음에 들어?"

먼발치에 서 있는 세후가 아니면 여전히 꿈을 꾸고 있는 줄 알았을 거다.

"이 밤에 뭐예요."

"당신이 꽃 안 좋아하는 거 아는데 임신하면 예쁜 것만 봐야 한다고 하더라고. 그래야 예쁜 아기가 태어난다더라고."

벌써부터 태교에 신경 쓰고 있는 세후가 보란의 입에서 웃음이 나오게 했다.

"하하. 꽃집이라도 털었어요?"

"어. 한 군데도 아니고 세 군데나 털었어."

너무 갑작스런 소식에 세후는 어떤 걸로 고마움을 표시해야할지 고민하면서 길을 배회했다.

그러다가 예쁜 꽃들이 제 발목을 붙잡았다. 꽃집으로 홀린 듯 들어갔던 건 기억이 나는데, 정신을 차리고 보니, 꽃집에 있던 꽃들을 전부 사들고 나오는 자신을 발견했다.

"내가 무척 고마워하고 있다는 건만 알아줘."

이제 웬만한 일에는 울 일이 없을 거라고 생각하고 있었는데, 보란은 저도 모르게 감격에 흘러내리는 눈물을 주체하지 못했다.

"흑, 안 울려고 했는데. 이건 전부 호르몬 때문이에요."

세후가 거실 한가득한 꽃들을 비집고 그녀에게로 걸어갔다.

입은 행복하게 웃고 있으면서 눈은 물방울을 흘려보내는 보란을 품에 안았다.

"감동하는 자세, 바람직해."

감격의 눈물을 흘리고 있었는데 세후의 말에 나오던 눈물이 쏙 하고 들어가고 말았다.

"피이, 난 장미 한 송이였어도 좋았을 거예요."

"한 송이? 나 정도에 겨우 꽃 한 송이는 너무 스케일이 작지 않아?"

물론, 끝까지 세후는 세후였지만 말이다.

외전 2. 행복하게 살았습니다

드디어 올 것이 왔다.

"우웨웩."

공포의 입덧이 시작된 것이었다.

오늘은 먹을 수 있을 것 같다며 결의의 찬 얼굴로 주방으로 가는 보란을 보며 세후가 물었다.

"괜찮겠어?"

"네. 아주머니가 부러 고생하셨는데 한 숟가락이라도 먹어볼게요."

세후가 특별히 부탁해서 새벽부터 출근한 아주머니가 보란이 평소 즐겨 먹던 음식을 이것저것 차려놓은 참이었다.

밥 냄새만 맡으면 화장실로 달려가는데 일주일 내내 제대로 먹은 거라곤 과일 조금, 케이크 조금, 아이스크림 조금 정도가 다였다.

"억지로 먹으려고 안 해도 돼."

"아니에요. 계속 이렇게 못 먹으면 병원에서 수액 맞아야 하잖아요."

"그건 그렇지만."

겨우 자리에 앉은 보란이 국을 한 숟가락 뜨는데, 모두가 불안불안한 얼굴로 그녀를 응시했다.

하지만 오늘도 역시나였다.

진수성찬을 차려놓으면 뭐하나, 먹지를 못하는데.

"아주머니, 죄송해요. 우욱."

정해진 수순처럼 보란은 화장실로 달려갔고 세후는 그 뒤를 따라갔다.

"우우욱."

먹은 것도 없으면서 계속해서 구역질을 하는데 할 수 있는 거라곤 등을 두드려주는 것밖에 없는 세후는 그저 지켜보고 있을 수밖에 없었다.

종종 부부 중에 남편이 대신 입덧을 하기도 한다던데. 할 수 있다면 몇 번이고 대신해주고 싶은 심정이었다.

게워내는 것도 없으면서 한참을 변기 앞에 주저앉아 있던 보란이 한참 지나 속이 진정되었는지 자리에서 일어나려 했다.

하지만 다리에 힘이라곤 티끌만큼도 남아 있지 않은 그녀는 다시 풀썩 자리에 주저앉아버렸다.

"못 일어나겠어요."

보란은 당연한 듯 세후를 향해 두 팔을 벌렸다. 그러자 세후는 욕실 바닥에 주저앉아 맥없이 늘어져 울기 일보 직전인 그녀를 안아 올렸다.

"이리 와."

보란은 세후의 목에 팔을 두르고 넓고 커다란 품에 고개를 기댔다.

"엄마 되기 참 힘들다."

"해줄 수 있는 게 없어, 보고만 있는 아빠도 힘들다."

보란을 안아 든 채 성큼성큼 건 세후는 침대 위에 사뿐히 그녀를 내려놓았다.

변기를 붙잡고 이십 분이 넘도록 씨름을 했더니 벌써 아홉 시였다. 이미 출근 시간은 지나 있었다.

저번 주까지만 해도 악으로 깡으로 출근했던 보란이었다. 전부터 그만둘 생각에 차근차근 인수인계를 해온 덕분에 더 빨리 인수인계를 끝낼 수 있어서 다행이었다.

보란은 자신이 가지고 있는 스킬, 노하우, 임기응변까지. 탈탈 털어서 모든 것을 정은에게 전수해주었다.

다만, 정은이 하산을 할 준비가 안 되었다는 게 문제라면 문제였다.

'엄 비서님, 저는 아직 저 무시무시한 속세에 내던져질 준비가 안 됐어요. 제발요.'

하지만 어제는 진짜 하늘이 하얘짐과 동시에 정신을 잃고 쓰러질 뻔했다. 그것뿐이 아니라 주저앉을 만큼 찌릿한 통증까지 배에 있었다.

물론 보란이 함구했기 때문에 세후는 모르고 있었지만 더 이상 이 몸으로는 일을 할 수 없는 건 분명했다.

이제 결단이 필요했다.

"권세후 사장님."

침대에서 겨우 몸을 일으킨 보란은 아주 오래전, 세후의 면전에다 던져줄 요량으로 품고 다녔던 봉투를 꺼냈다.

"저 퇴사하겠습니다."

'사직서'라고 또박또박 적힌 봉투를 받아 든 세후는 피식 웃었다.

"사유는?"

이 시점에서 사유를 들먹이는 상사를 보며 보란은 밉지 않게 눈을 흘겼다.

"사장님이 더 잘 아실 텐데요?"

대답 대신 세후는 그녀의 입에 가볍게 입을 맞췄다.

"잘 생각했어."

그렇게 보란은 지극히 개인적인 사유로 비로소 회사를 떠나게 되었다.

* * *

침대에만 누워 있는 아내 생각에 차마 발길이 떨어지지 않았던 세후는 겨우 출근을 했다. 오른쪽에 있는 임원용 엘리베이터를 타려고 하는데 안에는 한 여직원이 타고 있었다.

이 시간에, 엘리베이터 안에서 그를 발견한 것이 의아한지 여직원은 당황티가 역력했다.

"사장님? 보통 시간에는 이 엘리베이터를 타는 사람이 없어서……. 죄송합니다. 얼른 내리겠습니다."

하지만 세후는 서둘러 내리려는 여직원을 말렸다.

"아닙니다. 어차피 올라가는데 같이 가죠."

"네? 아, 아닙니다."

평소 사장에 대한 평판을 익히 들어왔던 여직원은 당장이라도 내리려고 했지만, 엘리베이터 문은 이미 닫힌 뒤였다.

최대한 세후에게서 떨어진 채, 서 있는 여직원이 안절부절못하는 것이 확연하게 티가 났다.

"지금 출근하는 겁니까?"

어색한 침묵을 깨기 위해 별생각 없이 건넨 질문이었는데, 대답하는 여직원의 얼굴은 사색이었다.

"네에? 네에. 부장님이 어제 늦게까지 야근해서 오늘은 늦게 출근해도 된다고 하셨는데……. 죄송합니다. 다시는 이런 일이 없도록 하겠습니다."

고개까지 숙이며 사과를 하는데, 세후의 얼굴로 미세한 주름이 졌다.

"탓을 하려는 게 아닙니다."

"……."

전의 세후 같았으면 당장 어느 부서, 누구냐고 다그쳤을지도 모를 일이었다. 하지만 여직원의 배가 세후의 눈에 가장 먼저 들어왔다. 커다란 가방으로도 가릴 수 없을 만큼 여직원의 배는 많이 나와 있었다.

"그 몸으로 어제 야근을 했단 말입니까?"

"다른 직원들도 하는데 저만 빠질 순 없으니까요. 임산부라고 특별대우 받는 건 싫습니다."

세후는 저도 모르게 질문이 튀어나왔다.

"몇 개월입니까?"

"팔, 팔 개월 접어드는데요."

"그렇군요."

거기서 끝을 내면 되는데 세후는 도저히 질문을 멈출 수가 없었다.

"혹시 입덧은 안 했습니까?"

"당연히 했죠. 말도 마세요. 물 냄새만 맡아도 미식거리는데 죽는 줄 알았네요."

힐끗, 여직원 목에 걸린 사원증에 보이는 이름을 확인한 세후는 이때다 싶어 물었다.

"입덧이 심해서 아무것도 못 먹는데 이미정 씨는 특별히 먹은 게 있습니까?"

"저요? 저야, 새콤한 과일은 먹을 만해서 많이 먹었죠. 그리고 찬물에 담가놓은 오이도 많이 먹었고……. 밥 냄새는 역해서 냄새도 못 맡았는데 그래도 빵은 좀 먹겠더라고요."

"사람이 밥도 안 먹고 어떻게 견딥니까?"

"아, 사람마다 다르긴 한데 저는 친정어머니가 해주시는 밥은 잘 먹었어요."

필기라도 할 것처럼 경청하고 있던 세후를 보며 여직원이 놀란 눈을 하고 물어왔다.

“엄 비서님께서 임신하셨나 봐요?”

보란이 아직까지는 회사에다가 소문 내지 말라고 했는데, 헛기침을 한 세후는 여직원을 향해 당부하며 말했다.

“비밀로 부탁합니다.”

“어머, 축하드려요. 입덧하시나 보다. 너무 걱정하지 마세요. 입덧 끝나면 괜찮으실 거예요. 저도 입덧 끝나고 나서는 밥은 기본으로 하고 떡볶이며, 순대며, 족발이며, 엄청 먹었다니까요. 어우, 갑자기 말을 하다 보니, 족발이 당기네.”

땡.

엘리베이터 문이 열리고 여직원이 내려야 할 층이었다.

“사장님. 올라가세요. 저는 가보겠습니다.”

닫히는 엘리베이터 사이로 세후는 고개를 한 번 끄떡이며 여직원의 인사를 받아주었다.

그날, 점심시간이 가까워 오는 시각, 오전 미팅을 마친 미정의 앞으로 퀵서비스가 도착했다.

유명 족발집 로고가 선명히 찍힌 종이백 안에는 같은 부서 사람들끼리 나눠 먹어도 남을 만큼의 푸짐한 족발이 들어 있었다.

얼마나 신경을 써서 배달이 왔으면 아직도 따뜻했다.

<이미정 씨,

이 정도는 돼야, 특별대우입니다.

안 그래도 평판 나쁜데 임신한 직원 야근까지 시키는 악덕 사장 만들지 맙시다.>

그 사건을 계기로 세후는 사내 여직원들이 뽑은 가장 아까운 품절남 1위의 자리를 굳건히 지켜냈다.

* * *

-딩동딩동.

소파에 앉아 태교 겸 클래식을 듣고 있던 보란은 울리는 초인종 소리에 고개를 갸우뚱했다.

"올 사람이 없는데?"

우빈이는 유치원이 마칠 시간이 아니었고, 세후의 퇴근 시간도 아니었다.

초인종 소리에 청소를 하고 있던 아주머니가 달려와 인터폰을 확인하곤 문을 열어주었다.

"누가 왔어요?"

"어머니, 오셨네요."

"엄마요? 누구 엄마요?"

"누구 엄마기는, 니 엄마다."

먹은 게 없어 맥도 못 추고 앉아 있던 보란의 엉덩이가 튀어 올랐다.

현관문이 열리고 양손 가득 바리바리 짐을 들고 들어오는 사람은 분명히 혜자였다.

"내가 못 올 곳 왔냐?"

"못 올 곳은 아니지만. 여기 있으면 안 되는 거 아니야? 우리 집 거실에 있을 게 아니라 저 바다 건너 일본에 있어야지."

그도 그럴 것이 혜자는 저번 주에 동네 친구분들이랑 일본으로 여행을 떠났던 것이다. 그녀의 귀국 일정은 다음 주였다. 그러니 눈앞에 있는 혜자를 보고 보란이 놀랄 수밖에.

곧이어 닫힌 문이 다시 열리더니 세후가 혜자의 캐리어를 가지고 들어왔다.

"내가 방금 공항에서 모셔왔어."

"권 서방이 전화했다. 내가 해준 아귀찜이 먹고 싶다고 했다며."

어제도 아무것도 못 먹고 구역질만 하다 겨우 잠들기 전, 지나가는 말로 엄마가 해주시는 아귀찜이면 먹을 수도 있을 것 같다고 했던 말을 흘려듣지 않고 기어이 엄마를 일본에서 모시고 왔나 보다.

이제 웬만하면 눈물이 안 날 줄 알았는데, 요즘은 호르몬 때문인지 툭하면 눈물 바람이었다.

"흐흑, 엄마……. 여행은 어떻게 하고."

"다음에 더 좋은 데로 가기로 했다."

혜자는 오늘 아침, 묵는 호텔 객실로 걸려온 전화를 받았다.

-그 사람, 죽을지도 모르겠습니다.

혜자는 콧방귀를 뀌며 입덧으로 죽었다는 산모는 본 적이 없다고 사위에게 응수해줬다.

딸이 입덧에 고생하는 게 안타깝기도 했고 걱정하는 사위도 애틋했지만 해외여행은 난생처음이었기에 혜자는 끝까지 즐기고 싶었다.

-제가 다음에 더 좋은 곳으로 모시겠습니다. 아기 가졌을 때, 먹고 싶은 거 못 먹으면 아기 눈이 짝눈이 된다는데…….

다음에 우주여행이라도 보내줄 듯 그녀를 구슬리는 것도 모자라, 어찌나 절절하게 부탁하다 못해, 은근 협박을 빙자한 설득까지 하는데, 결국 세후가 끊어준 비행기를 타고 한국으로 날아올 수밖에 없었다.

"권 서방, 주방으로 따라 들어오게."

"네에?"

아무리 제 딸을 위한 거라지만 생애 처음 하는 해외여행에 초를 친 건 도저히 용서할 수가 없었다.

"내가 계속 있을 순 없을 거 아닌가. 오늘 내가 가진 모든 비법을 자네에게 전수해주겠네."

"모든 비법을 말입니까?"

"그래야 훗날 내가 외국에 나가 있어도 강제 귀국을 안 시키지."

잠시 후, 주방에선 괘씸한 사위를 향한 작정한 장모의 폭풍 잔소리가 흘러나왔다.

그날 세후는 꼭두새벽까지 혜자의 모든 비법을 전수받았다고 한다.

그 후로 보란이 아귀찜이 먹고 싶다고 하면 세후가 종종 해주곤 했는데, 그때마다 보란은 신기해했다. 어쩜 엄마가 해주신 거랑 이리도 똑같을 수 있냐고, 엄마가 해주신 줄 알았다고.

* * *

혜자가 본가로 내려가기 전, 주말이었다.

'나는 잘생긴 연하남와 데이트나 갔다 오련다.'

혜자가 우빈을 데리고 외출을 하고 집에 남아 있는 건 보란과 세후뿐이었다.

혜자의 특급 요리 덕분에 입덧 중임에도 보란은 조금씩이긴 했지만 밥을 넘길 수 있었다.

늦은 아침을 챙겨 먹고 두 사람은 거실에 자리를 잡고 앉았다.

영화를 보기 위해서였다.

영화관에서도 개봉했던 영화인데 당시 입덧이 너무 심해 시체인 양 침대에서 벗어나질 못하는 바람에 보지 못했던 영화였다.

마침, 영화관에서 본 기준이 꽤 감동적이었다며 DVD를 구해다 주었다.

햇빛을 막는 커튼을 치고 스크린을 내리고 쿠션과 담요까지 준비한 세후는 플레이어에 CD를 집어넣었다.

"이 영화가 그렇게 보고 싶었다고?"

"네."

"극장에서 빨리 내린 거 보니, 흥행에는 실패한 것 같은데."

"잔잔한 영화여서 그런가 봐요."

다른 재밌는 영화를 두고 굳이 이 영화를 고집한 이유가 영화에 나오는 남자 배우의 절절한 팬이기 때문이란 건 세후에겐 무덤까지 비밀이었다.

말하는 순간, 할리우드 남배우를 만날 수 있는 화면과는 영영 작별해야 할 것이 분명했다.

시커먼 화면과 함께 시작한다는 음악이 흘러나오기 시작했다.

"어? 시작한다?"

보란은 세후의 어깨에 기대어 영화 감상에 들어갔다.

영화는 슬펐다. 그냥 슬픈 정도가 아니라 눈이 빨갛게 부을 정도로 울 만큼 슬펐다. 보는 내내, 감정이입을 하고 볼 수밖에 없는 영화여서 그랬을지도 모르겠다.

여자 주인공이 아이를 가졌는데, 선택을 해야 했다.

엄마를 살릴지, 아니면 아기를 살릴지.

물을 것도 없이 사랑하는 여자를 지키고 싶은 남자, 자신이 죽는 한이 있어도 품고 있는 아기를 살리고 싶어 하는 여자. 그리고 두 사람을 둘러싼 가족들의 갈등, 이해, 화해, 그리고 사랑.

영화를 영화로만 여기고 현실에서 일어나기 힘든 일이라고 넘어갈 수도 있었지만 보란은 차마, 그럴 수가 없었다.

얼마 전부터 초보 엄마들을 위한 인터넷 카페에 가입해서 정보는 물론이고 고민과 아픔 기쁨도 공유하는데, 거기에서 한 회원이 영화와 비슷한 상황이었다.

그녀가 담담이 적어 내려간 글에는……. 산모와 아기 중 선택해야 하는 선택지를, 누구도 아닌 그녀가 선택했다고 한다.

남편을 아기보다 덜 사랑해서도 아니었다.

[사랑하는 이에게 어떤 것을 선택해도 후회로 남을 게 분명한 잔인한 선택을 하게 만들고 싶지 않으니까요.]

그래서 자신이 독단적으로 선택을 했다고.

보란 역시 그녀와 같은 마음이었다.

그런 일이 생긴다면…….

이미 세진의 일을 겪은 세후에게 둘 중 하나를 선택하게 하고 싶지 않았다.

"세후 씨. 영화에서처럼…… 나와 아기 중에 선택해야 하는 순간이 온다면 말이에요."

조심스럽게 묻는 보란의 물음에 세후는 그녀와 눈도 마주치지 않았다.

"말도 안 되는 소리 하지 마."

사람 일이라는 건 한 치 앞도 모르는 일인데.

카페 글도 모자라 영화까지 보고 나니, 보란은 한 번쯤은 짚고 넘어가야 할 일이라는 생각이 들었다.

"만약에…… 말이에요."

"아니. 그만해."

"그래서 만약이라는 거잖아요."

"그 만약에, 라는 일어나지도 않을 일을 왜 걱정하는 건데."

세후는 듣고 싶지 않다는 듯 자리에서 일어났다. 그리고 그때 보란이 피하려고만 하는 세후의 손목을 잡았다.

"혹시라도, 그런 상황이 온다면."

보란의 말이 끝나지 않았음에도 뒤에 올 말이 무슨 말인지 안다는 듯 세후는 단호했다.

"아니, 싫어."

"세후 씨. 나랑 아기 중에서."

화가 난 듯 세후가 보란의 말을 무섭게 잘랐다.

"어떻게 당신은 나한테 또다시 그런 선택을 하라고 할 수가 있어."

"당신이 선택하는 게 아니에요. 내가 하는 거지."

이미 세후는 이 선택의 기로에 서봤던 경험이 있었다.

그의 누나인 세진이 우빈을 낳다가 죽었으니까.

그때의 세후는 어떤 선택도 할 수 없었다.

지금이야 우빈이 없었다면 같은 생각은 해본 적이 없었지만, 혹시라도 세진이 살아 있었다면 어땠을까? 하는 생각을 안 해본 건 아니었다.

만약, 영화에서처럼 보란과 아기 중 선택하라는 순간이 온다면.

세후는 백 번이라도 더 나쁜 놈이 될 수 있었다.

"나는 무조건 당신이야. 당신을 대가로 얻는 아기라면 필요 없어."

"……."

아기는 필요 없다니……. 아무리 화가 났다고 해도 어떻게 그런 말을…….

망치로 내리친 것 같은 충격에 보란은 아무 말도 할 수가 없었다.

세후는 굳어버린 보란에게는 눈길도 주지 않은 채, 자리에서 일어났다.

쾅.

이내, 현관문은 그가 얼마나 화가 났는지를 대변하듯 큰 소리를 내며 닫혔다.

결혼 후, 단 한 번도 싸운 적이 없던 두 사람이 처음으로 마찰했다.

방금 전까지만 해도 아늑하고 포근했던 거실에는 알 수 없는 냉기가 흐르기 시작했다.

* * *

이른 아침, 눈을 뜨기가 무섭게 보란은 세후부터 찾았다. 하지만 찾는 이는 어디에도 없었다.

벌써 며칠째인지 모른다.

"엄마, 그 사람은요?"

"권 서방? 새벽부터 출근했지. 회사에 급한 일이 있다더라."

"그래요?"

보란의 어깨가 땅으로 푹 꺼졌다.

오늘은 제대로 이야기를 할 수 있을 줄 알았는데. 그날 이후로, 세후는 보란과 대화하는 것 자체를 피하고 있었다.

"둘이 무슨 일 있어?"

"아니에요."

"아니긴, 뭐가 아니야."

물론 서로 말을 안 하는 것도 아니고 소리 높여 싸우는 것도 아니었지만, 어른인 혜자가 둘 사이에 흐르는 어색함을 잡아내지 못할 정도로 눈치가 없는 건 아니었다.

전에는 하루에도 열 번도 넘게 전화를 해대더니, 전화도 뜸했고 야근이라곤 모르더니 어제는 글쎄, 보란이 깰지도 모른다며 다른 방에서 잠을 자는 거였다.

딸은 딸대로 무슨 말을 하고 싶어 하는 것 같은데, 사위는 이래저래 피하는 모양새였다.

집구석이 이 지경이다 보니 벌써 내려갔어야 할 혜자는 펜션을 계속 비워둔 채 꼼짝없이 머물고 있었다.

"앉아봐라."

자리에 앉은 보란은 내내 참고 있던 눈물을 터뜨리고 말았다.

"흑. 엄마. 세후 씨가."

보란은 왜 자신과 말도 하려고 하지 않는지 혜자에게 털어놓았다.

"권 서방은 화가 난 게 아니라 무서운 거다."

"……."

"제 안사람과 아기 중에 선택하라니. 어떤 남자가 그걸 이성적으로 판단할 수 있겠어."

"하지만."

혜자가 보란의 말을 막으며 말했다.

"지금은 좋은 것만 생각해도 모자랄 텐데, 너는 왜 최악의 상황부터 생각해."

"나도 몰라. 사람 일이라는 건 모르는 거잖아. 그리고 세후 씨가 아기 따윈 필요 없다고 했을 때, 세후 씨가 아기를 간절히 바라지 않을지도 모른다는 생각까지 들었어. 어차피 우리 사이에는 우빈이도 있으니까."

임신까지 한 딸을 때릴 수도 없고, 혜자는 철없는 딸의 말에 혀를 찼다.

"너 제일 안쪽 방에 가봤어?"

"제일 안쪽 방?"

"일어나."

혜자는 보란을 끌고 제일 안쪽에 있는 방으로 향했다. 그 방은 잡동사니들을 넣어두는, 사용하지 않는 방이어서 언제 마지막으로 들어갔는지 기억도 가물가물한 방이었다.

"이걸 보고도 그런 한심한 소리가 나오나 보자."

방문 앞에 선 혜자가 조심스럽게 방문을 열었고 보란의 눈은 팽창했다.

"너 몰래 권 서방이 하나하나 다 꾸몄어."

하얀 구름이 그려진 하늘색 벽.

중앙에 놓인 아기 침대와 침대에 달린 나비와 벌 모빌.

아기를 안고 앉을 수 있는 흔들의자.

아기자기한 분홍색 옷들.

평생 가지고 놀아도 모자랄 만큼 넘칠 것 같은 장난감과 인형들.

저 몰래 세후가 모두 준비한 것들이었다.

"어젯밤에는 밤새 저 아기 침대 조립하더라."

"……."

이런 정성을 두고 세후가 아기를 원하지 않을지도 모른다고 의심하다니.

"이번에는 네가 잘못했어. 그러니까 네가 먼저 권 서방한테 전화해."

혜자가 방을 나가자 보란은 떨리는 손으로 겨우 번호를 눌렀다.

통화음이 가는 내내, 받지 않으면 어쩌나 조마조마했다.

낮고 곧은 그의 음성이 들려왔다.

-여보세요?

목소리만 들었을 뿐인데 와락 눈물샘이 터진 것처럼 쏟아졌다.

"흑, 세후 씨."

-목소리가 왜 그래? 울어?

냉전 상황에서도 세후는 그녀의 안위부터 걱정했다.

"아, 아뇨."

-무슨 일 있는 거 아니지?

"미안해요."

-내가 더…….

"난 당신 마음도 모르고……."

-됐어.

세후의 '됐다'는 그 말 한마디에 며칠 동안 갈등했던 모든 것들이 아무것이 아닌 것이 되어버렸다.

보란은 눈물은 닦아내고 웃었다.

행복하기만 해도 아까운 시간이었으니까.

"그런데 남자면 어쩌려고 아기 옷을 분홍색으로 다 샀어요?"

-느낌이 왔어. 당신 닮은 딸일 걸 같아.

"아들이면 섭섭해할 거예요?"

-또 싸우자는 거지?

딸이든 아들이든, 세후는 태어나는 아이에게 넘치는 사랑과 전폭적인 헌신을 줄 것이 분명했다.

"아니요."

피식.

보란을 웃게 하려고 세후가 장난으로 한 말이라는 걸 알기에 웃을 수 있었다.

"일찍 들어올 거죠?"

-당장 갈까?

보고 싶은 마음이야 굴뚝같았지만, 입 밖으로 말을 꺼내면 모든 일을 내팽개치고 달려올 걸 알기에 보란은 속마음을 숨겼다.

"신제품 발표 있는 날 아니에요? 일 열심히 하고 와요."

-알겠어. 먹고 싶은 거 있어?

-사장님, 회의 들어가셔야 할 시간입니다.

수화기 너머로 일정을 알리는 최 실장의 목소리가 들려왔다.

"생각나면 전화할게요. 끊어요."

보란은 일에 방해가 될까 봐 서둘러 전화를 끊었다.

그대로 선 채, 보란은 세후와의 통화가 끝난 뒤의 잠깐의 여운을 느꼈다.

"아가야, 아빠가 만들어준 네 방이 마음에 들지 모르겠다."

세후가 준비한 방을 찬찬히 둘러보는 그녀의 얼굴에서는 미소가 떠날 줄을 몰랐다.

하지만 그 미소는 오래 가지 못했다. 배가 갈라지는 것 같은 통증이 덮쳐왔기 때문이다.

"아악!"

보란은 본능적으로 배를 감싸며 바닥에 주저앉고 말았다.

동일한 시각, 아내와 화해한 덕에 기분이 좋아진 세후가 막 회의가 시작하려 할 때였다.

손에 들고 있던 휴대폰이 진동했다.

화면을 확인한 세후는 자리에 앉으려다 말고 정지했다.

"꼭 받아야 할 전화라서. 오 분 뒤에 시작합시다."

회의실에 어리둥절한 얼굴들을 두고 세후는 밖으로 나와 전화를 받았다.

"빨리도 생각났다. 먹고 싶은 거."

허나, 세후의 말은 끝까지 이어지지 못했다.

"권 서방인가? 큰일 났네. 보란이가……."

투둑.

휴대폰이 바닥으로 곤두박질쳤다.

* * *

보란은 병원에서 최대한 안정을 취하라는 소견을 받고 집으로 돌아왔다.

"무조건 쉬어야 한다잖아. 침대로 가자."

등을 기댄 채, 다리를 쭉 펴고 침대에 앉은 보란이 옆의 빈자리를 툭툭 쳤다.

영화를 보며 혹시나 하며 했던 말들이 씨가 됐는지, 진짜로 일어날지도 모르는 부메랑이 되어 돌아왔다.

"우리 이야기 좀 해요."

답답한 듯 넥타이를 풀어 헤친 세후가 마지못해 침대에 걸터앉았다.

"김 박사님이 걱정하지 말라고 하셨잖아요."

"아이를 낳다가 죽을 수도 있다고 했어."

"최악의 경우에서 일어날 수 있는 일이라고 했어요. 의학이 많이 발전해서 괜찮을 확률이 더 높다고도 하셨어요."

아무리 확률이 높다고 해도 세후의 귀에 그런 희망적인 말 같은 게 쉬이 들릴 리가 없었다.

"듣고 싶지 않아. 차라리 당신을 잃는 것보단……."

차마 그에게서 그 말만은 절대로 듣고 싶지 않았기에 보란은 세후의 말을 가로챘다.

"우리 아기 심장박동 소리, 쿵쿵거리는 소리, 같이 들었잖아요."

"누나처럼 당신을 보낼 순 없어."

보란은 걱정하지 말라는 듯 차갑게 식어버린 세후의 손에 깍지를 꼈다.

"내 안에 있는 이 작은 생명체는 세후 씨고 나예요. 이 아이는 분명 당신이 웃을 때마다 말려 올라가는 입매를 닮을 거고, 또 내 큰 눈을 닮았을 거라고요."

"날 죄책감에라도 들게 하려는 거야?"

"그래요."

세후는 차갑기만 한 제 손에 온기를 더하는 보란의 맞잡은 손을 힘주어 잡았다.

"난…… 이제 당신 없는 미래 같은 건 생각해본 적도 없단 말이야."

"알아요. 우리는 괜찮을 거예요."

보란은 미소를 잃어버린 세후의 얼굴로 손을 가져갔다.

"무엇보다 당신이 날 절대로 보내지도 않을 거잖아요."

"……."

그때였다.

"아!"

보란이 짧은 비명을 질렀다.

놀란 세후는 뛰쳐나가 당장이라도 앰뷸런스를 부를 기세였다.

"왜 그래? 또 통증이야? 병원으로 다시 갈까?"

"잠깐만요."

임신 18주차. 처음으로 느끼는 태동이었다.

아기가 존재감을 드러내며 인사를 하고 있었다.

보란은 그의 손을 가지고 와서 그녀의 배에 가져다 댔다.

"여기 살아 있다고. 힘차게 차고 있어요."

손으로 느껴지는 생생한 느낌에 세후는 그 자리에서 굳어버렸다.

"차, 차고 있어."

"맞아요. 우리가 함께 만든 기적이 여기 움직이고 있어요."

감격으로 차오른 그의 눈은 이내 눈물을 흘려 보냈다. 그의 눈물을 닦아 주며 보란이 그를 안심시켰다.

"나는 아무 문제도 없을 거예요. 그러니까 이제껏 그랬듯이 아이를 마음껏 사랑해도 괜찮아요."

"……."

"날 사랑하는 만큼이나 우리 아이를 사랑하잖아요."

이내, 보란의 배에서 손을 뗀 세후가 억눌린 음성으로 속의 말을 뱉어냈다.

"당신에게 무슨 일이라도 생긴다면……."

최악의 상황은 생기지 않을 확률이 높았지만, 그래도 확률이라는 것은 일어날 수도 있고 일어나지 않을 수도 있는 모든 상황을 포함한 말이었다.

"나한테 무슨 일이 생긴다고 해도 당신은 괜찮을 거예요. 당신 혼자서도 이 아이를 키울 수 있을 거예요."

"당신을 뺏어간 아이를 내가 어떻게 생각할지는 생각 안 해봤어?"

"난 그런 걱정은 안 해요. 우빈이도 저렇게 잘 키웠잖아요."

"……."

엄마 아빠의 불안함을 느낀 걸까?

아기가 더 이상 발길질을 하지 않았다.

보란은 세후를 보며 부러 더 밝게, 더 환하게. 더 활짝, 더 행복하게 웃었다.

"우리 더 이상 나쁜 이야기는 하지 마요. 그리고 더 이상 일어나지도 않은 일을 미리 걱정하지도 마요. 난 이미 우리 이야기의 끝을 알고 있으니까."

"우리 이야기의 끝?"

"분명히 해피엔딩일 거예요. 우리 이야기가 해피엔딩이라는 걸 난 장담할 수 있어요."

보란이 넓고 든든한 세후의 어깨에 기대며 말했다.

"우리 이야기는 그 어떤 이야기보다 행복한 결말을 맺을 거예요. 우리 아이가 커서 결혼하는 것도 볼 거고, 우리 아이가 부모가 되는 것도 볼 거니까요. 그렇죠?"

지금, 보란이 하고 있는 말들이 바로 그녀가 바라는 소원들일 거다.

그것이 아내가 원하는 거라면, 세후는 그가 가진 모든 것을 걸고 그녀의 소원들을 지켜낼 준비가 되어 있었다.

"당장 병원에 입원부터 하는 거야."

"……?"

"싫다는 말은 듣지 않겠어."

세후는 보란을 품에 안으며 말했다.

"당신은 아이를 지켜. 나는 당신을 지킬 거야."

"……."

"그러니까 당신 혼자가 아니라 당신과 나, 우리 함께 이 아이를 낳을 거야."

* * *

서울 병원 VIP 병동, 여섯 시가 가까워 오자, 다른 병동 간호사들이 VIP 병동으로 모여들기 시작했다.

이 시간 즈음. 이곳에 출몰하는 이 때문이었다.

어제는 흉부외과 쪽이더니 오늘은 소아과 간호사들이었다.

"왔어? 왔어?"

"아니. 아직 시간 좀 남았어."

"그렇게 실물이 은혜롭다면서?"

잔뜩 기대한 그녀들을 보며 VIP 병동 담당인 황 간호사는 혀를 찼다.

"너희가 몰라서 그러는데."

"쉿! 저기 온다!"

여섯 시. 딱 시간에 맞춰 등장하는 저 남자는 이미 병원에서 유명했다.

맞춤 옷처럼 몸에 딱 맞는 그레이 슈트를 입고 등장하는 남자의 잘생긴 외모도 외모였지만, 그가 더 유명한 이유는 1002호에 입원한 환자를 대하는 태도 때문이었다.

어찌나 애지중지하는지, 하루도 빠짐없이 저렇게 출근 도장을 찍었다.

아무리 자세한 사정을 모르는 사람이라고 해도 저 부부를 보고 남들 눈을 의식해서 행동한다고 말할 순 없으리라.

워낙 소문이 빨리 돌다 보니, 보호자의 정체는 금방 밝혀졌다.

"그 유명한 헨젤 사장이라면서? 남자 연예인 저리 가라라던데?"

"잘생기면 뭐하나."

"이미 임자 있는 못 먹는 감이라는 거냐?"

뭘 몰라도 한참 모르는 소리에 황 간호사는 고개를 흔들었다.

처음에 황 간호사 역시 신문에서나 보던 그의 실물을 보곤 감탄사를 내질렀었다. 하지만 그건 아주 잠시였다. 역시 사람은 겉모습만 보고 판단하면 안 되는 거였다.

그녀는 바늘 한 번 잘못 찔렀다가 손가락을 빨 뻔했다.

1002호 환자에게 오더가 내려져서 링거 바늘을 꽂는데, 환자 혈관이 워낙 얇아서인지 혈관을 찾을 수가 없는 거였다.

한 번의 실패 후 두 번째 시도를 하려는데, 등 뒤에서 서늘한 기운이 느껴져 돌아보니 보호자가 그녀를 '어디 실패하기만 해봐라!' 하는 눈빛으로 노려보고 있었다.

그때의 공포란, 손까지 덜덜 떨릴 정도였다.

마음씨 좋고 눈치도 빠른 환자가 심부름을 구실로 보호자를 병실에서 내보내지 않았다면, 과장 좀 보태서 그녀는 간호사이면서 바늘 공포증이 생겼을지도 모를 일이었다.

'죄송해요. 제 상태가 상태이니만큼 저 이가 걱정이 많아서요.'

그 후로, 웬만하면 저 보호자가 병실을 지키고 있으면 황 간호사는 일단 피하고부터 봤다.

"별일 없었습니까?"

병실로 들어가기 전, 보호자는 언제나 통과 의례처럼 데스크에 물었다.

"네, 잘 지내셨습니다."

"이거."

그리고 보호자는 당연한 수순처럼 무언가를 건네왔다.

"감사히 잘 먹겠습니다."

"그럼. 이만."

남자가 병실로 사라지자, 모여 있던 간호사들은 그가 건넨 커다란 박스 상자를 펼쳐 열었다.

"뭐야? 뭐야? 소성 호텔 케이크네? 이 케이크 예약 안 하면 못 구하는 금 케이크인데. 진짜 센스 짱이다."

하지만 황 간호사는 알고 있었다. 칭찬을 받을 사람을 따로 있다는 것을 말이다. 이 또한, 환자가 보호자에게 시킨 일이 분명했다.

* * *

휘익.

병실 문을 열고 들어가기가 무섭게 세후의 얼굴로 무언가 날아왔다.

하지만 세후는 가볍게 얼굴을 돌려 피했다.

바닥에 떨어진 건 종이 비행기였다.

병실 바닥에는 보란이 접어 날린 듯한 비행기들이 가득했다.

그래도 제일 멀리 날아간 것 같은 비행기 하나를 들곤 세후가 몸을 일으켜 침대에 앉아 있는 보란에게로 다가갔다.

"태교로 비행기라도 접는 거야?"

"지금 상태면 비행기가 아니라 당신을 반으로 접을 수도 있어요. 왜 이제 왔어요?"

세후는 손에 들려 있던 흰 상자를 들어 보였다.

"이거 먹고 싶다며."

"지금 케이크가 문제가 아니에요. 이리 가까이 와봐요."

보란은 가까이 다가 온 세후의 허리를 꼭 끌어안고 얼굴을 묻었다.

"당신 보고 싶어서 미쳐버리는 줄 알았어요."

"그럴 줄 알고 내가 왔잖아."

보란이 이 병실 침대에 누워서 장기 요양에 들어간 지 세 달이 넘어가고 있었다. 아무리 병실이 넓다 한들 병실 밖으로는 한 발자국도 꼼짝 못하니 답답하고 죽을 것만 같았다.

"나 이제 그만 집에 가면 안 돼요?"

"안 돼."

"안정적이라잖아요. 우빈이도 보고 싶고."

"어제 봤잖아."

그랬다. 보란이 병원에 입원해 있는 동안 혜자가 우빈을 케어하고 있었다.

이틀에 한 번은 혜자가 우빈을 데리고 병원에 오니, 우빈이 보고 싶다는 핑계는 소용이 없는 일이었다.

"김 박사님께서도 한시름 놓아도 된다고 했잖아요."

"그래도 안 돼. 나랑 약속했잖아. 무조건 내가 하자는 대로 하겠다고."

사실, 힘든 걸로 치면 보란보다 세후가 더 힘들 텐데. 보란도 병원만큼 안전한 곳이 없다는 걸 모르는 바가 아니었으면서 어리광을 부리고 싶었나 보다.

"나도 시도만 해본 거지, 어림도 없다는 거 알고 있었어요."

재킷을 벗은 세후는 그녀의 옆에 자리를 잡았다.

세후가 팔을 내밀자 보란은 그 팔을 베고 누웠다.

"자, 이제 오늘 있었던 일이나 빠짐없이 이야기해줘요. 나랑 행복이는 전부 듣고 싶으니까."

행복. 아기의 태명이었다.

부디 아무 일 없이 행복하게 세상에 왔으면 하는 마음에 보란과 세후가 지은 태명이었다.

또다시 계절이 바뀌고 있었다.

그리고 두 사람의 엔딩이 다가오고 있었다.

* * *

똑똑.

들려오는 노크 소리에 보란은 조심히 몸을 일으켰다.

"네, 들어오세요."

병실을 찾아온 사람은 규민이었다.

"왔어요?"

"몸은 좀 어때요?"

"아무렇지도 않아요."

새하얀 얼굴이 버거워 보이긴 했지만, 보란은 그 누구보다 행복해 보였다. 옆에서 24시간 대기조를 자처하고 있다기에 당연히 세후가 있을 줄 알았는데 보이질 않았다.

"세후는요?"

그는 끝까지 자리를 비우는 걸 탐탁지 않아 했지만 생산공장 쪽 라인 한 개가 아예 정지해버리는 중대한 문제여서 안 갈 수가 없었다.

"급한 일 때문에 회사에 잠깐 갔어요."

규민이 침대 옆에 보이는 의자에 앉았고 어색한 침묵이 흘렀다.

그 침묵을 깬 건 보란이었다.

"엄마가 그러는데 우빈이도 봐주고 집안일도 많이 도와준다고 들었어요. 고마워요."

"둘이 시간 보내게 해줘서 내가 더 고맙죠."

세후가 보란에게 붙어서 거의 병원에서 생활하는 상황이어서 혜자가 우빈을 돌보고 있었다. 아주머니가 있다곤 하지만 아이 보는 일이 워낙 힘든 일이기도 했다.

연세가 연세이니만큼 걱정하고 있었는데 규민이 매일같이 들린다고 했다.

혜자가 쉴 수 있도록 우빈을 데리고 몇 시간씩 외출했다 들어오곤 한다고.

뿐만 아니라 우빈이 숙제도 도와주고 제 말 벗도 해준다며 혜자가 침이 마르도록 칭찬을 했다.

"이거. 부탁한 거예요."

규민이 찾아온 이유는 병문안도 있었지만, 정작 중요한 이유는 따로 있었다.

바로 포토북이었다.

얼마 전, 세후 몰래 규민을 불러 보란이 부탁한 것이었다.

포토그래퍼인 규민에게 보란은 계속 기억에 남길 수 있는 그녀의 모습을 담은 사진을 부탁했다.

"고마워요."

그리고 보란은 하기 싫지만 그에게 해야 할 말이 있었다.

"규민 씨. 아니지. 남편 누나의 남편이니까 아주버님이라고 해야 하나? 맞죠? 아주버님, 혹시라도 제가 잘못되면요."

"그런 소리 하는 거 아니에요."

모두들 잘될 거라며, 그 반대의 상황이 일어났을 때는 생각하지 않고 있었지만, 보란은 만일의 경우에 대해 한 번쯤은 이야기해야 했다.

"아니요. 들어줘요. 우빈이랑 그 사람 좀 부탁해요."

"……."

"누구보다 그 사람 마음을 잘 알거니까. 그러니까 그 사람 너무 많이는 힘들지 않게……. 약속해줘요."

"……."

끝까지 침묵으로 일관하던 규민은 끝내, 보란과 약속할 수밖에 없었다.

규민이 돌아간 후, 보란은 침대 밑에 몰래 넣어두었던 상자를 꺼내 들었다.

상자 안에는 만약을 대비해 보란이 아기를 위해 준비한 것들이 들어 있었다.

이 상자를 만들어야겠다고 생각한 건 물론 태어날 아기 때문이기도 했지만 다른 사람을 위해서기도 했다.

세후를 위해서였다.

임신 후반기로 들어서자, 세후는 회사가 마쳤다 하면 집에 들어가지도 않고 병실 소파에서 쪽잠을 자고 출근하는 생활을 반복했다.

최근 들어서는 회사마저도 나가지 않고 결재 서류며 처리할 일들을 병실로 가져와 마무리하던 세후였다.

어느 늦은 밤이었다.

가끔 불편해서 깨곤 했는데 컴컴한 어둠 속에서 세후가 그녀의 얼굴을 조심스럽게 쓰다듬고 있었다.

'용감한 척하고 있지만, 나 사실 겁이 나. 당신을 잃을까 봐. 당신을 잃고 난 뒤 같은 건, 이 어둠처럼 아무것도 보이지 않겠지? 당신 없이 이 아이를 잘 키울 수 있을지 자신이 없어. 그러니까…….'

세후가 긴 밤을 뜬눈으로 그녀를 지키는 게 처음이 아니라는 사실을 보란은 쉬이 짐작할 수 있었다.

그리고 그날부터였다.

편지 한 장도 없이 무작정 떠나면 안 되겠다고 생각한 것이.

그래서 만약 그녀가 떠나게 되면 남겨질 이들을 위한 것들을 준비하기 시작했다.

규민이 찍어준 사진과 그 밑에 보란이 아기를 기다리며 적은 글이 담긴 포토북은 보란의 출산일기 같은 거였다.

손수 그림을 그린 보라색 편지지에 보란은 아이에게 전하고 싶은 말을 적기 시작했다.

"행복아, 앞으로 네가 학교에 가고 또 사회에 나가고 앞으로 걸어 나갈 때, 많은 일들을 겪게 될 거야. 어쩌면 네가 중요한 시험에서 떨어질 수도 있고, 믿었던 친구에게 배신을 당할 수도 있겠지. 아니면 두근거리는 첫사랑을 할 수도 있겠지?"

보란은 작은 노트를 꺼냈다. 거기에는 아이가 커가면서 읽어주었으면 하는 책들이 빼곡히 적혀 있었다.

"이건 그때마다, 네 인생을 도와줄 이야기들이야. 그리고 이건."

보란이 다시 상자에서 꺼낸 건 자신이 집필한 동화책이었다.

"이 책은 정말 특별한 이야기를 담고 있는 책이란다. 엄마와 아빠를 처음 만나게 해준 책이거든. 엄마와 아빠의 러브 스토리가 궁금하다면 이 책이 도움이 될지도 몰라."

튀어나온 배를 만지며 침착한 목소리로 말하던 보란의 눈으로 이내, 눈물이 차올랐다.

"네가 이 편지를 읽고 있다면 아마 엄마는 네 옆에 함께하고 있지 않겠다는 거겠지. 그래서 너무 미안해. 우리가 함께하지 못하는 때를 대비해서 필요한 것들을 여기에 준비해두었단다."

또르르, 흘러내리는 눈물을 훔쳐낸 보란이 애써 밝은 목소리로 말을 이었다.

"네가 행복하기만 하다면 엄마는 다른 건 아무것도 바라지 않아."

보란은 웨딩 사진 속, 갈대밭을 걸으며 웃고 있는 세후의 모습을 손끝으로 쓸었다.

"네 아빠가 있으니까 엄마는 전혀 걱정하지 않는단다. 아빠는 겉으로는 차갑고 무뚝뚝해도 속은 무척 따뜻한 사람이니까 아마 세상 최고의 아빠가 될 거야. 아마 엄마 몫까지 널 아주 많이 사랑해 줄 거야. 다만, 몸은 생각도 않고 일을 할 때가 있을 텐데, 그럴 땐 네가 엄마 대신 네 아빠에게 잔소리를 해야 해."

"자기 일은 다른 사람에게 미루는 건 당신 스타일이 아니지 않아?"

익숙한 목소리가 들려오는 곳으로 고개를 돌리니 어느새, 세후가 서 있었다.

한 시간쯤 걸릴 줄 알았는데, 보나 마나 중요한 일만 체크하고 나머지는 죄다 최 실장님에게 일을 맡기고 달려왔겠지.

눈물자국 보일라, 보란은 눈 주위를 닦아냈다. 그리고 얼른 쓰고 있던 편지를 등 뒤로 숨겼다.

"언, 언제 왔어요?"

"뭘 적고 있었던 거야?"

"……."

말릴 세도 없이 세후가 그녀가 숨겼던 편지를 뺐어갔다. 편지를 읽어내려 갈수록 와락 구겨지는 그의 얼굴을 보면 보란이 작게 변명했다.

"왠지 해야 될 것 같았어요."

다가온 세후가 조심스레 보란을 품에 안았다.

"김 박사님이 모든 게 순조롭다고 했잖아. 거기다가 모든 게 괜찮아질 거라고 말한 것도 당신이잖아."

보란은 불안하게 뛰는 세후의 가슴 위로 손을 얹었다.

"알아요. 아는데."

찌익.

세후는 마지막 유언장 같이 느껴지는 편지를 　어버렸다. 그리고 제 가슴에 올려진 보란의 손을 가져다 입을 맞추며 말했다.

“이런 편지 같은 건 필요 없을 거야. 아이 옆에는 당신이 있을 거야. 말했잖아. 내가 당신을 지키겠다고.”

지금껏 불안해하는 건 세후라고 생각했는데, 어쩌면 보란이 더 불안했던 건지도 모른다. 아무 일도 없을 거라고 확신에 찬 그의 말에 보란은 불안한 마음을 누를 수가 있었다.

* * *

푸른 나뭇잎이 단풍물이 들기 무섭게 땅으로 떨어지고 있는 날이었다.

세후가 아기를 위해 읽어주던 동화책을 가만히 듣고 있던 보란이 번뜩 드는 생각에 몸을 일으켰다.

“한 가지 빠진 게 있어요.”

“뭐?”

“이름요. 우리 행복이 이름을 지어야 하는데.”

한숨을 내쉬며 세후는 읽고 있던 동화책을 덮어버렸다.

“아직 시간도 있고 천천히 지어도 되잖아.”

“여자아이니까, 예쁜 이름으로 말해봐요.”

초음파 검사로 알게 된 행복이의 성별은 예쁜 여자아이였다.

세후는 보란의 눈을 피해버렸다.

“싫어.”

절대로 아기가 태어나기 전에는 이름을 짓고 싶지 않았다. 아기가 태어나고 나서 필요한 것들은 이미 다 준비해두었지만, 단 하나. 이름이 남아 있었다.

이름까지 지어버리면 보란이 안심하고 훨훨 날아가버릴 것만 같아서, 세후는 이름 하나 정도는 구실로 남겨두고 싶었다.

"아이가 태어나고 나면 당신이 만들어줘. 난 아주 이상한 이름으로 지어 줄 생각이니까."

"농담이죠?"

"이 얼굴이 농담으로 보여?"

우스갯소리로 웃고 넘겨버리기에는 세후의 얼굴은 세상 둘도 없이 진지했다.

"우리 아기가 이름으로 평생 놀림이 되는 걸 볼 순 없으니까."

꼭 이름만은 자신이 짓겠다고 말하려는데.

"아악!"

망치로 맞은 것처럼 배가 산산조각 날 듯한 고통이 그녀를 덮어왔다.

"세, 세후 씨."

"왜 그래?"

다리 아래가 축축해지는 느낌에 그녀의 눈이 팽창했다.

마치 제 몸의 일부가 빠져나가는 통증에 보란은 세후의 팔을 세게 붙잡았다.

"우, 우리 아기. 행복이."

다급해진 세후는 벨이 부서질 듯 사정없이 빨간 버튼을 누르기 시작했다.

"괜찮을 거야. 괜찮을 거니까 조금만 힘을 내."

호출 소리를 들은 의사와 간호사들이 병실로 뛰어 들어왔다.

보란의 상태를 확인한 의사가 다급하게 세후에게 말했다.

"응급 수술 들어가야 할 것 같습니다."

"수술 일정은 아직 일주일이나 남아 있는 거 아니었습니까!"

안 그래도 다음 주에 보란의 수술 일정이 잡혀 있었다.

아직 마음의 준비도 되지 않았는데.

미리 예정된 수술을 하는 것과 이렇게 갑자기 수술실로 들어가는 건 천지 차이였다.

"이런 일은 언제라도 일어날 수 있다고 설명 드렸잖습니까. 출혈이 심하니까 수술부터 해야 합니다. 수술 동의서에 사인부터 부탁드립니다."

"……."

세후가 휘갈겨 사인을 하기가 무섭게 의료진들을 일사불란하게 움직였다.

"수술실로 옮겨주세요."

보란을 실은 침대가 복도를 달리기 시작했다.

함께 달려가면서 세후는 연신 보란을 안심시키기에 여념이 없었다.

"괜찮을 거야. 다 괜찮아질 거니까. 아무 일도 없을 거니까."

수술실로 들어가기 전, 침대가 잠시 멈추자 보란은 세후를 향해 미소를 지었다.

"나 잘 갔다 올 테니까…… 인사 해줘요."

그 말에.

세후는 잘 다녀오라며 보란의 입에 입을 맞췄다.

* * *

"까꿍. 아진아, 여기 봐봐."

커다란 분홍 리본 머리띠를 머리에 두르고 흰 레이스 원피스를 입은 아이가 박수를 치며 방긋 웃었다.

"앙. 아, 아."

옹알이하는 소리를 들은 세후는 놀랍다는 듯 아진을 안아 올렸다.

"너 지금 설마…… 아빠? 아빠라고 하는 거야? 다시 해봐."

"아, 압."

"역시 넌…… 내 딸이다."

감탄사를 내지른 세후는 통통하게 살이 오른 볼에 입을 맞췄다.

"넌 정말 감동이야. 이럴 때가 아니지. 장모님!"

아기를 품에 안아 든 세후가 주방으로 쪼르르 달려갔다.

"장모님!"

주방에서 분주히 움직이고 있던 혜자가 화들짝 놀라 눈을 흘겼다.

"아이고, 깜짝이야. 또 왜 그러나?"

"장모님, 놀라지 마십시오."

무슨 중대 발표하는 것도 아니고 한참을 뜸을 들이더니, 기껏 하는 말이란.

"아진이가, 우리 아진이가 말을 합니다."

혜자는 다시 하던 일로 돌아가 접시에 잡채를 담기 시작했다.

"아니, 장모님, 놀랍지도 않으십니까?"

혜자는 사위의 얼굴로 잡채를 던져버리고 싶은 걸, 뒤에서 웃음을 참는 아주머니가 흉이라도 볼까 꾹 참아냈다.

"권. 서. 방. 작작 하게."

"정말입니다. 제가 똑똑히 들었다니까요."

"이제 겨우 백 일 된 갓난쟁이가 어떻게 말을 한단 말인가?"

혜자의 입장에서 보면 눈에 넣어도 안 예쁠 손녀인데.

모르는 사람이 보면 너무 정이 없는 거 아니냐고 할 수도 있었다.

하지만 사위가 하는 꼴을 보고 있자면……. 요즘같이 팔불출에 딸 바보가 미덕이 되는 세상이니 거기까진 좋았다. 하지만 어느 정도가 있지. 넘쳐도 너무너무, 너무나 넘쳐서 탈이었다.

오늘은 아진이의 백 일을 축하하는 날이었다. 약속 시간에 맞춰 초대받은 손님들이 속속들이 도착하고 있었다.

첫 번째로 도착한 손님은 다음 달 결혼 예정인 기준과 수아였다.

"어머, 아기 너무 예쁘다."

수아가 아진을 한번 안아보려고 하자 세후가 그야말로 도끼눈을 하고 눈을 부라렸다.

"소독부터."

이미 경험이 있는 기준이, 너무 기가 차 할 말을 찾지 못하고 입만 벙긋거리고 있는 수아를 위로했다.

"수아 씨가 이해해요. 그 성격 어디 가겠어요?"

현관 앞에 미리 준비된 손 소독제로 손을 깨끗이 하고 나서야 수아와 기준은 아기의 얼굴을 제대로 구경할 수 있었다.

"아빠 안 닮고 엄마 닮아서 엄청 순하게 생겼네."

낯을 잘 안 가려서인지, 아니면 칭찬을 알아들었는지 아기는 처음 보는 수아를 향해 예쁘게 웃었다.

"아차차. 우리 선물이에요."

수아는 종이백에서 아기용 점프 슈트를 꺼냈다.

세후가 눈을 게슴츠레 뜨고 옷을 유심히 살피기 시작했다.

"우선 디자인은 마음에 들고."

"엄청 비싼 거예요."

"백 프로 순면?"

"당연하죠."

"단추나 끈 같은, 아기가 잘못하고 삼킬 수 있는 장식 같은 건?"

"없는 걸로 골랐어요."

"합격."

기준이 그것 보라며 수아의 어깨를 작게 쳤다.

아기 옷 하나 고르는 데 기준이 옆에서 이것저것 다 따지기에, 무슨 영문인가 했더니 원인은 아기가 아닌 아기 아빠였다.

세후는 보호의 레벨은 가뿐히 넘어선 과잉보호 아빠였다.

이러니 혜자마저도 질려서 고개를 절레절레 흔들지.

"외삼촌~ 우리 왔어."

현관문이 열리는 소리와 함께 두 번째로 온 찾아온 손님은 규민과 우빈, 우빈의 둘도 없는 친구 율우였다.

우빈이 꼭 초대하고 싶다고 노래를 부르는 바람에 규민에게 우빈과 함께 율우를 데리고 오는 일을 시킨 참이었다.

"안녕하세요?"

율우가 건들거리며 세후에게 인사를 했다.

"그래. 어서 오너라."

"손."

소독부터 해야 한다고 세후가 율우에게 말하려는데 율우가 손을 들더니 그의 말을 막았다.

"씻으라고요. 나도 알아요."

마치 세후를 아마추어 보듯 쳐다보며 손을 꼼꼼히 소독한 율우는 제집인 것처럼 유유히 안으로 걸어 들어갔다.

거실 한가운데 누워 있는 아진의 주위로 원을 그리며 손님들이 모여 있었다.

한쪽 구석에 가득한 선물들을 확인한 율우가 주머니에서 주섬주섬 뭘 꺼내며 말했다.

"나도 선물 가져왔어요."

우빈이 또래로밖에 안 보이는 아이가 선물을 준비했다고 하니까 어른들은 일제히 신기한 눈으로 율우를 쳐다봤다.

"짜라짠!"

율우는 선물을 아기가 아닌 우빈에게 줬다.

"자, 네 선물이야."

"나? 내 거라고? 오늘은 아진이가 주인공이지. 내가 주인공이 아닌데?"

"초대해줘서 고맙다고 준비했어. 풀어봐."

우빈이 은색 포장지를 뜯어내자 정체를 드러낸 선물은…….

귀마개였다.

“아기는 엄청 시끄럽게 울어.”

“진짜?”

동생을 먼저 가져본 선배의 입장에서 율우의 입장에서는 전부 경험에서 우러나는 충고였다.

“필요할 거야. 내 동생도 엄청 울었거든.”

고작 일고여덟 살 정도로밖에 안 보이는 아이가 하는 말이라고 보기에는 애환이 느껴지는 진심 어린 말이었다. 그 탓에 어른들은 웃음을 터뜨리고 말았다.

어른들이 웃느라 정신이 없는 사이, 율우는 본격적으로 아기를 구경하기로 했다.

“와아, 인형?”

율우의 동생은 남동생이었다. 귀엽긴 했지만 이 아기처럼 아기자기하고 예쁘지는 않았다. 눈도 예쁘고 코도 예쁘고 입도 예쁘고 전부 예뻤다.

‘설마 가짜는 아니겠지?’

진짜 인형은 아닌지 호기심에 율우가 손가락으로 아기의 볼을 푹 하고 찔렀다.

이때만을 기다렸다는 듯 아기는 울음을 터뜨렸다.

“으, 응애!”

아진이가 울자 세후가 번개같이 달려와 아기를 안아 달래기 시작했다.

“착하지. 뚝.”

세후가 어르고 달래도 아진은 울음을 그치기는커녕 더 큰 소리로 울어젖혔다.

“응애, 응애. 으애앵!”

율우는 아기를 울려 미안한 마음도 있었고 예감상, 십 분으로 끝날 게 아니라 한 시간은 울어젖힐 것 같은 느낌이 들었다.

그리고 그는 제 동생이 울 때마다 엄마가 안아주면 뚝 하고 그치던 걸 기억해냈다.

"내 동생은 엄마가 안아주면 안 울던데?"

"……!"

모든 사람들의 동작이 얼음이라도 된 것처럼 정지했다.

일제히 세후의 눈치만 보고 있는데…….

"내가 이럴 줄 알았다니까."

뒤에서 들려오는 소리에 아진은 언제 울었냐는 듯 울음을 멈췄다.

"난 필요 없을 거라고 맡겨만 달라더니. 딱 시간에 맞춰만 오면 된다더니?"

보란이 안으로 들어오고 있었다.

아진은 어서 안아달라며 엄마의 품으로 쏙 하고 옮겨갔다.

가차 없이 제 품을 떠나가는 딸의 모습을 보면서도 세후는 인상 하나 찌푸리지 않았다.

세상에서 첫 번째로 사랑하는 여자가 두 번째로 사랑하는 여자를 품에 안고 있는 풍경은 세후가 가장 좋아하는 풍경이었다.

"왜 이렇게 일찍 왔어?"

"걱정돼서 작업실에 있을 수가 있어야죠."

보란은 새로 시작한 책 때문에 바쁜 나날을 보내고 있었다.

오늘은 아진이 세상에 온 지 백일을 맞아 친한 이들과 식사를 하는 자리였다. 본래 오늘의 계획대로면 모든 준비가 다 끝나고 손님들이 다 도착하고, 그러고 나서 보란이 마지막에 등장하는 거였다.

세후와 혜자가 다 준비할 테니, 걱정 말라며 기어이 보란을 작업실로 쫓아내더니, 아이 하나 못 달래면서 어떻게 준비를 한다는 건지.

"어, 어. 마마."

보란의 품에 안긴 아진이 팔다리를 내저으며 옹알이를 하는데…….

그녀의 가슴은 울컥하고 차올랐다.

방긋방긋 웃는 딸의 모습을 못 볼 수도 있었다니. 그런 일은 상상도 하기 싫은 보란은 하늘에, 세상의 모든 신들에게 그리고 세진에게 감사했다.

보란은 아진을 낳고 삼 일 만에 의식을 찾았다.

삼 일 만에 눈을 떴을 때, 그녀를 쳐다보고 있던 세후의 얼굴이 아직도 선명했다.

그는 그녀가 눈을 뜨지 않을 거라는 건 결코 의심하지 않았다는 듯 그녀를 보며 웃고 있었다.

그리고 약속대로 아기의 이름은 보란이 지었다.

세진의 이름에서 따온 '진' 자에 '예쁠 아' 자를 붙여 아진이라고.

의식을 잃고 어딘지 모르고 헤매고 있을 때, 그녀를 돌려보내 준 건 세진이었다.

'아직은 아니에요. 내가 가장 아끼고 사랑했던 남자들이 보란 씨를 기다려요.'

그녀의 무의식이 만들어낸 꿈일지 모르지만, 보란은 세후와 우빈을 위해서 세진이 그녀를 다시 보내준 거라고 믿고 싶었다.

우빈과 세후.

이 두 남자는 그 어떤 여자라도 사랑하지 않을 수가 없는 남자들이었으니까.

* * *

세후가 특별히 주문한 이단 케이크 위, 초에 불이 켜졌다.

"백일 축하합니다. 백일 축하합니다. 사랑하는 아진이 백일 축하합니다."

거기 있던 모든 이들이 아진이 세상에 와준 것을 축복했다.

모두들 즐겁게 웃고 있었다.

그중에서도 함께 있을 때 더욱 빛이 나는 보란과 세후는 더욱더 아름다웠다.

이 정도라면.

'그들은 행복하게 살았습니다.'라고 마무리 지을 수 있겠지.

아차차!

아주 사소한 문제가 하나 남아 있는데…….

깜빡하고 넘어갈 뻔했다.

꼬마 신사 하나가 첫사랑을 시작했다는 사실.

어른들 몰래 우빈을 불러낸 율우가 여덟 살 인생을 통틀어 최고로 진지한 말투로 말했다.

"친구야, 내 부탁 하나 들어주기로 했던 거 생각나는가?"

"부탁?"

"그래. 너 지금의 저기 저 외숙모가 생길 수 있도록 내가 도와줬잖아."

그러고 보니, 한창 보란과 세후가 썸을 타고 있을 때, 우빈의 절묘한 타이밍으로 두 사람 사이를 한층 가깝게 했던 적이 있었다.

그 완벽한 타이밍은 온전히 율우의 충고 덕분이었다.

그때, 율우가 정 고마우면 훗날 부탁 하나만 들어달라고 했었는데.

그 부탁을 잊지 않고 이제 와서야 빚을 갚으라고 하는 것이었다.

어쩌다가 먹고 있는 과자를 달라거나, 숙제를 대신 해달라거나, 아끼는 장난감을 달라거나, 술래를 대신해달라거나 등등.

그 정도의 부탁으로 생각했는데.

아직 율우의 부탁을 들은 건 아니지만, 사소한 부탁은 아닌 것 같아 우빈은 불안감에 몸을 떨었다.

"뭔데?"

"네 동생…… 아진이. 나 주라."

좋아하는 갈비도 마다하고 아진이만 보고 있을 때부터 눈치챘어야 했는데. 좀 전의 외삼촌과 외숙모의 대화로 미루어 보건대, 외삼촌이 아는 날에는 세계 아니, 우주가 떠나갈 정도의 난리가 날 게 분명했다.

'우리 아진이 남자친구로 율우 같은 애는 결사반대야.'

'말은 바로 해요. 율우가 아니라 세상 모든 남자가 반대겠죠.'

우정이냐, 가족이냐. 그것이 문제로다.

후우.

앞으로의 인생이 고달파질 것이 눈앞에 훤한 게, 우빈의 한숨만 깊어져 갔다.

외전 3. 나머지 조연들의 이야기

운치 있게 함박눈이 펑펑 내려주는 화이트 크리스마스였다. 알록달록한 조명이 반짝이고 경쾌한 캐롤이 울려 퍼지는 거리로 연인들이 쏟아져 나왔다.

내가 걷고 있는 건지, 사람들에 밀려서 움직이는 건지 알 수 없을 정도로 엄청난 인파 속에 기준과 수아가 속해 있었다. 둘은 기준이 고른 뮤지컬을 관람하고 수아가 예약한 레스토랑으로 걸어가는 중이었다. 차도 막힐 것 같고, 공연장에서 가까운 거리였기 때문에 도보로 이동하기로 결정하고 움직인 것이다.

그런데 차가 아닌 사람들이 만들어내는 교통 체증에 갇히게 될 줄이야. 날이 날이니 만큼 복잡할 거라고 예상은 했지만 사람에 이리 치이고 저리 치일 정도였다.

기준이 샌드백처럼 부딪치고 있는 수아의 손을 잡아 그에게로 끌었다.

"이리 와요."

팔을 뻗어 앞에 데려다놓은 수아를 뒤에서부터 안았다. 기준은 그의 품에 쏙 들어오는 그녀를 단단한 팔로 보호했다. 든든한 울타리가 마음에 드는 듯 그녀의 등이 그의 가슴에 기대왔다.

'완벽한 데이트가 되고 싶었는데…….'

괜히 여기까지 끌고 나와서 힘들게 한 건 아닌가 싶어 기준이 힘 빠진 목소리로 말했다.

"크리스마스가 뭐라고 수아 씨를 이 고생을 시키네요."

아니라며 수아가 얼른 고개를 흔들며 대답했다.

"에이, 무슨 그런 섭섭한 말씀을? 뮤지컬 완전 재미있었어요."

"그래요?"

기준이 표를 구하기 위해 얼마나 노력했는지 보란에게 전해 들었던 수아는 거짓부렁을 하고 말았다.

사실은, 진심으로 지루해 죽는 줄 알았다.

투자를 많이 했다더니 웅장한 스케일에 무대의상도 좋고 주인공 커플도 선남선녀에다가 노래도 춤도 연기도 특출 났다. 하지만 너무나 뻔한 이야기였다. 물론 공연은 별 다섯 개를 받을 정도로 뛰어난 공연이었다.

다만, 대서사시 같은 진지한 공연은 그녀의 스타일이 아닐 뿐이다. 돈까지 주고 머리 아프고 싶진 않았으니 말이다.

"휴우, 다행이다. 난 또 수아 씨가 공연 중에 하도 하품을 해서 재미없어 하는 줄 알았어요."

'표 한 번 얻어보겠다고 악덕 상사의 핍박을 이겨냈다는 남친을 실망시킬 순 없지.'

수아는 길고 길던 공연 중에서 그나마 버틸 수 있게 해줬던 점을 부각 시켜 감상평을 내놓았다.

"다 좋았지만 특히 조연배우 커플의 케미가 주인공 저리 가라던데요?"

특이한 감상평에 기준은 속으로 웃음을 삼켰다. 좋아하는 여자가 재미있어 하는지 재미없어 하는지 정도도 둔하진 않았다. 공연 내내 허벅지를 어찌나 꼬집던지 당장 데리고 나오고 싶었는데 다른 관객들에게 방해가 될까 봐 참았다.

항상 그랬다. 그녀는 언제나 서툰 그에게 맞춰줬다. 그와 하는 건 무조건 좋다고, 즐겁다고 하는 여자가 그의 애인이었다.

기준 역시 티를 내지 않고 천연덕스럽게 물었다.

"주인공 커플이 아니라 조연 커플이요?"

"본래 주인공들 이야기보다 조연들 이야기가 더 흥미진진한 거예요."

"그래요?"

칼을 맞아도 총을 맞아도 사는 게 남자 주인공이었고, 아무리 많은 시련이 와도 남자 주인공은 기필코 여주 주인공과 이어지게 되어 있다.

"네. 주인공들 이야기는 어느 정도 예상이 되잖아요. 하지만 조연들의 행동은 전혀 예상이 안 되거든요."

기준은 수아에게서 눈을 뗄 수가 없었다. 아무것도 눈에 들어오지 않았다. 종알종알 자신의 의견을 말하는 수아만 보일 뿐이다.

문득 기준은 조연이 되는 것도 나쁘지 않겠다고, 그와 그녀가 조연 커플로 여겨져도 좋겠다고 생각했다.

"마치 우리처럼 말이죠?"

그가 무슨 의미로 조연을 자처했는지 알 수 없는 수아가 몸을 비틀며 뒤로 돌았다.

"네에?"

하지만 곧 알 수 있었다.

"……!"

미소를 머금은 그의 입술이 그녀의 입술을 삼켜버렸으니까. 수아의 눈동자가 커질 수 있을 만큼 커졌다.

'전혀…… 예상할 수 없었다.'

감정에 솔직한 수아도 아니고 기준이 이 많은 사람들 속에서 대담하게 키스라니. 그의 기준에서 보면 가히 파격적인 행동이었다. 하지만 그의 기습 키스는 오래가지 못했다. 정체되어 있던 인파들이 움직이기 시작했으니까.

기습 키스 때문에 립스틱이 지워졌음에도 더 빨개진 그녀의 입술을 기준이 손가락으로 쓸었다.

기준은 놀라서 입술만 달싹거리고 있는 수아를 데리고 인파를 뚫고 골목으로 들어갔다.

"어? 기준 씨? 레스토랑으로 가려면 이 길로 가면 안 되는데?"

"알아요. 우리 레스토랑은 다음에 가요."

기준이 이번에는 또 어떤 돌발적인 행동을 할까 수아는 모든 감을 동원해서 다음 전개를 예측하기 시작했다. 하지만 팍 하고 떠오르는 생각은 없었다.

열심히 눈동자를 굴리고 있는 수아를 향해 기준이 다음 행보를 밝혔다.

"라면 끓여줄게요."

"……!"

가슴이 두근 반, 세근 반 뛰기 시작했다. 말에 담긴 뜻을 모를 만큼 수아는 순진하지 않았으니까.

기준이 이야기 속에서 뛰어다니는 조연이라면 수아는 한 수 위인 날아다니는 조연이었다. 무슨 말을 하는지 모르겠다며 시치미를 떼거나 부끄러워서 수줍어하는 것은 수아에게 어울리지 않았다.

수아의 손이 은밀하게 그의 옆구리를 감싸며 말했다.

"아이참, 내가 라면 매니아인 건 또 어떻게 알고? 얼른 가요."

이것이 주인공보다 더 흥미진진한 조연 커플이 크리스마스를 보내는 방법이었다.

그로부터 한 달 뒤, 기준과 수아는 번갯불에 콩 구워먹듯이 급하게 식을 올렸다. 물론 결혼하자는 말만 안 했을 뿐이지, 서로에 대한 확신이 있던 수아와 기준이었기에 문제가 될 건 없었다.

다만, 결혼 전에 연애를 즐기고 싶어 했던 그들이 그리 빠르게 서두른 건 라면 먹던 밤에 생긴 혼수 때문이었다고 한다.

* * *

민족의 명절 설이 되기 하루 전이었다. 불과 몇 년 전만 해도 아진이네 집에는 세후에게 잘 보이기 위해 찾아오는 사람들로 문전성시를 이뤘었다. 하지만 바리바리 싸들고 찾아왔던 손님들은 하나같이 손도 마음도 무겁게 돌아가야 했다.

'여러분들이 저를 이렇게 생각해주시는지 몰랐습니다. 제가 힘들까 봐 직접 나서서 은퇴를 시켜주시려고 하시니 말입니다.'

얼마 이상의 선물이나 현금을 받는 것은 법에 저촉되는 일이니, 받을 수 없다는 말을 세후는 여전한 돌려까기 화법으로 쫓아버렸다.

그날 이후로는 아진이네 집을 찾는 손님은 한 명도 없었다.

그런데 오늘 뜻밖의 손님이 찾아왔다.

"안녕하세요."

"율우 어머님?"

다름 아닌 우빈의 절친인 율우의 어머니였다.

"어휴, 잘 지내셨어요? 그런데 아진이는 없나 보네요?"

"아진이요? 우빈이 만나러 병원에 갔어요."

연락도 없이 찾아온 것도 이상한데 우빈이 아닌 아진이를 찾는 그녀가 보란은 더더욱 이상할 뿐이었다.

"무슨 일이세요?"

"설이고 해서, 이것들 좀 전해드리려고요."

율우의 어머니는 금색으로 싸여 있는 보자기들을 내려놓았다.

"이건 횡성 한우고요. 저건 제주도에서 올라온 옥돔이랑 전복, 재는 제철 과일들이에요. 약소하지만 받아주세요."

말은 그랬지만 약소하다는 수준을 뛰어넘은 수준이었다.

남편에게 누누이 대가가 없는 공짜는 없다고 배운 엄보란 여사이다.

"잠시만요. 율우 어머님. 이게 다 뭔가요?"

"뭐긴요. 감사의 표시예요."

"네에?"

"더 빨리 성의 표시를 했어야 하는데 제가 얼마 전에야 알았습니다. 우리 율우가 정신이 든 게 이 댁 따님 때문이라는 걸요."

보란에게 있는 딸이라곤 아진이 밖에 없었다.

"우리 아진이요?"

"네. 율우가 머리는 좋아도 놀 궁리밖에 안 하던 애였잖아요."

그 흔한 중2병도 겪지 않고 잘 자라준 우빈이랑 다르게 율우는 고등학교에 올라가면서 나쁜 애들이랑 어울리면서 꽤나 속을 썩였었다. 그럼에도 불구하고 우빈이나 율우나 서로가 서로에게 제일 친한 친구인 건 변하지 않았다.

"그랬죠."

"그러던 애가 고2 때 정신을 차리더니 우빈이랑 같은 학교에 입학하지 않았겠어요?"

현재 율우와 우빈이는 우리나라 최고 대학의 의학과를 졸업하고 같은 대학병원의 레지던트로 있었다. 물론 한 번에 붙은 우빈이와 다르게 율우는 1년 재수했지만 율우의 인간 승리는 입시 학원 광고지에 실릴 정도로 유명했다.

지금껏 율우가 열심히 한 건 친구인 우빈이 때문이라고 생각하고 있던 보란으로서는 믿을 수 없는 소리였다.

"잘못 알고 계시는 거 아니세요?"

"아니에요. 제가 얼마 전부터 미니멀 라이프로 살기로 결정하고 다락을 정리하는데, 글쎄 이걸 발견했지 뭐예요."

다름 아닌 율우의 일기장이었다. 본래는 자물쇠가 달려 있었던 것 같은데 펜치 같은 걸로 자물쇠를 잘라버렸는지 고리 부분이 달랑거리고 있었다.

"이 페이지 좀 보세요."

아무리 옛날 일기장이라고 하지만 남의 일기장을 읽는 건 내키지 않았던 보란이지만 손수 펼쳐서 손에 쥐여주는데 안 읽을 수가 없었다.

<아진이가 좋아하는 사람이 누구인지 알게 됐다.
내 자신이 이렇게 초라해 보이긴 처음이다.
한심하다는 듯 날 보던 아진이 눈빛을 잊을 수가 없다.>

율우가 아진이를 좋아했다는 사실은 워낙 율우가 티를 내고 다녔기에 알고 있던 사실이었다. 하지만 그건 어렸을 적에 여동생을 귀여워하는 오빠 같은 마음인 줄로만 알았다.

그런데 거의 인생의 대부분동안 아진이를 좋아해오고 있었다니. 상상도 못하던 일이었다.

"아이고, 내 정신 좀 봐. 부칠 전이 산더미처럼 쌓여 있는데, 가봐야겠네요."

부리나케 자리를 털고 일어난 율우 어머니가 현관문으로 내빼는 게 보였다.

"율우 어머님!"

아직도 믿기지 않았지만 설사 율우가 마음을 잡은 게 아진이 때문이라고 해도 선물이 너무 과하다고. 가져가시라고 말하려고 했다.

하지만 이미 그녀는 사라진 뒤였다.

"일기장도 안 가지고 가셨네."

바람처럼 왔다가 바람처럼 가버린 그녀를 때문에 보란은 황망하게 서 있었다. 많은 선물들이 부담스러워서 선뜻 받기가 꺼려졌다. 하지만 고맙다고 돌려보낼 수도 없었다.

'우리도 보내면 되지, 뭐.'

받은 만큼 율우네에도 선물을 보내주면 된다고 여기는 보란이었다. 거실에 쌓여 있는 선물들을 정리를 하려고 하는데 비밀번호를 누르는 소리가 들려왔다.

"나 왔어."

띠리릭, 현관문이 열리고 일찍 퇴근한 세후가 들어왔다. 세월이 흘렀지만 여전히 사랑하는 것을 표현하는 데 꺼려하지 않는 그는 잘 다녀왔다며 입을 맞춰왔다.

"당신도 참."

볼이 붉어진 아내를 응시하는 그의 눈은 한없이 부드러웠다.

"오다가 율우네 어머니 만났어."

"그랬어요?"

신발을 벗고 거실로 들어가던 세후는 발 디들 틈 없이 놓여 있는 선물 더미에 인상을 썼다.

"뭐야? 뜸하더니 다시 시작인가 보지? 내가 당장……."

보란은 웃으며 애먼 사람을 잡으려고 하는 세후를 말렸다.

"잘못 집었어요. 당신한테 온 거 아니거든요?"

"그러면 당신한테 온 거야?"

수아가 매번 자기네 출판사랑 계약해줘서 고맙다며 선물을 보내오곤 했는데 세후는 수아가 보낸 거라고 추측하는 듯했다.

하지만 오늘은 번지수가 틀렸다.

"아뇨. 아진이한테 온 거예요."

"아진이? 우리 딸?"

"네에."

"빨리 말해."

딸 이야기만 나오면 초 집중을 하는 남편에게 보란은 자초지종을 설명했다.

"이거야?"

세후가 율우의 일기장을 빼어갔다. 문제의 페이지를 읽어가던 그의 눈이 충격으로 물들어 갔다.

"이럴 수가……."

"왜 그래요?"

"우리…… 딸한테 좋아하는 사람이 있었다고? 저때면 아진이가 어렸을 적인데……. 그러면 첫사랑이잖아?"

세후의 손이 덜덜 떨리고 있었다.

딸 바보 아버지에게 한 소년의 지고지순한 사랑 따위는 관심 밖의 화제였다.

오로지 그 옛날 딸이 좋아했던 남자가 있었는데 까마득히 모르고 있었다는 사실이 더 충격적이었으니까.

* * *

병원을 올려다보는 아진의 얼굴은 결의에 차 있었다.

거울을 꺼내 화장을 살핀 그녀는 옷매무새를 단정히 했다. 그녀는 특별히 신경 쓴 티가 팍팍 나는 흰 원피스를 입고 있었다. 부모님께서 물려주신 뛰어난 유전자 덕분에 그 소화하기 힘들다는 흰 티에 청바지 하나를 입어도 태가 나는 그녀였기에 작년에 생일 선물로 받은 비싼 원피스는 더욱더 빛을 발했다.

"그러니까 오빠의 마음을 훔친 여자도 같은 병원에 다닌다는 거지?"

일주일 전, 아진은 엄청난 것을 보고 말았다.

멀쩡하던 노트북이 먹통이 되는 바람에 낭패감을 맛보고 있던 참이었다. 때마침 비어 있던 옆방에 병원에서 살다시피 하다가 한 번씩 집에 오는 우빈이 잠을 자고 있었다.

레지던트가 얼마나 잠이 모자라는지 알기에 깨우지 않고 노트북만 가지고 나왔다.

전원을 켜자 사용자 암호를 입력하라고 했다.

'비번이야 뻔하지.'

아진은 빠르게 자판을 두드렸다.

[가면 쓴 아이]

바로 오빠가 최애하는 엄마의 동화책 제목이었다.

예상의 범주를 벗어나지 않아서 딱히 놀랍지도 않았다. 비밀번호를 치자 짠하고 바탕화면이 켜졌다.

'오빠, 딱 한 시간만 쓸게.'

과제를 하기 위해 파워 포인트를 열려고 하는데 휑한 바탕화면에 떡하니 있는 폴더 하나가 아진의 호기심을 자극했다.

'이건 뭐지?'

볼까 말까 고민한 건 겨우 몇 초였다. 마우스를 클릭하는 그녀의 손은 빛의 속도와 같았다.

열린 폴더에는 사진들이 들어 있었다.

'어? 이상하다?'

단체 사진도 있었고 몇 명 단위의 그룹 사진도 있고 독사진도 있었지만, 이 많은 사진들의 공통점이 있다면 한 명이 포함된 사진들이라는 거다.

마우스를 밑으로 끌고 내려가며 사진들을 살펴보던 아진의 손가락이 멈췄다. 종종 병원에서 섬으로 봉사활동을 하러 가는데 그 때 찍은 사진인 것 같았다. 사진 속에는 오빠가 공통적으로 등장하는 여자를 쳐다보고 있었다.

어디선가 많이 본 듯한 눈빛이었다.

"헐, 소오름."

오빠의 눈빛은 아빠가 엄마를 쳐다볼 때의 눈빛과 소름 끼치도록 닮아 있었다.

그 누구도 아니고 우빈이 오빠가 사랑에 빠졌다니, 가만히 있을 아진이었다.

그 대상의 실물을 보겠다고 굳이 병원까지 발걸음한 아진이었다.

"어디 들어가볼까?"

단단히 마음을 다잡은 아진이 발걸음을 옮겼다.

우빈이 인턴일 때부터 종종 보란의 심부름을 오곤 했던 아진이었기에 병원이라면 속속들이 알고 있었다.

"오늘은 진료가 없는 날이니까."

그녀는 병실이나 진료실이 아닌 숙직실로 바로 향했다. 진료가 없는 날이면 우빈은 대부분 흉부외과 오피스에 있었기 때문이다.

똑똑.

노크를 한 아진이 오피스 문을 열었다. 식사 중이었는지 자장면을 먹고 있던 의사들이 우르르 일어나서 그녀를 맞이했다. 몇 번 봐서 아진을 알고 있는 2년차 레지던트가 인사를 해왔다.

"어? 오랜만에 보네요."

"권우빈 선생님은요? 안 보이시네요?"

“치프요? 아까 인턴 하나가 다쳤다고 해서 응급실로 내려갔습니다. 제가 모셔다 드리겠습니다.”

어려서부터 세후에게서 남자들이 접근할 때 어떻게 철벽을 쳐야하는지 교육을 받아온 아진이었다.

“아니에요. 충분히 혼자 갈 수 있어요.”

걸어오는 수작 따위는 가볍게 무시한 그녀는 응급실로 향했다.

다시 일 층으로 내려와 응급실 입구로 들어가니 잘 아는 얼굴과 익숙한 등이 보였다. 직선으로 보이는 잘 아는 얼굴은 율우였고 뒤돌아서 보이는 건 등뿐이었지만 우빈이었다.

우빈이 앳되어 보이는 여자 의사에게 호통을 치고 있었다.

“송예빈! 너는 겁도 없이 어딜 달려들어!”

고개를 푹 숙이고 있는 여자는 사진 속의 그녀였다.

쯧쯧, 어쩜 좋아하는 여자에게 화를 내는 것도 똑같은지. 오빠에게서 아빠를 발견한 아진의 표정은 좋지가 않았다.

‘저딴 식으로 해서는 엄마처럼 도망가겠다.’

아진이 우빈을 말리려고 다가가려 할 때였다. 율우와 눈이 마주쳤다.

모르는 사이도 아니고 손이라도 흔들어야 하나 싶었는데 자리에서 일어난 율우가 그녀에게로 성큼성큼 걸어오는 게 아닌가.

가까이 다가온 율우가 떡하니 그녀의 앞을 가로막았다.

“꼬맹이, 여기까지는 무슨 일이야?”

“오빠 만나러.”

“안 돼.”

“내 오빠 내가 만난다는데 무슨 상관?”

“글쎄, 안 된다니까.”

아진도 큰 키에 속하는데 율우의 앞에서는 어림도 없었다. 그녀의 눈에 보이는 거라곤 태평양 같은 가슴팍뿐이었다.

그녀가 방해물을 피해 옆으로 고개를 돌리려고 할 때였다.

"보지 마."

"……?"

그녀의 얼굴이 넓은 가슴에 파묻혔다. 율우가 그녀를 안아버린 것이었다. 세후와 우빈을 제외하고 아진으로서는 처음 안겨보는 남자의 가슴이었다.

그 순간, 아진의 신경을 건드리는 건 그토록 싫어하는 알코올 냄새 아닌 터질 듯이 쿵쿵거리는 심장소리였다.

율우는 제 품에서 벗어나려는 아진을 안다시피 해서 비상구 계단으로 데리고 왔다.

경황이 없어서 얼떨결에 끌려왔지만 쉬이 넘어갈 아진이 아니었다.

"설명하시지?"

제대로 된 변명이 아니면 찍어버리겠다는 아진의 도끼눈에 율우는 머리카락을 거칠게 넘겼다.

'나라고 안고 싶었겠냐? 너를 안는 순간, 겨우 붙들고 있는 마음이 고삐가 풀려 날뛸 텐데…….'

그 큰 위험을 감수하고도 아진을 품에 안았던 건 그녀가 상처 받는 건 볼 수가 없었기 때문이었다.

"다 너를 위한 거거든?"

"나를 위한 거라고?"

"그래. 너 다칠까 봐 그랬다."

율우의 변명을 듣고 있던 아진은 알쏭달쏭한 눈을 할 뿐이었다.

"뭐래?"

"우빈이가 네 첫사랑이잖아. 우빈이가 다른 여자를 좋아하는 걸 보는 네 마음이 오죽하겠냐? 가슴 아플 거 아니야. 그래서 그랬다. 기분 나빴다면 미안하다."

첫사랑?

물론 우빈을 좋아한다, 하지만 그건 가족으로의 울타리 안에서였다. 오빠한테 좋아하는 사람이 생겼다는데 마음이 상할 정도는 아니었다. 물론 미리 말 해주지 않은 건 서운했지만 그뿐이었다.

이 난리를 칠 정도는 아니었단 말이다.

"누가 누구 첫사랑이래? 이 오빠가 큰일 날 소리를 하고 있어!"

"옛날에 나한테 시집오라니까 네가 네 오빠 아니면 결혼 안 한다고 하더니?"

그러니까 아진이 어렸을 적, 율우가 노랑머리를 하고 오토바이를 몰고 다녔을 적이었다.

'어이, 꼬맹이. 나한테 시집올래?'

'싫어. 난 오빠 같이 나쁜 사람 싫어. 나는 세상에서 제일 착한 우빈이 오빠랑 결혼할 거야.'

장난처럼 물은 거였다. 그런데 꼬맹이가 한심하다는 듯 저를 쳐다보던 눈빛을 잊을 수 없던 율우였다.

다음 날, 다시 검은색으로 염색하면서 그는 결심했다.

우빈이처럼 되자고.

꼬맹이의 기준이 우빈이라면 그 기준에 맞추자고.

어느 덧, 숙녀가 되어버린 꼬맹이가 그의 앞에 서 있었다.

꼬삐 풀린 심장이 꿈틀거린다. 이제 마음껏 날뛸 준비가 되었다고.

그 긴 세월을 인내하고 죽을 만큼 노력해서 기준을 충족시킨 율우가 다시금 물었다.

"꼬맹이, 나한테 시집올래?"

"싫어."

"이번에는 또 왜?"

율우의 질문이 장난이라 여긴 아진은 대수롭지 않게 대답했다.

"나는 외조해줄 남자가 필요해. 알지? 나 우리 아빠 회사 물려받으려고 경영학과 간 거?"

아진은 율우가 그녀의 기준에 못 맞출 것이라고 여겼지만, 천만에 말씀.

이미 뱁새가 황새를 따라간다고 하루 두 시간씩 자면서 가랑이가 찢어져 본 적이 있는 그다.

이까짓 의사 일, 버릴 수 있었다. 어차피 아진 때문에 선택한 직업이었다. 그에게 그녀보다 가치 있는 건 없었다.

그녀가 최우선 순위인 그의 마음을 알 리가 없는 아진이 경고해왔다.

"아무튼 이번만 봐준다. 다음부터 함부로 안으면 죽을 줄 알아."

"싫은데?"

생글거리며 율우가 받아치는데 그녀의 고운 눈썹이 움찔거렸다.

"또 안겠단 말이야?"

"물론 네가 허락할 때 안을 거야."

그러니까 누가 허락해준다고 했냐고.

조신하게 살림할 남자를 찾는 아진에게 일 때문에 집에도 잘 못 들어오는 의사는 당연히 불합격이었다.

"내가 한 말 어디로 들은 거야? 나는 외조해주는……."

쪽.

손등에 닿는 입술에 아진의 말이 멈췄다. 손등 키스는 마치 기사가 공주에게 충성을 맹세하는 키스처럼 경건했다.

"네가 원하는 남자, 내가 돼줄게."

아진이 원하는 기준이라면 어떻게든 맞출 각오가 된 율우였다.

* * *

우빈은 커갈수록 외적으로나 내적으로나 젊은 시절의 세후와 흡사해져갔다. 잘생긴 얼굴만 닮았으면 좋았을 걸, 닮지 않아도 될 성격까지 닮아버렸다.

환자들과 보호자들에게는 친절한 웃음으로 매달 우수 직원의 영광을 안았지만 그건 진료에 포함된 옵션 같은 것일 뿐이었다. 실제로는 후배 의사들에게는 어찌나 까칠하게 구는지 '흉부외과 사포'라고 불렸다.

그중에서도 인턴, 송예빈에게는 특히 심했다.

같은 실수를 해도 예빈은 그에게 몇 배로 혼났다. 오늘 그녀의 잘못은 난폭한 보호자에게서 환자를 보호하려고 끼어든 것이었다.

"송예빈!"

제 이름을 부르는 서슬 퍼런 목소리에 예빈의 어깨가 움찔거렸다.

'하아, 하루도 그냥 넘어가는 날이 없네. 엄청 깨지겠지?'

예빈은 귀찮아서 싹둑 잘라버린 짧은 머리를 쥐어뜯었다. 밑으로 향한 눈으로 수술용 슬리퍼가 들어왔다. 드디어 올 것이 왔다. 예빈이 슬쩍 고개를 들었다.

"오셨습니까?"

"너는 겁도 없이 어딜 끼어들어!"

"그러면 의사가 환자 보호도 안 합니까?"

대꾸하는 예빈은 전혀 기죽지 않고 당당했다. 이것이 같은 실수를 해도 그녀가 우빈에게 더 깨지는 이유였다.

"환자도 무사하고 저도 이상 없으니……."

"다쳤잖아!"

그래도 명색이 의사인데 응급실에서 혼나야 하겠냐며, 이번만 넘어가달라고 사정하려던 그녀의 말이 호통에 묻혀버렸다.

"치, 치프?"

욕을 들어먹어도 말짱하던 예빈의 목소리가 당황으로 떨렸다. 그녀의 앞에 천하의 권우빈 선생님이 한쪽 무릎을 꿇고 있는데 안 놀라는 게 더 이상했다.

"가만히 있어."

"아!"

통증에 시선을 내리니 종아리 뒤쪽에서 피가 나고 있었다. 보호자가 마구잡이로 던지던 물체들 중에서 날카로운 것에 베인 것 같았다. 하도 정신이 없어서 다친 줄도 모르고 있었다. 다행히 상처는 한 오센 티 정도로 봉합만 하면 괜찮을 듯했다.

"별거 아닌데요?"

"……."

그녀의 말처럼 꼬매기만 하면 아무 문제가 없는 가벼운 상처였다. 하지만 그 상처를 보는 우빈의 굳은 눈은 풀릴 줄을 몰랐다. 죽일 듯이 노려보던 우빈은 친한 성형외과의를 호출했다.

"뭐야?"

1분 내로 튀어오라는 전화에 뛰어내려 온 성형외과의이자 절친인 율우가 어이없다는 눈으로 저를 응시했다.

"고작 저거 꼬매라고 나 같은 고급 인력을 호출한 거야?"

율우의 눈이 게슴츠레하게 떠지더니 그를 구석으로 끌고 간다.

"너 재 좋아하냐?"

"……."

우빈은 침묵했다.

처음에는 그냥 눈길이 갔다. 남자도 버티기 힘들다는 흉부외과에 들어와서 남자애들보다 더 악착같이 버티는 여자애가. 혼을 내도 바락바락 대들며 기죽지 않는 여자애가. 15시간이 넘는 수술에도 하나라도 놓치지 않겠다고 흐트러지지 않고 눈을 빛내고 있는 여자애가.

그러다 어느 순간, 그 여자애를 눈에 담고 있는 자신을 발견했다.

예빈이 환자를 보호한답시고 몸을 날리는데 가슴이 철렁했다.

환자를 보호했으니 칭찬을 해줘야 했다.

그런데 화가 났다.

뒤죽박죽 섞여버린 감정에 대해 선뜻 대답하지 못하고 있는데 율우가 그의 어깨를 두드리며 말했다.

"네가 좋아하는 여자는 네가 꼬매라. 나는 내가 좋아하는 여자 보호하러 가야겠으니까.

자신도 헷갈리는 마음을 정의해줘버린 율우는 이상한 말을 남기고 사라졌다.

우빈이 정신을 차렸을 땐, 율우는 어딜 갔는지 보이질 않았다.

'내가 저 쌈닭을 좋아한다고?

여전히 멍한 상태의 우빈이 다시 배드로 다가갔을 땐, 고새를 못 참고 예빈이 낑낑거리며 제 상처를 봉합하고 있었다.

"이리 줘."

그녀의 손에 들려 있던 수쳐를 빼어 온 우빈이 한 땀 한 땀 심혈을 기울여 봉합하기 시작했다.

"치프, 대충 해주시면 안 됩니까?"

"어. 안 돼."

"박 과장님 수술방 들어가야 한단 말입니다."

볼멘소리에 우빈의 손이 멈췄다.

"의사라는 녀석이 제 몸도 안 돌봐?"

"잘 돌보고 있습니다."

"퍽이나."

한 손에 잡히고도 남을 얇은 발목이 우빈의 눈에 들어왔다.

'권우빈, 외삼촌이 외숙모를 지키는 것처럼 너도 네가 지켜야 할 사람이 생길 거다. 그땐 재지도 말고 망설이지도 말고 그냥 지키는 거다.'

보란이 아진이를 가지고 병원에 입원했을 때, 집에 들어오지 않는 세후에게 뭐하냐고 물었더니 했던 말이었다.

그리고 우빈은 직감했다.

이 여자가 세후가 말한 무슨 일이 있어도 지켜줘야 할 사람이라는 것을.

"너 이제부터 특별 관리 대상이야."

"언제는 아니었습니까?"

그에게 깨지는 게 하루 이틀도 아니고, 이제 면역이 된 예빈의 반응은 심드렁했다.

'걱정돼서 더 이상은 안 되겠다.'

그녀의 얼굴로 우빈이 바짝 다가갔다.

"각오하는 게 좋을 거야."

언젠가 세후가 보란에게 했던 선전포고처럼 우빈이 예빈에게 경고했다.

평생 그녀를 돌보겠다고 결심하는 우빈의 얼굴로 미소가 번졌다.

-마침-